Magdalena
Himmelstürmerin

RUDOLF HERFURTNER

Magdalena

Himmelstürmerin

Ein Roman
aus der Lutherzeit

GERSTENBERG

JÜTERBOG

»Wer sie nicht kennte
die Elemente,
ihre Kraft und Eigenschaft,
wäre kein Meister
über die Geister.«

Johann Wolfgang von Goethe

1 Sieben Kräuter hatte es für die Suppe gebraucht. Und dazu einen Markknochen für die Kraft, Rüben und Zwiebeln für das Erdige, einen Kalbsfuß für das Feiertägliche und einen Löffel Schmand für das Glück obendrauf.

Gegen vier Uhr am Nachmittag hatte die Mutter die Glut im Herd angefacht und den kupfernen Grapen, einen dreibeinigen Suppentopf, über das offene Reisigfeuer gestellt. Zwei Stunden hatte alles gekocht, bis es schön sämig war. Magdalena durfte die Suppe umrühren und zum Schluss die Kräuter dazugeben, während der Vater wie jeden Sonntag ein paar Kapitel aus dem Andachtsbüchlein vorlas.

»Sieben Kräuter, wie es sich gehört«, sagte Magdalena, als sie dem Vater und dem kleinen Bruder die dampfende Suppe hinschob. Sie wollte dem Brüderchen gern erklären, was sie aufgeschnappt hatte mit neugierigen Augen und Ohren. Aber eigentlich sollte der Vater hören, wie viel sie wusste von seinem Gewerbe, dem Bergbau. Ein Männergewerbe.

Sie war nur ein Mädchen, aber trotzdem kannte sie Regeln und Bräuche der Bergleute und wusste zum Beispiel genau, wie die Metalle im Berg wuchsen. Das hatte ihr der Vater erzählt und sie erzählte es dem kleinen Wendel: Zuerst kamen das Quecksilber und der Schwefel zusammen und zeugten ein Urerz. Weiß nicht, wie? Das musste sie den Vater bei Gelegenheit einmal fragen! Was sie aber wusste, war, dass es danach auf den Einfluss der Planeten ankam. Sieben Planeten kannten die alten Griechen und sieben dachten sich auch die Bergleute im Brandenburgischen noch. Sieben Planeten, die sieben Metalle wachsen ließen aus dem Urerz: der Merkur das Quecksilber, der Saturn das Blei, das Eisen der Mars, das rote Kupfer die Venus, das Zinn der Jupiter, der Mond das Silber und die Sonne natürlich das Gold.

»Sieben Planeten, sieben Kräuter, verstehst du, Wendel? Petersilie, Majoran, Borretsch, Kreuzkümmel und noch drei andere. Safran, natürlich!«

Der Vater sah seine Große an, lächelnd, voller Wohlgefallen. Sie war so wach, so eifrig, das Leben selbst. Aber manchmal wusste sie nicht, wann man zu schweigen hatte. Er nahm den Löffel und schlug damit das Kreuz über den irdenen Suppennapf und das Brot dazu.

»Sieben Kräuter, sieben Planeten. Sieben Metalle«, sagte Magdalena. »Aber wir holen nur das rote Kupfer.« Wir, sagte sie, weil sie sich nichts so sehr wünschte, wie an Wendels Stelle zu sitzen, die Sieben-Kräuter-Suppe zu löffeln und morgen mit dem Vater in den Stollen einzufahren.

Der Vater brach das Brot und gab Wendel sein Stück. Die Männer fingen an zu essen.

»Das rote Kupfer«, sagte Magdalena. »Die Venus hat es wachsen lassen für uns, weißt du? Das ist die Göttin der Liebe.« Das wusste sie auch und musste es erzählen.

Und sie hätte noch mehr erzählt, wenn nicht die Mutter mit dem Bier aus der Küche gekommen wäre. »Was schwatzt sie denn wieder?!«

Magdalena zuckte zusammen. Die Mutter war eine Strenge. Sie hatte viel Mühe und Arbeit und wenig Geduld, vor allem mit einer Tochter, die lieber ein Sohn gewesen wäre.

»Ich wollte nur …«

»Du wolltest endlich den Mund halten, vorlautes Ding!«, sagte die Mutter. Und zum Vater sagte sie: »Siehst du, was du anrichtest mit deinen Märchen und Fantastereien. Dauernd plappert sie!«

Der Vater lächelte. Er wollte keinen Streit. Das gehörte sich nicht an so einem Abend. »Was willst du, Frau? Sie hat es doch schön erzählt, wie die Metalle wachsen und reifen im Berg!«

»Ach was!«, sagte die Mutter. »Metalle reifen?! Hier diesen eisernen Löffel hast du jetzt seit fast dreißig Jahren. Ist er vielleicht gereift und zu Silber geworden oder gar zu Gold?«

»Ja, Frau, da hast du recht«, sagte der Vater lachend. »Offenbar geht es bei mir nicht. Ich bin kein Alchimist. Aber ich kann dir versichern, das Kupfer, das wir aus dem Berg holen, das wird zu Gold in den Händen des Herrn Fugger zu Augsburg!«

Er lachte noch mal, und die Mutter sagte nichts mehr dazu. Sie reichte Magdalena den Krug: »Hier, gib deinem Vater das Bier. Und dem Wendel den kleinen Becher. Ist mit Honigwasser verdünnt.«

Magdalena stellte den Männern die Becher hin.

»Dank dir«, sagte der Vater lachend, nahm den Becher und prostete seinem Sohn zu. »Du weißt ja, Wendel, ein Bergmann muss viel trinken, weil ihm sonst der Hals verstaubt. Zum Wohle, dir!«

»Zum Wohl, Herr Vater«, sagte Wendel und nahm seinen Becher.

»Gott befohlen!«, sagte die Mutter. »Und jetzt komm in die Küche, Magdalena!«

»Ich wollte nur, dass der Wendel weiß, dass alles geschieht, wie sich's gehört, und dass er sich keine Sorgen machen muss«, sagte Magdalena.

»Er macht sich keine Sorgen«, sagte der Vater und hob die Hand und gebot Magdalena, zu schweigen. »Es ist gut, Wendel und ich werden jetzt nicht mehr mit euch sprechen. Verstehst du, Magdalena? Gerade weil du so viel weißt über die Bergmannszunft, deshalb kennst du den Grund. Du weißt auch, warum wir Männer heute Abend alleine essen und alleine schlafen. Geh zu deiner Mutter. So ist die Regel. Und so ist es gut.«

Ja, so war es die Regel. Die Mädchen hatten Besen, Pfanne und Topf, Häfen und Schüsseln, Waschzuber und was sonst noch an Hausrat vorhanden war. Die Männer gingen in den Berg. Morgen, am Montag, würden die Bergleute von Jüterbog einen neuen Stollen aufschlagen. Da musste alles nach der Ordnung gehen, wenigstens im Hause des Hauers Klaas Reinprecht.

Die Kleidung war frisch gewaschen, der Grubenkittel und die Bluse aus dunkler Leinwand. Der Schachthut aus schwarzem Filz war gebürstet. Alles Arbeiten, die Magdalena mit ihrer Mutter schon am

Sonnabend getan hatte. Wendel durfte währenddessen die silbernen Knöpfe am Bergmannsgewand polieren: ein weicher Lappen, Asche von Eichenscheiten und Spucke drauf, bis die gekreuzten Schlägel und Eisen auf den Knöpfen blitzten.

Der Vater sah derweil nach seinem Werkzeug, schnitt mit dem Hobel frische Kienspäne aus harzigem Kiefernholz und strich frisches Unschlitt in die Lampe.

Klaas Reinprecht war ein erfahrener Bergmann. Er hatte schon viele Stollen aufgeschlagen. Aber diesmal war es etwas Besonderes. Wendel sollte mit in den Berg. Er war gerade sechs geworden zu Mariä Geburt, Anfang September. Da hatte es der Vater verkündet: »Ich hab mit unserem Bergmeister Thyrlin geredet. In drei Tagen schließen wir den nächsten Seitenstollen auf. Da fährt mein Sohn mit in den Berg!«

An Mariä Geburt fliegen die Schwalben fort, dachte Magdalena, und mein Wendel auch. Der kleine Bruder, den sie immer umsorgt hatte, weil die Mutter ja keine Zeit hatte, der ging nun mit den Männern.

Die Mutter hatte ihm ein Bergmannsgewand genäht. Sogar ein echtes Arschleder hatte er bekommen, die Schürze, die der Bergmann hinten statt vorne trägt, um darauf zu sitzen oder einen schrägen Stollen hinunterzurutschen, wo sich Leitern nicht lohnen. Nur statt des Filzhutes hatte seine Bluse eine Kapuze. Wendel sah aus wie ein Heinzelmann.

Vor der Suppe hatte er noch mal alles anprobiert und war stolz auf die Gasse gelaufen. Magdalena hatte ihm ein blechernes Glöckchen an den Ärmel genäht, damit er nicht verloren gehen konnte. Das klingelte jetzt fröhlich. Die alte, zahnlose Gret versuchte gerade, ihre beiden Schweine aus dem Schlammloch am Brunnen zu scheuchen. Neulich war da ein Ochsenkarren durchgegangen und hatte einen Stein aus dem Brunnentrog gebrochen. Seitdem sickerte Wasser heraus und verwandelte den Boden rund um den Brunnen in eine herrliche Schlammsuhle. Das liebten die Schweine.

Gret sah den kleinen Bergmann Wendel und bekreuzigte sich: »Weiß nicht, ob das gut ist, wenn die Wichtelmänner den Berg verlassen?«, rief sie.

Magdalena hörte es und musste lachen. »Dumme Gret! Das ist doch kein Berggeist. Das ist doch bloß unser Wendel!«

Die alte Gret verstand sie nicht, sie hörte schlecht. »Es ist nicht gut, wenn sie was raustreibt aus ihrem Berg!«, murmelte sie. »Aber nichts ist ja mehr in der Ordnung. Gehorsamkeit und Treu sind tot, Gerechtigkeit leidt schwere Not!« Dann wandte sie sich wieder ihren Schweinen zu.

Magdalena kannte solche Sprüche und Reden. Überall war das jetzt zu hören, dass es so nicht weitergehen könne mit dem Prassen von Fürsten und Pfaffen und dass ein Wandel kommen werde, ein neues Reich, ein neues Gesetz und ein Prophet oder gar Messias zur Niederschlagung des Antichrist und zur Errettung der verkehrten Welt. Magdalena kannte keinen prassenden Fürsten, und die Franziskaner von der Mönchenkirche lebten auch eher bescheiden in ihrem Backsteinkloster. Auch wenn sie sich vor Kurzem erst eine stattliche, neue Kirche hingestellt hatten. Magdalena kümmerte sich nicht um das Gerede vom Ende der Zeit.

Als es der Gret endlich gelungen war, ihre Schweine nach Hause zu treiben, war es wieder still auf der Gasse. Ein herrlicher Nachmittag, und noch nichts zu merken von dem Gewitter. Nur die Mücken waren besonders lästig, die die letzte Hitze des Sommers in dem Schweinepfuhl ausgebrütet hatte.

Nach dem Vesperläuten gab es die Suppe. Nur für die Männer. Von da an sollten sie sich nämlich fernhalten von den Frauen. Wer einen neuen Stollen aufschlug, der musste rein bleiben, mindestens zwölf Stunden lang. So galt das von alters her. Manche Bergleute hielten es allerdings nicht mehr so streng mit den Regeln. Viel Neues drängte heran, auch im Bergbau. Aber bei Klaas Reinprecht musste alles seine Ordnung haben. Auch sein Söhnchen sollte die Regeln kennenlernen und halten, nach Gottes und der Berggeister Gebot.

Die Nacht schlief man getrennt, Wendel beim Vater, die Mutter hinterm Herd in der Küche und Magdalena in dem Verschlag bei den Ziegen. Zwei Ziegen hielten sie sich wegen der Milch. Und ein Völkchen Hühner wegen der Eier und ab und zu einer fetten Suppe.

Auch ein paar Kaninchen. Für die musste Wendel sorgen und er musste aufpassen, dass sie nicht in den Gemüsegarten gerieten.

Magdalena schlief gern bei den Ziegen. Im Winter sowieso, denn da war es im Stall oft wärmer als in der Kammer. Aber sie lag auch sonst gern zwischen den weichen Körpern der Tiere und spürte ihren ruhigen Atem unter dem rauen Fell.

In dieser Nacht allerdings waren die Ziegen unruhig, standen immer wieder auf, drehten sich, meckerten.

»Ruhig, Geißen! Ruhig!«

Auch Magdalena fand keinen rechten Schlaf. Es war klar, dass ein Wetter aufzog, von Südwesten her über den Kiefernwald, von Wittenberg, wo die schlimmen Gewitter herkamen.

»Ruhig, Geißen! Ruhig!«

Magdalena prüfte noch einmal die Ketten der Tiere, damit sie nicht ausbrechen konnten. Wind kam auf. Ein Stück weit die Gasse runter schlugen die Fensterläden. Die alte Gret wahrscheinlich, hatte vergessen, sie festzumachen, und hörte sie nun nicht scheppern, taub wie sie war! Hoffentlich hatte sie wenigstens die Sauen eingesperrt?

Der Wind wurde schnell zum Sturm. Und nur einen Augenblick nachdem der Küster die Sturmglocke zum Läuten gebracht hatte, machte ein Blitz die Nacht zum Tage. Und ein Donnerschlag erschütterte den ganzen Ort. Es war nur diese eine Entladung, für die der Himmel seine ganze Macht und Gewalt zusammennahm, als hätte sich der gnädige Gott und Herr und Vater Jesu Christi für einmal wieder in den alten Donnergott Thor verwandelt und dreingeschlagen in heißer Wut.

Das Gewitter war mit diesem gewaltigen Schlag fast schon wieder vorbei. Das bisschen Wetterleuchten und Grummeln, das noch folgte, ging in einem heftigen Regenguss unter.

Niemand in Jüterbog und Umgebung war bei dem Donnerschlag auf seinem Lager geblieben. Jeder sah nach, ob Haus und Hof, Vieh und Mensch heil geblieben waren. Aber so apokalyptisch der Schlag gewesen war, er hatte weiter keinen Schaden angerichtet. Nur die tausend Jahre alte Wotanseiche hinter dem Gottesacker von Maria Gnad war wie mit einer feurigen Axt gefällt worden durch den Blitz.

Als die Menschen es am nächsten Morgen entdeckten, gab es natürlich allerlei gläubiges und abergläubiges Geraune. Die Franziskaner predigten in ihrer Mönchenkirche, dass das ein Zeichen sei für Gottes Zorn wider die ketzerischen Propheten, die überall ihr freches, frevlerisches Maul aufrissen und die Heilige Römische Mutter Kirche infrage stellten.

Wohingegen die anderen auf dem Markt und in den Schenken flüsterten, die Wut Gottes sei wohl eher gegen die Kirchenoberen gerichtet, die in Saus und Braus und Sünde prassten auf Kosten des gemeinen Mannes und überm Fressen und Saufen und Huren alle Gottesfurcht vergessen hätten.

Und dann gab es noch die Besonnenen, die sagten, der Baum habe seine Zeit gehabt, alles lebe und sterbe wie es bestimmt sei. Und das sei doch nun mal ein schönes Bau- und Brennholz. Und außerdem hätten die Toten in ihren Gräbern nun mehr Sonne am Abend.

Natürlich waren auch die Reinprechts aufgescheucht worden und zusammengelaufen bei der Mutter in der Küche. Und der Vater hatte um seine Familie die kräftigen Arme gelegt, auch wenn er damit die Regel brach und seine beiden Frauen berührte. Sie legten sich bald wieder hin, war ja nichts passiert. Der prasselnde Regen würde sie schnell wieder einschlafen lassen.

Nicht allerdings den Wendel. Er hatte ja noch einen anderen Aufruhr in sich, der kleine Bergmann. Dass ihn der Vater morgen mit in den Berg einfahren ließ, das war ja so was wie eine zweite Taufe für den Jungen.

Klaas Reinprecht hatte eine Zeit lang überlegt, ob er den Jungen nicht in die Lateinschule geben sollte. Dann hätte er vielleicht was Großes werden können, Jurist oder Doktor oder ein Amtmann des Kurfürsten. Oder vielleicht Priester wie der Veit, der Sohn des Jodokus Thyrlin, der in Wittenberg Theologie studierte.

Die Mutter war gleich dafür. Ein Priester in der Familie, das hätte ihr gefallen. Vor allem aber musste sie dann nicht ständig in der Angst leben, dass ihm was passierte, ihrem Augenstern. Die Arbeit in der Grube war doch immer gefährlich. »Wir schränken uns ein!«, sagte sie. »Dann schaffen wir das auch mit dem Schulgeld wie der Thyrlin.«

Aber der alte Thyrlin war ja nicht nur Bergmeister, sondern auch Teilhaber an der Zeche. Und an der Schmelze war er auch beteiligt. Da verdiente er ein ganz anderes Geld.

Nein! Es war noch nicht so weit, hatte Reinprecht schließlich entschieden und seine Träume beendet. Er selbst war der älteste Sohn eines alten Bauerngeschlechts und deshalb nicht erbberechtigt. Er musste vom Hof und war so in den Bergbau gekommen. Mit dem Wendel würde eben noch einmal ein Reinprecht Bergmann. Ein besserer womöglich. Und dann, wer weiß, ergab sich vielleicht einmal die Gelegenheit, einen Anteil zu erwerben an einer Grube. Und dann würde eben der Sohn seines Sohnes studieren. Fertig.

Jetzt würde Wendel fürs Erste das Bergwerk einmal kennenlernen und dann sollte er noch ein bisschen in die Schule gehen, lesen und schreiben üben und ein wenig rechnen auch. In der Religion den Heiligenkalender studieren und von der Welt wissen, dass sie eine Scheibe ist mit Rom und dem Papst in der Mitte. Und dann die Arbeit im Berg.

Wendel würde ein guter Bergmann werden. Er war kurz und stämmig. Und wenn man ihm sagte, er solle die Ziegen festhalten, dann hielt er sie fest. Im Berg brauchte es kurze Kräftige und keine Langen, wo die Gänge oft nur einen Meter fünfzig hoch und achtzig Zentimeter breit waren.

All diese Gedanken seines Vaters kannte der Junge. Er freute sich, dass er werden sollte wie der und hatte zugleich Angst vor der Aufgabe im dunklen Berg. Und natürlich vor den Berggeistern, den Gnomen, Kobolden, Wichteln und Zwergen, die einem erscheinen mochten wie Gespenster und die einen anblasen konnten mit einem giftigen Hauch, dass du tot umfällst auf der Stelle!

Der Vater schnarchte längst wieder. Aber Wendel klopfte das Herz. Und so kroch er schließlich vorsichtig unter der Decke hervor und lief mit nackten Füßen hinaus in den Verschlag zu den Ziegen und zu seiner großen Schwester.

Sie wachte gleich auf. Ihr Schlaf war auch nur flach und unruhig gewesen. Auch sie hatte ja einen Aufruhr in sich, allerdings den umgekehrten. Auch sie wäre gern geworden, was der Vater war. Aber das ging ja nicht. Sie beneidete den Bruder.

Sie war das erste Kind der Reinprechts und konnte zuerst nicht wissen, dass ihre Mutter lieber einen Sohn bekommen hätte. Doch als nach ihr ein Junge geboren wurde, merkte sie schnell, dass in der Mutter eine ganz andere Freude war als bei ihr. Es kam noch ein Junge, aber der starb schon im Kindbett. Und dann holte sich der erste in einem eisigen Januar das Fieber und starb ihnen auch weg.

Magdalena war damals fast sieben. Sie dachte: Bübchen sind kostbar, aber sie halten nicht lang. Ich halte länger!

Über ein Jahr blieb sie wieder die Einzige im reinprechtschen Haus. Der Vater arbeitete noch mehr als vorher. Die Mutter verschloss sich in ihrem Schmerz. Magdalena dachte, ob sie bei mir auch so traurig wären? Und sie versuchte, ein bisschen so zu werden wie ein Junge, kräftig, laut und frech. Sie drängte den Vater, ihr vom Bergwerk zu erzählen, von der schweren, gefährlichen Arbeit in den finsteren Klüften.

Die Mutter verstand das nicht. Ein Mädchen hatte anderes zu lernen und zu tun, als Bergmannsgeschichten zu erzählen. Sie fand, der Vater sei zu nachsichtig mit dem Kind, und sie erzog es deshalb umso strenger. Hieß es nicht, man solle Mädchen niemals müßig lassen, im Garten und im Haus, damit sie fein müde würden und nicht dumme Gedanken spönnen?

Als dann Wendel zur Welt kam, wurde es etwas besser. Die Mutter hatte nicht mehr so viel Augen auf Magdalena. Die ganze Aufmerksamkeit galt dem neuen Jungen. Er war gesund und rund wie eine kleine Sonne, die ins Reinprechthaus gefallen war. Eine Sonne, die alle wärmte, Vater, Mutter und damit auch Magdalena.

Und deshalb beschloss Magdalena schon bald: Den kriegen wir durch! Der soll diesmal länger halten! Sie fügte sich in ihre Rolle, tat die Arbeiten in Haus und Garten und pflegte den Kleinen, wo immer es nötig war. Und er zahlte es ihr zurück mit seiner Freundlichkeit und Liebe.

Und deshalb war sie jetzt auch nicht böse, als er angetippelt kam, barfüßig im knittrigen Hemdchen. Die Eifersucht war leicht im Zaum zu halten, wenn der Hemdenmatz getröstet werden musste.

»Ich kann nicht schlafen!«

»Leg dich her zu mir, Wendel!«

»Ist das Wetter vorbei?«

»Nur noch der Regen, das hörst du ja.«

»Ich bin so erschrocken!«

»Ich auch. Und die Ziegen. Wart!«

Sie betastete die Euter der Ziegen und molk dann ein paar Strich Milch in ihre hohle Hand.

»Da, trink!«, sagte sie.

Und Wendel leckte die warme Milch aus ihrer Hand wie eine kleine Katze. »Eigentlich darf ich ja nichts mehr essen nach der Suppe«, sagte er.

»Wer Angst hat, muss nicht fasten«, sagte Magdalena. »Komm, kriech hier rein, unter meine Decke, komm!«

Wendel zögerte. »Aber bei einer Frau liegen darf ich doch auch nicht!«

»Ich bin doch keine Frau! Ich bin deine Schwester! Das gilt nicht.«

Wendel glaubte ihr gern und kroch unter die Decke. Er rollte sich zusammen zwischen der großen Schwester und den Ziegenbäuchen. »Schade, dass du nicht mitkannst, morgen.«

Ja, schade, dachte Magdalena, da kann ich nicht aufpassen auf ihn.

»Die heilige Barbara wird dich beschützen«, sagte sie. »Und der heilige Daniel.«

»Erzählst du mir die Geschichte vom heiligen Daniel, dass ich einschlafen kann?«

»Die kennst du doch!«

»Nein, ich kenn sie nicht!«

»Schwindler!«

»Ich kenn sie nicht so ganz genau. Erzähl doch!«

»Also gut«, sagt Magdalena, »du weißt noch, dass dem heiligen Daniel eines Nachts ein Engel im Traum erschien. Und der sagte zu ihm: ›Daniel, geh hin und suche einen Baum. Und auf seinen Zweigen sollst du ein Nest finden. Ein Nest voll goldener Eier.‹

Als Daniel aufwachte, machte er sich auf den Weg und suchte, wie ihm der Engel befohlen hatte. Und er fand den Baum. Und das Nest in seinen Zweigen. Aber das Nest war leer.

Erschöpft und enttäuscht legte er sich unter den Baum und schlief ein. Da erschien ihm der Engel ein zweites Mal und sagte: ›Daniel, du hast nicht gut genug gesucht. Der Baum wächst doch nicht nur über der Erde!‹

Da wachte Daniel auf und fing an zu graben. Er fand die Wurzeln des Baumes, die in die Tiefe wuchsen, als wäre da ein zweiter Baum mit der Krone nach unten.

Und als er weiter grub, da fand Daniel ein Nest und in dem Nest ein paar goldene Eier.

So hat der heilige Daniel den Bergbau erfunden und beschützt nun die Knappen und Hauer und all die anderen, die im Innern der Erde nach den Goldnestern suchen …«

Wendel war eingeschlafen. Der Regen hatte aufgehört. Es war ganz still. Nur ein paar Tropfen fielen noch vom Dach in den Hof. Magdalena hörte nichts als den ruhigen Atem der Ziegen und den des kleinen Bergmanns da in ihren Armen.

So schlief sie endlich auch ein.

2 Mitten in der Nacht kam der Vater mit einem Kienspanlicht und fand Wendel. Im ersten Augenblick grub sich eine zornige Falte in Reinprechts Gesicht. Er mochte keine Verstöße gegen die Regeln. Aber dann sah er doch seine Kinder, mehr als die Regeln, und streckte die Hand aus nach seiner Tochter, als wolle er ihr übers Haar streicheln, aber er berührte sie nicht. Trotzdem wirkte es, als würde er sie segnen. Er nahm den schlafenden Wendel auf den Arm und trug ihn hinaus aus dem Stall. Der Kienspan fiel ihm dabei herunter. Magdalena war aufgewacht. Sie warf schnell ihre Decke über den brennenden Span, damit nicht das Stroh der Ziegen Feuer fing.

Vor Sonnenaufgang war Magdalena wieder wach. Niemand hatte sie geweckt, aber etwas in ihr spürte, dass die Männer nun aufbrachen. Die Ziegen meckerten, als sie aus dem Schlaf hochfuhr. Magdalena streichelte ihnen beruhigend die Nasen. »Pscht! Alles ist gut! Ich kann den Wendel doch nicht alleine gehen lassen«, flüsterte sie den Ziegen ins Ohr. Aber eigentlich dachte sie: Die können mich doch nicht alleine hierlassen. Und deshalb stand sie auf, schlüpfte in ihren Rock und stahl sich barfüßig und unfrisiert durch die Stalltür hinaus in die dunkle Stadt.

Sie huschte runter zur Engen Gasse und schlich am Mönchenkloster vorbei zum Marktplatz. An der Ecke des Rathauses, gleich unter dem Standbild des heiligen Mauritius, brannte ein Feuer in einem Eisenkorb. Da sammelte sich das kleine Häufchen der Bergleute von Jüterbog. Magdalena sah, wie die Männer den Vater und den kleinen Wendel begrüßten und ihm auf die Schulter klopften. Schließlich nahm ihn einer der Männer huckepack, sie löschten das Feuer und der Trupp zog los zum Zinnaer Tor.

Magdalena kannte den Mann. Er hieß auch Wendel, Wendel Selcher. Der Vater ging öfter mal mit ihm in die Schenke, den Staub wegspülen. Wendel Selcher war groß und stämmig, eigentlich zu groß für einen Bergmann. Musste immer den Kopf einziehen im Berg. Aber der kleine Wendel ritt auf ihm selig wie das Jesuskind auf dem heiligen Christophorus.

Das Stadttor wurde gerade aufgemacht von den Wachen und die Zugbrücke runtergelassen, weil bald die ersten Bauernfuhrwerke in die Stadt zum Markt kommen würden. Mit einem freundlichen *Glück auf!* der Stadtwache zogen die Bergleute von Jüterbog zur Stadt hinaus. Neun Männer waren es und ein kleines Reiterlein mit einer Zipfelmütze, das von Schulter zu Schulter gereicht wurde und so den gut einstündigen Marsch gemütlich und lachend hinter sich brachte.

Das letzte Stück setzte ihn der Vater aber ab. »Du kannst jetzt alleine laufen. Ein Bergmann lässt sich nicht tragen.«

Vor dem Hüttenhaus erwartete sie Jodokus Thyrlin. »Da seid ihr ja endlich!«, sagte er. Ein paar Bergleute, die keinen so weiten Weg hatten, waren schon da.

»Recht in der Zeit, denk ich«, antwortete Wendel Selcher. »Gott zum Gruße, Hüttenmeister!«

»Jaja, Gott zum Gruße!«, brummte Thyrlin ungeduldig.

Auch die andern Männer brummten ihren Morgengruß. Er hat es eilig, dachte Reinprecht. Seit die Fugger sich an unserem Bergwerk hier beteiligt haben, kann nichts mehr schnell genug gehen für den Thyrlin!

Thyrlin sah nun den kleinen Wendel. »Soso, das ist also unser neuer Hauer«, sagte er und kniff Wendel in die Backe, dass es wehtat. »Gibt viel anzupacken heute, junger Mann!«

»Er wird uns nicht aufhalten, Herr. Grüß den Hüttenmeister, Wendel!«

Wendel entbot dem Herrn seinen Gruß und rieb sich die Backe. Der mürrische Patron machte ihm Angst. Wendel versteckte sich hinter dem Bein des Vaters.

»Dann frisch dran!«, sagte Thyrlin.

»Ja, natürlich, frisch dran!«, sagte Wendel Selcher. »Gehen wir, den Segen erbitten von Gott und allen guten Geistern.«

Magdalena, die dem Trupp der Bergleute in gehörigem Abstand gefolgt war, sah, wie der Vater den kleinen Wendel gleich hinter dem Bergmeister in das Hüttenhaus schob. Alle andern Männer folgten. Sie huschte über den gerodeten Platz. Der Bergbau fraß ja zuerst den Wald, bevor er den Menschen Reichtum brachte. Bretter mussten geschnitten werden für die Verschalungen der Schächte und Stempel, um die Schachtstrecken im Berg abzustützen.

Magdalena schlich sich um eine große Abraumhalde herum und schaute durch ein Fenster ins Hüttenhaus. Hier lagerte das ganze Werkzeug, das es brauchte, um das Erz aus dem Berg zu brechen. Aber eine Ecke im Haus war frei davon. Ein Kruzifix hing da und ein gerahmter, vergilbter Kupferstich der heiligen Barbara. Ein kleiner Tisch als Altar und drei Reihen ungehobelter Baumstämme auf groben Pflöcken als Bänke für die Bergleute. Davor ein Stuhl.

In dem saß Jodokus Thyrlin, während der Priester nun wie vor jeder Schicht seine Andacht hielt. Er lobte und pries Gott den Herrn und Schöpfer des Bergsegens, der das Metall wachsen ließ und reiche Ausbeute schenkte denen, die an ihn glaubten und die er schützen möge vor aller Gefahr und Widrigkeit durch Jesus Christus, seinen lieben Sohn, unseren Herrn.

Magdalena sah, wie der Bergmeister Thyrlin bei jedem Wort des Priesters nickte, als könne er dadurch die Zeremonie beschleunigen. Aber alles hatte seine Zeit und Ordnung. Und deshalb beteten die Männer jetzt noch ein Vaterunser und ein Ave Maria und dann sangen sie noch ein Lied für die heilige Barbara, wozu einer der Männer auf seiner Sackpfeife blies.

Dann war es endlich so weit. Die Bergleute banden sich den gepolsterten Knieschutz um und das Arschleder, jeder nahm sein Bergeisen und die Unschlittlampe. Und der Bergmeister reichte ihnen noch den Weidenkorb für den Abraum mit einem »Loslos, jetzt!«.

Als die Bergleute das Hüttenhaus verließen, war plötzlich so eine große Sehnsucht in Magdalena, dass sie hinüberlaufen wollte zu ihrem Vater. Vater, Vater! Nehmt mich doch auch mit!

Es kam nicht dazu, weil es vor der Kaue einen Streit gab. Wendel Selcher war vor dem Verschlag, der den Eingang zur Grube vor Wetter und fremden Eindringlingen schützen sollte, stehen geblieben, hatte eine Schüssel aus seinem Bündel geholt, die er nun herumreichte unter den Knappen und Hauern. Jeder griff in die Tasche und legte etwas in die Schüssel, eine Nuss, ein Ei, eine Zwiebel, ein Bündel Kräuter. Auch der Vater gab sein Teil in die Schüssel, und der kleine Wendel opferte sogar seine geliebte Eichelhäherfeder.

Jodokus Thyrlin dauerte das alles viel zu lang. »Was soll der abergläubige Unsinn!«, schrie er. »Bezahlt man euch für Geisterhumbug?«

Wendel Selcher ließ sich nicht aus der Ruhe bringen. »Ihr wisst so gut wie ich, Meister Thyrlin, dass man nicht einen neuen Schacht aufschlagen kann, ohne die Berggeister zu besänftigen. Wir schneiden in die heile Mutter Erde, wir brechen Teile ihrer Gebeine heraus, da war und ist es nur recht und billig, den Wächtern der Erde einen Tribut zu zollen!«

»Billig?«, schrie Thyrlin. »Billig ist gar nichts mehr. Wir haben eine neue Zeit. Wir haben jetzt Entwässerungsanlagen und Pumpwerke. Und Aufzüge und Hammerwerke. Und neue Öfen.«

»Neue Zeit – hin oder her!«, knurrte einer der Männer und spuckte aus. »Das Bergwerk will und soll frei sein. Wird es regiert böslich, mit Gewalt, so hat's kein' standhaften Aufenthalt!«

»Ach was! Sprüche!«, rief Thyrlin. »Der Bergbau ist jetzt eine Wissenschaft und er kostet Geld, viel Geld. Und da haben wir keine Zeit mehr für kindischen Zauberspuk!«

Selcher schien das Gezeter seines Meisters nicht zu bekümmern. »Hat jeder das Seine eingelegt?«, fragte er die Männer. Und als diese nickten, stellte er die Schüssel neben der Kauentür ab.

»Selcher, ich warne dich!«, zischte Thyrlin.

»Meister Thyrlin! Verärgert nicht die Geister«, sagte Reinprecht. Und zum kleinen Wendel sagte er: »Merk es dir, Wendel. Das hat alles seine Ordnung. Nun kommt noch der Spruch.«

Selcher beugte ein Knie und murmelte seinen Spruch: »Glück auf! Und Glück nieder! Der Bergmann kommt wieder. Durch Finster und Licht, wo er sein Erzlager bricht.«

»Amen! So sei es!«, murmelten die Bergleute. »Glück auf!«

»Wenn du jetzt nicht sofort deine Arbeit aufnimmst, Wendel Selcher, dann kannst du dein Arschleder nehmen und nach Hause gehen!«

Thyrlin wollte Wendel Selcher am Kragen packen, aber der Vater ging dazwischen und sagte ganz ruhig: »Wir alle wissen es und der Bergmeister Thyrlin weiß es auch: Seit die Fugger hier eingestiegen sind als Teilhaber, da sind die Schalungsbretter weniger geworden und die Stempel in den Stollen dünner. Weniger Holz, weniger Kosten. Das ist die Wissenschaft der Herren aus Augsburg. Da ist es nur billig, dass der Bergmann sich sorgt um Leben und Gesundheit und tut, was getan werden muss vor Gott und der heiligen Barbara und den Geistern des Berges, damit sie ihn nicht anhauchen mit giftigem Atem oder Schlagen mit ihren Hämmern aus Stein. So war es und so ist es und so soll es sein, wenn mein Sohn zum ersten Mal in den Berg geht. Glück auf denn!«

»Glück auf!«, brummten die Männer noch mal und gingen dann einer nach dem andern durch die Tür in die Kaue.

Zuletzt folgte ihnen Jodokus Thyrlin, wütend und bleich vor Zorn. Er trat mit dem Stiefel gegen die Schüssel, sodass die Gaben heraussprangen und über den schmutzigen Boden verstreut wurden. Dann ging auch er hinein und warf die Tür hinter sich zu.

Immer mehr Männer tauchten jetzt auf: die Zimmerleute, die Verschalungsholz und neue Stempel zurichteten; Schmiede, die Ketten und Werkzeug herstellten; die Fuhrleute mit ihren Eselskarren, die das Erz zu den Schmelzen transportierten. Niemand achtete auf das Mädchen, das da zur Kaue hinüberlief und ein paar Sachen in eine Schüssel sammelte.

Ein junger Fuhrknecht hielt sie für eine Bettlerin. Er lachte und sagte: »Hast recht, schnapp dir das Zeug, bevor es die Ratten holen. Das sind die einzigen Geister, die es hier gibt.«

Aber Magdalena stellte die Schüssel mit den Gaben wieder an ihren Platz, obwohl sie inzwischen ziemlichen Hunger hatte. Sie wusste, was sich gehörte und wie es sein musste, damit die Bergleute und ihr Vater und der kleine Wendel wieder sicher nach Hause kommen konnten.

Die hatten jetzt sicher schon ihre Kienspäne angezündet und waren in den alten Schacht hineingegangen. Die Kienspäne nahmen sie zuerst. Die brannten ungefähr eine Viertelstunde, aber sie flackerten und rußten stark. Für den Weg ging das. Vor Ort dann verwendeten sie lieber die Unschlittlampen, auch wenn sie unangenehm stanken. Aber die brannten länger und ruhiger.

Und dann würden sie das Feuer anrichten. Sie wollten ja einen neuen Seitenstollen aufbrechen. Dafür brauchte es Hitze an der Stelle, bis der Fels glühend war. Und dann goss man kaltes Wasser darüber. Das sprengte den Stein, und man konnte ihn leichter aushauen. Das Ganze war gefährlich. Die Hitze war oft unerträglich. Und man wusste nie, wie viel vom Felsen abbrach.

Aber der Vater war ein erfahrener Hauer. Sie werden den Wendel nicht nach ganz vorne lassen, dachte Magdalena. Er wird weiter hinten im Schacht warten. Gott wird helfen und die heilige Barbara und der heilige Daniel. Und die Berggeister auch. Sie haben ja jetzt ihre Gaben. Nichts ist verloren gegangen, weil ich aufgepasst habe. Amen. Amen.

Sie stand auf und ging weg. Alles war nach der Ordnung. Die Männer waren in den Berg gegangen. Das war ihre Aufgabe. Und sie würde jetzt nach Hause gehen. Die Mutter würde sie schelten und wahrscheinlich die Rute nehmen, weil sie es verdient hatte: Vor Sonnenaufgang einfach weglaufen! Was will ein Mädchen im Bergwerk?!

Sie blieb noch einmal stehen und schaute eine Weile zum Eingang des Bergwerks hinüber. Dann, als sie gerade die Rodung verlassen wollte, spürte sie es unter ihren bloßen Füßen: ein Zittern und Beben im Boden, als hätte die Erde den Schüttelfrost. Und dann hörte sie auch ein Grollen, tief im Innern des Berges. Sie drehte sich um und trat wieder die paar Schritte zurück aus dem Wald auf die Rodung.

Dann konnte sie sich plötzlich nicht mehr bewegen, als hätte sie selbst der Frost befallen. Sie stand nur da und starrte zur Kaue hinüber.

Alle Geräusche waren plötzlich erstorben. Kein Vogel sang. Die Eselsfuhrwerke standen still. Die Schmiede hielten mitten im Hammerschlag inne. Das Zittern und Beben war schnell wieder vergangen. Das Grollen verstummt. Aber alles wartete nun darauf, dass etwas passierte. Und doch wusste jeder, dass es schon passiert war.

Es kam Magdalena vor wie eine Ewigkeit, aber es dauerte nur einen Wimpernschlag, dann wurde die Tür der Kaue aufgesprengt und eine Wolke aus Rauch und Staub quoll heraus, unendlich langsam und unaufhörlich. Staub und Rauch, nichts sonst.

Mussten nicht bald die Männer kommen? Stolpernd. Hustend vielleicht? Thyrlin. Selcher. Der Vater. Und Wendel?

Rauch und Staub.

Der ganze Platz zwischen der Kaue und dem Hüttenhaus war verschwunden, als hätte sich eine Wolke aus dem Himmel herabgesenkt, um alles zu verschlingen, Tier und Mensch und all seine sinnlosen Werke.

Die Wolke war beinahe bei Magdalena angekommen. Sollte auch sie noch verschlungen werden? Ihr war es gleich.

Da hörte sie das Glöckchen.

Wirklich?

Nein!

Doch!

Das Glöckchen. Wendels Glöckchen, das sie ihm selber an die Jacke genäht hatte. Es ist sein Glöckchen! Es ist das Lämmchen, das der Hirte im Nebel endlich gefunden hat!

»Wendel!«

Magdalena konnte sich jetzt wieder bewegen. Sie hörte auch wieder. Die Männer liefen durcheinander und schrien über die Rodung: »Unglück!«

»Himmel!«

»Hilfe!«

Magdalena lief los. Sie konnte nicht viel sehen durch Staub und

Rauch. Aber sie hörte das Glöckchen. Und dann sah sie ihn, den kleinen Heinzelmann, wie einen Schatten nur, aber er war es. Und er stand aufrecht.

»Wendel! Wendel! Gott im Himmel!«

Sie schlang ihre Arme um ihn und hob ihn hoch. »Wendel!«

Als sie ihn wieder hinstellen wollte, versagten ihm die Beine. Da nahm sie ihn auf den Rücken. »Halt dich fest! Wir gehen jetzt heim.«

3

Magdalena lief nach Hause, ohne nach links und rechts zu sehen. Ein paarmal sank sie auf die Knie, um zu verschnaufen. Aber sie spürte nicht ihre Last auf dem Rücken, spürte nicht die Steine auf dem Weg, obwohl ihr am Ende die Füße bluteten. Sie wollte nichts, als der Mutter den Wendel wiederbringen: Schau, Mutter, ich war ungehorsam, bin weggelaufen zum Bergwerk, aber ich hab unser Bübchen heil nach Hause gebracht.

Zu Hause war niemand. Die Tür stand offen, auch die vom Stall, durch die sich Magdalena davongeschlichen hatte. Die Ziegen standen im Garten und fraßen den Salat.

»Mutter!«

Nichts.

Die Kate war leer wie ein Pesthaus, durch das nur noch der Wind ging. Magdalena legte den schlafenden Wendel auf das Lager des Vaters. Sie zog ihm die Bergmannssachen aus und wusch ihm das Gesicht. Er wachte nicht auf.

Sie fing die Ziegen ein. Sie meckerten. Sie wollten nicht weg aus dem herrlichen Garten und sie waren ungemolken. Sie molk die Ziegen und trank ein wenig von der warmen Milch aus dem Bottich. Sie wollte Wendel einen Schluck bringen, aber der kleine Bergmann schlief ruhig und tief.

Zum ersten Mal dachte Magdalena jetzt an den Vater und an die andern Männer. Sie hätte warten sollen vor dem Bergwerk. Vielleicht waren sie ja alle noch herausgekommen? Vielleicht war nicht nur dieser eine Schatten Wendel in der Wolke wiedergeboren worden. Vielleicht suchten sie jetzt nach Wendel. Hätte sie ihn nicht wegbringen sollen? Sie stellte sich vor, wie der verzweifelte Vater nach seinem Heinzelmännchen rief.

Sie wusch sich die schmutzigen, blutenden Füße und schlüpfte in die Holzschuhe. Wendel schlief noch immer. Sie musste die Mutter suchen.

Sie fand sie in der Mönchenkirche, vorne am Altar, kniend und betend vor der Schmerzensreichen Madonna: »Heilige Maria, Mutter Gottes! Bitte für uns Sünder, jetzt und in der Stunde unseres Todes!«

»Mutter! Mutter!«

»Pscht!«, machten andere Beterinnen.

Und ein alter Franziskanermönch trat zu Magdalena und legte den Arm um sie: »Wir wissen es schon.«

Die Unglücksnachricht hatte Flügel und war schneller gewesen als Magdalena. Sechs Männer waren tot. Auch der Vater, Gott hab ihn selig! Und von dem kleinen Wendel fehlte jede Spur.

»… bitte für uns Sünder, jetzt und in der Stunde unseres Todes.«

»Aber ich hab ihn doch nach Haus gebracht!«, rief Magdalena und riss sich aus der Umarmung des Paters los. »Mutter! Mutter! Der Wendel lebt doch!«

Sie rannte durch die hallende Kirche. Die Holzschuhe flogen ihr von den Füßen. Sie war ein tapferes Mädchen, sie hatte ganz allein den Bruder aus dieser Wolke des Todes gerettet. Aber jetzt war sie nur noch ein todtrauriges, kleines Kind, das sich glücklich in die Arme der Mutter retten wollte.

»Mutter!«, rief sie noch mal. Aber dann stockte sie, denn die Mutter hatte sich endlich umgedreht nach ihr. Und die Augen, die Magdalena da anstarrten, waren nicht die Augen ihrer Mutter. Wenn es wenigstens die strengen, wütenden Augen gewesen wären, die Augen mit der Rute. Magdalena war sich nicht sicher, ob ihre Mutter sie überhaupt erkannte.

Der Pater trat hinzu und half der Mutter auf. »Reinprechtin«, sagte er, »habt Ihr gehört? Euer Söhnchen lebt. Der Herr nimmt's, aber der Herr gibt's auch durch seine große Gnad und Gerechtigkeit. Amen!«

Langsam schien die Botschaft bei der Mutter anzukommen. Sie nickte. »Der Wendel?«, flüsterte sie.

»Er ist daheim und schläft, Mutter!«

»Ihr solltet nach Hause gehen, Reinprechtin. Es ist eine Zeit zu beten und eine Zeit zu leben. Ihr habt einen Mann verloren, aber Ihr habt einen Sohn gewonnen.«

»Aber wo ist er denn?« Hatte sie es schon wieder vergessen?

»Bring deine Mutter heim, Magdalena«, sagte der Pater. »Bist ein gutes Kind. Gott segne dich.«

»Komm, Mutter«, sagte Magdalena und sammelte ihre Holzschuhe ein. »Er ist bestimmt schon aufgewacht und hat Hunger.« Sie hatte selbst Hunger, aber das konnte warten.

Als sie über den Markt gingen, trafen sie die Selcherin mit dem Einkaufskorb. Die beiden Frauen blieben nur stumm stehen und sahen sich lange an.

»Ich hab vier hungrige Kinder zu Hause«, sagte die Selcherin schließlich, als müsste sie sich entschuldigen, dass sie hier auf dem Markt herumlief.

»Ja«, sagte die Mutter. »Jaja.«

Sie mussten zur Seite springen, weil ein Ochsengespann vorbeiratterte. Man brachte die zerlegte Wotanseiche von Maria Gnad zum Sägewerk an der Nuthe. Der Wetterschaden wurde aufgeräumt. Das Marktgeschrei war so laut wie immer.

»Komm, Mutter, der Wendel!«

Wendel schlief noch immer, als sie nach Hause kamen, aber manchmal stöhnte er und zuckte. Er träumte wohl. Die Mutter stieg zu ihm aufs Lager und bettete ihn in ihren Schoß. In Sankt Nicolai gab es eine geschnitzte Madonna, die den Jesus so auf dem Schoß hatte. Der Jesus war tot, das sah man, weil ein Arm runterhing. Aber der Wendel, der lebte ja.

»Wir müssen ihm den Brei machen«, sagte Magdalena.

»Ja«, sagte die Mutter, aber sie blieb im Bett sitzen.

Also fachte Magdalena das Feuer an, füllte Milch und Wasser in den Kessel und hängte ihn an den Kesselhaken über dem Herd, gab Gerstengraupen hinein und ein Stückchen Fett. Dann fütterte sie die Hühner und die Ziegen und holte eine Handvoll Löwenzahn für Wendels Kaninchen vom Wegrain.

»Heut kriegt ihrs von mir«, sagte sie und griff ihnen ins Fell, »aber bald kommt der Wendel wieder.« Wie weich sie waren und wie zutraulich! Sie hatten ein gutes Herrchen.

Am Nachmittag wachte Wendel auf und nahm ein paar Löffel Brei, die ihm Magdalena eingab, während die Mutter ihn im Schoß hielt. Aber eine halbe Stunde später erbrach er alles wieder. Außerdem sprach er nichts, starrte nur immer die trockenen Zwiebeln an, die an der Decke hingen, und schlief schnell wieder ein.

Auch die Mutter sprach nicht viel. Irgendwann verließ sie das Bett und ging in den Garten. Sie sah den abgefressenen Salat und schimpfte auf die Ziegen. Dann begann sie, das reife Weißkraut zu ernten. Das musste getan werden.

Ein und einen halben Tag lang hobelten sie Kraut, salzten und stampften es in eine hölzerne Tonne, damit sie Sauerkraut hatten, wenn der Winter kam.

Wendel schien es ein bisschen besser zu gehen. Er behielt seinen Brei bei sich und war länger mal wach. Er sagte nichts. Aber als Magdalena ihm ein Kaninchen ins Bett brachte, nahm er es fest in die Arme und lächelte.

Dann begruben sie den Vater und die andern Männer auf dem Kirchhof von Sankt Nicolai. Der Priester sagte: »Der Herr hat's gegeben, der Herr hat's genommen. Gelobt sei der Herr!« Frauen und

Kinder weinten. Es regnete leicht. Der Bergmeister Thyrlin stand mit zusammengepressten Lippen da und hielt sich an seiner Frau fest.

Er hätte die Schüssel für die Berggeister nicht umwerfen dürfen, dachte Magdalena. Der Vater hatte ihm doch gesagt, was der Brauch war. Aber als sie den Vater hinunterließen in die Erde, da dachte sie auch, vielleicht hätte ich die Gaben nicht einsammeln, nicht berühren dürfen als Mädchen? Vielleicht hätte ein Mädchen überhaupt nicht dort sein dürfen am Bergwerk, an so einem Tag …

Vater, verzeih mir!

Bis dahin hatte Magdalena noch keine Träne vergossen. Jetzt wurde sie plötzlich von einem heftigen Weinkrampf geschüttelt. Und zum ersten Mal nahm ihre Mutter sie in den Arm.

Nach der Beerdigung besuchte der Bergmeister mit seiner Frau die Familien der Verunglückten, sagte ihnen sein Beileid und brachte ihnen den ausstehenden Lohn und ein paar Extragroschen der Bergwerksgesellschaft. Und seine Frau übergab einen kleinen Korb mit Lebensmitteln, ein paar Äpfel, Graupen, getrocknete Kletzen und Speierlinge, Mehl und Salz.

»Wie geht es dem Jungen?«, fragte Thyrlin. »Wie ist er eigentlich nach Haus gekommen? Wir hatten ja schon befürchtet …«

»Ich hab das Glöckchen gehört und dann hab ich ihn heimgetragen«, sagte Magdalena.

»Was für eine tapfere Tochter Ihr habt, Reinprechtin!«, sagte Thyrlin. »Aber das hat mein Veit immer schon gesagt, damals als ihr zusammen in der Elementarschule wart.«

»Jodokus!«, sagte die Frau des Bergmeisters.

»Ach so, ja, du warst ja nicht lang auf der Schule. Deine gute Mutter hat dich gebraucht in Haus und Garten. Das ist ja auch gut so.«

Es war vor Wendels Geburt gewesen. Die Reinprechts hatten sich abgefunden damit, dass ihnen nur dieses eine Kind, Magdalena, bleiben würde. Magdalena war gern in die Schule gegangen, ein paar Monate lang: Buchstaben, Zahlen, fremde Wörter und Gesang, das mochte sie.

Sie war sehr traurig, als die Mutter dann doch noch ihren Kopf durchsetzte und der Vater die Tochter wieder herausnahm. Aber sie hatte ihren Frieden damit gemacht.

Später traf sie manchmal den Veit beim Brunnen. Er machte gern einen Spaß mit ihr und bespritzte sie mit Wasser. Und dann sagte er ihr, sie solle doch froh sein, dass sie nicht in diese Paukanstalt gehen müsse. »Die Hölle und das Fegefeuer ist die Schule, wo man gemartert wird und dennoch nichts lernt, trotz Stäupen, Zittern, Angst und Jammer!«

»Aber du erinnerst dich an den Veit?«, sagte der Bergmeister. »Der studiert ja jetzt bei diesem Doktor Luder in Wittenberg.«

»Jodokus!!« Die Stimme seiner Frau wurde mahnend. Sie merkte, dass hier und jetzt keine großen Reden und vor allem nicht der Vaterstolz angebracht waren.

»Jaja«, sagte Thyrlin. »Aber du erinnerst dich auch, Agnes, wie der Veit immer gesagt hat: Der Reinprecht, der hat eine Tochter, das ist eine!«

»Der Junge spricht nicht«, sagte da die Mutter leise, als hätte sie dem Bergmeister überhaupt nicht zugehört.

Der schien einen Augenblick verwirrt von der Antwort auf eine Frage, die er schon wieder vergessen hatte. »Ach so? Ja. Vielleicht solltet Ihr einen Doktor …?«

»Wir kriegen ihn schon durch«, sagte Magdalena.

Da lächelte Thyrlin dankbar und nickte heftig, weil Magdalenas Satz ihn aus seiner Ratlosigkeit erlöst hatte. »Siehst du, Agnes, das meint der Veit. Die Magdalena, das ist eine!«

So vergingen die Tage. Man tat, was getan werden musste. Einmal kam einer vom Rat der Stadt und fragte, ob sie denn keine Verwandten hätten oder einen Bruder oder Schwagersleute, wo sie unterkommen könnten? Eine Frau allein, das gehe doch wohl nicht recht an. Aber da stellte sich die Mutter zum ersten Mal wieder auf die Beine und stemmte die Arme in die Hüften. »Das geht sehr wohl!«, sagte sie. »Ich bin eine kräftige Frau und habe eine kräftige, gesunde Tochter!« So ließ der Rat sie fürs Erste in Ruhe, solang sie niemandem zur Last fielen.

Magdalena aber war müde. Wendel hustete jetzt oft, auch in der Nacht. Sie schlief bei ihm, damit sie bei ihm war, wenn er etwas brauchte.

Sie träumte auch häufig. Immer denselben Traum: der Stollen. Die Staubwolke. Das Glöckchen. Und dann nimmt sie den kleinen Schatten auf den Arm und ist glücklich. Aber dann kann sie nicht weglaufen, weil sie eine Stimme hört, die Stimme ihres Vaters: Magdalena! Und sie denkt: Ich kann nicht beide retten. Ich hab nur zwei Arme.

Manchmal kam die alte Gret und brachte ein paar Kräuter für einen Tee. »Tut euch allen gut«, sagte sie.

Ja, dachte Magdalena, der Tee tut gut und dass jemand vorbeischaut bei uns, das tut auch gut, denn wir sind jetzt ein trauriges Haus. Aber alles würde besser werden, wenn der Wendel endlich wieder aufstehen möchte. Manchmal brachten sie ihn zum Abtritt, aber da mussten sie ihn stützen.

Vielleicht sollten sie doch einen Doktor holen. Sie hatten doch das Geld vom Thyrlin.

Die Mutter tat ihre Arbeit und ging dreimal am Tag in die Mönchenkirche zu ihrem Franziskanerpater. Aber mehr Rat als Beten und Beichten und Gottvertrauen hatte er auch nicht.

Einmal fragte die Mutter doch: »Meint Ihr, Pater, dass wir einen Arzt holen sollten für den Wendel?«

»Jaja, natürlich, einen Medicus«, sagte da der Pater und runzelte die Stirn. »Aber wisst Ihr, der heilt vielleicht den Leib des kleinen Wendel. Denkt Ihr nicht, Reinprechtin, dass man eher seine Seele heilen müsste? Und da hilft nur beten zum großen Seelentröster Jesus Christus. Und nebenbei bemerkt, Ihr braucht das Geld ja auch noch, um die Seelenmessen für Euern guten Mann lesen zu lassen. Gott hab ihn selig!«

So bekam Wendel weiter Brei und Tee von der alten Gret, aber er wurde nicht gesund. Er hustete und manchmal hatte er Fieber und lag schweißnass mit seinem Kaninchen im Bett.

»Warum können wir nicht den Doktor holen?«, fragte Magdalena, aber sie bekam keine Antwort.

4

Stattdessen hieß es auf dem Markt: »Der Tetzel kommt!«

»Was?! Der fette Tetzel? Nach Jüterbog?« Das Geschrei war groß in der ganzen Stadt.

»Eigentlich wollte er nach Wittenberg, aber der dortige Herzog August lässt ihn nicht ins Land. So muss er bei uns bleiben im Land des Magdeburger Erzbischofs.«

Die meisten sagten: »Gut, dass er kommt. Das ist ein Segen für unseren Beutel und für unsere Seele. Wo der Tetzel auftaucht, gibt es ein Geschäft und allemal ein prächtiges Schauspiel.«

Ein paar murrten aber auch: »Was will der Papstknecht hier bei uns?«

»Was wird er schon wollen? Unser Geld!«

»In Treuenbrietzen war er schon«, hieß es. »Jetzt kommt er zu uns nach Jüterbog!«

»Der Papst in Rom schickt ihn und der Erzbischof von Magdeburg.«

Tetzel verkaufte den Petersablass, das wusste Magdalena. Seit Jahren wurde in Rom eine große Kirche gebaut, dafür brauchte der Papst Geld. Aber Rom hatte nichts mit ihr zu tun und die Geldgeschäfte der großen Herren interessierten sie wenig.

Als sie jedoch die Trompeten vom Dammtor her hörte, da sprang sie auf. Sie kniete gerade im Garten und zog neue Zwiebeln aus. Sie schaute, ob die Mutter in der Nähe war, dann wischte sie sich die Hände ab und lief hinaus auf die Gasse, die Pferdestraße hinunter. Da sah sie den Tross schon auf sich zukommen, umdrängt von aufgeregt schreiendem Volk, das aus allen Gassen quoll, um den berühmten Dominikanerpater zu sehen.

Mindestens zwanzig Pferde waren es. Vorneweg ritten die Trompeter. Dahinter ging ein schwarz gekleideter Knecht mit einem purpurroten Kissen, auf dem ein zusammengerolltes Pergament lag, die Ablassbulle. Unten dran die Siegel des Papstes und des Erzbischofs.

Dann folgte ein Trupp Landsknechte, gerüstet und mit Hellebarden hoch zu Ross. Sie eskortierten die Schatulle, die von zwei Pferden auf einem Karren gezogen wurde: eine schwereichene Kiste, länger als ein Sarg, mit dicken Wehreisen beschlagen und mit fünf großen Schlössern verschlossen. In der Mitte des Deckels war ein eiserner Trichter angebracht, der in einen Schlitz mündete. So kam das Geld in den Kasten, ohne dass man ihn jedes Mal aufmachen musste.

Dann folgte ein geschlossener Wagen, in dem saß ein feister Pater und schaute nicht rechts und nicht links. Sein strenges Gesicht war kaum zu sehen, denn er hatte die Kapuze seines schwarzen Mantels hochgeschlagen, den er über dem weißen Habit trug. Schwarz und Weiß, das war ein Dominikaner, das wusste Magdalena. Das musste also dieser Johannes Tetzel sein, der mit seinen Kommissaren, seinen Geldbeamten und Knechten jetzt für zwei Wochen hier in Jüterbog Station machte.

Inzwischen waren so viele Menschen auf der Straße, dass Magdalena Tetzels Wagen kaum noch sehen konnte. Der Dominikaner wusste, wie man aufzutreten hatte!

Plötzlich wurde Magdalena von hinten geschubst: »He, was trittst du mir auf den Fuß, freches Weibsbild!?«

Sie hatte nicht gemerkt, dass sie jemandem auf den Fuß getreten war. Jetzt flog sie gegen einen feinen Herrn mit pelzbesetztem Mantel, der die Arme ausstrecken musste, um sie aufzufangen. Sie wollte sich nach dem Schubser umdrehen, aber zuerst musste sie sich bei dem Herrn entschuldigen.

Gleichzeitig sah sie, wie eine Hand von hinter dem Herrn nach vorne langte und die Börse am Gürtel des Herrn packte. Und dann tauchte eine zweite Hand auf mit einer blitzenden Klinge, die das Band durchtrennte, mit dem die Börse am Gürtel festgemacht war. Und dann sah sie für einen Wimpernschlag das Gesicht eines Jungen hinter dem Herrn.

Und er sah sie, erst erschrocken, ertappt, aber dann stolz und grinsend, als ob er sagen wollte: Was, da staunst du, wie ich so was mache!

Dann war er weg.

Magdalena konnte nicht glauben, was sie gesehen hatte. Einen Beutelschneider auf frischer Tat! Und sie hatte ihm geholfen! Das war klar. Wenn sie nicht gegen den Herrn gefallen wäre, nein, geschubst worden wäre … Ja. Jemand hatte sie geschubst, um den Herrn abzulenken! Damit war klar, dass der Dieb einen Komplizen haben musste.

Magdalena fuhr herum. Hinter ihr drängelte sich die Menge. Es war nicht auszumachen, wer sie geschubst hatte. Der kräftige Kerl mit den langen grauen Locken und dem gezwirbelten Schnurrbart? Nein, sein Wams war neu, seine Schnabelschuhe teuer. So sah kein Dieb aus. Oder?

Sie sah sich wieder um. Der Herr hatte sie losgelassen. »Entschuldigen Sie bitte …«, stammelte Magdalena.

»Du musst besser aufpassen, kleine Maid«, sagte der Herr und lächelte. Und es klang so freundlich, dass sie plötzlich an ihren Vater denken musste, und ein warmer Schauer floss durch ihren Leib. Und deshalb dachte sie: Ich muss es ihm sagen. Sie sind beraubt worden, Herr! Aber ich kann nichts dafür. Und dann? Würde er ihr glauben? Nein. Er würde sie selber für eine Komplizin des Beutelschneiders halten. So machten sie es: Einer lenkt ab, einer greift zu. Sie war arm, hatte verfilzte Haare, war barfüßig mit schmutzigen Händen und Erde unter den Nägeln. So einer glaubte man doch nicht, jedenfalls nicht ein Herr mit perlzverbrämtem Mantel.

Aber sein Lächeln und seine weiche Stimme hatten sie an ihren Vater erinnert, und deshalb wollte sie wiedergutmachen, was sie angerichtet hatte. Vielleicht konnte sie den Jungen finden? Er musste die Börse zurückgeben. Sie drängelte sich an dem Herrn vorbei und versuchte, in die Richtung zu kommen, in die der Dieb verschwunden war.

Es war freilich nutzlos. Die ganze Stadt war auf den Beinen. Er konnte überall untergetaucht sein, hatte sicher ein gutes Versteck, seine Räuberhöhle. Oder er war längst aus der Stadt geschlichen. Magdalena suchte trotzdem die Gassen und Winkel ab vom Zinnaer Tor bis zum Friedhof von Maria Gnad.

Und da saß er. Saß auf dem angekohlten Stumpf der Wotanseiche. Schlaksig, frech grinsend, ein Junge von vielleicht fünfzehn Jahren. Er trug ein fadenscheiniges Samtwams und abgetragene Lederschuhe und auf dem Kopf ein Barett mit einer Spielhahnfeder. Magdalena hätte sich nicht gewundert, wenn er einen Bocksfuß gehabt hätte.

Sie war wütend. Er hatte sie für seine teuflischen Geschäfte missbraucht! Der Herr würde sie für die Diebin halten, wenn er den Verlust seiner Börse entdeckte.

»Du bist ein Dieb und gemeiner Beutelschneider!«, rief sie. Am liebsten wäre sie auf ihn losgegangen und hätte ihm die Börse abgenommen. Aber er hatte einen scharfen Dolch. Und stärker als ein Mädchen war er allemal.

»Was willst du? Was hab ich denn gemacht?«

»Ich hab dich genau gesehen! Und die Börse!«

»Hast du mich gesucht?«

»Die hacken dir die Hand ab, wenn sie dich erwischen!« Das wusste Magdalena. Dieben wurde die Hand abgehackt, die sich nach fremdem Eigentum ausgestreckt hatte.

»Und? Täte dir das leid, wenn sie mir die Hand abhacken?«

»Nein«, sagte Magdalena schnell. Wie kam er denn auf so was? Wie konnte er denken, dass ihr das leidtäte? Ein Räuber!

»Willst du gehen und den Büttel holen?«, fragte er. Er schien keine Angst zu haben.

Eine Ratte kroch neben ihm aus dem Baumstumpf. Er packte blitzschnell zu. Das Tier fiepte und zappelte, aber er nahm es lachend am Schwanz und ließ es vor seiner Nase hin und her baumeln. Dann holte er aus und warf die Ratte auf Magdalena.

»Willst du sie?« Sein Scherz gefiel ihm; denn Magdalena schrie entsetzt auf, als die Ratte auf ihrem Rock landete, sich kurz daran festkrallte und dann schnell davonsprang.

»Du kommst ins Fegefeuer! Da brennst du! Ewig!« Das schien ihr ein Argument, das ihn beeindrucken musste. Sie hatte große Angst vor dem Fegefeuer, genau wie ihre Mutter.

Aber er lachte weiter. »Das Fegefeuer muss mich nicht schrecken«, sagte er und zog einen Zettel aus dem Wams. »Weißt du, was das ist?«

Ein gefalteter Zettel. Sie konnte ja nicht lesen. Die paar Monate, die sie in die Schule gegangen war, hatten nicht ausgereicht, um ihr Lesen und Schreiben beizubringen. Wendel sollte es lernen. Aber das Mädchen brauchte so was nicht, sagten die Eltern.

»Kannst nicht lesen, oder?«

»Und kannst du es denn? Ein Strauchdieb und Straßenschnäpper?« Sie war immer noch wütend, besonders weil der freche Teufel da auf dem Baumstumpf auch noch alles besser wissen wollte.

»Nein. Ich kann auch nicht lesen. Ist aber nicht so wichtig. Hauptsache, Petrus kann lesen. Kennst du den heiligen Petrus?«

»Musst nicht so reden, als ob ich dumm wär!«

»Jaja, reg dich nicht auf! Also, der heilige Petrus, der muss das lesen können. Weil da steht, dass ich einen Ablass gekauft habe.«

»Wahrscheinlich hast du den Zettel auch gestohlen!«

»Nein! Bei der Heiligen Jungfrau! Stünde sonst mein Name drauf?«

»Ich dachte, du kannst nicht lesen?«

»Meinen Namen werd ich ja wohl noch lesen können!«

»Und, was machst du jetzt mit dem Zettel?«

»Den zeig ich dem heiligen Petrus. Wenn ich vor der Himmelspforte stehe, dann zeig ich ihm den Zettel.«

»Du wirst nie vor der Himmelspforte stehen«, sagte Magdalena. »Da braucht einer nicht lesen zu können, um das zu wissen.«

»Dann zeig ich ihn dem Teufel, der kann bestimmt lesen. Und was steht da drauf? Da steht, dass Rasso Brenz – das bin ich, dass Herr Rasso Brenz einen Ablass gezahlt hat für all seine Sünden und deshalb nicht ins Fegefeuer muss, sondern gleich in die himmlischen Gefilde eingehen darf, wenn du weißt, was das ist!«

»Das steht da nicht! Das glaub ich nicht. Was du getan hast, das kann nicht so einfach vergeben werden.«

»Mein Meister hat sogar einen Ablass, der vergibt ihm die Sünden, die er noch gar nicht begangen hat. Vielleicht kauf ich mir so einen auch noch.«

»Aber das geht doch gar nicht«, sagte Magdalena. Sie hatte gelernt, dass man sich Mühe geben musste, um ein guter Mensch zu sein. Und für seine Sünden, da ging man zur Beichte und tat Buße und bat den Herrgott um Vergebung. Und der gute Herr Jesus half einem und rettete einen irgendwie durch sein bitteres Leiden und Sterben am Kreuz.

»Du weißt nicht, was der Ablass ist, oder?«

»Doch, das weiß ich schon«, sagte Magdalena trotzig und senkte gleich den Kopf, weil Rasso ihr die Lüge an der Nase ansehen konnte.

Rasso hieß er also. Rasso mit der Spielhahnfeder.

»Warum setzt du dich nicht?«, fragte Rasso.

»Ich setz mich doch nicht zu so einem!«, sagte Magdalena und lehnte sich an einen verwitterten Grabstein.

»Soll ich's dir erklären?«

»Du weißt ja wohl alles?«

»Ich erklär's dir. Pass auf! Der Ablass, das geht so: Du willst in den Himmel. Dafür musst du ein guter Mensch sein. Aber du bist kein guter Mensch.«

»Wieso denn nicht?«

»Niemand ist ein guter Mensch. Du bist ein Sünder und kommst sogar schon mit der Erbsünde auf dem Buckel in die Welt.«

»Aber ich gebe mir Mühe. Ich halte die Gebote und tue gute Werke. Ich helf der alten Gret beim Schweinefangen.«

»Von mir aus«, sagte Rasso. »Aber das Gegenteil tust du auch, du schwindelst, bist ungehorsam gegen die Eltern und schimpfst und fluchst, wenn dir die Ratten die Grütze wegfressen. Verstehst du? Das

Gute, das du willst, das tust du nicht, aber das Schlechte, das du nicht willst, das tust du.«

»Also komm ich nicht in den Himmel«, sagte Magdalena.

»Schwer. Unsereins kommt nur sehr schwer in den Himmel. Auch wenn du gute Werke tust und deine Schuld damit abträgst, du wirst immer hintendran sein. Kaum hast du eine abgetragen, hast du verdammt noch mal! schon wieder eine begangen.

Die Heiligen kommen in den Himmel. Und Jesus natürlich und die Jungfrau Maria. Weil die keine Fehler machen und keine Sünde begehen. Im Gegenteil, die tun sehr viele gute Werke, so viele, dass noch was übrig bleibt. Und jetzt pass auf, was ich dir sage: Die haben da eine Schatztruhe im Himmel. Da sind die ganzen guten Werke der Heiligen drin, so viele, dass sich damit ganz Jüterbog und wahrscheinlich die ganze Menschheit dazu vom Fegefeuer und der ewigen Verdammnis freikaufen könnten.«

Magdalena lachte unsicher. Machte der sich lustig über sie? Was war das denn für eine Geschichte? »Du musst mir keine Märlein auftischen, Rasso Brenz!«

»Das ist kein Märlein. Ich will tot umfallen, wenn das nicht die Wahrheit ist. Ich meine, es ist der Papst, der den Ablass verkauft, wie soll das nicht die Wahrheit sein? Ist der nicht der Stellvertreter von Jesus auf Erden? Da kannst du jeden fragen.«

Magdalena war verwirrt. Was war das für ein Kerl? Ein Dieb und Lügner und alles wusste er besser. Ihre Wut auf ihn war fast verschwunden. Ihre Neugier überwog. Sie wollte mehr wissen. Niemand redete ja sonst so mit ihr. Über diese Dinge! Sie wollte verstehen, warum die ganze Stadt zusammenlief, wenn dieser Tetzel mit seinem Tross irgendwo einzog. Was hatte er im Angebot, dass alle ganz verrückt wurden? Solche Zettel, wie Rasso einen hatte?

»Also gut«, sagte sie, »eine Schatztruhe im Himmel. Das hab ich verstanden. Aber wir kommen nicht dran, oder? Weil wir nicht einfach in den Himmel gehen können?«

»Richtig. Wir kleinen Sünder kommen da nicht hin. Du nicht und ich auch nicht. Aber der Papst und sein Erzbischof in Magdeburg schon. Albrecht heißt der. Und er ist auch noch Erzbischof von Mainz. So ein Erzbischof, der redet ja ständig mit dem lieben Gott. Und der Papst ist ja sogar sein Stellvertreter auf Erden. Und da hat er eines Tages zum lieben Gott gesagt: Pass mal auf, lieber Gott, du hast da diesen schönen Schatz hier in deiner Truhe und brauchst ihn doch gar nicht. Aber die Menschen hier unten bei mir, meine vielen, armen, gläubigen Schäflein, die könnten den Schatz sehr gut gebrauchen; denn damit könnten sie sich vom Fegefeuer freikaufen. Ist doch nicht schön, Fegefeuer und ewige Verdammnis. Ich glaube, die Schäflein würden sich das was kosten lassen.«

»Und der liebe Gott hat dem Papst den Schatz gegeben?«

Rasso kramte einen schönen, roten Apfel aus seiner Tasche, wischte ihn an seinem Wams glänzend und biss ein Stück heraus. »Ja. Der liebe Gott ist gnädig. Der Papst hat den Schatz bekommen und er verteilt ihn nun unter die Menschen.« Rasso hielt Magdalena das abgebissene Stück Apfel hin.

»Das ist aber sehr freundlich vom Papst«, sagte Magdalena. »Der Papst schenkt mir ein Stück vom himmlischen Schatz und ich kann mich dafür vom Fegefeuer freikaufen.«

Magdalena griff nach dem Apfelstück, aber Rasso zog es schnell zurück und steckte es in den Mund, wo er es schmatzend zermalmte.

»Nicht geschenkt! Dummes Ding! Was denkst du denn?« Der Saft tropfte ihm übers Kinn. »Der Papst braucht Geld. Er will seinen Petersdom fertig bauen und einen fetten Kapaun zur Vesper. Und der Erzbischof will sich noch einen Erzbischofshut dazu kaufen, der braucht auch Geld. Sie lassen die Anteile natürlich verkaufen, die guten Herren, für gutes Geld und helles Gold. Du zahlst einen Gulden oder zehn oder hundert und sparst dir damit zehn Jahre Fegefeuer oder hundert oder tausend.«

Von Ferne hatten sie immer mal wieder die Trompeten des Ablass-

Trosses gehört. Jetzt waren sie verstummt. Offenbar hatte der Zug sein Ziel erreicht.

»Und das macht dieser Tetzel?«, fragte Magdalena. »Der verkauft den Ablass?«

»Ja. Hier bei uns macht's der fette Tetzel. Und woanders macht's ein anderer fetter Dominikaner. Das Geld schicken sie nach Rom, und die bauen dann davon den Petersdom oder bezahlen ihre Soldaten davon, dass sie gegen die Ungläubigen kämpfen.«

Er warf ihr den halb aufgegessenen Apfel zu. »Da, wenn du magst! Ist aus dem Pfarrgarten von Sankt Nikolai.«

Gestohlen!, dachte Magdalena. Natürlich! Er war ein verdammter Dieb, und es war, als würde der Apfelbutzen für einen Augenblick zu glühender Kohle in ihrer Hand.

»In Sankt Nikolai haben sie die besten«, sagte Rasso und lachte. Er sah, dass sie mit sich kämpfte: Durfte sie den Apfel essen? »Was ist? Meinst du, ich bin der Teufel und habe ihn vergiftet? Oder darfst du einen gestohlenen Apfel nicht essen, weil du eine Heilige bist? Wie heißt du überhaupt?«

Magdalena wusste inzwischen nicht mehr, was sie denken sollte. Einerseits war klar, dass dieser Rasso Brenz ein schlechter Mensch war, ein Verbrecher, der wahrscheinlich am Galgen enden würde oder auf dem Scheiterhaufen als Hexer. Ja, als Hexer; denn dass er sie behexte, das stand ja wohl fest. Wäre sie sonst so lange hiergeblieben? Hätte sie ihm sonst so lange zugehört? Dass er ihr die Börse nicht geben würde, war auch klar. Er war frech und fröhlich. Konnte ein böser Mensch so fröhlich sein? Wie lange war sie denn schon nicht mehr fröhlich gewesen?

Ich esse jetzt den Apfel, dachte sie. Ich weiß nicht, ob ich das darf, aber ich esse ihn jetzt einfach.

Doch dazu kam es nicht mehr. Plötzlich erstarrte der fröhliche Junge auf dem Baumstumpf und seine lachenden Augen weiteten sich vor Schreck.

»Versteck dich! Schnell! Versteck dich!«, zischte er.

Magdalena verstand nicht, aber das Gesicht des Jungen sagte ihr, dass sie nicht lange überlegen sollte. Sie duckte sich und verkroch sich zur Seite zwischen die Grabsteine.

Im selben Augenblick hörte sie eine harte Männerstimme: »Rasso! Komm her!« Schritte kamen näher. Dann blieb der Mann stehen.

Rasso war aufgesprungen und lief ihm entgegen. Dann hörte Magdalena einen Schlag, eine Ohrfeige, aber kein Aua! oder Klagen. Offenbar wusste Rasso, Schläge einzustecken.

»Wo warst du?«, fragte der Mann, ohne eine Antwort abzuwarten. »Zur besten Arbeitszeit bist du nicht da und treibst dich rum! Du bist ein Nichtsnutz! Ich sollte dich verkaufen. Die Börse!«

Magdalena hatte die Luft angehalten; denn die Stimme des Mannes war nun wirklich wie die Stimme des Teufels, so kalt und scharf. Aber Magdalena war neugierig, sie wollte sehen, wie der Teufel ausschaute. Vorsichtig spähte sie aus ihrem Versteck hervor.

Es war der Mann mit den grauen Locken. Er hielt Rasso an den Haaren gepackt, während der die Börse aus seiner Tasche holte und sie seinem Meister gab. Der stieß ihn von sich, und Rasso stolperte zwischen die Grabsteine.

»Warst du allein hier?«

»Ja. Ja, allein, Meister«, sagte Rasso.

»Wenn ich dich erwisch, dass du mit andern Leuten verkehrst …!« Der Meister ließ den Satz unvollendet. »Komm, los! Vielleicht geht noch was bei der Vesper.« Er drehte sich um und ging zum Ausgang des Friedhofs.

Rasso folgte ihm. Am Friedhofsgatter sah sich Rasso noch mal um. Der Meister bemerkte es: »Was ist? Möchtest du dir schon mal ein schönes Grab aussuchen?«

Magdalena hörte das Gatter quietschen und wieder zufallen. Aber sie blieb einfach sitzen auf dem kühlen Moos zwischen den Grabplatten. Der Apfelbutzen war ihr aus der Hand gefallen. Sie hob ihn auf, wischte ihn ab und aß ihn auf, mitsamt dem Kerngehäuse.

5

Als Magdalena am nächsten Tag mit ihrer Mutter zur Frühmesse in die Mönchenkirche gehen wollte, waren die Türen des Gotteshauses verschlossen. Ein Zettel war an die Haupttür geschlagen. Aber die wenigsten der verstörten Gläubigen konnten ihn lesen.

Schließlich kam der alte Franziskanermönch aus dem Kloster und erklärte, dass alle Kirchen der Stadt geschlossen blieben, solang der Subkommissar des Erzbischofs und seiner Heiligkeit des Papstes Leo hier in Jüterbog weile. Alle Ämter und Gottesdienste fänden bis auf Weiteres in Sankt Nikolai statt, die Johannes Tetzel zur offiziellen Ablass-Kirche erkoren habe.

»Aber was heißt das?«, fragte die Mutter und auch die andern, die nicht gern auf den geistlichen Beistand ihrer Franziskaner verzichten mochten.

»Das heißt, dass Ihr alle nach Sankt Nikolai geht zur Beichte und Messe und zum Empfang der heiligen Sakramente. Und wer weiß, Reinprechtin, vielleicht geschieht Euch dort ein besonderer Trost vom Herrn Tetzel? Er soll ja ein wahrer Seelenprediger und Menschenfischer sein.«

Es blieb ihnen nichts übrig, als sich auf den Weg zu machen hinauf durch den Schießhag, wo sie auf einen Trupp Gläubiger von Maria Gnad trafen, der auch ausgesperrt war, um sich die Wohltaten des frommen Handelsmannes anzuhören.

In Sankt Nikolai herrschte Gedränge. Alle drei Schiffe der hohen, bunt bemalten, gotischen Halle waren voller Leute. Dicht an dicht standen sie in derben Holzpantinen oder feinen Lederschuhen, manche auch barfuß in dünnen Fetzen neben den Herrschaften in pelzverbrämten Mänteln. Alle schauten sie zur Kanzel, die wie ein Adlerhorst an einem der achteckigen Ziegelpfeiler schwebte.

Dort stand er, feist und glänzend vor Schweiß, weil er sich längst in Hitze gepredigt hatte. Im Grunde war die Kanzel zu klein für ihn. Er donnerte und bebte, er flüsterte und sang beinahe, er schoss seine Augenblitze durchs Kirchenschiff, dass keines der Schäflein da unter ihm sich nicht getroffen fühlen konnte, und dabei quoll er in seinem feinen Habit über die Ränder seiner Rednerbühne, als wolle er sich allmählich im ganzen Kirchenraum ausbreiten und alles und jeden einhüllen in seine Botschaft:

»Hört her!

Hört, wie Gott euch ruft und der heilige Petrus, dem der Papst in Rom eine Kirche baut, seit mehr als zehn Jahren schon. Hört, ihr Mörder, Wucherer, Räuber, ihr Lasterhaften. Jetzt ist die Zeit, Gottes Stimme zu vernehmen, der da nicht will den Tod und das Verderben eines Sünders, sondern dass er sich bekehre!

Hörst du, Priester? Hörst du Edelmann? Hörst du, Kaufmann, Jung und Alt, Jungfrau oder Matrone? Hörst du nicht Gottes Stimme? Und hörst du dann nicht gleich auch deinen Gewissenswurm, der in dir nagt und sagt: Ich bin ein Sünder und nicht würdig, dass du eingehst unter mein Dach. Der dir sagt, ich bin verworfen vor dem Herrn wie eine dürre Frucht und verdammt ins ewige Feuer oder wie die Spreu, die man hinwirft in den Staub der Straße?

Hörst du?

Ja?

Dann sage ich dir – kraft meines Amtes und meiner Sendung – kehr um! Wende dich zu Christus und zum allerheiligsten Kreuz, das vor dir aufgerichtet wurde zur Vergebung der Sünden!«

Unter der Kanzel stand das Ablasskreuz, aufgerichtet aus roten Holzbalken. Statt des Christus hing die Ablassbulle daran, das Beglaubigungsschreiben des Erzbischofs von Magdeburg, das Johannes Tetzel und seinem Trupp die Vollmacht verlieh, den Petersablass zu vertreiben im Land. Vier dicke, rote Siegel hingen an der Bulle und flößten allen die nötige Ehrfurcht ein vor der Amtsgewalt.

Was musste einer für eine Macht haben, der solch ein Papier mit sich führte, dachte Magdalena.

Zwei Landsknechte standen zu Füßen des Kreuzes und bewachten es, wie die römischen Schergen einst den Herrn Jesus Christus bewacht hatten in Golgatha.

»Höre, du und du und du!« Tetzel hatte sich den Schweiß abgewischt, nun fuhr er fort und schoss mit seinem beringten Zeigefinger Pfeile in die Herzen seiner Zuhörer. »Ist es nicht so, dass du Tag für Tag über das Meer dieser Welt fährst, und es ist Sturm und Unwetter, und die Wellen toben über dem Abgrund, der dich verschlingen kann in tausend Tagen oder in der nächsten Stunde! Und du weißt nicht, ob du je in den schützenden Hafen gelangen wirst? Weder mit deinem sterblichen Leib noch mit deiner unsterblichen Seele!

Hörst du?

Ja?

Dann sage ich dir – kraft meines Amtes und meiner Sendung: Ich weiß dir Trost!

Beichte!

Bete!

Bereue!

Und zahle deinen Teil in den Kasten, damit dir deine Sünden vergeben sind durch die Gnade Gottes, deines Herrn, und die Liebe der Heiligen Mutter Kirche in Rom. Denn siehe, das rote Ablasskreuz mit dem Wappen des Heiligen Vaters Leo ist ebenso kräftig zur Vergebung der Sünden wie das Kreuz unseres Herrn Jesus!«

Magdalena stand mit ihrer Mutter nicht weit von diesem Kreuz. Sie war müde und fror ein bisschen, weil ihr schauderte vor diesem Ding, das sie an all ihre Sünden erinnerte. Sie hatte auch noch nichts gegessen. Den Brei gab es normalerweise nach der Frühmesse, spätestens um sieben. Aber das hier dauerte länger, Johannes Tetzel brauchte viele Worte, um die stumpfen Köpfe weichzuklopfen und die dumpfen Seelen zum Schmelzen zu bringen. Zwei, drei Stunden konnten dabei leicht vergehen.

Magdalena schaute zu dem Kreuz hinauf und sie hatte dabei das Gefühl, dass es immer größer wurde. Auch der Prediger wurde immer mächtiger und sein Predigtstuhl war immer höher oben, sodass seine Stimme schon fast aus dem Himmel kam:

»Hört doch!

Hört doch, ihr Vergesslichen!

Hört ihr nicht die Stimmen eurer teuren Verstorbenen?

Hörst du nicht Vater, Mutter, Bruder, Schwester? Hörst du sie nicht schreien: Erbarm dich! Erbarm, erbarm dich meiner und erlöse mich von meinen Qualen!

Da schreit der Vater dem Sohn: Ich hab dich gezeugt, erbarm dich meiner!

Da schreit die Mutter der Tochter: Ich hab dich genährt, erbarm dich meiner!

Da schreit der Großvater dem Enkel: Ich hab dich erzogen und dir meine weltlichen Güter vermacht, erbarme dich doch!

Erbarm dich doch, Freund, Nachbar, Zunftbruder!

Denn siehe, wir liegen hier in Todesqualen und brennen im tausendjährigen Fegefeuer. Und du bist grausam und hartherzig und lässt uns hier liegen in den Flammen des Teufels, anstatt uns zu lösen um einen geringen Preis und kleines Geld.

Schau in dein Gewissen und schau auf das Kreuz und dann sage, du willst mich nicht erlösen für einen Gulden heraus aus dem Fegefeuer hinein in die ewige Seligkeit des Paradieses!?«

Magdalena schaute in ihr Gewissen und es sagte: Wir müssen nach Hause. Wendel ist längst aufgewacht. Er wird Hunger haben und Angst kriegen, wenn keiner da ist. Aber als der Prediger seinen Sermon endlich beendet hatte, da wollte die Mutter noch zu einem der Helfer des Dominikaners und sich genaueren Rat holen. Sie mussten sich in eine lange Schlange stellen.

»Mein Kleiner«, sagte sie, als sie endlich an der Reihe waren, »mein Kleiner – Gott helfe ihm! – liegt krank und will mir nicht wieder werden. Nun weiß ich nicht, ob ich ihm einen Ablassbrief kaufen soll?«

Der Helfer saß hinter einem langen Tisch und sah von seinen Papieren auf, die er fein sorgfältig geordnet hatte: ein Stapel: Befreiung von Fegefeuer, einer: Befreiung von Sünden – vergangenen und noch zu begehenden, ein Stapel: Beichtbriefe, die einem erlaubten, einen gnädigeren Beichtvater zu wählen, aber auch ein Häufchen Butterbriefe, die einem das Schlemmen in der Fastenzeit gestatteten.

Der Helfer hob eine Augenbraue: »Was wollt Ihr, gute Frau? Wollt Ihr, dass das Bübchen ins Fegefeuer fährt, wenn es stirbt?«

»Er kommt nicht ins Fegefeuer!«, rief da Magdalena. »Wendel kommt nicht ins Fegefeuer! Er ist doch noch so klein. Er hat noch gar keine Sünden!«

Da zog der Helfer auch die andere Augenbraue hoch, und die Mutter entschuldigte sich unterwürfig für die vorlaute Tochter. »Sieht sie jetzt, wie nötig ein Ablass schon für kleine Kinder ist?«, sagte er leise und senkte seinen Blick auf sein Sortiment, als sollte es niemand hören, vor allem nicht der Teufel, der ja überall steckte, vor allem in frechen jungen Dingern wie Magdalena. »Der Teufel sitzt in uns allen und gerade in den scheinbar unschuldigen Kleinen, meine liebe Frau!«

»Was ist jetzt?«, mischte sich ein ganz in Schwarz gekleideter Herr mit Halskrause und Barett ein. Er war der Abgesandte des Hauses Fugger, der aufpasste, dass das Geld nicht in falsche Hände geriet. Er saß hinter dem Ablasskasten und führte Buch, das heißt, er trug jede Münze, die durch einen Schlitz in den schweren, eisenbeschlagenen Kasten eingeworfen wurde, in einen dicken Folianten ein.

»Jaja!«, sagte ein dritter Mann, »wir müssen weiterkommen!« Er stand an einem Tisch mit einer Siegelpresse. Man kaufte sich also so ein Papier, der Helfer trug den Namen des Käufers ein, der Siegler besiegelte den Kauf und und das Geldstück flog in den Kasten des Fuggers.

Die Mutter stand da, eine lange Reihe Ungeduldiger hinter sich, die nichts wollten, als möglichst schnell ihren Passierschein für eine unbeschwerte Seligkeit. Und vor sich drei Furcht einflößende Männer. »Ich überleg es mir«, sagte sie.

»Hier! Nehmt das«, sagte der Helfer und reichte der Mutter ein frisch gedrucktes Flugblatt, »das macht Euch das Überlegen leichter!«

Die Mutter steckte das Flugblatt ein und ging endlich auf den Kirchhof hinaus.

Dann blieb sie noch mal stehen und sagte zu sich selbst: »Ich glaube, wir brauchen so einen Ablassbrief für unsern Wendel!«

Da stampfte Magdalena mit dem Fuß auf, und die Tränen schossen ihr in die Augen, weil sie merkte, dass die Mutter keine Hoffnung hatte. »Nein! Nein! Wir brauchen keinen!«, schrie sie. »Weil er nicht stirbt! Hörst du? Er stirbt nicht! Ich hab ihn doch gerettet.«

Ein paar Umstehende drehten sich nach dem ungezogenen Kind um und schüttelten den Kopf. Die Mutter aber ging weg, als hätte sie nichts gehört.

Die alte Gret schlurfte aus der Kirche und machte ein mürrisches Gesicht. Neben ihr ging die Köchin vom Goldenen Bären, die ihr öfter mal ein paar Abfälle gab für die Schweine. Sie war noch ganz verzückt von der Predigt des Johannes Tetzel: »Was für ein heiligmäßiger Mann!«, sagte sie. »Der weiß, wie es zugeht im Himmelreich und im ewigen Leben.«

»Jajaja!«, knurrte die alte Gret. »Der weiß auch, wie es zugeht im irdischen Leben, der fette Madensack! Hast du nicht gehört, Bärenköchin, wie sie hausen in Sankt Korbinian? Und fressen und saufen tagein tagaus, die Herren Bußprediger? Der Melcher Vinzenz hat's mir erzählt, und der muss es wissen als Ratsbüttel: Es gab sogar einen höchstbischöflichen Tadel aus Magdeburg, dass der Tross des feinen Herrn Tetzel nicht den halben Erlös seiner Arbeit verprassen solle, bevor er zu Steinen für Sankt Peter in Rom werden könne.«

»Ach was!«, sagte die Bärenköchin. »Es gibt immer böse Leute, die schlecht reden über heilige Leute.«

»Ja, und es gibt auch immer Heilige, die so schlecht sind, dass man gar nicht drüber reden mag!«, sagte die alte Gret und schlurfte davon.

Da bemerkte Magdalena eine Bewegung in der Menge, nur aus dem Augenwinkel. Aber irgendetwas ließ sie herumfahren.

War da jemand gestolpert?

Oder geschubst worden?

Ja, geschubst!

Da waren sie also wieder! Der Graugelockte und vor ihm ein feiner Herr, der einen anderen mit den Armen auffangen musste, damit er nicht hinfiel. Und da war auch Rasso, hinter dem feinen Herrn.

Magdalena überlegte nicht lange. Noch einmal würde sie die Beutelschneiderei nicht zulassen. »Räuber!«, schrie sie. »Vorsicht! Räuber!«

Sie sah, wie Rasso zu ihr herüberschaute und sofort in der Menge verschwand. Auch der Graugelockte tauchte sofort unter. Aber vorher hatte er Magdalena noch einen Blick zugeworfen, der sie frösteln machte.

Als Magdalena nach Hause kam, saß die Mutter am Tisch, neben sich eine nicht berührte Schale mit Haferbrei. Sie starrte auf das Flugblatt, das sie in Sank Nikolai bekommen hatte, ohne auch nur einmal den Blick zu heben.

Magdalena lief zu Wendel in die Kammer. Er schlief, aber er hatte sich freigestrampelt. Offenbar hatte er wieder Fieber. Sie deckte ihn zu und strich ihm über die Stirn. Er stöhnte kurz auf.

»Nein«, flüsterte Magdalena, »keine Angst, wir kriegen dich durch, und einen solchen Ablassbrief, den kaufen wir nicht!«

Als sie in die Küche zurückkam, war die Mutter in den Garten gegangen, Rüben ausziehen. Magdalena aß den Brei, der immer noch auf dem Tisch stand, und schaute sich das Flugblatt an: »Eine Nachricht darüber, wie es der Seel ergehet im Fegefeuer!«, stand darüber.

Magdalena musste das nicht lesen können, um zu verstehen, was auf dem Bild zu sehen war: Ganz oben sah man, wie die geflügelten und gehörnten Teufel die Sünder abholten, sowohl vom Galgen und vom Rad wie auch aus dem Bürgerhaus und der Kate, und einerlei ob Mann, ob Frau oder Kind.

Und dann ging's voll Jammer und Geschrei in die Kammern der Qualen, ins Feuer, in den Kochtopf, in die Martern, wo böse Teufel warteten, um die Sünder zu stechen, zu schneiden, zu schlitzen oder durch einen Trichter mit Kot und Jauche abzufüllen.

Nur ganz vorne stand ein Mann, dem konnten die Teufel nichts anhaben; denn er hatte einen Ablassbrief vorzuweisen, mit dem päpstlichen Wappen dran. Er trotzte lachend der Teufelsbrut und wurde gleich von einem Engel ins Paradies geführt.

Wendel fing an zu weinen, und die Mutter kam herein.

»Soll ich die ganzen Rüben allein ausziehen!«, sagte sie.

»Wendel weint!«, sagte Magdalena.

Die Mutter nahm Wendel in die Arme und wiegte ihn. »Hol ein neues Hemd!«, sagte sie.

Sie wuschen ihn und zogen ihm das frische Hemd an. Essen wollte er nichts. Als sie ihm ein feuchtes Tuch um die Waden wickelten, war er schon wieder weggedämmert.

»Warum holen wir keinen Doktor?«, fragte Magdalena.

»Du hilfst mir jetzt bei den Rüben!«, sagte die Mutter.

Am Nachmittag, als die Mutter sie zum Brunnen schickte, fasste Magdalena einen Entschluss. Sie stellte die beiden Eimer bei der alten Gret unter und lief die Stadtmauer entlang zum Wursthof. Da hatten die Metzger ihre Häuser und Geschäfte. Aber auch der Chirurg und Medicus wohnte dort in einem stattlichen Haus, das zeigte, dass er ein angesehener, erfolgreicher Mann war.

Als Magdalena die sieben steinernen Stufen zur Tür hinaufstieg, klopfte ihr das Herz bis zum Hals. Aber sie dachte an den weinenden Bruder und dass der Medicus sicher ein guter Mensch war, der den Leuten helfen wollte mit seiner Kunst. Vielleicht konnte er ihr einen Rat geben. Sie wollte sich nicht sagen lassen müssen, sie hätte es nicht versucht.

Sie wischte sich die Hand an der Schürze sauber und klopfte. Dreimal musste sie klopfen, bis ihr die Knöchel wehtaten, ehe die schwere Tür einen Spaltbreit aufgemacht wurde.

Ein dürrer Mann mit einer abgegriffenen Samtkappe steckte seine spitze Nase heraus: »Was will sie?«

Magdalena nahm all ihren Mut zusammen, obwohl ihr der Hals

so trocken war, dass ihr die Zunge am Gaumen klebte: »Ich muss Euch sprechen, Herr Medicus. Mein Bruder …«

»Ich bin nicht der Medicus!«, zischte die Spitznase. »Was denkt sie denn! Denkt sie, der ehrenwerte Herr Doktor geht selbst an die Tür und öffnet den Strauchdieben?«

»Ich bin die Reinprecht Magdalena«, sagte Magdalena. »Und ich bin da, weil mein kleiner Bruder krank ist wegen des Unfalls im Bergwerk.«

»Soso«, sagte die Spitznase und öffnete die Tür ein kleines Stückchen weiter. »Und? Hat sie ein Geld?«

»Wir können zahlen«, sagte Magdalena schnell. »Wir haben doch das Geld vom Thyrlin.«

»Also! Einen halben Gulden!«

»Ich hab es nicht dabei. Ich wollte nur …«

Der dürre Mann schob die Tür wieder zu, aber Magdalena stellte ihren Holzschuh dazwischen.

»Warum darf ich den gnädigen Herrn Medicus nicht schnell was fragen?«

Eine harte Hand schoss aus dem Türspalt und schubste Magdalena zurück auf die Stufen: »Komm sie wieder, wenn sie das Geld hat. Oder ich hol den Büttel!«

Damit knallte die Tür zu.

Magdalena stand allein auf der Treppe. Tränen der Ohnmacht und Wut schossen ihr in die Augen. Was sollte sie tun?

Erst jetzt merkte sie, wie die Luft um die Schlachthäuser nach Blut roch und nach Wurstsuppe und fauligen Schlachtresten, um die sich die Ratten balgten. Sie spürte, wie eine Übelkeit in ihr aufstieg, und lief schnell in die Stadt zurück.

Vor dem Brunnen kam ihr eine Schafherde entgegen, die der Hirte zur Tränke getrieben hatte. Im Nu war sie von drängenden Leibern eingeschlossen, die sich blökend an ihr vorbeischoben. Sie musste aufpassen, dass sie nicht umgerissen wurde. Aber gleichzeitig stellte sie sich vor, sich fallen zu lassen in diese wollige Woge und davongetragen zu werden, irgendwohin zu blühenden Wiesen in irgendeinem Paradies.

Die warmen Körper, die ihre Beine streichelten, erinnerten Magdalena an ihre Ziegen zu Hause. Die Tiere waren in diesen Tagen das Einzige, was ihr ein bisschen Zärtlichkeit geben konnte. Sie schloss die Augen und genoss den Augenblick.

Da packte plötzlich etwas ihr Fußgelenk, eine langfingrige, flinke Hand. Fest griff sie zu und ließ auch dann nicht los, als Magdalena strauchelte. Alles ging ganz schnell. Magdalena wurde von den Füßen gerissen und fiel hin unter die Schafe, die aufblökten und versuchten, über sie hinwegzuhüpfen.

Im selben Augenblick sah sie, wem die Hand gehörte: Rasso!

Er musste unter einem Schafbock gehangen haben, eingekrallt in die Wolle. Jetzt hatte er losgelassen und purzelte zwischen die Beine der Tiere und über Magdalena, die sich gegen alles gleichzeitig wehren musste, gegen die Klauen der Schafe und gegen die unfreiwillige Umarmung des frechen Räubers.

Rasso lachte. Für ihn schien es ein großer Spaß, der ihm da gelungen war.

Magdalena war wütend, weil er sie so erschreckt hatte. Sie schlug und trat nach seiner Hand, die immer noch ihren Fuß festhielt. »Lass mich los!«, rief sie.

Er ließ sie los. »Hast gedacht, der Teufel aus der Hölle hat dich erwischt?« Er lachte immer noch.

Ein schönes Lachen. Ein freches Jungenlachen. Ein Lachen! So würde vielleicht Wendel einmal lachen, wenn er wieder gesund war. Ja, Magdalena wünschte es sich so sehr, dass Wendel wieder einmal lachen würde, lachen so wie dieser … dieser … Sie wollte es nicht denken: dieser Dieb und Beutelschneider! Warum war er nicht etwas anderes, dieser Rasso? Ein Nachbar einfach, ein Freund, ein großer Bruder?

Magdalena lächelte, während sie sich aufrappelte. Rasso sah es und lächelte auch. Sie hatte ihm vergeben. Sie freute sich irgendwie, ihn wiederzusehen. Und er freute sich auch.

Als sie wieder stand, war die Herde schon fast ganz vorbeigezogen an ihnen. Aber plötzlich gab es ein Geschrei: Zwei Kerle von der Stadtwache mit Helm und Hellebarde waren aufgetaucht, schubsten die Leute beiseite und brüllten irgendwelche Befehle. Offenbar suchten sie jemanden.

Rasso, der gerade aufstehen wollte, duckte sich gleich wieder und legte den Finger an die Lippen. Magdalena begriff sofort. Sie suchten ihn.

Jetzt hatten sie das Mädchen da mitten unter den Schafen entdeckt und machten sich daran, zu ihr vorzudringen.

»Sie kommen!«, flüsterte Magdalena.

»Sie kriegen mich nicht!«, sagte Rasso und lachte wieder. Er sah sich kurz um, dann packte er einen starken Schafbock, hängte sich ihm unter den Bauch und ließ sich davontragen.

»He, du!«, riefen die Wachen. »Du da! Was machst du da?«

»Nichts«, rief Magdalena. »Ich wollte nach Hause!«

Die Wachen blieben in einiger Entfernung stehen. »Hast du einen jungen Kerl gesehen? Hat so ein Barett auf mit einer Feder?«

»Nein«, sagte Magdalena. »Ich bin nicht weitergekommen wegen der Schafe. Was ist mit ihm?«

»Nimm dich in Acht vor dem! Ist ein Galgenvogel!«

Die Wachen liefen weiter. Und auch die Schafherde war nun endgültig an Magdalena vorbeigezogen. Auf der Gasse lag ein zertrampeltes Stück Stoff. Magdalena hob es auf, es war das Barett mit der Spielhahnfeder. Sie putzte die Feder und strich sie glatt, dann steckte sie die Mütze unter ihr Wams und lief schnell nach Hause.

Sie rechnete mit einem strengen Tadel, dass sie so lange aus blieb für zwei Eimer Wasser vom Brunnen. Aber die Mutter schien sie gar nicht vermisst zu haben, wie sie sie auch jetzt nicht weiter willkommen hieß.

Sie arbeiteten und taten, was zu tun war in Haus und Garten und bei der Pflege des kleinen Patienten.

Magdalena erzählte ihm von der Schafherde und von diesem verrückten Rasso. Sie zeigte ihm die Mütze mit der Feder. »Du hättest sehen sollen, wie er unter dem Bauch des Schafbocks hing und die Stadtwachen dumme Gesichter machten«, sagte sie und lachte.

»Das möchte ich auch mal machen«, sagte Wendel und lachte auch.

Vielleicht kriegen wir ihn durch, dachte Magdalena. Ich glaub, wir kriegen ihn durch. Wir brauchen keinen Arzt und keinen Ablassbrief.

Sie gingen jeden Tag nach Sankt Nikolai und hörten den Sermon des dicken, selbstgefälligen Inquisitors, der mit immer größerer Lust und Redekunst die Schrecken und Qualen des Fegefeuers ausmalte, um dann mit verführerischer Stimme die Verheißungen der himmlischen Glückseligkeit anzupreisen, die seine Zettelverkäufer für kleines Geld im Angebot hätten.

Am Ende der Woche, einen Tag bevor der tetzelsche Tross wieder weiterzog, kaufte die Mutter drei Ablassbriefe, einen für den Vater, Gott hab ihn selig!, und je einen für die Kinder. Für den eigenen reichte das Geld vom Thyrlin nicht, weil sie es schon dem Franziskaner für die Seelenmessen gegeben hatte.

»Ich brauch auch keinen«, sagte Magdalena. »Meinen halben Gulden nehmen wir für den Doktor. Dann hat er beides, der Wendel, eine Gesundheit und ein ewiges Leben.«

Aber die Münzen waren schon durch den Schlitz in den Kasten des Fuggers gefallen. Sie hatten kaum geklingelt, weil der Kasten schon so voll war. Hoffentlich hatte es Gott gehört …

Drei Tage später starb Wendel. Sie begruben ihn neben dem Vater. Die Erde am Grab war noch weich, so hatte der Totengräber nicht so viel Mühe.

Kurz vor der Beerdigung gab es einen Streit, und die alte Gret musste schlichten. Die Mutter sagte, man müsse den Ablassbrief gut aufheben und verwahren. Aber Magdalena meinte, man müsse ihn doch dem Wendel mitgeben, dass er ihn dem Teufel zeigen könne!

Die Mutter sperrte den Ablassbrief weg. Aber Magdalena hatte ihren eigenen vorher aus der Schatulle genommen. Den steckte sie jetzt dem Wendel heimlich in die Totenkiste, zur Sicherheit.

6

Mit der Mutter wurde es jetzt noch schlimmer. Tagelang verließ sie ihr Lager nicht, und Magdalena musste sich selbst was zusammenkratzen aus dem Garten. Geld war keins mehr da. Die mageren Vorräte waren bald aufgebraucht. Die alte Gret kümmerte sich, so gut sie konnte, nahm Magdalena immer wieder mit zu sich. Aber es war klar, dass es so nicht weitergehen konnte.

Der Rat der Stadt schickte den Seifensiedermeister Zedler und den Apotheker Köstin, um zu sehen, was zu machen war. Sie sahen, was der ganze Ort schon munkelte: Das Haus verwahrloste zusehends. Die Räte kamen zu dem Schluss, dass die Reinprechtin ihre Kate nicht würde halten können. Sie sollte ins Armenhaus ziehen, das Haus würden sie verkaufen und den Erlös für den Unterhalt der guten Frau verwenden.

Es war auch klar, dass sie nicht mehr für ihre Tochter sorgen konnte. Man suchte nach einer Familie, die sie aufnehmen könnte, aber es fand sich keine. Schließlich folgte man dem Vorschlag der alten Gret und schickte Magdalena nach Wittenberg.

Dort lebte die Schwester des Vaters, eine Elsbeth Wallmann. Sie war verheiratet gewesen mit einem tüchtigen Fellhändler, den mitten im Geschäft der Schlagfluss dahingerafft hatte. Jetzt lebte die Witwe in dem ererbten Haus und arbeitete irgendwie als Heilerin oder Kräuterweib.

So genau wusste das keiner in Jüterbog, wo man nicht gern sprach über die Kräuterhexe Elsbeth. Kranke soll sie auch aufgenommen haben in ihr Haus, hieß es, oder Findelkinder. Ob das denn alles ehrenhaft sei, wollten die Räte Zedler und Köstin von der Gret wissen. Aber am Ende hatten sie keine Wahl, das Problem musste gelöst werden.

Und Magdalena, das Problem, hielt still. Was sollte sie schon tun. Sie stand auf am Morgen und versorgte die Tiere. Sie ging in die Mönchenkirche zur Messe, und wenn der alte Franziskaner ihr über den Kopf strich und ihr das Segenskreuz auf die Stirn malte, dann ließ sie es wortlos über sich ergehen.

Einmal versuchte er, sie zu trösten, mit der Geschichte von Josef, den die Brüder in einen Brunnen geworfen hatten. Fast tot war er da, aber am Ende wurde er der Retter seiner Familie. »In so einem Brunnen sitzen wir auch oft einmal«, sagte der Pater. »Aber wer weiß, was Gott noch alles vorhat mit uns? Verstehst du das?«

»Ja«, sagte Magdalena. Aber Gott und seine Heiligen konnten sie nicht trösten.

Am Tag nach Wendels Tod war Rasso noch mal aufgetaucht. Magdalena war mit den Ziegen und den Schweinen der alten Gret auf den Anger vor dem Zinnaer Tor gegangen. Da schlüpfte er plötzlich aus dem Schlehdorn. Sie erschrak und war gleich wieder wütend, weil er immer erscheinen musste wie ein Geist. Aber sie freute sich auch und ertappte sich bei dem Gedanken: Rasso ist mein einziger Freund. Früher war es Veit. Aber der war weit weg und der Sohn vom Thyrlin, der vielleicht schuld war am Tod von Vater und Wendel.

»Was willst du, Strauchdieb?«, sagte Magdalena.

»Mich verabschieden, Schweinemagd«, sagte er und lachte.

»Wo gehst du hin?«

»Weiter.«

»Mit diesem graugelockten Teufel?«

»Mein Meister«, sagte Rasso und sah etwas verlegen weg. Sie hatte gesehen, wie er ihn geschlagen hatte. Da war er nicht der freche, selbstbewusste Kerl gewesen, als der er gern vor Magdalena dastand.

Das Geschäft in Jüterbog war gemacht, jetzt wo Tetzel abzog. Andere Orte, andere Geschäfte mussten gemacht werden.

Magdalena hatte die kurze Verlegenheit gesehen. Sie zog das Barett aus ihrem Wams und reichte es ihm.

»Ha! Du hast es? Hast du das immer bei dir getragen?«

»Ich hab's ein bisschen gebürstet, den Samt, damit er wieder glänzt.«

»Die Spielhahnfeder hast du geknickt«, sagte er.

»Das waren die Schafe«, entschuldigte sie sich.

»Das war ein Spaß, oder? Die dummen Wachen meinen, sie könnten mich erwischen!« Er lachte. Jetzt war er wieder der tolle Hecht.

Magdalena fing leise an zu weinen.

»He, weinst du, weil ich weggehe?« Er streckte seine Hand nach ihr aus.

Aber sie schlug sie weg.

»Es ist wegen deinem Bruder. Ich hab's gehört.«

Da war es, als hätte jemand eine Schleuse geöffnet, so brach es aus Magdalena heraus, der ganze Schmerz, das Schluchzen und Zittern und Beben, das sie die ganze Zeit in sich festgehalten hatte.

Er überlegte nicht lang und nahm sie in den Arm. Und jetzt wehrte sie sich nicht mehr. Er sagte nichts, hielt sie nur fest, bis der Weinkrampf aufhörte und das Schluchzen ein Ende nahm.

»Gibst du mir einen Schluck Milch?«, fragte er schließlich.

Er trug einen ledernen Becher am Gürtel. Magdalena nahm ihn und molk ihn voll mit frischer Ziegenmilch. Sie setzte sich wieder zu ihm in die Wiese.

»Ich hab ihm meinen Ablassbrief mitgegeben«, sagte Magdalena.

»Ihr habt dem römischen Dieb euer Geld in den Kasten geworfen?!«

»Ja. Ich hab es nicht geschafft, dass der Medicus ihn besucht. Der Diener hat mich nicht reingelassen.«

»Es ist nicht deine Schuld. Schuld ist, dass du arm bist. Reiche können sich alles kaufen, auch Gesundheit.« Er sagte das bitter und mit zusammengebissenen Zähnen.

»Kannst du nicht dableiben?«, fragte Magdalena. Jetzt streckte sie die Hand nach ihm aus.

Er zuckte zurück, als würde er sich an einer Berührung verbrennen. Und Magdalena sah, dass nun er gleich zu weinen anfangen würde.

Das Schwein rettete ihn. Es hatte Gefallen an seinem alten Lederschuh gefunden und wollte ihm den Schnabel vom linken Fuß knabbern. Als er es merkte, sprang Rasso auf und schrie theatralisch: »Das Untier versucht, mich bei lebendigem Leibe zu verspeisen!«

Das Schwein erschrak und rannte davon, worauf Rasso die Verfolgung aufnahm. »Ich werde dich erlegen, du gefräßiger Schinken!«, schrie er und hopste über den Anger. »Am Spieß sollst du schmoren, du mördrisches Kotelett!«

Magdalena lächelte.

Rasso machte einen Satz and stürzte sich auf das Schwein, das ihm aber entkam. Rasso schlug einen Purzelbaum und blieb grinsend in der Wiese hocken. Er hob seine Mütze auf, putzte sie und setzte sie auf. Die geknickte Spielhahnfeder bewegte sich leicht im Wind. Er lachte und winkte.

Und dann ging er weg.

Als der Oktober zu Ende ging, wurde die reinprechtsche Kate geräumt. Ein Nachbar hatte sie gekauft mit Garten, Stall und allem Drum und Dran. Die Ziegen und Karnickel hatte man schon ein paar Tage vorher abgeholt. Das war der schwerste Abschied: Wendels Lieblingskaninchen, das weiche, das dem Bruder der letzte Trost gewesen war. Und die borstigen Ziegen mit ihren knuffigen, kleinen Hörnern und den warmen Bäuchen, die Magdalena so oft die einzige Geborgenheit waren.

Aber die Nachbarn waren freundliche Leute. Die Tiere würden es gut haben bei ihnen.

Die Männer, die das Haus ausräumten, kamen bei Sonnenaufgang. Magdalena schlief da schon ein paar Tage bei der alten Gret. Als sie an dem Tag aufwachte, wäre sie am liebsten gleich hinübergelaufen zu ihrem Haus, aber sie ging erst in die Mönchenkirche zur Messe. Ihre Mutter war nicht da. Das war schon öfter vorgekommen. Magdalena machte sich keine Gedanken. Die Mutter würde aufpassen, dass alles seine Ordnung hatte beim Ausräumen. Aber als Magdalena nach der Messe zur Kate lief, war die Mutter nirgends zu sehen.

»Nein«, sagten die Männer, »die Frau Reinprechtin war schon weg, als wir kamen im Morgengrauen.«

Magdalena lief zurück zur alten Gret. Die Mutter war auch dort nicht.

»Wer möchte schon danebenstehen, wenn sie einem das Haus ausräumen!«, knurrte die alte Gret. »Da kann man sich schon verkriechen!«

Magdalena fand sie schließlich am Grab auf dem Gottesacker von Maria Gnad. Sie kniete im Gras neben dem schlichten Holzkreuz. Magdalena hockte sich daneben. Sie war nicht sicher, ob sie von ihrer Mutter überhaupt wahrgenommen wurde.

Es ging gegen Mittag. Es war ein schöner, warmer Herbsttag.

Am Fuß des Holzkreuzes blühten drei Herbstzeitlosen. Magdalena hatte sie am Anger ausgegraben und hierher gesetzt.

Plötzlich streckte die Mutter die Hand aus und legte sie auf die Hände von Magdalena. Die Hand war ganz warm und weich, trotz der Schwielen und Risse vom vielen Arbeiten.

»Schön, die Herbstzeitlosen«, sagte sie, ohne Magdalena anzusehen. »Da haben sie ein bisschen Frühling, obwohl das Jahr schon zu Ende geht.«

»Ich hab sie am Anger vor dem Zinnaer Tor ausgegraben«, sagte Magdalena.

Jetzt schloss sich die Hand der Mutter fest um Magdalenas Hände. Sie wandte den Kopf und sah ihre Tochter an, nach langer Zeit zum ersten Mal sah sie ihre Tochter richtig an. Es war ein Blick voller Zärtlichkeit, aber auch Staunen.

»Du bist wie dein Vater«, sagte die Mutter. »Du gehst hin und pflanzt Herbstzeitlosen aufs Grab, damit etwas blüht aus ihnen und weiterlebt, jedes Jahr neu. Du bist viel stärker als ich. Es ist gut, dass du weggehst. Ich kann dich nicht mehr beschützen. Du musst deinen Weg allein gehen. Ich hab immer gedacht, du bist bockig, und der trotzige

Teufel ist dein Patron. Das war falsch. Ich hätte dir mehr vertrauen sollen. Es tut mir leid. Verzeih mir!«

Die flache Sonne schien Magdalena ins Gesicht. Sie musste blinzeln. »Gut, dass der Blitz die Wotanseiche gefällt hat«, sagte sie, »da haben sie's schön warm, Vater und unser Wendel.«

Dann legte sie ihren Kopf in den Schoß der Mutter und schwieg.

Die Mutter nickte. Und nach einer Weile sagte sie: »Und wir auch.«

7

Am 28. Oktober 1517 kam die alte Gret vor Sonnenaufgang zu Magdalenas Lager, um sie zu wecken. Aber Magdalena war schon wach. Sie hatte das Gefühl, sie hätte gar nicht geschlafen diese Nacht.

Sie machte sich schnell fertig und hängte sich dann ihr kleines Bündel um. Heute würde sie weggehen, und neben den Ängsten darüber, was werden würde, hatte sie die ganze Nacht immer wieder den einen Gedanken gehabt: Wird sie noch mal kommen? Die Mutter war ja wieder verstummt nach dem Tag auf dem Friedhof. Sie hatte ihre Kate nie wieder betreten seitdem und saß nun im Armenhaus und schwieg.

So erzählte es die alte Gret, die sie besucht hatte. »Du musst sie verstehen«, sagte sie. »Sie hat ihren Abschied doch schon gemacht. Das hat sie mir erzählt. Zweimal, das schafft kein Mensch.«

Aber als sie auf die Gasse traten – ein erster Nebel war schon zwischen die Häuser gekrochen von der Nuthe herauf –, da stand die Mutter plötzlich vor ihr, bleich und schmal. Aber sie lächelte, als sie ihre Tochter sah. Und Magdalena warf ihr Bündel weg und lief ihr in die Arme.

»Ich will dich noch segnen«, sagte die Mutter schließlich und schob Magdalena ein Stück weg von sich. Der erste Schimmer des neuen Tages erschien über der Mönchenkirche. Die Reinprechtin machte ihrer Tochter ein Kreuz auf die Stirne: »Gott mit Dir!«

»Amen!«, murmelte die alte Gret. Manchmal verstand sie mehr, als sie zugab.

Die Mutter faltete ein Tüchlein auf und nahm einen kupfernen Ring heraus. »Der ist von deinem Vater. Er hat ihn mir zur Verlobung geschenkt. Kupfer, das er selbst aus dem Berg gebrochen hat.«

»Das Metall der Venus«, sagte Magdalena. »Die Göttin der Liebe.«

»Den sollst du jetzt haben.« Sie schob Magdalena den Ring auf den Finger und nahm sie wieder in die Arme. Magdalena hielt still und hoffte, dass diese Umarmung nie enden möge.

Als die Mutter sie wieder losließ, sagte Magdalena: »Ich komme wieder!«

Die Mutter nickte.

»Darf ich dich noch was fragen, Mutter?« Magdalena senkte den Blick. »Meinst du wirklich, dass Tante Elsbeth eine Hexe ist?«

Ein Ruck fuhr durch die alte Gret. Sie hörte schwer, aber das hatte sie genau verstanden. So also redeten sie über die Elsbeth bei den Reinprechts. Was für ein Unsinn! Sie wollte schon heftig werden, da sah sie, wie die Mutter den Kopf schüttelte.

»Nein«, sagte sie. »Neinnein. Sie wird gut für dich sorgen.« Dann sah sie die alte Gret an und lächelte, weil die zufrieden nickte. »Hat sie alles?«, fragte sie.

»Sie hat alles, Reinprechtin. Gott hält seine Hand über sie. Wir müssen los, der Beckschulte wartet nicht.« Und weil Mutter und Tochter einfach weiter so dastanden und sich ansahen, nahm die alte Gret Magdalena bei der Hand und führte sie weg. Magdalena sah sich noch einmal um, aber da war ihre Mutter schon im Nebel verschwunden.

Sie rochen den Laden schon von Weitem. Eustachius Beckschulte war Lebzelter und Wachszieher, das heißt, der Duft der Bienen umwehte sein Haus Tag und Nacht. Es war ja oft so, dass die Lebzelter, die in ihren Pfannen die köstlichen Honigkuchen buken, in einer anderen Ecke ihrer Werkstatt aus den alten Waben der Bienenstöcke Kerzen und Wachsbildstöcke herstellten.

Eustachius Beckschulte machte auch Unschlittkerzen aus Rinder- oder Hammeltalg für die Kunden, die sich so eine teure Bienenwachskerze nicht leisten konnten. Das allerdings war die Aufgabe eines zweiten Gesellen in einem abgetrennten Hof des Hauses; denn diese Arbeiten gehörten nicht zu der duftenden Seite seines Handwerkes.

Die Sonne ging gerade auf, als sie Beckschultes Hof betraten. Das Maultier war schon vor den zweirädrigen Karren gespannt. Es hatte einen Hafersack vor dem Maul hängen und kaute zufrieden. Der Lehrjunge brachte die letzten Kisten aus der Werkstatt und lud sie auf den Karren. Aber der Meister war nicht da, deshalb gingen sie ins Haus.

Das ganze Erdgeschoss war Werkstatt. Im ersten Licht des Tages sah Magdalena, wie die Gesellen das Tagwerk vorbereiteten. Einer brach die goldgelben Waben aus den hölzernen Rahmen, zerschnitt sie und warf sie in den Schmelztopf. Das ausgelassene Wachs musste dann gefiltert und gereinigt werden, bevor der Wachszieher die Dochte hineintauchen konnte.

Ein Lehrling schnitt solche Dochte von einem Ballen Werg und knüpfte sie an Stangen, immer zehn Stück, gleich lang und in regelmäßigen Abständen, sodass man dann immer zehn Kerzen gleichzeitig machen konnte, die dicker oder dünner wurden, je nachdem wie oft man sie ins flüssige Wachs tauchte.

Jetzt sahen sie den Meister. Er verabschiedete sich gerade von seinen beiden Buben und von seiner Frau, die für die Lebzelterei zuständig war. Sie war eine runde, rotbäckige Matrone, die Magdalena sehr freundlich begrüßte. Allerdings hatte sie fast gar keine Zähne mehr, obwohl sie noch gar nicht so alt war. Und auch der eine Sohn hatte nur noch faule, schwarze Stummel im Mund.

Die Lebzelterin schenkte Magdalena einen Lebkuchen und sagte lachend: »Dass du mir auf meinen Stacherl aufpasst auf der Fahrt nach Wittenberg!«

Magdalena hatte noch nichts gegessen. Ihr war ein bisschen schwindelig. Die Reise, der Abschied von Jüterbog, von der Mutter, von der alten Gret, die ihr seit dem Tod des Vaters zu einer Art Großmutter geworden war. Und nun die schweren Gerüche nach Anis,

Muskat, Koriander, Nelken, Piment und Zimt in der Pfefferkuchenwerkstatt.

»Hat sie den Brief?«, fragte der Wachszieher.

Die alte Gret verstand nichts, weil gerade ein Geselle scheppernd die Pfannen auf den Herd stellte.

»Den Brief vom Rat!«, rief Beckschulte ein bisschen lauter.

»Jajaja«, sagte die alte Gret. »Ich versteh dich schon, Beckschulte. Im Täschchen unter dem Wams hat sie ihn. Der Zedler hat ihn gestern noch eigenhändig gebracht.«

Der Seifensiedermeister und Rat der Stadt Zedler war ja ein Neffe der alten Gret. Er hatte veranlasst, dass im Namen des Stadtrates ein Geleitbrief für Magdalena aufgesetzt worden war, der die reinprechtsche Tochter als anständiger Leute Kind auswies, frei und rechtschaffen und ohne Tadel, gesund und zur Arbeit fähig; verwandt mit der Elsbeth Wallmannin und dortselbst, in deren Haus zu Wittenberg, wohl willkommen und deshalb niemandem zur Last fallend. Gegeben vom Rat der Stadt Jüterbog am 26. Oktober 1517, gesiegelt und unterschrieben vom Bürgermeister höchstpersönlich.

»Dann wollen wir mal!«, sagte Beckschulte.

»Dann geh ich jetzt!«, sagte die alte Gret. »Und dank dir, Beckschulte. Möge Gott es dir vergelten!«

Sie öffnete die Arme, aber Magdalena rührte sich nicht.

»Muss ich wirklich?«

Die alte Gret ließ die Arme sinken und seufzte.

»Du hast Glück! Du darfst hinaus in die Welt!«, sagte Beckschulte.

Und die Lebzelterin sagte lächelnd: »Du wirst sehen, wie wunderschön das Allerheiligenfest in Wittenberg ist!«

»Ich komme wieder!«, sagte Magdalena.

»Ja. Natürlich. Wir sind da«, sagte die alte Gret. »Deine Mutter und ich sind da.« Dann drehte sie sich um und schlurfte davon.

»Was für eine gute Haut!«, murmelte Beckschulte und nahm seine Sachen auf.

Ich weine nicht, dachte Magdalena. Ich werde nicht weinen!

»Ich hab dir eine Decke zwischen die Kisten gelegt«, sagte die Lebzelterin, legte den Arm um Magdalena und führte sie hinaus. »Siehst du? Hier sitzt du. Da kannst du dich zudecken, wenn's dir zu kalt wird. Aber ich glaub, es wird ein schöner Tag. Und übermorgen seid ihr schon in Wittenberg bei deiner Tante.«

Beckschulte umarmte seine Söhne. »Bringst du uns was mit, Vater?«, riefen sie. »Ein geschnitztes Pferdchen!«, rief der Kleine. »Einen Säbel!«, rief der Große.

»Und eine Rüstung, jaja!«, lachte der Vater. »Dann kannst du auf dem geschnitzten Pferd deines Bruders in die Schlacht reiten!« Er nahm dem Maulesel den Hafersack ab und setzte sich auf den Kutschbock.

»Gott beschütze euch!«, sagte die runde Lebzelterin.

»Los, Grauer! Lauf!«, rief Beckschulte und ließ die Zügel schnalzen.

8

»So früh schon unterwegs, Beckschulte?«, fragte die Wache am Dammtor. Sie öffneten gerade die schwer eisenbeschlagenen Spitzbogentüren in dem massiven Backsteinbau des Dammtores.

»Der frühe Vogel fängt den Wurm!«, lachte der Wachszieher.

»Fährst immer noch nach Sachsen?«, fragte der Wächter. »Die nehmen dir doch den halben Gewinn wieder ab beim Zoll, die Gauner!«

»Trotzdem«, sagte der Wachszieher. »Der Stadtschreiber von Wittenberg hat es mir erzählt das letzte Mal: Sie lesen dort fast neuntausend Messen im Jahr und dabei haben sie's gern hell und verbrennen vierzigtausend Kerzen. An so einem Geschäft will ich gern teilhaben.«

»Und die da?«, fragte der andere Wächter.

»Weißt es doch, Stani«, sagte sein Kollege. »Ist die kleine Reinprechtin. Der Vater war doch in demselben Stollen wie mein Bruder Wendel. Die Mutter ist nicht mehr ganz richtig.«

Der Wachmann war offenbar ein Selcher. Magdalena zog sich die Decke über den Kopf. Sie wollte nichts sehen und nichts hören, nichts von der Mutter, noch von dem einen Wendel oder dem anderen.

Der Wagen zog an.

»Gott auf den Weg!«, sagten die Wachen.

»Gott behüt die Stadt«, sagte Beckschulte.

Es ging ruhig dahin. Das Gelände war eben. Ein paarmal mussten sie durch einen Bach. Aber die Furten waren nicht tief, es hatte lange nicht geregnet. Und auch heute war bald die Sonne Sieger über die wenigen Nebelfetzen, die über den Sumpflöchern links und rechts der Straße hingen.

Magdalena hatte sich vorgenommen, die Augen offen zu halten und sich alles zu merken von der Welt, wie sie sie jetzt sehen würde. Aber das gleichmäßige Ruckeln, die Ruhe und die Wärme unter der Decke ließen sie bald einschlafen.

Sie wachte wieder auf, weil sie Musik hörte. Ein Sackpfeifer im bunten Wams hatte sich ihnen angeschlossen. Er hatte sich unterhalten mit dem Wachszieher und nun spielte er ein bisschen freche Wandermusik.

Magdalena wickelte sich aus ihrer Decke. Sie freute sich über die Abwechslung. Sie sang ja gern, nur hatte es in letzter Zeit wenig Grund und Gelegenheit für muntere Lieder gegeben.

Der Sackpfeifer hatte einen kleinen Berberaffen, der auf seiner Schulter ritt. Als er das Mädchen unter der Decke hervorkriechen sah, zeterte er kurz und aufgeregt, aber dann sprang er auf den Karren hinüber. Er machte Purzelbäume auf den Kisten und lief im Handstand auf den Vorderpfoten. Dann hockte er sich vor Magdalena hin und hielt die Hand auf, um einen Lohn für seine Vorstellung zu bekommen.

»Was willst du denn? Ich hab ja nichts!«, sagte Magdalena und lachte.

Der Affe zeterte voller Protest.

Magdalena griff in ihr Bündel, brach ein Stück von ihrem Lebkuchen ab und gab es dem Tier. Der Affe packte es, brachte sich mit seiner Beute auf der Schulter des Sackpfeifers in Sicherheit und verschlang den Leckerbissen. Dann sprang er auf den Karren zurück, rollte sich auf Magdalenas Schoß zusammen und ließ sich eine Weile kraulen.

Reisen ist schön, dachte Magdalena. Und als der Affe wenig später wieder die Hand aufhielt, da gab sie ihm noch ein Stück von ihrer Kostbarkeit.

Bei dem Ort Gölsdorf verabschiedete sich der Sackpfeifer. »Komm, Leo!«, rief er, und der Affe sprang auf seine Schulter.

Beckschulte lachte: »Heißt er wie der Papst?«

»Ja, natürlich«, sagte der Sackpfeifer. »Hält auch immer die Hand auf!« Der fahrende Musiker wollte zum Markt vor dem kleinen Kirchlein mit seinem achteckigen Fachwerkturm. Bisschen aufspielen und Geld verdienen.

Kurz nach Mittag machten sie eine Rast. Das Maultier wurde ausgespannt und zum Trinken an den Bach geführt. Dann bekam es seinen Hafersack. Es war warm, aber der Wind trieb immer wieder kleine Sand- und Staubfahnen vor sich her. Hier war ja alles trocken und sandig.

»Weißt du, wie unser Brandenburg heißt bei den Sachsen? Streusandbüchse des Heiligen Römischen Reiches.« Der Wachszieher lachte und spannte das Maultier wieder an. »Ist doch gar nicht so schlecht die Fahrt, oder?«

Ein Stück den Bach hinab kamen sie an eine Brücke. Das war die Grenze zwischen der Mark Brandenburg und Kursachsen. Der Übertritt war eigentlich kein Problem. Der Wachszieher beglich seine Zollgebühr, und Magdalena zeigte ihren Geleitbrief vor.

Aber der Obrist runzelte die Stirn, irgendetwas schien ihm nicht zu gefallen. Beckschulte wusste nur zu gut, dass man mit einem Zöllner besser keinen Disput anfing, deshalb fragte er ihn schnell, was er denn von seinen feinen Bienenwachsbildern halte?

»Ein Bienenwachsbild?«, sagte der Obrist. »So was könnte einem schon gefallen. Vielleicht mag er mir eins zeigen, hinten in der Zollhütte?«

Beckschulte nahm ein Heiliges Herz Jesu aus der Kiste und ging mit dem Obristen in die Hütte. Wenig später kam er wieder heraus und sie konnten die Fahrt fortsetzen.

»Habt Ihr einen guten Preis bekommen, Meister Beckschulte?«, fragte Magdalena.

Da lachte der Meister. »Ja, natürlich! Du darfst weiter mit mir nach Wittenberg fahren und ich bin nicht so allein.«

Magdalena saß jetzt vorne neben Beckschulte und er erzählte ihr von Wittenberg:

»Das ist ja eigentlich nur ein kleines, schmutziges Nest an der Elbe. Eine wacklige Brücke haben sie von Westen her über den Fluss und grade mal zweitausend Einwohner. Hauptsächlich Bauern, und vier Fünftel von denen sind so arm, dass sie nicht mal Steuern zahlen müssen.

Sie haben ein neues Schloss und eine Schlosskirche, die die windschiefen Holzhäuser drum herum noch ärmlicher aussehen lassen, eine Stadtkirche und ein Mönchsstift mit einer Kapelle, die verfallen ist wie der Stall von Bethlehem. Eine dicke Mauer gibt's und ein starkes Festungswerk, das ist notwendig, denn jenseits von Wittenberg beginnt nach Meinung der Sachsen und ihres Fürsten Friedrich die Barbarei. Wall und Graben natürlich und drei mächtige Stadttore, vierzehn massive Türme und überall Erker in den Wehrgängen, von denen aus man jeden Punkt vor der Mauer beschießen kann.

Aber dann hat Friedrich der Weise die Universität gegründet und diesen Doktor Luder aus Erfurt hergeholt. Das hat ein paar Studenten mehr nach Wittenberg gelockt. Zweihundertfünfzig werden es wohl jetzt sein. Ein paar Leute haben ihre Häuser aufgestockt, und man ist froh über ein paar mehr Kostgänger. Aber in den konkurrierenden Städten Leipzig und Erfurt studieren immer noch doppelt so viele junge Leute.«

»Aber der Veit vom Thyrlin ist nach Wittenberg gegangen«, sagte Magdalena.

»Ja, siehst du, da kennst du sogar schon einen Wittenberger«, sagte der Wachszieher.

»Der wird grad auf eine wie mich warten!«, sagte Magdalena. »Der Veit ist doch jetzt praktisch ein hochwürdiger, feiner Herr!«

»So, meinst du?«, sagte Beckschulte und schmunzelte. »Und wer sagt uns, dass du nicht auch bald eine feine Dame bist?«

Magdalena wurde rot. So hatte noch nie jemand mit ihr geredet, so heiter und ernst zugleich. Sie wollte, dass der Wachszieher weitererzählte, also fragte sie: »Und das Allerheiligenfest? Was ist damit?«

»Zu Allerheiligen zeigt der Kurfürst seine Reliquiensammlung in der Schlosskirche, viele tausend heilige Teile. Und wenn du dich anständig durchkniest durch die Ausstellung, dann wird dir ein Ablass zuteil über tausend Jahre Fegefeuer.«

Da war es wieder: Ablass und Fegefeuer! »Glaubt Ihr das?«, fragte Magdalena und legte sich gleich die Hand auf den Mund, denn natürlich musste der Wachszieher ihre ganze frevlerische Ungläubigkeit bemerken. Sie wusste nicht, wie fromm und gottesfürchtig er war. Sie wollte sich seine Zuneigung ja nicht verscherzen.

Aber der Wachszieher sah sie nur freundlich lächelnd an und sagte: »Sagen wir mal so: Schaden wird's nicht!«

So kamen sie gut voran, obwohl die Straße eigentlich nur ein tief gefurchter Feldweg war. Wenn ein Fuhrwerk entgegenkam, musste einer ins Gebüsch ausweichen, das meistens links und rechts den Weg säumte.

Dann wieder ging's durch endlose Föhrenwälder, deren rote Stämme im Zwielicht leuchteten. Kurz vor Zahna gab's einen Eichenwald, in dem ihnen eine Rotte Wildschweine mit ihren halbwüchsigen Jungen über den Weg liefen.

In Zahna übernachteten sie, das heißt, sie fanden eine Schenke außerhalb der Mauern, in deren Hof der Wachszieher Karren und Maulesel abstellen durfte. Und dann machten sie sich ein Lager zwischen den Kisten. So eine kostbare Fracht konnte man nicht gut alleine stehen lassen über Nacht.

»Schlaf gut mit Gottes Segen!«, sagte der Wachszieher. »Und gute Träume!«

»Ich glaub, ich träum von dem Äffchen«, sagte Magdalena und machte die Augen zu.

Es war noch nicht richtig hell, da weckte sie der Wachszieher: »Wenn du in die Messe gehen willst, sie machen gerade die Tore auf. Ich kümmere mich derweil um den Maulesel.«

Magdalena ging gern in die Kirche. Wenn sie nicht gerade eine bedrohliche Predigt erschreckte, war die Kirche ein friedlicher Ort für sie, wo alles seinen Platz hatte, unten und oben, vorne und hinten, Frauen und Männer, der Pfarrherr und seine Schäflein.

Die Kirche in Zahna war ein gedrungener, romanischer Bau mit einem Grundriss wie ein Kreuz. Schwere Grundmauern aus dunklen Feldsteinen trugen den Ziegelbau. Innen gab es einen Lettner, der den Klerikerchor vom Laienschiff trennte. Auf dieser steinernen Rednerbühne stand eine Schola und sang einen Psalm, eine höhere und eine tiefere Stimme gingen gleichmäßig nebeneinander her, sicher und schön, während ein Diskantknabe oben drüber zwitscherte wie ein junger Vogel, der zum ersten Mal in den Himmel hinaufsteigt.

Im dusteren, kalten Kirchenraum standen die Gläubigen dicht an dicht. Sie rochen nach Arbeit, nach Schweiß und Rauch und Knoblauch, während aus dem Chorraum der Duft von Weihrauch herauswehte. Das war es, was Magdalena gefiel, Teil zu sein von einem Ganzen, aufgehoben mit allen Sinnen: der Geruch, die Musik, die Bilder und die sicheren, dicken Mauern drum herum.

Ein feste Burg ist unser Gott!, hatte der Vater immer gesagt.

Herr, auf dich trau ich, dachte Magdalena, während die Mönche auf dem Lettner sangen: »Der Herr ist mein Hirte. Mir wird nichts mangeln. Er weidet mich auf einer grünen Aue und führet mich zum frischen Wasser.«

Natürlich verstand Magdalena nicht, was da gesungen wurde; denn die Mönche sangen Lateinisch. Aber sie spürte es und sagte Ja dazu.

»Amen!«, murmelte sie. »Herr Gott, beschütze mich und meine Mutter und die alte Gret und den Wachszieher auch! Erbarm dich der Toten, oh Gott! Nimm an den Vater und den Wendel durch deine Barmherzigkeit! Amen!«

Sie fühlte sich gestärkt, als sie auf den Kirchhof trat, gestärkt und getragen von einem Glauben, den sie nicht infrage stellen wollte wie dieser Rasso, der ihr das gefährliche Gift des Zweifels eingeträufelt hatte auf dem Friedhof. Ein Teufel war der!

Unter den aus der Kirche drängenden Gläubigen glaubte sie für einen Augenblick eine Samtkappe mit einer geknickten Spielhahnfeder gesehen zu haben. Aber das hatte sie sich wahrscheinlich bloß eingebildet, weil sie an ihn gedacht hatte wie an einen gefährlichen Freund.

Als sie zu Meister Beckschulte zurückkam, war schon alles zur Abfahrt bereit. »Es ist gut, wenn einer einen Glauben hat, an dem er Halt findet!«, sagte er und reichte ihr einen Rosinenwecken mit Rübensirup.

So was Gutes hatte sie lange nicht gegessen.

»Steig auf! Jetzt geht's nach Wittenberg hinein. Es wird gute Geschäfte geben!«

9

Zunächst liefen allerhand Leute neben ihnen her. Fliegende Händler mit ihren Kraxen, Bettelmönche, buntes Volk. Sie alle hatten sich in der Früh auf den Weg gemacht. Aber gegen Mittag hatten sich die meisten verlaufen, die einen waren schneller, die anderen langsamer zu Fuß, die einen wollten hierhin, die andern dahin. Und so waren sie plötzlich allein auf dem Weg, der durch einen überfluteten Erlenbruch führte.

Der Wachszieher lenkte den Karren auf einer Art Damm, zwischen den grauen Stämmen der Erlen, die mit ihren Wurzelstöcken alle im Wasser standen. Immer wieder platschte es, wenn die Bisamratten aufgeschreckt wurden, die in dem Damm ihre Löcher hatten.

»Hoffentlich kommt uns keiner entgegen«, sagte Magdalena. »Hier könnten wir nicht ausweichen, oder?«

»Keine Angst, wir sind gleich durch«, sagte Beckschulte und munterte sein Maultier mit einem Zügelschnalzen auf, ein bisschen schneller zu laufen.

Und richtig, bald schon wurde das Wasser weniger, die dunklen Erlen wichen den leuchtenden Birken, das Gebüsch am Wegrand nahm zu.

Aber gerade als sie wieder auf dem Trockenen waren, geschah es: Vier Kerle sprangen aus dem Gebüsch, zwei von links, zwei von rechts. Zwei von ihnen rissen den Wachszieher vom Kutschbock und schlugen ihn mit einer Keule nieder.

Magdalena sah, wie er im Straßengraben zusammenbrach und liegen blieb. Auch sie wurde vom Karren gerissen. Man zog ihr einen stinkenden Sack über den Kopf, und einer der Kerle warf sie sich über die Schulter und schleppte sie weg.

Es war alles so schnell gegangen, dass sie nicht mal schreien konnte. Aber sie hatte gesehen, dass einer der Kerle graue Locken hatte und ein anderer ein Barett mit einer Spielhahnfeder trug.

Erst war sie wie gelähmt, aber dann packten sie Angst und Wut: Sollte denn schon wieder alles zerschlagen werden, jetzt, wo sie gerade ein wenig Hoffnung geschöpft hatte?! Sie schrie, so laut sie konnte, und strampelte so sehr, dass der Kerl sie fluchend fallen lassen musste. Dabei rutschte der Sack so weit von ihrem Kopf, dass sie zurückschauen und sehen konnte, wie sich Beckschulte an einem Ast hochzuziehen versuchte.

Er lebte also!

Sie sah auch, wie der Karren mit den ganzen Wachswaren in Richtung Wittenberg verschwand. Der Graugelockte saß auf dem Bock, und ein Zweiter hockte hinten zwischen den Kisten auf ihrer Decke.

Und sie sah Rasso. Einen winzigen Moment lang trafen sich ihre Blicke.

Nein!, dachte Magdalena. Eine Börse stehlen, das ist das eine, aber ein Raubüberfall …! Er ist wirklich ein Räuber!

Der andere Kerl, er war vielleicht zwei Jahre älter als Rasso, merkte, dass die beiden diesen Blick tauschten, und war sofort misstrauisch. »Was ist? Kennst du die?«

»Nein«, sagte Rasso schnell. »Wieso soll ich die kennen?«

Magdalena nutzte den Augenblick, um sich den Sack ganz vom Kopf zu ziehen und aufzustehen. Aber der Kerl schlug sofort wieder zu. Ihre Oberlippe sprang auf und sie fiel hin.

»Du musst sie nicht so schlagen!«, sagte Rasso.

»Warum? Willst du sie heiraten?« Der Kerl lachte und zog Magdalena den Sack wieder über den Kopf. Dann nahm er einen Strick von seinem Gürtel und band den Sack unter Magdalenas Brust zu.

»Du musst sie nicht schlagen!«, sagte Rasso noch mal.

Da wurde der andere wütend und trat vor Rasso hin. »He! Was jammerst du rum? Ich hab dem Meister schon lange gesagt, er soll bei dir mal andere Saiten aufziehen!«

»Wenn wir sie verkaufen wollen, musst du sie nicht vorher kaputt schlagen! Oder?«

Da sah der andere plötzlich, dass Beckschulte sich wieder aufgerichtet hatte. »Da! Der lebt ja noch!«

Er wollte gleich hin zu Beckschulte, aber Rasso hielt ihn auf. »Ich mach das, Vigo!«

»Du sollst meinen Namen nicht nennen!«

»Ich mach das! Hast du verstanden?«

»Du machst das? Ausgerechnet du, Memme!«

»Ich weiß auch, was getan werden muss. Ich mach das! Bring du sie zur Hütte, bevor noch jemand vorbeikommt und uns sieht!«

Einen misstrauischen Augenblick lang zögerte Vigo noch. Dann packte er sich Magdalena wieder auf die Schulter und stapfte durch das Gestrüpp davon, während Rasso langsam zu Beckschulte hinüberging.

Vor einer halb verfallenen Hütte warf Vigo sie ab und zog ihr den

Sack vom Kopf. »Du wirst nicht weglaufen, sonst stech ich dich ab!«, sagte er und zeigte ihr den Dolch, der an seinem Gürtel hing.

Magdalena spürte gar keinen Drang zu fliehen. Sie spürte gar nichts, keine Wut, keinen Schmerz, obwohl ihre Lippe immer noch blutete. Nicht mal Angst. Leer fühlte sie sich, leer und sinnlos, als hätte man sie weggeworfen wie ein zerbrochenes Essgeschirr.

Die Hütte war an der einen Längsseite eingeknickt, Strauchwerk und Moos hatten die Bretter überwuchert. Es sah aus, als verschlinge der wilde Wald ganz langsam dieses Menschenbauwerk.

Vigo öffnete die schiefe Tür und stieß Magdalena hinein. Muffig, modrig roch es da, nach altem Rauch und feuchter Kohle. Ein Tisch, ein Strohlager und eine Klappe im Boden. Vigo machte sie auf. Er musste heftig an dem eisernen Ring zerren, bis die verklemmte Falltür endlich aufging.

»Los, da rein!«, sagte er. »Den Sack kannst du mitnehmen zum Zudecken!«

Als Magdalena die Hand nach dem Sack austreckte, sah Vigo den Ring. Magdalena merkte auch, dass er ihn gesehen hatte. Sie erkannte auch, wie sofort die Gier in seinen Augen aufsprang, und zog schnell die Hand zurück.

Vigo grinste: »Gib ihn her!«

»Nein!«

»Du sollst ihn hergeben!«

»Er ist von meinem Vater!«

»Ha!«, lachte Vigo. »Und wenn er vom Papst in Rom persönlich wäre! Jetzt gehört er mir!«

Magdalena barg die Hand mit dem Ring unter ihrer Achsel und wich zurück. Aber die Hütte war klein und eng. Sie stand schnell mit dem Rücken an der Wand. Und der böse grinsende Kerl mit dem Dolch kam näher.

Vater!, dachte Magdalena. Vater, hilf mir! Nicht mal dein Gedächtnis kann ich bewahren!

Da hatte der grinsende Vigo sie schon gepackt. Sie wehrte sich, sie zappelte und schrie und biss ihn in die Hand. Er schlug wieder zu. Sie stürzte. Vigo packte ihren Arm. Er grinste nicht mehr. Er war jetzt nur noch Wut und Hass.

In dem Augenblick flog die Tür der Hütte krachend auf und Rasso stürzte herein. Er packte Vigo und riss ihn von Magdalena weg: »Hör auf! Lass sie!«, schrie er.

Vigo fuhr herum und stolperte. Aber er war sofort wieder auf den Beinen. Er hatte seinen Dolch in der Hand.

In Rassos Augen stand jetzt die Angst. Er kannte seinen Kumpan. »Nicht doch! Nicht doch!«, sagte er beschwichtigend.

»Hast du Angst?«

»Beruhige dich doch!«

»Ja, jetzt hast du Angst, Kleiner!«

»Vor dir hat jeder Angst, Vigo!«

Vigos Augen zogen sich zusammen: »Du sollst keine Namen nennen!«, zischte er zwischen den Zähnen hervor.

»Hör doch auf! Steck den Dolch weg!«

»Was fällst du mich an?!«

»Ich hab gedacht, du bringst sie um!«

»Ich bring sie auch um. Sie hat mich gebissen!« Er entspannte sich ein bisschen.

»Steck den Dolch weg!«

»Miststück!«, zischte Vigo.

»Wir müssen auf sie aufpassen, das weißt du genau. Zeno will sie doch ...«

»Keine Namen, du Idiot!«

»Er will sie doch verkaufen. Macht doch gerade in Wittenberg das Geschäft mit dem Bettlerkönig. Und wir warten, bis der ... bis sie abgeholt wird.«

Vigo steckte den Dolch in die Scheide. »Ich wollt ihr bloß den Ring abnehmen. Den wollt sie nicht hergeben.«

»Sie hat einen Ring?«

»Bloß ein kupferner!«

»Der Ring gehört zur Beute«, sagte Rasso, »den kannst du nicht so einfach nehmen! Wenn der Meister das erfährt …!«

»Ach, ist mir doch einerlei. Wenn sie ihr die Hand abhacken, dann braucht sie keinen Ring mehr.« Er sah Magdalena verächtlich an und lachte derb. Dann packte er sie, stieß sie durch die Falltür in das Verlies hinunter und warf den Deckel krachend zu.

Es war einfach ein Erdloch mit festgestampftem Boden. Ziemlich finster, weil durch die Ritzen in der Falltür nur sehr wenig Licht hereinfiel. In einer Ecke lagen ein paar wurmstichige Bretter und darauf ein verfaulter Strohsack.

Magdalena legte ihren Sack darauf und hockte sich hin. Alles tat ihr weh. Jetzt hab ich auch mein Grab, dachte sie.

Aber der Deckel ihres Grabes war nicht so dicht, dass sie nicht hätte verstehen können, was oben in der Hütte gesprochen wurde.

»Was ist mit dem Wachszieher?«, fragte Vigo.

Als Antwort hörte man Münzen in einem Beutel klingeln.

»Dass du seinen Beutel hast, muss ja nicht heißen, dass …«

»Ich hab gesagt: Ich mach das! Ich habe es erledigt.«

»Zeig mal den Beutel!«, sagte Vigo.

»Der kommt zur Beute«, sagte Rasso. »Ich will keinen Ärger mit dem Meister.«

»Seit wann so folgsam?«, sagte Vigo und lachte. »Und die da unten? Die kennst du wirklich nicht?«

»Kennst du sie denn?«

»Ich weiß nicht. Hab schon gedacht, ob das nicht die ist, die uns vor Sankt Nikolai verpfiffen hat?«

»Weiß nicht. Hab sie nicht gesehen da.«

»Einerlei!«, sagte Vigo. »Morgen sind wir sie los. Weißt du was, ich seh mal, ob uns ein Abendessen in die Schlingen gegangen ist, die ich heut Morgen ausgelegt habe. Kannst du allein auf sie aufpassen?«

»Ich setz mich auf die Falltür«, sagte Rasso und lachte.

Dann hörte Magdalena die Hüttentür.

Jetzt saß Rasso also allein da oben. Rasso, der Räuber! Rasso, ihr Lebensretter! Rasso, der Mörder von Meister Beckschulte?

Wer war dieser Junge? Wie hatte sie ihm jemals vertrauen können? Würde er sie wirklich an einen Bettlerkönig verkaufen? Magdalena hatte davon gehört, dass Bettlerkönige Kinder raubten oder kauften und sie dann verstümmelten, damit sie mehr Mitleid erregten auf ihren Betteltouren. Manchmal hackte man ihnen auch noch einen Fuß ab, damit sie nie mehr fliehen konnten.

Magdalena, die Bettlerin! Zu nichts sonst war sie mehr gut! Oder? Früher einmal hatte Magdalena davon geträumt, dass ihre Hand zum Schreiben taugen würde. So feine, kostbare Messbücher wollte sie machen wie sie die Franziskaner von der Mönchenkirche hatten.

Das alles war schon lange ausgeträumt. Jetzt dachte sie: Eine Hand, die niemand mehr brauchte zum Schreiben, zum Melken, zum Rübenausziehen oder zum Bruderstreicheln, die konnte man auch abhacken.

Trotzdem stand sie auf und klopfte vorsichtig an die Falltür.

Einmal. Zweimal.

»Hör auf!«, hörte sie Rasso sagen. Es klang nicht böse.

Sie klopfte ein drittes Mal.

»Hör auf!« Rasso flüsterte eindringlich.

Dann seine Schritte.

Und dann öffnete er die Falltür einen Spaltbreit.

Im selben Augenblick wurde die Hüttentür aufgerissen, und Vigo stürzte herein.

Rasso erschrak, aber er behielt seine Sinne beieinander. Er warf die Falltür krachend in ihren Rahmen zurück und schrie: »Bleib weg! Bleib bloß weg von dieser Tür! Ich hab auch einen Dolch!« Dann drehte er sich langsam und so ruhig er konnte zu Vigo um.

Der grinste, den Dolch in der Hand. »Sie ist ein Miststück! Ich hab's dir gesagt!«

»War nichts in deinen Schlingen?«

»War noch nicht dort.«

»Du traust mir nicht?«, fragte Rasso.

»Nein!«, sagte Vigo.

Rasso überlegte. »Wenn ich wüsste, wo du die Schlingen ausgelegt hast, würde ich gehen.« Rasso sah Vigo gerade ins Gesicht. Er mochte ihn nicht. Früher hatte er ihn gefürchtet. Jetzt hasste er ihn nur noch. Und deshalb konnte er seinem Blick standhalten.

Schließlich schnaubte Vigo spöttisch, steckte seinen Dolch weg und ging zur Tür. Dort drehte er sich noch mal um und rief: »Hast du gehört, schöne Kerzenmaid! Rasso hat auch ein spitzes Messerchen!«

Dann verließ er die Hütte.

Rasso ging zur Tür und sah ihm nach, bis er zwischen den Bäumen verschwunden war.

10

Magdalena dachte nicht darüber nach, was Rassos Entschluss bedeuten mochte. Sie lief einfach hinter ihm her. Sie wusste nicht, warum er sie aus dem Loch geholt hatte oder was er mit ihr vorhatte. Sie fragte auch nicht. Sie folgte ihm nicht, weil er stärker war oder den Dolch hatte. Sie stolperte hinter ihm drein, weil sie selbst kein Ziel mehr hatte. Und wenn das Ziel, sein Ziel, der graugelockte Meister war oder der Bettlerkönig, dann war ihr das nun einerlei.

Auch Rasso sagte nichts. Er wusste auch nicht, was er eigentlich vorhatte. Nur weg von diesem Vigo wollte er sie bringen, auch wenn er sich damit dem Befehl des Meisters widersetzte. Er wollte auch nicht, dass sie an den Bettlerkönig verkauft wurde. Weiß nicht, warum, dachte er.

Sie liefen durch den Wald und folgten der untergehenden Sonne. Rasso versuchte, sich neben der Straße durchs Gebüsch zu schlagen, aber das war oft so dicht, dass sie doch auf den Weg hinausmussten, um überhaupt vorwärtszukommen. Doch immer wenn in der Ferne jemand auftauchte, packte Rasso Magdalenas Hand und zog sie weg von der Straße durch Schlehen und Brombeerranken ins Dickicht.

Magdalena war schon ganz zerkratzt. Immer wieder zogen die Stacheln und Dornen auch Fäden aus ihrem Wams. Zum Glück hatte ihr der Apotheker ein Paar feste Schuhe mitgegeben.

An einem klaren Rinnsal blieb sie schließlich stehen, um zu trinken. Und dann setzte sie sich einfach hin.

»Was ist?«, fragte Rasso. Er war ruhelos, getrieben, er wollte nicht rasten.

»Wo bringst du mich hin?«

Sie war nun schon ein paar Stunden hinter ihm hergelaufen, mit leerem Kopf und ohne Fragen. Sie liefen einfach, weil dieser Vigo sicher nach ihnen suchte. Sie hatten fast nichts gesprochen, weil sie nichts zu besprechen hatten. Sie mussten weg. Die Angst vor Vigo hielt sie in Bewegung.

Ein paarmal hatte Rasso ihr die Dornen beiseite gebogen, damit sie durchschlüpfen konnte, ohne sich allzu sehr wehzutun. Und wenn er sie an der Hand packte und vom Weg wegzog, dann war das nicht grob, sondern fast zärtlich, wie einen ein großer Bruder an der Hand nimmt.

Und so waren langsam die Gedanken wieder aufgewacht in ihrem Kopf. Sie sah diesen Jungen vor sich, diese schmalen und doch aufrechten Schultern, die sanften und doch so zupackenden Arme, und sie dachte, warum ist er mir über den Weg gelaufen? Immer wieder? Was soll werden aus uns zweien?

Und deshalb fragte sie ihn jetzt noch mal: »Wo bringst du mich hin?«

Sie sah sein Zögern, seine Hilflosigkeit, sah, dass er keine Antwort hatte. Er weiß es selbst nicht, dachte Magdalena. Und er merkte, dass sie es merkte. »Wir gehen einfach weiter, oder?«, sagte sie.

Er drehte sich um und ging los. Aber Magdalena folgte ihm nicht. Sie wollte eine Antwort. Gab er ihr diese Antwort oder würde er vielleicht einfach weitergehen und sie allein zurücklassen im Wald? Sie brauchte diese Anwort, ja, sie beide brauchten eine Antwort.

Er blieb wieder stehen und sah sich nach ihr um, fast verzweifelt. Was machte sie ihm auch noch Schwierigkeiten?! »Du kennst diesen Vigo nicht!«, rief er und trat vor Wut nach einem Pilz.

Er hat Angst, dachte Magdalena. Er hat Angst und er weiß nicht weiter. Da stellte sie noch eine Frage: »Warum bist du ein Räuber?«

Magdalena sah, wie sich seine Kiefer spannten und seine Augen sich zusammenzogen, als wollte er sich gleich auf sie stürzen. Dann drehte er sich ruckartig weg von ihr, sie sollte sein Gesicht nicht lesen können! Dieses ... dieses ... kleine Mädchen! Was erlaubte die sich?! Sie war seine Gefangene, seine Beute! Er konnte machen mit ihr, was er wollte. Er hatte den Dolch. Er kannte den Bettlerkönig! Er war der Herr hier! Er! Er allein!

Er bückte sich, hob einen Ast auf und schlug ihn so lange gegen einen Baumstamm, bis er in tausend Fetzen zersplittert war.

Dann sank er in sich zusammen und weinte.

Als er sich ausgeweint hatte, setzte sich Magdalena neben ihn. Eine Weile schwieg sie noch, dann sagte sie: »Ich glaube nicht, dass du mich an den Bettlerkönig verkaufst.«

Rasso sagte nichts.

»Ich will zu meiner Tante nach Wittenberg.« Und als er immer noch stumm blieb, erzählte sie ihm ihre ganze Geschichte, von ihrem Vater und ihrem kleinen Bruder, vom Bergwerk und den sieben Metallen und vom Bergmeister Thyrlin. Und von den Fuggern, die am Holz sparten und weniger Stützen in den Stollen erlaubten und keine Ehrfurcht hatten vor dem Berg und seinen Geistern. Und dann war der Vater tot und der kleine Bruder auch und die Mutter im Armenhaus auf dem Anger.

»Bei mir war's der Abt«, sagte Rasso schließlich, als Magdalena fertig war. »Der Abt vom Kloster Zinna. Der wollte Fasanen zu seinem Namensfest und deshalb ist uns die Kuh verreckt ...«

Rupert Brenz, Rassos Vater, war ein kleiner Bauer. Sie hatten ein

Haus und ein Stück Land, eine Kuh und zwei Ziegen. Aber Land und Haus waren nur geliehen vom Kloster. Rupert Brenz war Lehner. Er musste Pacht zahlen und Frondienste leisten, wann immer das Kloster rief. Beim Feldmachen und Säen musste er helfen, beim Ernten sowieso und beim Scheunenbauen, im Winter im Holz, beim Häuserbauen und Gräben graben.

Brenz verrichtete auch Tagelöhnerarbeit für reiche Bauern. So ging es um, wie man so sagt. Der Haferbrei war jeden Tag da, gekochtes Gemüse, einfaches Brot und Molke zum Trinken.

Aber dann erhöhte das Kloster die Pacht. Schon lange waren ja die Zisterzienser keine genügsamen, einfachen Mönche mehr. Sie hatten sich ein herrliches, neues Klostergebäude mit prächtigen Staffelgiebeln gebaut. Das wollte erhalten werden, und drinnen sollte man auch angenehm hausen.

Immer wieder rief man nach den Pächtern, immer öfter mussten sie von der eigenen Arbeit weg, den Pflug liegen lassen, die Sense in die Ecke stellen; denn der Herr Abt hatte das Warten nicht gelernt.

So sollte auch der Brenz weg, als bei der einzigen Kuh die Wehen losgingen. Keine Minute durfte er zögern. »Du bist sowieso schon hintendran mit dem Pachtzins, Brenz!«, schimpfte der Bote. »Der Herr Abt will eine Jagd auf Fasanen, weil morgen sein Namenstag ist. Da braucht er Treiber!«

So ging der Vater und ließ die Mutter allein mit den Kindern und der ächzenden Kuh. Das Kalb lag quer und starb. Und zwei Wochen später ging ihnen auch noch die Kuh ein. Sie mussten sich noch mehr verschulden und wurden zu Lichtmess im nächsten Jahr vom Hof gejagt.

Das war vor zwei Jahren gewesen. Rasso war damals dreizehn. Der Vater verdingte sich als Knecht. Die Mutter fand bei einem Bruder Unterschlupf als Magd. Sie hatten oft Hunger, und Rasso lernte das Stehlen: blitzschnell zugreifen, blitzschnell verschwinden. Wie eine Schlange.

Eines Tages auf dem Markt wurde er erwischt. Ein großer, graugelockter Mann packte ihn im Genick, wie man eben eine Schlange fängt. Zappeln half nicht.

Der Graugelockte nahm ihn mit in sein Versteck. Er brachte ihm alles bei, was er können musste als Beutelschnäpper. Wenn er es gut machte, bekam er eine Belohnung, wenn er Fehler machte, wurde er geschlagen. Rasso machte wenig Fehler.

»Wenn du wegläufst, wird es dir bald leidtun!«, sagte der Graugelockte. Niemand nannte seinen Namen. Er war der Meister.

Der Meister hatte mehrere Jungen, einmal zogen sie mit ihm, manchmal blieben sie auch bei andern Diebsherren zurück, mit denen der Meister offenbar Geschäfte machte.

Einmal hatte Rasso erlebt, dass einer der Jungen weglief. Als sie später in die nächste Stadt kamen, sahen sie ihn wieder: Er kniete in zerrissenen Kleidern vor der Stadtpfarrkirche. Er hatte nur noch eine Hand, die er den Vorübergehenden entgegenstreckte.

»Meinst du, sie erwischen uns?«, fragte Magdalena, als Rasso fertig war mit Erzählen.

Er antwortete nicht. Stattdessen stand er auf und ging weiter. Es wurde langsam dunkel. Durchs Gebüsch zu kriechen, wurde immer beschwerlicher. Einmal schnellte ein weggebogener Ast zurück und schlug Rasso eine blutende Wunde in die Stirn. Außerdem kamen sie so nur sehr langsam voran.

Rasso wollte es wieder einmal auf der Straße versuchen. Es würden jetzt, wo es dunkel wurde, sicher auch immer weniger Leute unterwegs sein.

Da blieb Magdalena plötzlich stehen, sie hatte noch eine Frage.

Aber Rasso wollte schnell weiter. »Komm!«

»Nein! Warte! Ich muss dich noch was fragen!«

»Nicht jetzt!«

»Doch! Warte! Warte doch! Hast du den Wachszieher umgebracht?«

Rasso erstarrte einen Augenblick lang. Dann sah er sich nach ihr um und sagte: »Was denkst du?«, und ging weiter.

Als er seinen Fuß auf die Straße setzen wollte, sah er eine Gestalt auf sich zukommen. Einen Steinwurf war sie noch entfernt, aber Rasso erkannte ihn sofort.

»Vigo!?«, rief er.

Es war alles zugleich: Überraschung und Schrecken. Und Warnung natürlich.

Magdalena verstand. Sie steckte noch im dichten Gebüsch. Und was vorher Beschwernis war, war nun Chance und Hoffnung. Sie warf sich sofort auf den Boden und kroch in eine kleine Mulde, wo sie mit dem Gesicht im feuchten Moos liegen blieb.

Vigo schlug sofort zu: »Wo ist sie?«

Rasso taumelte.

»Wo ist das Miststück?« Vigo versuchte, in das Dickicht vorzudringen, aus dem Rasso gerade herausgekommen war. Aber er sah sofort, dass er dort niemanden finden konnte. Er schlug noch mal zu: »Wo?«

Rasso wehrte sich nicht. Irgendwie hatte er offenbar das Gefühl, die Schläge verdient zu haben.

»Du weißt, was das bedeutet«, sagte Vigo und packte Rasso am Kragen. »Aber das sag ich dir: die Suppe löffelst du alleine aus!«

Er stieß Rasso von sich. Der stolperte und fiel hin. Er blieb einfach am Wegrand hocken, während Vigo seinen Dolch in einen Baumstamm rammte.

»Ich musste meine Notdurft verrichten«, erklärte Rasso. »Ich hab ihr gesagt, ich stech sie ab, wenn sie rauskommt.«

»Und? Hast du sie abgestochen?«

Rasso antwortete nicht. Er starrte Vigo voller Hass an.

Vigo stutzte: »Du hast sie doch nicht …?«

»Sie kam mit einem Prügel, von hinten«, sagte Rasso und zeigte auf seine Wunde an der Stirn.

»Ha! Auf dem Abtritt niedergeschlagen! Das wird dem Meister gefallen!«

»Ich kann nichts dafür.«

Vigo schlug wieder zu. Die Wunde an Rassos Stirn platzte auf und blutete. »Du bist so ein Idiot! So ein Idiot! Was ist, wenn sie zum Gericht läuft? Sie kennt dich! Sie hat uns gesehen! Kann uns beschreiben!«

»Ich hab sie verfolgt«, sagte Rasso.

»Und? Hast du sie eingeholt? Ein kleines Mädchen!?«

»Sie ist in den Sumpf gelaufen. Sie wird nicht wieder herauskommen.«

Vigo beruhigte sich ein bisschen. Wenn das stimmte, konnte Magdalena sie wenigstens nicht bei der Obrigkeit hinhängen. Er packte Rasso am Arm und zog ihn hoch. »Los! Wir gehen!«

»Es wird Nacht!«

»Hast du Angst?«

»Nein.«

»Morgen erklärst du das dem Meister!«

Rasso zögerte. »Wir müssen doch nicht unbedingt nach Wittenberg zum Meister, oder?«

»Du weißt, dass er uns findet! Du kennst ihn.«

Vigo packte Rasso noch einmal und schubste ihn vor sich her auf die Straße.

Dann gingen sie weg.

11

Magdalena kauerte noch eine Weile in ihrer Moosmulde. Wieder hatte sie dieses Gefühl, in einem Grab zu liegen, feucht und weich, bereit, mit Moos und Wurzeln zu verschmelzen.

Aber dann wurde ihr kalt. Die Sonne war längst verschwunden. Ein Drei-Viertel-Mond gab nun ein bisschen Licht und ließ die aufsteigenden Nebelfetzen zwischen den Kiefernstämmen leuchten.

Magdalena hatte keine Wahl. Wenn sie nicht liegen bleiben und ein Teil des Waldbodens werden wollte, dann musste sie weitergehen. Leben hieß weitergehen. Auch in der Dunkelheit, die voller Gespenster war, deren Geräusche man nun überall hören konnte. Auch wenn die Füße wehtaten, auch wenn der Hunger allmählich quälend wurde.

Weitergehen.

Vielleicht wurde sie noch einmal überfallen. Wer wusste schon, was für Gesindel sich noch herumtrieb auf der nächtlichen Straße?

Vielleicht wartete Vigo irgendwo auf sie. Wer weiß, ob er Rassos Lügen geglaubt hatte?

Sie war noch keine zehn Minuten gegangen, da hörte sie Schritte hinter sich. So schnell?!, dachte sie. Aber sie war zu erschöpft, um davonzulaufen. Im Gegenteil, sie blieb einfach stehen, ohne sich umzuschauen. Ein Räuber ist so gut wie der andere, dachte sie und wartete auf den Angriff.

Die Schritte kamen schnell heran, blieben stehen und Magdalena meinte einen Atem zu spüren in ihrem Genick. Da griff eine winzige Hand mit winzigen Fingern in ihr Haar. Im nächsten Augenblick sprang das kleine Berberäffchen auf ihre Schulter und hielt ihr die offene Hand vor die Nase.

»Leo!«, rief sie, und kein Mensch hätte sie in diesem Augenblick glücklicher gemacht als dieser kleine, freche Affe.

Sie drehte sich um und sah in die freundlichen Augen des Spielmanns. »Du solltest nicht in der Nacht hier auf der Straße sein«, sagte er.

»Du auch nicht«, sagte sie.

»Ich hab mich verblasen in einer Schenke, noch einen Humpen und noch einen. So bin ich in die Nacht geraten.«

Magdalena sah, dass er ein wenig schwankte, und die Zunge war ihm schwer.

»Aber nicht weit von hier weiß ich eine Feldhütte«, sagte er. »Da kann man Unterschlupf finden.«

Das Äffchen turnte von einer Schulter auf die andere, kletterte an Magdalenas Arm herunter und am andern wieder hinauf. Und immer wieder hielt es die Hand auf.

»Ich hab nichts mehr«, sagte Magdalena. »Die Räuber haben es mir genommen! Auch den Lebkuchen.« Und dann erzählte sie alles.

»Komm!«, sagte dann der Sackpfeifer. »Wir müssen runter von dieser Straße!«

Es war wirklich nicht weit. Bald führte ein überwachsener Pfad von der Straße ab und wenig später öffnete sich eine Rodung mitten im Wald. Magdalena konnte nicht sehen, ob da irgendetwas angepflanzt war oder ob man das Feld schon wieder aufgegeben hatte. Aber sie sah einen Holzverschlag.

Und als sie durch eine offene Luke schlüpften, da gab es ein paar Bretter, auf die man sich legen konnte, ohne dass einem die ganze Nacht die feuchte Kühle des Waldbodens in die Glieder kroch.

Der Sackpfeifer hatte eine Decke. Die teilten sie sich. Magdalena wusste nicht recht, warum sie so viel Zutrauen hatte zu einem fremden, betrunkenen Spielmann. Aber das Äffchen kroch ihr in die Armbeuge und wärmte ihr die Brust. Und so schlief sie ein.

Sie wurde durch ein Lied geweckt. Eine einfache Melodie: zwei große Schritte hinauf, drei kleine hinab, drei Töne hinauf, vier Töne hinab.

»Was ist das für eine Melodie?«, fragte Magdalena verschlafen.

»Mein Morgenlied«, sagte der Spielmann lachend, »für kleine Schlafratzen! Aus sieben Tönen, hast du's gemerkt?«

»Wie sieben Planeten und sieben Metalle.«

»Ja, oder sieben Tage die Woche oder das Siebengestirn. Der Text heißt: Guten Morgen, schöne Maid!«

Das Äffchen hatte sich nicht aus ihren Armen bewegt die ganze Nacht. Als es nun allerdings die Stimme seines Herrn hörte, sprang es sofort auf und zerrte an dem Bündel des Sackpfeifers.

»Du bist wirklich schlimmer als ein Pfaff, Leo! Noch nicht richtig wach, denkst du schon ans Fressen und Saufen!«

»Guten Morgen!«, sagte Magdalena und richtete sich auf.

Das Äffchen nahm den Tadel als das, was er war, eine Zärtlichkeit, und zeterte, bis ihm der Sackpfeifer ein Stück Dörrbirne gab. Er hielt auch Magdalena ein Stück hin. »Hier, bevor du mir auch noch zu zetern und zu betteln anfängst!«

»Vergelt es dir Gott!«, sagte Magdalena.

»Ich heiße übrigens Naldo«, sagte der Sackpfeifer und biss in einen Kanten Brot. Dann brach er ein Stück ab und reichte es Magdalena.

»Naldo, das klingt, als kämst du von weit her?«

»Nicht weit her, aber weit herum«, sagte Naldo. »Stammen tu ich aus dem Mansfeldischen. Und eigentlich heiß ich Arnhold. Hast du von diesem Doktor Luder gehört aus Wittenberg?«

Magdalena nickte, aber sie wollte nicht weiter darüber reden, weil der Wachszieher von ihm geredet hatte. Und an den wollte sie nicht denken müssen.

»Der berühmte Doktor ist auch da her, südlich vom Harzgebirge. Sein Vater war übrigens Bergmeister.«

»Kennst du den Dr. Luder?«, fragte Magdalena nun doch.

Naldo lachte: »Nein! Wir haben verschiedene Geschäfte. Ich bin für das Glück auf Erden zuständig, er für das im Himmel. Obwohl, er soll die Musica schätzen, sagt man. Da denkt er wie ich: Ich glaube nicht, dass wir Christenmenschen die Musik dem Teufel überlassen sollten.«

Sie brachen auf. Heute wollten sie auf jeden Fall bis Wittenberg kommen; denn morgen, am Tag vor Allerheiligen, begann zur Vesper die Reliquienschau des Kurfüsten und das große Markttreiben dazu.

»Außerdem wollen wir dich doch endlich zu deiner Tante bringen«, sagte Naldo.

»Darf ich den Leo tragen? Vielleicht will er ja bei mir sitzen?«

Da lachte Naldo wieder: »Natürlich darf er. Ich hab dir doch gesagt, er ist ein Pfaff, der reitet gern auf einem jungen, hübschen Weibsbild!«

Magdalena wusste nicht, was der Sackpfeifer meinte. Es klang nicht sehr freundlich. Aber es war schön, den kleinen, weichen Körper des Äffchens am Hals zu spüren und die kleinen Pfötchen im Haar.

Zuerst war ihr ein wenig bang, als sie zurück auf die Straße kamen. Aber bald wurde der Verkehr dichter. Und je mehr Menschen in Sichtweite waren, desto sicherer fühlte sich Magdalena.

Am Mittag gesellten sie sich zu einer Gruppe von Kaufleuten, die zur Sicherheit im Pulk reisten mit ihren Wagen und nun auf einer Wiese Rast machten: ein Töpfer mit allerlei Geschirr aus Steingut; ein Schmied mit Tellern und Bechern aus Zinn und Kupfer; ein Tuchmacher und ein Schnitzer, der Löffel und Gabeln aus Holz anbot.

Naldo spielte ihnen eine Tafelmusik, und die Händler gaben ihnen dafür was zu essen.

»Kann deine Kleine nicht tanzen?«, riefen die Händler.

Aber Magdalena ging lieber beiseite. Sie war traurig, denn sie dachte an den Wachszieher, der jetzt auch hier rasten könnte, freundlich und voller Vorfreude auf die guten Geschäfte in Wittenberg. Und nun machten seine Geschäfte andere, Verbrecher! Und Beckschultes Kinder warteten vergeblich auf den Vater und seine Mitbringsel.

»Mach nicht so ein Gesicht!«, sagte Naldo, als sie weitergingen. »Die Sonne scheint, wir leben, wir haben gut gegessen, und sogar Leo ist zufrieden.«

»Ich kann den Wachszieher nicht vergessen«, sagte Magdalena.

»Hast du nicht gesagt, er war am Leben, als du ihn zuletzt gesehen hast?«

»Aber dann ist Rasso zu ihm hingegangen …«

»Das ist der, der dich gerettet hat, oder? Glaubst du, er ist ein Mörder?«

Nein, das glaubte Magdalena nicht, konnte sie nicht, wollte sie nicht glauben. »Erzähl mir noch was«, sagte sie. »Warum nennst du dich Naldo?«

»So haben sie mich in Italien genannt.«

»Du warst in Italien?«

»Ja. In Rom. Hab ich gute Geschäfte gemacht, obwohl da immer noch alles ein einziges Ruinenfeld ist, seit die Stadt vor fünfhundert

Jahren zerstört wurde. Aber Kirchen gibt's natürlich, an jeder Ecke, und immer ein schönes Pfarrhaus dabei. Und ein Monsignore, der gern ein Fest feiert. Da kann man einen Pfeifer wohl brauchen. Übrigens, dieser Luder war auch in Rom. Ihm hat's nicht gefallen, glaub ich. Für so viel Luxus und Völlerei ist er zu heilig. Ist ja ein Augustiner-Bettelmönch. Nun, du wirst ihn kennenlernen, er predigt regelmäßig in der Stadtkirche.«

»Ist das die, in der die Reliquien ausgestellt werden?«

»Nein, die zeigt der Kurfürst natürlich in seiner Schlosskirche. Ich hab übrigens in Rom einen Reliquienmacher kennengelernt.«

»Aber Reliquien kann man doch nicht machen: einen Splitter vom Heiligen Kreuz oder die Haare von der heiligen Barbara!«

»Nein, natürlich nicht! Da hast du recht. Aber für einen geschickten Reliquienhändler macht es natürlich einen Unterschied, ob er dem Kurfürsten eine ganze heilige Barbara verkauft oder nur ein Haar. Ich weiß nicht, wie viele Haare du hast, aber wenn man die einzeln verkauft, schön aufgerollt und fein gefasst in ein schmuckes Medaillon, dann kannst du da bestimmt viel mehr verdienen als mit dem ganzen Kopf. Außerdem weiß keiner, ob die Haare wirklich alle von der heiligen Barbara stammen oder vielleicht von ihrer Ziege.« Naldo lachte.

Magdalena glaubte ihm nicht. Der Vater hatte ihr von der heiligen Barbara erzählt. Sie war die Tochter eines reichen Römers gewesen. »Die heilige Barbara hatte gar keine Ziege!«, sagte sie.

»Oho! Was du alles weißt!«

Magdalena wollte keinen Spott über heilige Dinge hören und sie war sicher, dass es Leute gab in der hohen Geistlichkeit, die genau darüber wachten, dass man nicht aus Versehen ein Ziegenhaar anbetete, wenn man die heilige Barbara um Beistand anrief für die Bergleute. Aber sie war doch neugierig: »Was also macht ein Reliquienmacher?«

»Willst du das wirklich wissen?«

»Ja. Und du sollst mich nicht anlügen. Ich bin kein dummes Kind mehr!«

»Hoho!«, sagte Naldo und grinste. »Ja dann! Also, der Reliquienmacher, den ich in Rom getroffen habe, der hat Heilige gekocht.«

»Was?!« Magdalena blieb erschrocken stehen. »Du sollst dich nicht lustig machen über mich!«

»Ich mach mich nicht lustig. Ich sag's, wie er es mir erzählt hat, und er war ein nobler Mann der Kirche. Heimlich hat er's mir erzählt, weil man es nicht weitererzählen soll. Aber bei dir mach ich eine Ausnahme, weil du kein dummes Kind mehr bist.«

»Naldo!« Konnte der nie ernst sein?

»Ich schwöre, ich sage die Wahrheit! Also, Rom ist ja die heilige Stadt, das weißt du. Und da gibt es folglich viele Heilige. Und wenn nun so ein Heiliger stirbt – oder eine Heilige genauso –, dann wollen natürlich viele Gläubige ein Stück von ihm haben, damit seine Heilskraft auf die schwachen Schäflein der Kirche übergeht. Seine Kleider kann man leicht teilen, hier ein Fetzen, da ein Fetzen. Und seine Haare vielleicht auch noch. Aber der Leib braucht lange, bis er verwest ist. Und manche Heilige verwesen überhaupt nicht, eben weil sie so heilig waren. Und deshalb ist man dazu übergegangen, einen gestorbenen Heiligen zu kochen. Dann kommt man schneller an die Knochen, und die Gläubigen in aller Welt kommen leichter an die segensreichen Reliquien.«

»Das glaub ich nicht!«

»So hat er's mir erzählt.«

»Das glaub ich niemals!«

»Er hieß übrigens Malchus, wenn du's genau wissen willst!«

»Sackpfeifer Naldo, du bist ein Lügner und ein Scharlatan!«

Naldo lachte. Er freute sich, dass das Mädchen sich wehrte und damit ein bisschen aus ihrer Angst und Traurigkeit herausfand. Also setzte er noch eins drauf: »Hör zu! Ich hab schon gedacht, ob wir nicht unseren guten Leo hier in den Kochtopf werfen und seine Knöchelchen als Reliquien verkaufen könnten. Ich weiß nur noch nicht, als welchen Heiligen wir ihn anbieten sollen.«

»Du bist ein garstiger Mensch, Naldo!«, sagte Magdalena. Aber wie sie das sagte, war es eher eine Liebeserklärung als ein Tadel.

Und deshalb blieb Naldo stehen und nahm Magdalena in den Arm. Leo, der auf Magdalenas Schulter gesessen hatte, brachte sich in Sicherheit und zeterte eifersüchtig.

»Brauchst gar nicht so ein eifersüchtiges Geschrei zu machen, falsche Kreatur! Ich darf dich füttern, aber kaum kommt ein schönes Mädchen daher, bist du weg! Man sollte dich wirklich in den Kochtopf stecken, du falscher Heiliger! So einen fetten Braten wie dich findet man nicht leicht!« Er lachte.

Und Magdalena lachte auch. Sie streckte ihren Arm aus, und Leo sprang wieder auf ihre Schulter. Er schnatterte noch ein bisschen vorwurfsvoll in Richtung Naldo und vergrub sein Gesicht in Magdalenas Haaren. Das war sehr angenehm, für alle beide.

Am späten Nachmittag näherten sie sich den Feldern und Wiesen von Wittenberg. Immer mehr Menschen waren auf der Straße, landfahrendes Volk wie Naldo, Gaukler, Theaterspieler, Jongleure, Bärenführer, elende Bettlergestalten und arme Scholaren, entlassene Landsknechte, die nichts Besseres waren als Gauner und Strauchdiebe, aber natürlich auch ehrbare Händler mit Gut und Wagen, wie Beckschulte einer gewesen war.

Es wurde immer lauter, man erkannte sich, rief sich Grüße zu und Flüche auch, man sang und schrie und lachte und zankte. Nicht mal, als sie am Schindanger vorbeikamen, wurde es ruhiger. Das Rad und die Galgen mit den verwesenden Leichen daran und den angenagelten Händen und Füßen von peinlich Bestraften schien niemand wahrzunehmen. Sie gehörten zum Leben. So war das Recht, und der Zorn des Gerichts war so gnadenlos wie man sich den Zorn Gottes dachte.

Sie waren am Ziel, kurz bevor die Tore der Stadt geschlossen wurden. Über Nacht hätte Naldo ohne Bürgerrecht sowieso nicht in der

Stadt bleiben dürfen. So suchten sie sich einen Platz vor dem Elstertor unter all den anderen, die sich vom großen Fest einen Vorteil versprachen und deshalb angereist waren, sei es für das ewige Seelenheil, sei es für ihren irdischen Beutel.

WITTENBERG

»Dies hieß nun, den Himmel stürmen
und die Welt in Brand setzen.«

Martin Luther

1

Als Magdalena aufwachte, lag alles im Nebel, der von der Elbe heraufzog. Milchige Schemen, so stand die Stadt vor ihr, der Wall, der Graben, das trutzige Elstertor und gleich links dahinter das Augustinerkloster, dessen südliche Außenmauer ein Teil der Stadtbefestigung war. Es war kühl, und die Sonne, die in ihrem Rücken langsam hinter den Bäumen erschien, war nur ein bleicher, kalter Ball.

»Los! Gehen wir! Das Fest beginnt!«, sagte Naldo freundlich. Aber Magdalena war nicht zum Feiern zumute.

Sie reihten sich in den bunten Haufen ein, der über die mächtige Grabenbrücke zum Tor hineinzog. Den Affen trug Naldo heute selbst, obwohl er immer wieder die Ärmchen nach Magdalena ausstreckte. Es herrschte großes Gedränge und Geschrei. Pferde wieherten und Schweine quiekten, Hühner und Gänse stimmten ins Konzert mit ein, und ein Tanzbär stellte sich auf die Hinterbeine und brüllte, dass die Torhalle bebte.

Bei den Wachen staute sich der Zug, obwohl sie ihre Kontrollarbeit nur sehr lax verübten. Mochten sie kommen, alle die da wollten, so war die Order der Obristen. Hauptsache, es floss Geld in die Kassen der Stadt.

Magdalena kam genau unter dem schwereichenen Fallgitter zu stehen, links und rechts die unüberwindlichen Mauern, über sich die eisenbeschlagenen Spitzen des Gitters. So ungefähr stellte sich Magdalena die Pforten des Jüngsten Gerichtes vor, von dem die Franziskaner in der Mönchenkirche so gerne gepredigt hatten. Das ganze Jüterboger Leben lag hinter ihr. Und vor ihr? Was kam da? Dunkles oder Lichtes? Freude oder Leid? Oder sauste jetzt einfach dieses Fallgitter herunter und machte allem ein Ende?

»Keine Sorge, es hängt fest an einer eisernen Kette«, sagte Naldo lachend, als er Magdalenas ängstlichen Blick nach oben sah. »Und kein Grund, Trübsal zu blasen. Schau, sogar Meister Petz tanzt schon am frühen Morgen.«

Der Tanzbär, um den es immer einen freien Platz gab, weil die Menschen von seinen Pranken Abstand hielten, drehte sich tatsächlich ein paarmal im Kreis.

»Er hat einen Ring in der Nase«, sagte Magdalena. Er tat ihr leid.

»Ja«, sagte Naldo, »das möchte man nicht gerade. Es sei denn ein schönes, junges Mädchen führt die Leine.«

Magdalena wurde rot. Eigentlich mochte sie es nicht, wenn er so mit ihr redete. Aber trotzdem wurde ihr Herz ein wenig leichter. Wie machte der das nur, immer so fröhlich zu sein? Er hatte kein Haus und kein Dach außer dem Himmel, kein Hab und Gut, außer Leo und seinem Dudelsack und ein paar Sachen in seinem Beutel. Und trotzdem lachte er immer und war fröhlich. Sie hatte Glück gehabt, dass sich ihre Wege gekreuzt hatten.

Sie waren inzwischen durch das Tor auf die Collegienstraße gekommen, die schnurstracks hinunterführte zum Schloss. Auch das Türhäuschen am Augustinerkloster hatten sie schon links liegen lassen, hinter dem der berühmte Doktor Luder wohnte mit seinen Patres. Sie wandten sich nach rechts, um innen an der Mauer entlang zur Fleischerstraße zu gelangen. Der verstorbene Fellhändler, der Mann von Magdalenas Tante, hatte dort bei den Metzgern, mit denen er Geschäfte machte, ein Haus gekauft.

Aber sie waren noch nicht weit gekommen, da hörten sie plötzlich eine Schalmei. Sie spielte eine kurze Melodie: drei Töne rauf und vier Töne runter.

Naldo blieb sofort stehen. Die Töne kamen aus dem Hof einer Schenke, an der sie grad vorbeigegangen waren.

»Das ist das Morgenlied«, sagte Magdalena.

»Ha!«, rief Naldo. »Jetzt ist es das Seppei-Lied.«

»Kennen es auch noch andere? Ich hab gedacht, es sei dein Lied.«

»Alle meine Freunde«, lachte Naldo.

Ein Spielmann mit einer Schalmei trat aus dem Hoftor: »Naldo!«

»Seppei!«

Die beiden Männer fielen sich in die Arme und schlugen sich kräftig auf den Rücken. »Komm rein, Naldo!«, sagte Seppei. »Hast du schon gefrühstückt? Die haben ein gutes Bier hier!«

Sie ließen sich wieder los und Seppei sah Magdalena. »Ist das …? Hast du …?«

»Nein! Das ist nicht meine Tochter«, sagte Naldo.

»Deine Frau?«

»Seppei, der Narr! Du weißt, ich pfeif auf die Ehe.« Naldo lachte. »Nein, das ist Magdalena. Sie hatte ein Missgeschick auf der Straße. Da sind wir ein Stück zusammen hier runter von Jüterbog.«

»Ah ja«, sagte Seppei. »Magdalena. Interessanter Name: die zwielichtige Freundin von unserm Herrn Jesus!« Er lachte schallend. Offenbar hatte er schon ein paar Humpen von dem guten Bier probiert. Magdalena wusste nicht, was er meinte.

»Das ist mein Freund Seppei. Er kommt aus dem Süden rauf. Josef, aber alle nennen ihn Seppei.«

»Nun komm schon!« Seppei drängte Naldo, endlich reinzukommen in die Schenke.

»Nun ja«, sagte Naldo, »vielleicht sollten wir in der Tat ein kleines Frühstück nehmen, bevor wir zu deiner Tante gehen. Was meinst du, Magdalena?«

Aber da wiegte sein Freund zweifelnd den Kopf und meinte, das sei wohl keine so gute Idee, ein so junges Mädchen in so einer Spelunke.

»Ja. Ach so. Also dann …?«

Magdalena merkte, dass Naldo nicht wusste, was er machen sollte. Er freute sich, seinen alten Freund getroffen zu haben, aber er wollte sie auch nicht einfach auf der Gasse stehen lassen, in einer fremden Stadt.

Sie kam ihm zu Hilfe: »Ich kann ja hier warten auf dich.«

Naldo war gleich erleichtert. »Ja, du wartest einfach hier. Ich bring dir auch gleich was zu essen raus. Gut?«

»Ja, gut«, sagte Magdalena und war ganz froh, dass sie den Augenblick, in dem sie ihre Tante treffen würde, noch ein wenig hinausschieben konnte. Sie wusste ja nicht, ob die Botschaft von der Ankunft ihrer Nichte die Tante überhaupt erreicht hatte, denn es war keine Antwort mehr nach Jüterbog gelangt. Sie hatte keine Ahnung, wie ihre Tante sie aufnehmen würde.

Sie setzte sich auf einen Prellstein, der dazu diente, dass die Fuhrwerke ein bisschen Abstand von den Häuserwänden hielten. Die Gasse war nicht gepflastert. Überall standen schlammige Pfützen, die nicht besonders gut rochen. Hier abseits der Hauptstraße kamen so früh auch nicht viele Leute vorbei. Um ein Haar wäre sie eingeschlafen, aber plötzlich hörte sie Schritte, und im nächsten Augenblick hatte sich ein Wachmann vor ihr aufgepflanzt.

»Was machst du hier?«

»Nichts. Ich warte.«

»Bettelst du?«

»Nein, ich warte auf jemanden.«

»Du bist nicht von hier. Hast du eine Genehmigung? Wenn du meinst, du kannst hier betteln …«

»Ich bettel nicht, Herr … Ich warte nur auf jemanden da drin.«

Der Wachmann sah sich um, musterte den Hofeingang und nickte dann verstehend. »Ja, natürlich. Der Vater versäuft das Geld und die Tochter setzt er auf die Straße zum Betteln! Du kommst mit!« Er packte Magdalena.

»Nein, ich …«

»Du kommst mit, sag ich!«

Er zerrte sie hoch und wollte sie wegführen. Aber Magdalena riss sich los und rannte weg.

»Halt! Bleib stehen! Halt!« Der Wachmann klang wütend, aber er machte keine Anstalten, Magdalena zu verfolgen. Bettlergesindel! Dafür wollte er nicht seine Kräfte verschwenden.

Magdalena sah sich nicht um, sie bog bei der ersten Gelegenheit in eine Seitengasse und schlüpfte dann zwischen zwei Hausmauern durch auf einen Pfad, der zu einem Hof voller Geißen führte. Jetzt sah sie sich um, horchte, sie hörte keinen Verfolger. Trotzdem duckte sie sich und kroch auf allen vieren zwischen die aufgeregten Tiere. Wenn der Wachmann kommt, dann häng ich mich an einen Bock, so wie Rasso das gemacht hat.

Rasso, der Dieb. War sie jetzt auch so eine, immer auf der Flucht, immer weglaufen und sich verstecken?

Die Ziegen beruhigten sich schnell und ihre Ruhe übertrug sich auf Magdalena. Wie zu Hause. Sie hatte Hunger und vor ihrer Nase hingen die prallen Euter der Ziegen. Durfte sie sich ein paar Schluck Milch nehmen? War das Diebstahl? War sie dann genauso wie Rasso? Ihr Ablassbrief fiel ihr ein. Galt der für so ein Vergehen? Auch wenn sie ihn dem Bruder in den Sarg gelegt hatte? Galt er überhaupt noch für sie? Oder konnte sie den für den Bruder verwenden, den ihre Mutter aufbewahrte? Standen nicht ihre Namen drauf? Hatte die Mutter ihn überhaupt mitgenommen ins Armenhaus?

Mutter!

»Herr Gott und Jesus und alle Heiligen! Vergebt mir! Ich will's auch wiedergutmachen. Aber ich hab Hunger!«

Sie zog eine Ziege zu sich her, streichelte und beruhigte das Tier und molk sich den warmen Milchstrahl direkt in den Mund, bis sie genug hatte.

Als sie sich aufrichtete, sah sie eine Frau mit einem schwarzen Kopftuch. Sie trug ein Bündel Heu, das sie sofort fallen ließ, als sie Magdalena entdeckte. Sie schrie auch gleich los: »Was machst du da? Wer bist du? Was willst du bei meinen Ziegen?« Sie drängte sich durch die Tiere und hatte Magdalena bald erreicht und gepackt. »Willst du meine Ziegen stehlen?«

»Nein. Bitte! Ich hab mich verlaufen.«

»Hier, zwischen meinen Ziegen?!«

»Ich suche meine Tante.«

»Und? Wer soll das sein, deine Tante?« Die Frau ließ Magdalena los und schubste sie ein Stück zurück, um sie sich besser ansehen zu können. Im selben Augenblick entdeckte sie einen Spritzer Milch auf Magdalenas Kinn und packte sie gleich wieder. »Meine Milch saufen!«

»Ich hatte so Hunger!«

»Und da gehst du hin und stiehlst anderen Leuten die Milch?! Wer ist deine Tante?«

»Die Elsbeth Wallmann«, sagte Magdalena. »Wisst Ihr vielleicht, wo sie wohnt?«

Da ließ die Frau sie los, als hätte sie etwas Gefährliches angefasst, und machte zwei Schritte rückwärts. »Verschwinde! Verschwinde aus meinem Hof!«

Magdalena traf ein Blick aus Verachtung und Angst, den sie nicht verstand. »Was ist mit meiner Tante?«

»Verschwinde!«

Die Frau wich noch weiter zurück, als hätte Magdalena die Pest. Sie hob einen Stock auf und schwang ihn drohend hoch über den Kopf. »Die alte Hexe!«, zischte sie. »Schickt sie jetzt schon ihre Hexenbankerte, dass sie den ehrbaren Leuten das Vieh verwünschen? Geh weg! Geh weg, du …! Und lass dich hier ja nicht wieder blicken!«

2

Magdalena verließ den Hof und kroch zwischen den Hauswänden hindurch zurück auf die Gasse. Davonlaufen und verstecken, dachte sie. Und mein Ziel: ein Hexenhaus? Hatten sie doch recht gehabt in Jüterbog? Aber warum wurde sie denn dann hergeschickt zu Elsbeth Wallmann? Von der alten Gret? Vom Rat der Stadt? Was sollte sie glauben? Was sollte sie machen?

Ihr war schnell klar, dass sie nicht lang überlegen musste, sie hatte einfach keine Wahl, es gab sonst keinen Platz, wo sie hätte hingehen können. Sie hatte auch nicht viel Zeit zum Nachdenken, denn um die nächste Ecke waren die Gassen wieder voll und sie wurde schnell hineingezogen in den Menschenstrom, der die Collegienstraße nach Westen zum Marktplatz strebte, immer am Stadtbach entlang.

Auf dem Platz vor dem Rathaus war der große Jahrmarkt schon aufgerichtet. Jeder hatte seinen Platz zugewiesen bekommen und versuchte nun, durch Geschrei seinen Handel und sein Geschäft in Gang zu bringen.

Alles wurde hier angeboten, zum Essen, zum Trinken, zum Kleiden und Herausputzen, für die Lust und für das Leid. Zahnbrechen und Bruchschneiden, das Wahrsagen aus dem Urin und die Wundersalbe Theriak, erfunden seinerzeit vom Leibarzt des römischen Kaisers Nero und jetzt vor allem gegen Vergiftung und die Pest verkauft.

Auch Elefantenschmalz gab es und Planetensteine. Und ein buckliges Männlein bot Raubvogelgewölle als Amulette gegen die Trud und den bösen Blick an.

Magdalena ging wie durch einen Traum. Immer wieder griff jemand nach ihr, um sie zu seinem Marktstand zu ziehen, und ebenso schnell wurde sie wieder weitergeschoben, wenn man erkannte, dass sie kein Geld hatte und keine Kundin war.

Bei einem Krokodil blieb sie stehen, das sein Besitzer als einen Nachfahren des Drachen vom heiligen Georg anpries. »Nur viel gefährlicher!«, rief er und steckte dem Untier trotzdem seinen Kopf in das aufgerissene Maul.

Ein Luftspringer lief über ein gespanntes Seil und machte seine Kunststücke, als gäbe es keine Schwerkraft. Überall spielten Musikanten Flöten, Lauten, Trommeln und Pfeifen, und bunt kostümierte Tänzer sprangen dazu ihre grotesken Saltarellen.

Auf einer rot bespannten Bretterbühne kündigte ein Narr eine Komödie an, aber als er den Vorhang aufzog, stand da der Tod mit seiner Sense.

Ein Erschauern lief durch die Menge und ließ alle einen Schritt zurückweichen. Gleichzeitig drängelte ein Einbeiniger mit einer Krücke unter der Achsel nach vorn und begann mit krächzender Stimme zu predigen: »Ja, da trifft Euch ein Schauder, wenn Ihr den knöchernen Vortänzer seht. Doch das ist nur Mummenschanz und Maskenspiel. Bald aber kommen die sieben Engel mit den sieben Posaunen. Dann sind wieder um die tausend Jahre, und die neue Zeit bricht an, und alles Alte stirbt und vergeht im Feuer und fällt hinunter …«

Ein paar Leute murrten. »Schweig! Wir wollen lieber die Komödie sehen!«

»Ja, das wird eine Komödie werden«, rief der Einbeinige, »wenn das Tier aufsteht mit den zehn Hörnern und den sieben Köpfen und den Bärenfüßen und dem Löwenrachen und Euch alle verschlingt.«

»Er soll das Maul halten!«, rief jetzt einer und schwang die Faust gegen den humpelnden Propheten.

Eine Frau entschuldigte ihn und sagte: »Das ist doch der Weltuntergangs-Peter.«

Da lachten ein paar, und einer sagte: »Seit siebzehn Jahren sagt er, dass die Apokalypse da ist. Aber wahrscheinlich müssen wir noch mal tausend Jahre warten!«

»Ja, spottet nur«, knurrte der Einbeinige. »Aber ich hab's gesehen, mit meinem sehenden Auge hab ich's gesehen, dass bald einer kommt – und steht schon vor der Tür und wird anklopfen mit einem eisernen Stock! – und der stößt um: Alles! Und das wird Beulen geben an allen Euren Holzköpfen!« Er drehte sich um und hinkte davon unter dem Gelächter der Umstehenden.

Der Tod auf der Bühne machte einen Schritt vorwärts und schwang seine Sense: »Mitten im Leben sind wir vom Tod umgeben!«

Das wollte Magdalena nicht sehen. Das war nichts Neues, das wusste sie schon. Lieber sah sie sich die Stachelschweine an und die Affen, die auf den Händen laufen konnten, und das traurige Kamel mit seiner gespaltenen Lippe und dem Pflock in der Nase.

Was für eine Welt! Was für ein Reichtum an Farben und Formen und Lauten und Gerüchen! Und obwohl sie allein war und nicht wusste wohin und sich nichts von all den herrlichen Sachen kaufen konnte, fühlte sie sich doch als ein Teil von allem, Teil von dieser wundersamen Welt. Und einen Augenblick lang war sie glücklich, zum ersten Mal seit langer Zeit.

Aber dann roch sie plötzlich das Bienenwachs, und alles war wieder da, die Werkstatt, die zahnlose, freundliche Lebkuchenfrau, der Wachszieher und seine Kinder und dann die brutalen Wegelagerer. Sie schloss die Augen und betete, dass ein anderer Wachszieher seinen Stand hier aufgeschlagen hätte. Aber als sie die Augen wieder öffnete, sah sie sie: alle vier. Da standen sie und lachten mit den Kunden: der Graugelockte und sein Kumpan, Vigo und auch Rasso mit der Spielhahnfeder.

Sie standen um Meister Beckschultes Karren herum und hielten seine Waren feil, als wären sie eine Familie ehrbarer Kaufleute. Der Maulesel hatte seinen Hafersack um und kaute zufrieden vor sich hin.

Rasso! Sie haben ihm nichts getan. Das war das Erste, was sie dachte. Sie haben ihn nicht an den Bettlerkönig verkauft und sie haben ihm keine Hand abgehackt.

Ansonsten dachte sie nur, ich muss sofort weg. Weglaufen und mich verstecken!

Aber es war schon zu spät. Rasso hatte über die Leute geschaut, als suche er was, und da hatte er sie entdeckt. Und weil er sofort erstarrte, wurde Vigo aufmerksam und sah sie auch.

»Da ist sie!«, rief Vigo. Er drehte sich zu dem Graugelockten um. »Da ist sie, Meister!«

Mit einem Wimpernschlag verschwand der freundliche Kaufmann aus Zenos Gesicht und seine Augen waren blankes Eis. »Er hat uns belogen!«, zischte er und gab seinem Kumpan ein Zeichen, Rasso zu packen. Dann noch ein Wink zu Vigo: Schnapp sie dir!

Rasso schrie: »Lauf weg! Schnell! Lauf!« Er selbst machte keine Anstalten zu fliehen. Er war ein Meister im Verschwinden, er wusste aber auch, wann es keinen Zweck mehr hatte.

Magdalena hätte noch weglaufen können. Sie stand ein wenig abseits, viele Leute waren zwischen ihr und Vigo. Wenigstens versuchen hätte sie es können. Aber ihre Beine versagten den Dienst und ihr Kopf sagte: Nein. Weglaufen und verstecken, das ist kein Leben.

Vigo packte sie, grob, ohne Mitleid. Er zerrte sie hinter den Kerzenkarren. Gleichzeitig hatte der andere Kumpan Rasso erwischt und vor Zeno geschleppt.

»Da wird sich unser Freund freuen über so ein hübsches Pärchen in seiner Sammlung«, sagte Zeno leise und schlug Rasso ins Gesicht. »Ob ihr allerdings morgen auch noch so hübsch sein werdet, das bezweifle ich. Sieh zu, Vigo, dass du sie diesmal sicher übergibst. Unser Freund war ziemlich wütend, als die Lieferung gestern nicht klappte!«

Und damit wollten die beiden Räuber sie wegführen. Magdalena sah Rasso an und merkte, dass er mit den Tränen rang. Da schrie sie um Hilfe. Wegen ihm.

Aber niemand kümmerte sich um den Streit bei den Wachszieherleuten. Wahrscheinlich ungezogene Kinder oder Lehrlinge, die die Strafe verdient hatten. Manchmal musste man hart sein bei der Erziehung. Wer seine Kinder liebt, der strafe sie! Stand es so nicht in der Bibel?

Diesmal schlug Vigo zu. Er hatte Freude daran. Magdalenas Lippe sprang wieder auf, doch sie spürte keinen Schmerz. Sie hatte das Gefühl, dass gleich etwas in ihr zerbrechen würde. Und danach war alles gleich, einerlei ob Glück oder Unglück, Freiheit oder Bettlerkönig.

Aber da hörte sie Rufe, Befehle: »Weg! Zur Seite! Macht Platz! Platz für die Obrigkeit!«

Das Marktvolk teilte sich und gab eine Gasse frei, durch die ein Büttel mit einem halben Dutzend Stadtwachen heranstürmten.

Gott hilft doch!, dachte Magdalena. Sie merkte, dass Vigos Griff an Festigkeit verlor.

Die Wachen waren fast bei ihnen angekommen. Und hintendran kam noch jemand, ein Mann mit einem Verband um den Kopf, Beckschulte, Eustachius Beckschulte aus Jüterbog!

»Meister!«, rief Magdalena.

Sie hatte nicht gut auf ihn aufpassen können, auf den Stacherl, wie sich das die Lebzelterin gewünscht hatte von ihr, aber er lebte und er würde zurückkehren zu seiner Frau und zu seinen Buben.

Und jetzt sah er sie, und sein Gesicht begann zu strahlen, als wäre ihm die Heilige Jungfrau persönlich erschienen. »Magdalena! Kind! Oh Gott, ich danke dir!« Er schubste Vigo zur Seite und nahm Magdalena in die Arme und wollte gar nicht mehr aufhören, sie zu drücken und zu herzen.

Aber jetzt mussten erst mal die Straßenräuber festgenommen werden. Sie wehrten sich ein wenig, aber sie hatten keine Chance gegen die bewaffneten Stadtwachen.

»Sind es die vier, die Euch überfallen haben?«, fragte der Büttel.

»Ja, die sind es. Und das ist mein Wagen. Und meine Waren.«

»Er hat keine Zeugen!«, blaffte Zeno.

»Doch, ich hab eine Zeugin. Das ist Magdalena Reinprecht aus Jüterbog. Sie hat alles gesehen.«

Zeno sah Magdalena verächtlich an. »Wer glaubt schon einer Straßenschlampe!?«

»Sie ist das Kind ehrbarer Leute und ich steh für sie grade«, sagte Beckschulte.

»Ich habe einen Geleitbrief vom Rat«, sagte Magdalena da und zeigte den Brief, den ihr der Rat Zedler gegeben hatte.

»Und das ist wirklich Eure Ware?«, fragte der Büttel.

»Soll er erst mal beweisen!«, sagte Zeno herausfordernd. Er hatte noch nicht aufgegeben, denn er wusste, was jetzt kommen würde.

»Die Wachsstöcke tragen meinen Siegeldruck«, sagte Meister Beckschulte. Er nahm ein paar Teile aus den Kisten, aber die Diebe hatten die Siegel abgekratzt.

»Da kann jeder kommen und sagen, es ist seins«, sagte Zeno und grinste Beckschulte frech ins Gesicht.

Aber der Wachszieher ließ sich nicht aus der Ruhe bringen. Er nahm ein großes, honigfarbenes Wachsherz aus der Kiste. Mittendrauf klebte aus rotem Wachs ein Kreuz. Das Kreuz ließ sich ablösen und darunter war der Siegelabdruck zu sehen. »So dumm wie ein Räuber sind wir nicht!«, sagte Beckschulte. Und dann zog er den Siegelstempel unter seinem Wams hervor, den er an einem Lederband immer um den Hals trug.

»Nehmt sie mit!«, befahl darauf der Büttel und wollte abziehen.

Aber Beckschulte hielt ihn auf und deutete auf Rasso: »Den da müsst Ihr nicht so peinlich hernehmen. Ihm verdanke ich mein Leben!«

Da trat auch Magdalena vor den Büttel und sagte: »Herr! Verzeiht! Er hat auch mir das Leben gerettet. Kann man ihn nicht freilassen?«

»Das wird das Gericht entscheiden!«, sagte der Büttel. »Führt sie ab!«

Meister Beckschulte hätte Magdalena gern selber zu ihrer Tante gebracht. Er hatte sich furchtbare Vorwürfe gemacht, dass er das ihm anvertraute Mädchen nicht hatte beschützen können. Aber er konnte jetzt den Karren mit seinen Waren nicht alleine auf dem Marktplatz stehen lassen. Er bat den Büttel, ob nicht einer der Wachmänner Magdalena in die Fleischerstraße bringen könnte.

»In die Fleischerstraße?!« Das Haus war dem Büttel durchaus bekannt. »Wenn Er denkt, dass das der richtige Platz ist für eine anständige Jungfer?!«, sagte er mit gerunzelter Stirn. Aber er ordnete trotzdem einen seiner Männer ab, das Mädchen dort abzuliefern.

»Los denn!«, befahl der Wachmann.

Magdalena schaute den abgeführten Dieben nach. Rasso, was würden sie jetzt mit ihm machen?

»Geh, Magdalena!«, sagte der Wachszieher. »Wenn ich hier wegkann, komm ich, nach dir sehen. Deine Tante freut sich bestimmt, dich in die Arme schließen zu können.«

Er tat es dann selber noch mal, weil er an seine Buben dachte und sich vorstellte, wie es denen gehen würde, wenn er nicht mehr nach Hause käme und man sie wegrisse von der Mutter und sie irgendwohin stellte unter lauter fremde Leute wie diese Magdalena Reinprecht …

3 Magdalena stolperte einfach hinter dem Wachmann her, der kraft seines Amtes und seiner Pike leicht eine Schneise durch die dicht gedrängte Menge schlagen konnte.

Als sie an der Schlosskirche vorbeikamen, sah Magdalena einen jungen Mann, der ihr bekannt vorkam. Sie sah ihn erst nur von hinten, denn er eilte von der Straße weg über die kleine Brücke des Stadtbaches hinüber zur nördlichen Seitentür der Kirche.

Ein paar zerfledderte Zettel hingen da, die der junge Mann nun alle abriss. Dann zog er zwei frische Bogen Papier aus dem Wams und nagelte sie an die Tür.

Magdalena war sofort stehen geblieben: diese Schultern, die Haltung – konnte das sein?

»Komm, weiter!«, knurrte der Wachmann. »Ich hab nicht ewig Zeit!«

»Was macht der da?«

»Wer?«

»Der da, an der Kirchentür?«

»Ach, schlägt was an. Wen interessiert's? Ein Student wahrscheinlich. Sieh dir seine Kleider an! Die benutzen die Tür von der Schlosskirche oft als Anschlagtafel. Aber kann ja sowieso keiner lesen! Schreiben doch alles in ihrem Latein!«

Er griff nach Magdalenas Arm und zog sie weiter.

Magdalena sah aber noch, wie sich der Student umdrehte. Sie hatte sich nicht geirrt, es war Veit, Veit Thyrlin. Niemand sonst beachtete ihn. Offenbar war das wirklich etwas Alltägliches, dass die Leute von der Universität ihre Bekanntmachungen hier an die Kirchentür schlugen. Aber Veit schaute mit einem so stolzen, zufriedenen Blick über die vorbeiziehende Menge, als hätte er gerade eine große, weltbewegende Tat vollbracht.

Und dann sah er sie. Jedenfalls kam es Magdalena so vor, als hätte er sie gesehen.

Aber der Wachmann zerrte sie weiter und es dauerte nicht lange, da standen sie vor dem Haus der Elsbeth Wallmann.

Zu Hause in Jüterbog war ja nicht viel geredet worden über die fragwürdige Schwester des Vaters. Aber das Schweigen einerseits und die Worte Witwe und reicher Fellhändler andererseits hatten in Magdalena ein Bild erzeugt, das sie an eines der Ehrfurcht gebietenden, steinernen Stadthäuser rund um das Jüterboger Rathaus denken ließ.

Jetzt hielt der Wachmann aber vor einem heruntergekommenen Fachwerkhaus. Nichts Stattliches, nichts Herrschaftliches, ein Bauernhaus eher, zugewuchert mit Efeu und wilden Rankrosen, deren gelborange Hagebutten in der flachen Sonne glänzten. Ein paar letzte Rosenblüten saßen wie sterbende Schmetterlinge in dem dornigen Gestrüpp.

Im Vorgarten wucherten Salbei und Lavendel. Unter dem Vordach hingen allerlei Kräuterbüschel zum Trocknen und ein paar Zwiebelzöpfe und Knoblauch. Und neben der Tür stand ein Feigenbaum in einem hölzernen Kübel. Es gab einen Flechtzaun aus Weidenzweigen und ein genageltes Brettertor mit einer eisernen Glocke.

Der Wachmann zog daran. Die Glocke schepperte. Als niemand aufmachte, läutete der Wachmann ein zweites Mal.

Dann ging die Tür auf und eine große, asketisch schmale Frau trat heraus. Magdalena hatte sie noch nie gesehen. Es gab nichts, woran sie ihre Tante hätte erkennen können. Sie war ganz in Schwarz gekleidet. Nur ihr blasses, scharf geschnittenes Gesicht leuchtete unter ihrer Witwenhaube hervor. Es verriet keinerlei Regung. Die Ärmel ihrer Jacke hatte die Frau hochgekrempelt, war also bei einer Arbeit gestört worden.

So schaute sie auch: ernst, ungeduldig, skeptisch. Ein Blick, der wusste, dass nicht immer freundliche Leute vor der Tür standen, wenn diese Glocke läutete. Zum Beispiel so ein Wachmann.

Aber dann entdeckte sie das fremde Mädchen neben dem Wachmann und sah sofort ihren Bruder darin. Ein angerührtes Lächeln huschte in ihr Gesicht und ließ die strengen Mundwinkel zucken. Auch jetzt merkte man aber nicht, ob sie von Magdalenas Ankunft informiert worden war.

Zu einem großen, freundlichen Willkommen gab es keine Zeit. Ein schreiender Junge kam die Gasse heraufgelaufen. Er führte einen Mann an der Hand mit einem nassen Tuch über dem Kopf. Der Mann stöhnte und krümmte sich vor Schmerz.

»Wallmannin! Wallmannin! Bist du da?«, schrie der Junge.

Die schwarze Frau überlegte nicht lange. Sie trat zum Gartentor, öffnete es und lief hinaus auf die Gasse, um den Patienten abzuholen.

»Der Vater! Der Vater!«, schrie der Junge. »Das Feuer war's!«

»Ruhig! Ruhig!«, sagte die schwarze Frau. »Was ist dein Vater? Schmied?«

»Feuerkünstler«, sagte der Junge. »Ist verbrannt! Das Gesicht!«

»Bring ihn rein!«, sagte die Frau.

»Vater! Komm, Vater!«

»Ruhig! Da rein zu mir. Geht rein!« Sie führte die beiden durchs Gartentor. »Da rein, geht. Ins Haus!«

Als sie an Magdalena vorbeikam, blieb sie kurz stehen und sah ihr fest in die Augen. Dann nickte sie und es war wieder dieses freundliche Zucken um ihre Mundwinkel. »Gut, dass du da bist. Ich brauch deine Hilfe. Komm!«

Da meldete sich der Wachmann. »Sie kennt also die Jungfer? Bestätigt Sie, dass das Ihre Nichte ist?«

»Red nicht so geschwollen daher, Bartel!«

»Wenn ich von Amts wegen da bin, dann bin ich nicht dein Bartel.«

»Ach was! Du bist und bleibst der Bäcker-Bartel.«

»Und es ist durchaus noch nicht erwiesen, dass diese … diese … hier nicht einfach eine Rumtreiberin und Straßendirne ist!«

»Ich hab einen Geleitbrief vom Rat in Jüterbog«, sagte Magdalena und wollte ihren Brief herausholen.

Aber ihre Tante nahm sie bei der Hand und zog sie durchs Gartentor. »Das siehst du doch, dass das meine Nichte ist, Herr! Bartel!«, sagte sie. Und damit warf sie dem Wachmann das Gartentor vor der Nase zu und ging mit den andern ins Haus.

Im Haus war es dunkel wegen der kleinen Fenster, die zum Teil nicht mal mit Glas, sondern mit Schweinsblasen versehen waren. Es roch stark nach Kräutern und Tinkturen, aber auch nach Schweineschmalz. Überall standen Töpfe und Tiegel und Körbe mit Blüten und getrocknetem Zeug wie Pilzen oder Käfern.

»Wie heißt du?«, fragte die Tante den Jungen, der seinen Vater gebracht hatte.

»Simon«, sagte der Junge. »Wie mein Vater. Simon Adami, der Feuerkünstler. Und Vater sagt, du kannst ihn heilen. Kannst du ihn heilen?«

»Geh mit Simon in die Küche und mach ihm einen Tee, Magdalena«, sagte die Tante und wies auf eine Tür. »Baldrian und Melisse, damit er sich beruhigt. Steht alles auf den Töpfen.«

»Aber ich …«, stammelte Magdalena und senkte beschämt den Kopf.

»Du kannst nicht lesen?«

»Nein.«

»Haben sie dich gar nichts lernen lassen! Komm!« Die Tante ging in die Küche und stellte alles, was es brauchte, auf den Tisch. »Tee machen wirst du wohl können!« Dann ging sie hinaus, um den Feuerkünstler zu verarzten.

Magdalena hängte den Wassertopf am Kesselhaken ein paar Zähne nach unten, näher zum Feuer, und machte Wasser heiß.

Simon stand in der Ecke und zitterte.

»Ist dir kalt?«

»Nein.«

»Setzt dich!«

Simon blieb stehen, als hätte er sie nicht verstanden. Er starrte ins Feuer. Magdalena legte ein Holzscheit nach. Ein paar Funken flogen auf. Da zuckte Simon zusammen.

»Wo kommt ihr her?«

Keine Antwort.

»Wo ist deine Mutter?«

Nichts.

»Was macht ein Feuerkünstler?«, fragte Magdalena. Und das war die richtige Frage; denn Simon streckte sich und lächelte sogar ein wenig. Aber das Lächeln kam nicht von innen.

»Wunderwürdige Kunststücke, welche bei vielen Potentaten und Fürsten im Reich schon präsentiert wurden.« Simon sprach so, wie ein Marktschreier seine eingelernten Worte und Prahlereien vorträgt.

»Erstens nimmt er Pech und Schwefel und Siegellack und gelbes Wachs und kocht es über Feuer und isst es löffelweis in vollem Feuer. Zweitens geht er auf glühenden Kohlen und Eisenstäben barfuß zwei- bis dreimal hin und wider. Und springt übers Feuer aus Hobelspänen wie ein brennender Vogel. Drittens nimmt er ein glühend Eisen – zwei Spannen lang – in den Mund und trägt es feuerrot herum. Viertens streicht er noch gelben Schwefel darauf, dass sein ganzes Gesicht ...«

Er konnte nicht weiterreden. Sein Zittern nahm zu. Dann wollte er tapfer sein und versuchte es noch mal: »... sein ganzes Gesicht voller ... Feuer ... voller Feuer, sein ganzes ...« Es ging nicht. Er brach in ein Schluchzen aus und sackte auf dem Boden zusammen.

Magdalena sagte nichts. Sie setzte sich einfach zu ihm, nahm ihn in den Arm und ließ ihn weinen.

Später eilte die Tante in die Küche. Das Wasser im Kessel brodelte und spritzte zischend ins Feuer. Aber Simon weinte nicht mehr.

»Siehst du nicht, dass das Wasser kocht?«, sagte die Tante und nahm hastig den Topf vom Haken.

»Er mag keinen Tee«, sagte Magdalena. »Ich hab ihn so beruhigt.«

Da hielt die Tante kurz inne und sah die beiden Kinder in ihrer Küchenecke an, den verstörten, kleinen Feuerschlucker-Simon, der seinen Vater hatte brennen sehen, und ihre verlorene kleine Nichte in ihren dreckverkrusteten Kleidern und wirren Haaren auf dem Kopf. Sie hatte den Jungen wirklich aus seinem Schock herausgeführt und getröstet, wo sie doch sicher selber Trost genug gebraucht hätte.

Elsbeth Wallmann nickte. »Du kannst deinen Vater wieder mitnehmen, Simon«, sagte sie. »Er wird wieder gesund werden.«

Da sprang der Junge sofort auf und lief hinaus. »Vater!«, hörten sie ihn rufen. »Vater!« Dann ging die Haustür auf und wurde wieder geschlossen.

Auch Magdalena stand auf. »Warum ist einer Feuerkünstler?«

»Ich weiß nicht«, sagte die Tante. »Vielleicht wollen sie den Fegefeuerteufeln eine Nase drehen. Willst du einen Tee?«

»Ich hab Hunger.«

»Hunger? Das ist gut«, sagte die Tante. »Aber erst müssen wir dich mal waschen. Du riechst wie ein alter Aal. Und neue Sachen brauchst du auch. Man könnte dich ja sonst wirklich für eine Straßendirne halten. Hast du eigentlich gar nichts dabei? Die können dich doch nicht so losgeschickt haben? So ohne alles?«

»Wir sind überfallen worden auf dem Weg«, sagte Magdalena.

»Oh mein Gott! Deshalb die Wache! Und der Wachszieher?«

»Es ist alles gut«, sagte Magdalena. »Sie haben die Räuber gefasst. Und Meister Beckschulte hat seine Waren wieder.«

»Gut, den Rest erzählst du später.«

Sie benutzten gleich das heiße Wasser aus dem Teekessel. Magdalena zog ihre Sachen aus, aber sie schämte sich ein bisschen.

»Meinst du, ich hab noch keine nackte Frau gesehen?«, sagte die Tante und träufelte ein paar Tropfen duftendes Öl ins Waschwasser. Ein schönes, gerades Kind, dachte sie. Feste Knochen, aber ein bisschen mager. Die Brüste wachsen ihr auch.

»Wie alt bist du eigentlich?«

»Vierzehn war ich an Lichtmess.« Magdalena fröstelte. Die Tante warf ihr ein Tuch zu zum Abtrocknen und rieb sie dann mit einer Tinktur ein, die ihre Haut erglühen ließ und angenehm nach Minze duftete. Die Hände der Tante waren hart und rissig, aber trotzdem war das Streicheln unendlich weich. Wie lange hatte niemand sie mehr gestreichelt …

Die Tante hatte ihr auch neue Sachen herausgesucht, die sie nun anzog. »Und wenn nun dieser Bartel recht hätte, und ich bin gar nicht deine Nichte?«, fragte Magdalena. Weiß nicht, warum. Konnte sie nicht glauben, wie diese Frau sie einfach aufnahm und badete und streichelte, dass sie danach duftete wie eine Fürstin?

»Was redest du da?«, sagte die Tante, öffnete ein Fenster und goss das Wasser hinaus in den Hof, wo ein paar Hühner protestierend davongackerten. »Einmal wärst du nicht das erste Kind, das ich aufnehme, ohne es zu kennen, und zweitens trägst du seinen Ring.«

Magdalena griff nach dem Kupferring an ihrem Finger und schaute ihre Tante fragend an.

»Er trug ihn immer, wenn er mich besuchen kam.«

»Vater hat dich besucht?«

»Soll er nicht seine Schwester besuchen?«

»Davon haben wir nichts gewusst.«

»Sollte er erzählen, ich war wieder bei der Hexe in Wittenberg?«

Magdalena schwieg. Sie glaubte nicht, dass diese Elsbeth Wallmann, die Schwester ihres Vaters, eine Hexe war. Aber sie sollte nicht das Wort so einfach aussprechen!

In dem Augenblick ging draußen im Hühnerhof der kleine Wendel vorbei. Er war nur einen Atemzug lang in dem schmalen Fensterausschnitt zu sehen, aber Magdalena war sich ganz sicher, dass er es gewesen war. Die Statur, die Bewegung! Sie hatte das Gesicht nicht erkennen können, weil er eine Kapuze trug, wie der kleine Bergmann, dem sie das Glöckchen an den Ärmel genäht hatte.

Magdalena war bleich geworden und ihr Herz stolperte. Wie konnte sie ihren Bruder sehen, den sie selbst begraben hatte? War das hier doch ein Hexenhaus? Und sie? Schon behext und verzaubert nach einer Stunde? Was war das für eine Salbe gewesen, mit der sie ihre Tante eingerieben hatte?

Sie lief zum Fenster und schaute hinaus. Aber es war niemand zu sehen, außer den Hühnern und einem schwarzen Hahn, der dem neuen Gesicht im Fenster gleich mal stolz verkündete, dass dieses Hühnervolk ganz allein ihm gehöre.

»Da war jemand«, sagte Magdalena leise.

»So ein kleiner Mann?«

»Wie mein Bruder!«

»Du hast ihn gemocht, deinen Bruder?«

Magdalena nickte. »Ich hab gedacht, das war er grade, mit seiner Bergmannsjacke.«

Die Tante schüttelte ernst den Kopf: »Das war Safi, unser Heinzelmann. Er hat weiße Haare. Das zeigt er nicht so gern. Deshalb trägt er immer seine Kapuze. Hier, nimm ein Stück Brot und dann zeig ich dir, wo du schläfst.«

Sie schloss das Fenster und ging auf den Flur hinaus. Magdalena folgte ihr. Ihre Augen hatten sich inzwischen an das Zwielicht im Haus gewöhnt. Sie konnte alles sehen, die schweren Truhen und Schränke und die Felle, die überall hingen, Kuhfelle, Ziegen, Schafe, ein Luchsfell. Die Reste des Handels von Elsbeths Mann.

Die Tante zog ein Lammfell von einem Haken und nahm es mit, die schmale Treppe hinauf. Auf dem Treppenabsatz blieb sie stehen und deutete auf eine Tür. »Hier schlaf ich. Gegenüber, da, die Kinder.«

»Hast du noch mehr?«

»Im Moment Safi und die Zwillinge. Aber Safi schläft bei mir, weil die Zwillinge krank sind. Du kannst sie morgen mal besuchen.«

Sie stieg weiter eine Leiter hinauf durch eine Luke bis unters Dach. Auch dort war alles voller Kisten und Kasten und staubiger Gerätschaften.

»Wir müssen es dir noch ein bisschen herrichten«, sagte die Tante. Sie verjagte einen roten Kater von seinem Platz auf einem zusammengerollten Strohsack und schüttelte den Strohsack auf.

Außer dem schmalen Lichtstreif, der durch einen Fensterschlitz – eigentlich nur eine Schießscharte – hereinfiel, gab es kein Licht in dem Raum. Die Tante breitete das mitgebrachte Lammfell auf den Strohsack und zog eine Decke aus einer Kiste. »Ruh dich aus, bis es Zeit zum Essen ist.« Und damit ließ sie Magdalena allein.

Mit einem Mal war es ganz still, kein Hasten und Rennen und Schubsen und Drängen mehr, kein Geschrei und Gezänk, kein Weglaufen und Verstecken, keine Angst vor dem Entdecktwerden, nur Ruhe und das sinkende Licht in der Mauerscharte.

Magdalena kroch unter die Decke und dachte zurück an ihren Aufbruch. Wie lange war das jetzt schon her?! Drei Tage und eine Ewigkeit. Und wie weit weg war das alles?! Zwei Tagesreisen in ein anderes Leben.

Der rote Kater kam zurück und nahm sich seinen Platz auf dem Strohsack. Magdalena ließ ihn gern gewähren.

Es war warm unter der Decke. Und der Strohsack war weich. Und der Arm, auf dem ihr Gesicht lag, roch zart nach Minze. Wenn Elsbeth Wallmann eine Hexe war, dann konnte sie sich vorstellen, auch eine zu werden. So dachte Magdalena und biss sich gleich auf die Lippe wegen des Frevels. Bestimmt musste sie das beichten!

Gleich würde sie zum Essen gerufen werden.

Dann würde sie Safi kennenlernen.

Und morgen die Zwillinge.

Sie legte ihre Hand auf den atmenden Bauch des Katers. »Du schläfst bei mir«, flüsterte sie.

Der Kater fing an zu schnurren.

Als die Tante nach ihr rief, hörte sie es nicht.

Und als sie die Leiter hochkletterte, um nach ihr zu sehen, da schlief Magdalena so fest, dass die Tante sie schlafen ließ.

4

Magdalena wachte erst am Morgen des Allerheiligentages wieder auf, weil sie ein Knarzen an der Luke ihres Speicherverschlags hörte. Als sie die verschlafenen Augen öffnete, sah sie einen Geist, der langsam aus dem Boden wuchs, nicht sehr groß, weiß wie ein Nachthemd und stumm wie ein Fisch.

Sie erschrak, fuhr hoch von ihrem Lager und zog die Decke vor sich wie einen Schutzmantel. »Heilige Barbara!«, rief sie. »Heilige Barbara hilf!« Sie bekreuzigte sich.

Als Bergarbeiterkind dachte sie natürlich zuerst an die Weiße Frau aus den finsteren Stollen des Kupferberges. Aber was da stand, war keine weiße Unglücksfee, dazu war das Gespenst viel zu klein.

Jetzt kicherte es auch noch. Dann zog es sein Hemd herunter, und aus dem Kragenausschnitt kam ein grinsender Bubenkopf hervor, der allerdings weißhaarig war wie ein uralter Berggeist.

»Safi?!«, sagte Magdalena, die nicht wusste, ob sie wütend sein oder lachen sollte.

Der Junge jedenfalls freute sich über den gelungenen Spaß. Er lachte übers ganze Gesicht und verschwand, ohne ein Wort zu sagen, die Leiter hinunter.

Dann will ich auch lachen, dachte Magdalena. Kein böser Geist, nur ein frecher, kleiner Bursche. Das nächste Mal krieg ich ihn dran!

Sie stand auf und stieg die Leiter hinab. Ihre Tante und Safi saßen in der Küche und löffelten ihren Brei.

»Guten Morgen, Frau Tante«, sagte Magdalena. Sie schämte sich ein bisschen, dass sie verschlafen hatte.

»Normalerweise schlafen wir nicht so lang, dass uns der Schlafgeist vom Lager scheuchen muss!«, sagte ihre Tante lächelnd.

»Ich will mir Mühe geben, Frau Tante«, sagte Magdalena.

»Elsbeth«, sagte die Tante. »Hier bei uns bin ich die Elsbeth, was, Safi?«

Safi nickte.

»Guten Morgen, Schlafgeist«, sagte Magdalena.

Safi grinste. Er freute sich noch immer über seinen Streich. Und dass das neue Mädchen mitspielte, gefiel ihm. Aber er sagte nichts.

»Safi spricht nicht«, erklärte Elsbeth. »Er denkt sich sein Teil. Du kannst dich draußen waschen, im Hof. Da ist auch der Abtritt. In der Tonne ist Wasser. Aber mach schnell, wir wollen in die Kirche.«

Die Tante führte ihre beiden Schützlinge an der Hand, Safi links und Magdalena rechts. Sollte gleich jeder sehen, dass das neue Mädchen zu ihr gehörte. Das Treiben auf den Straßen war noch trubeliger als beim Tetzel-Einzug in Jüterbog, als wäre gleich das ganze Reich auf dem Weg zur Schlosskirche.

Was für eine Gelegenheit für Diebe! Unwillkürlich hielt Magdalena Ausschau nach Rasso. Aber natürlich war der heute nicht unterwegs …

Das Jahrmarktstreiben war schon wieder in vollem Gange, Gaukler, Händler, Heiler, alle hofften auf ein gutes Geschäft. Eine Gruppe schwarz gekleideter Nonnen mit großen weißen Hauben zog Gebete murmelnd an den Hauswänden entlang. Sie machten immer zwei Schritte vorwärts und einen wieder zurück: ein anmutiger Tanz, den sie offenbar lange einstudiert hatten und zu dem ihre Gebetsformeln den genauen Takt gaben.

Weiter vorne hörte man jetzt Schreien und Stöhnen. Zehn Männer mit entblößtem Oberkörper schlugen sich selbst mit Ruten und Peitschen, dass ihnen das Blut von den Schultern troff. Und immer wieder stürzte einer hin und zuckte und krampfte und lallte mit verdrehten Augen unverständliche Worte, bis ihn ein Ordensmann durch Kreuzauflegen und Segenszeichen wieder beruhigen konnte.

Seit über hundert Jahren gab es diese Wallfahrten nach Wittenberg. Damals hatte der Papst der Stadt den Portiunkula-Ablass verliehen. Portiunkula, das war die kleine Marienkapelle in der Nähe von Assisi in Italien, in der der heilige Franziskus sein Wirken begann. Wer dorthin pilgerte und betete und spendete, konnte sich einen schönen Ablass erwerben. Nun bekam man den auch in der Schlosskirche zu Wittenberg rund um das Allerheiligenfest.

Dazu kam dann noch die Reliquiensammlung des Kurfürsten. Wer vor allen zwanzigtausend Stücken kniete, konnte sich einen Ablass von einer Million Jahren erwerben. Entsprechend voll war die Schlosskirche.

Gleich beim Eingang lag neben der Tür ein aufgeschlagenes Buch in einem Glaskasten. Die Bilder darin zeigten wie in einem Katalog die Reliquien der Kurfürstlichen Sammlung mit genauer Beschreibung.

»Das hat der Hofmaler Lukas Cranach gemacht«, erklärte die Tante. »Der hat sein Haus am Markt. Führt auch die Apotheke und handelt mit Wein. Reicher Mann!«

Magdalena hätte gern das Buch noch länger angeschaut. Aber sie konnten nicht stehen bleiben. Ein steter Strom von Menschen floss in das Kirchenschiff, vorbei an zwanzig Altären, wo Priester ununterbrochen die Messe lasen, predigten oder in unzähligen Beichtstühlen die Absolution erteilten, wenn man nur aufrichtig bereute und zur Buße seine Vaterunser betete und natürlich den Opferstock nicht vergaß. Auch sollte man sich ein Wallfahrtszeichen kaufen, aus Blei, wenn der Beutel klein war, oder aus Silber, wenn man es sich leisten konnte und die Sünden ein bisschen größer waren.

Es gab kein lautes Wort in der Kirche, es sei denn, einer der Prediger ließ sich einmal hinreißen zu einem zornigen Appell zur Umkehr. Trotzdem herrschte eine Art murmelnder Lärm wie in einem riesigen Bienenkorb. Und wie bei den Bienen verlor sich der Einzelne und wurde Teil eines großen Ganzen, das einen einhüllte und aufhob in eine weihrauchduftende, himmlische Gemeinschaft.

Sie fanden einen Platz auf einer Betbank und knieten sich hin. »Wir wollen beten und danken, dass wir hier zusammensein dürfen. Und dass unsere Zwillinge bald wieder gesund werden, das bitten wir auch. Und dass unser Safi so lustig bleibt. Und für unsere Magdalena, dass sie hergefunden hat zu uns. Amen!«

Und für Mutter und Vater und Wendel und die alte Gret, dachte Magdalena. Und für den Wachszieher.

Und für Rasso. Ja, für ihn auch!

Herr! Gott! Und Jesus Christus! Hilf ihm! Und sei ihm gnädig!

Amen!

Dann wollte die Tante wieder gehen. »Ich kann die Zwillinge nicht so lange allein lassen. Aber wenn du dir die Heiltumsschau noch ansehen willst …? Du findest ja jetzt den Weg in die Fleischerstraße. Ist ja nicht weit, über den Marktplatz und am Pfarrhaus der Stadtkirche vorbei.« Und damit glitt sie mit Safi zurück in den Strom der Gläubigen und war verschwunden.

Magdalena stand alleine da. Allein in einer großen, fremden Kirche. Allein unter all den fremden Menschen. Aber sie hatte keine Angst. Die Selbstverständlichkeit, mit der ihre Tante sie behandelte, als würde sie schon immer hier wohnen, gab ihr Kraft und Vertrauen in sich selbst. Sie kämpfte sich zur Treppe auf die Empore durch, wo die heiligen Reliquien ausgestellt waren.

Was sie dann sah, war wie ein glitzernder, gleißender Traum vom Himmelreich. Die Reliquien selber waren ja meist unscheinbare Teile von Knochen, Holzsplittern, Strohhalmen oder Stofffetzen. Aber man hatte sie alle in kostbare Rahmen gefasst, in Pokale, Monstranzen und Kästchen aus Silber und Gold und Bergkristall, und in Schatullen, reich besetzt mit Perlen und Edelsteinen.

Es war ein Blick in das Schmuckkabinett des Fürsten und von daher schon Ehrfurcht einflößend. Und es war nicht schwer, vor so viel Pracht und Herrlichkeit das Knie zu beugen und zu beten, dass ein bisschen von diesem Glanz auf einen selber übergehen möge.

Magdalena stand und schaute und staunte über so viel Kostbarkeit und sie ahnte, warum die Menschen alle die lange Reise über schlechte und gefährliche Straßen auf sich nahmen und hierherkamen aus ihren dunklen, kalten, feuchten Katen, aus dem Mist und Gestank ihrer Ställe, aus der staubigen Finsternis der Bergwerke, aus all der höllischen Mühsal ihres Alltags in dieses himmlische Glitzern und Leuchten.

Aber was war das nun, was sie hier anschaute? Sie wusste nicht, vor welchen Reliquien sie gerade stand. Dazu hätte sie den Katalog von Lukas Cranach gebraucht, in dem auch genau stand, für wie viel Jahre Ablass das jeweilige Stück der Sammlung stand. Oder sie hätte die Beschriftungen an den Schaukästen lesen müssen.

Aber das konnte sie ja nicht, weil sie der Vater damals von der Schule genommen hatte. Was ging einem alles verloren, wenn man die schwarzen Zeichen auf dem Papier nicht entziffern konnte! Welten! Die Welt!

Aber sie hatte Glück. Ein Student führte seine alte Mutter durch die Ausstellung. Sie konnte offenbar auch nicht lesen. Flüsternd erklärte er ihr alles. Magdalena stahl sich in seine Nähe und senkte den Blick, als wäre sie in stiller Andacht. Dabei sperrte sie die Ohren ganz weit auf und erfuhr so, dass es hier Teile der ganzen Jesusgeschichte gab:

Finger und Daumen von Jesus Großmutter Anna. Ja, Jesus hatte eine Großmutter!

Teile des Zimmers, in dem Jesus Mutter Maria geboren worden war. Ja, die Gottesmutter war einmal ein Wickelkind gewesen!

Fäden, die sie gesponnen hatte als junges Mädchen. Ja, sie war nicht nur die Ehrfurcht einflößende Himmelskönigin, sondern ein Mädchen am Spinnrad!

Ein Teil der Kammer, in der Maria der Engel erschienen war, um ihr zu sagen: Du wirst den Sohn Gottes gebären; ein paar Tropfen von ihrer Milch. Ja, der Gottessohn war einmal ein nuckelnder Säugling gewesen.

Und eine Windel des Jesuskindes. Hatte man sie gewaschen?

Gold, Weihrauch und Myrrhe von den Heiligen Drei Königen aus dem Morgenland; ein Splitter vom Kreuz, an das man Jesus gehängt hatte, und ein Brocken vom Stein von Jesus Grab.

Magdalena kannte die Jesusgeschichte natürlich. Jeder kannte sie. Ihr Vater hatte sie erzählt und vorgelesen. Aber jetzt hatte sie plötzlich das Gefühl, als wäre sie in dieser Geschichte oder sogar ein Teil der Geschichte. Wenn es all diese Dinge wirklich gab, wenn man sie sich nicht bloß vorstellen musste, ganz weit weg im Morgenland – wer weiß, wo das war! Dann hatte das alles eine ganz andere Wahrheit, weil es hier war, hier bei ihr, so nah, dass sie nur die Hand ausstrecken musste, um es zu berühren. Zu berühren, was Maria berührt hatte und Jesus und vielleicht ein Engel.

Sie merkte, dass es ihr egal war, ob sie nun hunderttausend Jahre Fegefeuer weniger erdulden musste oder eine Million. Aber dass sie Teil war einer Geschichte, die man anfassen konnte, das gefiel ihr und tat ihr gut.

5 Am Ausgang gab es einen Disput. Die schweren, hölzernen Türflügel standen weit offen, an einem hingen noch die Zettel, die Veit gestern dort angeschlagen hatte. Und da war auch Veit selber, der heftig von einem alten Franziskanermönch beschimpft wurde. Magdalena erkannte ihn sofort: Es war der Franziskaner von der Mönchenkirche in Jüterbog, der Beichtvater der Familie Reinprecht. Magdalena verbarg sich hinter einer Säule und versuchte zu verstehen, was die beiden Theologen zu streiten hatten.

»… das ist Gotteslästerung! Blasphemie! Und ein Angriff auf unsere Heilige Mutter Kirche, auf den Erzbischof und den Bischof von Rom!«, rief der Franziskaner erregt.

Veit sah gut aus. Er trug eine zweifarbige Pluderjacke, spitze Schnabelschuhe und eine gebauschte Hose mit einem prächtig bestickten und bebänderten Hosenlatz. Er hatte rote Backen, er schien genauso erregt wie sein Gegenspieler, aber er blieb ruhig. Wie er das konnte?!

»Nein«, sagte er und lächelte sogar, »Ihr müsst richtig lesen, Pater! Das ist kein Angriff, nur die Bitte um eine Disputation. Mein Professor bittet den Bischof und den Papst um Hilfe. Er will ein Gespräch darüber, dass sie das Unwesen der Ablassprediger und besonders dieses Tetzels abstellen mögen. Es ist falsch, was sie versprechen, und eine Lüge gegen die einfachen Leute. Wir glauben, dass der Heilige Vater in Rom gar nicht weiß, was diese Scharlatane in seinem Namen anrichten. Sonst hätte er es längst unterbunden.«

»Aber ihr hetzt die Leute auf und bringt Unruhe unters Volk, wenn ihr solche Texte an die Kirchentür heftet! Noch dazu an Allerheiligen! Wollt ihr die Kirche zerstören? Das ist Ketzerei!«

»Aber, Pater!«, rief Veit. »Wie könnt Ihr so was sagen?! Nicht der Dr. Luder schadet der Kirche, sondern dieser Schacherer Tetzel!«

Immer mehr Leute wurden aufmerksam und blieben stehen. Das Wort Ketzer wirkte wie eine Alarmglocke. Der ständige Strom aus der Kirche kam zum Stehen.

»Pater! Wisst Ihr nicht: Das hier ist die Universitätskirche. Alle Professoren und Studenten Wittenbergs besuchen hier die Messe. Hier wird alles angeschlagen, was die Lehre betrifft. Es ist doch auch gar nicht für die Leute. Es ist für die Universität. Deshalb sind die 95 Thesen auch in Latein geschrieben. Wer kann das schon lesen! Es ist für die Theologen. Die Leute müssen nicht wissen, was die Thesen sagen und bedeuten. Wie kann das Volk dann aufgehetzt werden?«

Ein grober Kerl mit einem hainbuchenen Knotenstock machte einen Schritt nach vorne: »Was müssen die Leute nicht wissen? Das wüsst ich aber jetzt schon gern, was ihr Studentenschwengel da behauptet und was die ehrbaren Leute nicht wissen sollen?«

Jetzt murrten auch andere, die neugierig geworden waren.

»Ja, bitte, was ist so frech, dass dem Franziskaner der Kamm schwillt?«

»Was hat das Studentenbürschlein da angenagelt, dass gleich der Papst in Rom das Zittern kriegen soll?«

»Wenn er ein Ketzer ist, dann zeigt ihn an bei der Inquisition!«

Der Kreis um Veit schloss sich noch ein bisschen enger. Jetzt trat ihm der Schweiß auf die Stirn. »Nein! Nein! Das versteht ihr falsch! Es ist nicht geheim. Es ist nur die Sprache der Wissenschaften. Es ist auch kein Angriff auf die Kirche. Im Gegenteil. Mein Professor, der ehrwürdige Doktor Martinus Luder, den ihr alle kennt von seinen Predigten in der Stadtkirche, der hat dem Erzbischof und anderen Herren der Kirche einen Brief geschrieben über das Unwesen der Ablassprediger.

Denn wenn man jemanden einen Ketzer heißen mag, dann jene, die versprechen, dass durch Geld alles vergeben werden kann. Habt ihr nicht gehört, was dieser Tetzel versprochen hat? Er könne sogar einen Sünder lossprechen, der der heiligen Gottesmutter Gewalt angetan hätte!

Davon handeln die Thesen. Das steht alles hier. Seht, hier, These 76. Das ist Irrsinn, schreibt mein Professor. Und ist es das nicht? Sagt selber!«

Ein Murren ging durch die Leute. Aber die gefährliche Spannung ließ ein wenig nach. Ja, wenn der Tetzel das so gesagt hatte, war das wahrscheinlich wirklich Irrsinn.

»Und? Was steht in dem Brief von deinem Luder?«

Veit wurde wieder ein bisschen wohler. »Der Doktor Luder hat diesen Brief an ein paar hohe Kirchenherren geschickt und ihnen die 95 Thesen beigelegt, damit sie mit ihm darüber beraten können. Sein Gewissen treibt ihn an, denn er sieht, dass die armen, unglücklichen Menschen, seine Beichtkinder, in die Irre geführt werden durch solche falschen Propheten wie dieser Dominikaner. Sie laufen hinüber ins Brandenburgische, nach Jüterbog oder Treuenbrietzen und glauben dann, sie müssten nicht mehr Buße tun, weil sie dort so einen verlogenen Zettel gekauft haben. Da bittet mein Professor den Herrn Erzbischof, er solle doch bitte zusehen, dass diese Lügen beendet werden.«

»Und? Was wären das für Lügen?«, fragte der Grobe.

»Das steht alles hier in den Thesen«, erklärte Veit. »Tut Buße!, hat unser Herr Jesus Christus gesagt, als er zu predigen anfing in der Wüste von Judäa. Und so weiß es jeder Christenmensch. Ihr und ich und alle hier! Nur Buße und echte Reue helfen und die Gnade Gottes. Und deshalb – hier, These 21 – deshalb irren jene Ablassprediger, die sagen, dass auch durch die Ablässe des Papstes der Mensch von jeder Strafe frei und los werde. Und wenn das Geld im Kasten klingt – hier, These 27 und 28 –, springt die Seele eben nicht in den Himmel, dann wachsen höchstens Gewinn und Habgier.«

»So ist es«, rief ein junger Mann, nur wenig älter als Veit. Er trug auch das farbenfrohe Gewand eines Studenten, war allerdings etwas abgerissen, als zöge er viel herum. »Ja«, sagte er. »Gewinn und Habgier der römischen Wohlleber und Prasser!«

»Du sagst es, Freund!«, rief Veit, dem die Zustimmung guttat. »Hier, zum Beispiel These 82: Warum räumt der Papst mit seiner Macht nicht einfach das ganze Fegefeuer aus um der heiligsten Liebe und höchsten Not der Seelen willen?«

»Gut gesprochen!«, sagte der Wanderstudent. »Und ich sage: Warum nimmt der Papst, der mehr Geld hat als alle Fürsten des Reiches, den Armen die kleinen Münzen weg und baut Sankt Peter nicht selber, mit seinem großen Geld?«

Der alte Franziskaner hatte sich zurückgehalten. Es war nicht ganz klar, wie die Stimmung hier war. Offenbar hatte dieser Doktor Luder schon allerlei bösen Samen gelegt wider die ewige Macht und Hierarchie der Kirche. Aber jetzt konnte er sich nicht mehr zurückhalten. »Wer ist er denn, dass er so daherzureden wagt! Ein verlauster Scholar von der Straße!?«

Der Student lächelte selbstbewusst. »Ich heiße Müntzer, Thomas Müntzer. Magister der Theologie aus Stolberg. Und ich habe die Bibel gelesen. Und auch den Doktor Luder wohl gehört und verstanden. Und ich sage Euch, er hat es recht benannt, wenn er sagt: Geld sollte sein wie Mist: auf dem Acker verteilt bringt er Segen, auf einem Haufen aber stinkt er!«

Veit sprang ihm zur Seite: »Müntzer hat recht. Genau das steht hier: These 86. Und These 88 sagt: Wenn der Papst schon über den himmlischen Schatz verfügt, warum verkauft er ihn wie ein Krämer und schenkt ihn nicht her, hundert Mal am Tag an alle Gläubigen?«

Magdalena stand hinter ihrer Säule und hörte atemlos zu. Was dieser Veit sich traute! Und was er konnte und wusste! Frei herausreden vor allen Leuten! Dem alten Franziskaner widersprechen! Und diese Thesen! Alles wusste er, alle kannte er und konnte sie einfach so aus dem Lateinischen ins Deutsche bringen. Und überzeugen konnte er auch. Einen Augenblick lang hatte sie Angst gehabt um ihn, als der grobe Kerl mit seinem Stock aufgetreten war. Aber der war verstummt und hörte ihm zu, dem Veit Thyrlin aus Jüterbog, mit dem sie zusammen in der Schule gewesen war. Das war aus ihm geworden, ein kluger Herr, dem die Leute zuhörten, weil sie erkannten, dass er von ihnen redete, ihre Fragen stellte, die sie nie zu stellen wagten.

Und plötzlich merkte Magdalena, dass sie ein paar Schritte nach vorne getreten war, heraus aus ihrem Versteck, weil sie auch eine Frage hatte und eine Ahnung, dass die Antwort vielleicht auf diesen Zetteln stehen könnte.

»Veit!«, sagte sie, und es schwand gleich wieder alle Kraft aus ihren

Beinen, als er sie erstaunt, erfreut, verwundert anschaute. Und als sie ihre Stimme hörte, als wäre sie etwas, was sich selbstständig gemacht hätte, frech und vorlaut und unangemessen, die Stimme eines Mädchens laut in einer Schlosskirche?

»Magdalena?! Was machst du denn hier?«

Ja, was machte sie hier? Hier, in der Stadt der klugen und studierten Herren? Ich versinke jetzt im Erdboden, dachte sie, das mache ich; denn es war ganz still geworden, und alle sahen sie an.

Und jetzt erkannte sie auch der alte Franziskaner. »Magdalena! Kind! Gott segne dich!«

Der alte Franziskaner, der alles von ihr wusste und immer das Richtige und das Falsche benennen konnte. Und das hier, diese Zettel an der Tür und alles, was Veit gesagt hatte, war wahrscheinlich falsch, falsch und gefährlich und verboten wie alles Ketzerische.

Und deshalb klang sein Segen auch eher wie eine Mahnung: Halte dich fern von diesem falschen Propheten! Sie konnte ihre Frage nicht mehr stellen, sosehr sie auch eine Antwort ersehnte.

Sie wollte sich schon umdrehen und sich wegstehlen aus all diesen Blicken, da sagte der Franziskaner: »Komm her! Komm her, meine Tochter. Ich bring dich weg von diesen Teufeln, die Zwietracht säen wollen im Garten der Kirche.«

Magdalena wäre vielleicht mitgegangen mit dem Beichtvater. Sie sehnte sich ja nach einer Hand, die sie führen und halten konnte. Aber dass er Veit einen Teufel nannte, das war zu viel. Das weckte ihren Widerspruch. Nein, Veit war kein Teufel. Er war der Sohn vom Thyrlin, der war vielleicht kein guter Mensch und dachte zu viel ans Geld und an seine gierigen Herren, die Fugger. Aber sein Sohn war kein Teufel. Was er gesagt hatte, klang viel mehr nach Wahrheit als das, was sie in der Mönchenkirche predigten und was ihre Mutter glaubte.

»Nein, Pater«, sagte sie. »Ich kann nicht mitgehen. Ich muss Veit noch eine Frage stellen.«

Sie sah, wie Veits Gesicht erstarrte. Natürlich wusste er, was geschehen war im Bergwerk von Jüterbog mit ihrem Vater und ihrem kleinen Bruder. Aber er konnte doch nichts dafür. Wollte sie ihm jetzt hier die Schuld geben für ihren Schmerz?

»Es tut mir furchtbar leid«, stammelte er.

Eine warme Welle durchströmte Magdalena. Ach so, dachte sie, deshalb hat er so erschrocken geschaut. Aber ich mach doch ihm keine Vorwürfe, ich weiß, dass es ihm leidtut. Er ist ja kein Teufel.

Und mit einem Mal war es ganz leicht, die Frage zu stellen: »Sag mir, Veit, ob darüber was in deinen Thesen steht: Wenn man einen Bruder hat und der ist krank, soll man dann sein Geld für den Arzt ausgeben oder für einen Ablass?«

Sie sah, wie sich Veit entspannte, und ein fast glückliches Lächeln trat auf seine Lippen. Er schaute strahlend in die Runde, wie ein Heiler, der auch für diese Beschwernis die rechte Medizin im Angebot hat. »These 43«, sagte er. »Man soll den Christen lehren: Den Armen zu geben oder den Bedürftigen zu leihen ist besser als Ablass zu kaufen. 44: Denn durch ein Werk der Liebe wächst die Liebe und wird der Mensch besser, aber durch den Ablass wird er nicht besser. Und 45: Wer einen Bedürftigen sieht und übergeht und stattdessen für den Ablass gibt, kauft nicht den Ablass des Papstes, sondern handelt sich den Zorn Gottes ein.«

»Das steht da?«, fragte der Grobe. »Aber warum in Latein? Das müsst ihr übersetzen, dass es jeder lesen kann, nicht bloß ein paar Gecken in buntem Wams.«

»Amen!«, sagte Müntzer.

Veit sah Magdalena an. Stolz und glücklich sah er sie an. Wir finden hier großartige Dinge heraus, sagte sein Blick. Schön, dass du auch hier bist! Er streckte die Hand nach ihr aus: »Magdalena!«

Aber sie konnte nicht mehr. Sie drängelte sich schnell an allen vorbei zur Tür hinaus.

»Magdalena!«, rief Veit. »Warte doch!«

Aber sie wollte nur noch weg, verschwinden, wieder ein Niemand werden unter all den Jahrmarktsleuten. Gerade noch hatte sie das Gegenteil erlebt. Sie war ein Jemand geworden in der Masse, die durch die Schlosskirche geschleust wurde wie eine Herde ahnungsloser Schafe. Sie hatte eine Frage gestellt, laut und vernehmbar für alle Leute. Sie war sichtbar geworden.

Jetzt wollte sie wieder unsichtbar werden. Wer war sie denn? Ein Mädchen! Ein Mädchen durfte nicht zur Schule gehen. Ein Mädchen konnte nicht im Bergwerk arbeiten. Ein Mädchen sollte schweigen und dienen und nicht freche Fragen stellen, wenn sich gelehrte Männer unterhielten. So war es und so würde es bleiben.

Hörst du, Magdalena Reinprechtstochter!

Sie hockte sich wieder irgendwo auf einen Prellstein und weinte. Aber sie weinte nicht nur darüber, was sie nicht durfte, was ihr verboten war. Ihr Weinen hatte auch etwas Erlösendes. Die quälende Frage, die ihr seit dem Tod von Wendel das Herz eingeschnürt hatte, sie war gelöst. Weil sie gefragt hatte. Weil sie den Mund aufgemacht hatte vor allen Leuten!

Und noch mehr: Es war nicht falsch gewesen, dass sie diese Frage überhaupt hatte. Es war in Ordnung, solche Fragen zu haben und nicht Ausdruck ihrer Kleingläubigkeit und mangelnden Demut. Wenn einer wie dieser Professor eine Antwort an die Schlosskirche schlagen ließ, dann konnte die Frage dazu nicht falsch sein!

Es dauerte noch eine Weile, bis sie aufhören konnte zu weinen; denn es musste ja auch noch allerhand anderes herausgeschwemmt werden. Erst als ein zotteliger Hund daherkam und ihr die salzigen Tränen von der Hand leckte, musste sie lächeln und konnte nach Hause gehen.

Nach Hause? Magdalena war nicht sicher, aber sie spürte eine kleine Hoffnung.

6

Sie war froh, dass ihre Tante Arbeit für sie hatte, als sie endlich in die Fleischerstraße fand. Linsen auslesen. Das war Mädchenarbeit.

Da konnte sie sitzen und denken und zur Ruhe kommen, während die Finger wie von alleine das Gute vom Schlechten trennten, wie es sein musste.

Sie saß auf einem wackligen, dreibeinigen Hocker in einer muffigen Kammer hinter der Küche. Licht fiel nur durch ein schmales Fensterloch herein und beleuchtete nicht viel mehr als die beiden Schüsseln voller Linsen. Aber Magdalena hatte das Gefühl, als fände sie gerade aus einem langen, finsteren Stollen heraus ins Helle. Raus aus Staub und Ruß der Unschlittlichter und Steinbrechfeuer, weg von den unfreundlichen Geistern des Berges und den Gefahren von schlagenden Wettern und Erdrutschen. Hin zu einer neuen Sonne, die auch den schwärzesten Regen in einen bunten Regenbogen verwandeln konnte.

Mittags lernte sie die Zwillinge kennen. »Es geht ihnen besser«, sagte die Tante. »Das Fieber ist weg. Jetzt sind es nur noch zwei gewöhnliche Rotznasen.« Die Tante lachte. »Aber das kriegen wir auch noch hin!«

Sie waren ein Jahr älter als Safi. Auf beiden ausgezehrten Köpfen saß ein zerzauster Strohschopf. Sie hockten unter einer Decke auf einer hölzernen Bettstatt und löffelten langsam einen Brei aus einer irdenen Schale. Es gab noch eine zweite und eine dritte Bettstatt in der Kammer, aber die waren nicht belegt.

»Das ist Magdalena«, sagte die Tante. »Der müsst ihr jetzt genauso folgen wie mir! Und das sind Piet und Paul.«

»Gott grüß euch, Piet und Paul!«, sagte Magdalena.

Die beiden kauten mit vollen Backen. Sie hatten offensichtlich Hunger.

»Grüßt ihr nicht?«, sagte die Tante streng.

»Gott zum Gruße!«, brachte Paul hervor.

»In Ewigkeit. Amen!«, sagte Piet und grinste.

»Er macht schon wieder Witze, unser Piet. Das ist gut«, sagte die Tante.

»Ewigkeits-Piet«, sagte Paul und lachte. Dann musste er husten.

Die Tante nahm ihm die Schüssel ab und zog ihm die Decke über die Brust. »Ich füttere dich«, sagte sie. »Komm her!«

»Weißt du, was ein Wal ist?«, fragte Piet.

»Lass gut sein, Piet! Iss deinen Brei, dass du wieder zu Kräften kommst. Und deck dich besser zu!« Die Tante zog auch ihm die Decke unters Kinn.

»Der Wal ist so groß wie ein Haus«, erklärte Piet. »Und manche haben auf der Nase einen Spieß, so lang wie ein Einhorn.«

»Magdalena weiß das«, sagte die Tante.

»Weißt du das wirklich?«

»Ich kenne die Geschichte von Jonas. Den hat ein Wal verschluckt.«

»Der Wal, der meinen Vater verschluckt hat, war viel größer und er hatte noch ein Horn vorne dran!«

Paul musste wieder husten. Es schüttelte ihn richtig und es fehlte nicht viel und er hätte den ganzen Brei wieder ausgewürgt.

»Wir gehen jetzt wieder«, sagte die Tante. »Ich bring dir gleich noch was zum Einreiben. Ja, Paul?«

Piet wollte schon wieder anfangen mit seiner Wal-Geschichte, aber die Tante unterbrach ihn: »Magdalena bleibt ja jetzt bei uns. Da haben wir noch viel Zeit zum Erzählen.« Und damit schob sie Magdalena zur Tür hinaus.

Sie gingen in die Küche, und die Tante rührte die Salbe an. »Kannst du gleich zuschauen, wie das geht«, sagte sie. Sie nahm einen Mörser und zerrieb Kampfer, Eibischwurzel und Minzeblätter mit einem Stößel. Dann gab sie ein paar Tropfen Pfefferöl dazu und ein paar Senfkörner. »Die machen warm und treiben das Blut um«, erklärte sie. Zum Schluss kam Schweineschmalz dazu, um alles schön zu binden.

»Darf ich dich was fragen, Tante Elsbeth?«

»Bei uns darf jeder alles fragen. Aber es ist nicht sicher, dass es immer eine Antwort gibt.«

»Der Vater von den Zwillingen? Hat den wirklich ein Wal verschluckt?«

»Ach, der Wal!«, seufzte die Tante. »Wer weiß schon, ob es überhaupt so was gibt, einen Fisch, der einen ganzen Mann verschlucken kann? Außer vielleicht der heilige Jonas, der Prophet von Ninive. Aber den können wir nicht mehr fragen. Außerdem ist – soviel ich weiß – in der Geschichte von Jonas gar nicht von einem Wal die Rede.«

»Kannst du die Bibel lesen?«

»Ein bisschen. Aber wenn du es genau wissen willst, dann musst du den Doktor Luder fragen, der weiß jedes Wort auswendig.«

Magdalena staunte, dass ihre Tante den großen Namen einfach so aussprach, als wäre es ihr Nachbar. »Kennst du ihn?«, fragte sie. Und dachte weiter: Kennt sie den Mann, der die Thesen geschrieben hat, die Thesen von der Kirchentür?

»Er ist doch unser Prediger und er hilft mir manchmal, für die Kinder eine neue Familie zu finden.«

»Sie bleiben nicht bei dir?«, fragte Magdalena und es wurde ihr gleich wieder ein bisschen schwer ums Herz.

Die Tante merkte es. »Manche bleiben auch«, sagte sie und strich Magdalena über die Wange.

»Und der Vater von Piet und Paul?«

»Nein, es war kein Wal. Die Zwillinge haben Vater und Mutter bei einer Sturmflut verloren. Sie stammen vom Meer, hoch oben im Norden. Der Vater war Muschelfischer. Der kleine Piet trauert sehr um seinen Vater, obwohl das Unglück schon über ein Jahr her ist. Und da gefällt es ihm besser, seinen Vater im Kampf mit einem Untier sterben zu sehen, verstehst du, als Held. Nicht bloß durch einen Sturm. Deswegen erzählt er vom Wal, wann auch immer er kann.«

»Wie sind die Kinder zu dir gekommen?«

»Die Zwillinge kamen durch ihren Großvater nach Wittenberg. Ein Knopfhändler. Die Marktleute kennen mich. Der Großvater macht Knöpfe aus Muschelschalen und zieht damit zu den Märkten vom Meer bis nach Mainz. Er hatte die beiden zu sich genommen. Eine alte Magd, die mit ihm zog, versorgte sie. Aber es ging nicht gut, das viele Reisen und Handeln und die kleinen Waisen. Auf dem Markt hier haben sie ihm von der Elsbeth Wallmannin erzählt …«

»Und Safi?«

»Den hab ich auch von Fahrenden. Aber niemand weiß, woher er kommt, weil er ja nicht spricht. Ein Trupp Gaukler hat ihn gefunden in der Nähe eines abgebrannten Bauernhofes. Da hat er auf einem Baum gehockt. Seine Haare hatten schon angefangen, weiß zu werden. Sie nahmen ihn mit, hängten ihm ein Paar Gänseflügel um und setzten ihn als Safi, den weißhaarigen Engel, vorne auf die Bühne, wenn sie ihre Vorstellungen gaben. Hier in Wittenberg beim letzten Allerheiligenfest wurde er krank. Seitdem hab ich ihn.«

»Bübchen sind sehr empfindlich«, sagte Magdalena.

»Du kennst dich aus«, sagte die Tante. »Bring doch du Paul die Salbe: Rücken und Brust kräftig einreiben, bis sie rot und warm sind.«

Es gefiel Paul, dass Magdalena ihn einrieb. Er hielt ganz still und beruhigte sich, die Hustenanfälle wurden weniger. Auch Piet gefiel es, denn während sein Bruder behandelt wurde, konnte er von dem Untier erzählen, das seine Eltern verschlungen hatte. Und je länger er erzählte, desto größer wurde der Fisch. So groß, dass ein ausgewachsener Mann leicht in seinem Bauch Platz fand oder sogar bequem darin wohnen konnte. Denn das war es, um was es Piet ging bei der ganzen Wal-Geschichte: Wenn nicht die Sturmflut seine Eltern verschlungen hatte, sondern ein fabelhaftes Ungeheuer, dann konnte es doch sein, dass auch sein Vater noch lebte und eines Tages wie der Prophet Jonas wieder ausgespuckt wurde.

Magdalena ließ ihn erzählen. Aber schließlich machte sie »Pscht!«, denn Paul war eingeschlafen. »Ich komm nachher wieder«, flüsterte sie Piet zu. »Schlaf du auch, dass ihr bald wieder gesund werdet!«

Kurz vor dem Vesperläuten kam der Wachszieher mit seinem Mauleselkarren, um sich zu verabschieden. Er konnte sich nicht lang aufhalten, weil er die Stadt verlassen musste, bevor die Tore geschlossen wurden.

Im letzten Licht des Tages standen sie im Vorgarten, Tante Elsbeth, Safi und Magdalena.

»Ist das dein neuer Bruder?«, fragte Meister Beckschulte, immer noch mit verbundenem Kopf.

»Das ist Safi, der Engel von der Fleischerstraße«, sagte die Tante und zog Safi liebevoll zu sich her.

»Und das Gespenst des Hauses«, sagte Magdalena und lachte Safi zu.

Und Safi grinste zurück.

»Ich freu mich, dass ich deiner Mutter sagen kann: Du bist gut angekommen.«

»Und der alten Gret auch!«, sagte Magdalena.

»Jaja, natürlich der auch.«

»Wie geht es Euerm Kopf?«, fragte Magdalena.

»Ein alter Holzkopf hält was aus«, sagte Beckschulte.

»Und wie waren die Geschäfte?«, fragte die Tante.

»Am Ende doch gut. Viele Seelen werden es hell haben mit Beckschultes Kerzen in Wittenberg.« Er lächelte und schenkte der Tante ein Bündel Bienenwachskerzen. »Ist ja bald Christfest. Da darf es ruhig ein bisschen besonders duften, wenn man schon einen Engel im Hause hat.«

»Wir haben ja noch zwei«, sagte Magdalena.

»Drei, glaub ich«, sagte die Tante.

Da machte Meister Beckschulte schnell einen Schritt vorwärts und drückte Magdalena an sich, damit sie nicht sah, wie ihm die Tränen in die Augen stiegen.

Magdalena ließ sich die Umarmung gern gefallen und wartete geduldig, bis Beckschulte sie wieder losließ. Aber dann hatte sie noch eine Frage. Die musste gestellt werden.

»Und die Räuber?«, fragte sie, als Beckschulte der Tante die Hand zum Abschied reichte.

»Ich hab meine Aussage gemacht. Man hatte die Bande wohl schon länger auf der Liste. Sie werden hängen, denk ich.«

»Rasso auch?« Die Frage kam ein bisschen zu schnell. Die Tante sah sie verwundert an.

»Du darfst nicht zu sehr an ihn denken, Magdalena. Er ist ein Dieb«, sagte Beckschulte.

»Aber er will keiner sein!«

»Ich hab dem Amtmann gesagt, wie es war. Auch, dass er dir zur Flucht verholfen hat. Der Rest liegt jetzt in Gottes Hand. Aber nun muss ich los!«

Er drückte Magdalena noch einmal. Er streichelte Safi über den Kopf, als wär es einer von seinen eigenen Buben, und er dankte der Tante auch im Namen des Rates von Jüterbog, dass sie Magdalena aufgenommen hatte. »So kann alles gut werden, mit Gottes Hilfe!«

»Ich kann sie gut brauchen«, sagte die Tante. »Muss ich mich selber weniger bücken. Manchmal spürt man schon seine Knochen.«

Beckschulte stieg auf seinen Karren und fuhr davon.

»Wir machen uns jetzt einen Tee. Die Nacht kriecht schon kalt herauf von der Elbe. Kommt, ihr beiden!«

7

In den nächsten Tagen merkte Magdalena, was ihre Tante mit ›Bücken‹ gemeint hatte. Elsbeth Wallmann besaß einen Garten am anderen Elbufer – beim Schloss zum Tor hinaus, über die Brücke und ein kurzes Stück durch die Au auf der anderen Seite. Da stand eine kleine Wallfahrtskirche, und drum herum hatten viele Wittenberger Bürger Gärten angelegt, weil in der enger werdenden Stadt immer weniger Platz dafür war.

Die Tante führte Magdalena zuerst in die Kapelle: Mariä Freuden hieß sie, und die beiden beteten einen freudenreichen Rosenkranz. Magdalena betete gern zur Mutter Gottes, die einem den Weg zu Jesus frei machen konnte und unter deren großem, himmelsblauem Mantel man geborgen war: »Heilige Mutter Gottes, bitte für uns Sünder!«

Die Kapelle war hell und schön ausgemalt. Vorne am Altar wurde Maria zur Himmelskönigin gekrönt. Und rundum gab es Bilder aus ihrem Leben: wie der Engel kommt und ihr die Geburt von Jesus verkündet; wie sie ihre Freundin Elisabeth daheim besucht und sie sich beide über ihre Schwangerschaft freuen; die Geburt des Jesuskindes; die Heiligen Drei Könige; dann wie Jesus mit zwölf im Tempel verloren ging und Maria ihn glücklich wiederfindet; die Auferstehung aus dem steinernen Grab und zuletzt Mariä Himmelfahrt. Die sieben Freuden im Leben der Mutter Gottes, die es auch gab, nicht bloß das Leiden und Sterben.

»Heilige Maria, voll der Gnade! Der Herr ist mit dir. Du bist gebenedeit unter den Weibern. Bitte für mich bei deinem Sohn. Bitte für Vater und Mutter und Wendel und die alte Gret und den Wachszieher und Tante Elsbeth und Piet und Paul und Safi. Und Veit, den mutigen, klugen Veit, der die Wahrheit sucht. Und Rasso, der das Gute will und das Böse tut. Bitte für uns Sünder, jetzt und in der Stunde unseres Todes! Amen!«

»Hast du gesehen, auf dem Auferstehungsbild?«, fragte die Tante. »Das ist Maria aus Magdala, Maria Magdalena. Deine Namenspatronin war ja die Erste, die den auferstandenen Jesus gesehen hat.«

»Ich weiß. Sie hat immer die prächtigsten Kleider an, weil sie aus königlichem Geschlecht ist«, sagte Magdalena. »Was hat sie da in der Hand?«

»Das ist die Dose mit der feinen Salbe. Magdalena war eine, die kannte sich aus mit Salben und Tinkturen. Sie hat doch dem Herrn Jesus die Füße gewaschen und gesalbt, weil sie ihn so verehrt hat.«

»Es ist schön hier«, sagte Magdalena.

»Ja. Ich bin auch gerne hier. Sie waren Menschen, die Frauen um Jesus, wie du und ich. Und sie mussten sicher auch die Gartenarbeit machen wie wir jetzt. Los! Fangen wir an, bevor uns das Wetter umschlägt.«

Der Garten war gut fünfzig Schritt im Quadrat groß, eingefasst mit einem Flechtzaun und einer Tür aus groben Brettern. Drei Teile hatte der Garten: Der größte war der Krautgarten für das Gemüse. Dazu gab es einen Obstgarten mit Äpfeln und Birnen und Quitten. Auch einen Speierlingsbaum gab es.

»Die mag ich gern, Speierlinge«, sagte Magdalena. »Aber man muss sie lang lagern, dass man sie essen kann.«

»Da weißt du ja doch was«, sagte die Tante. »Ja, sie sind gut. Und das Süßsaure hilft gegen Durchfall und Erbrechen.«

Ein paar Nussbäume gab es noch und einen kleinen Blumengarten, in dem aber um diese Jahreszeit nur noch ein paar Strohblumen standen.

Die Beete waren mit Brettern eingefasst und mit Erde und Dünger aufgeschüttet, denn der Boden in Wittenberg war nicht besonders fett und voller Sand und Steine.

Zwei Wochen fast brauchten sie, um die letzten Früchte einzubringen, die späten Rüben und Rettiche auszustechen, die Kürbisse zu schneiden und den Kohl. Nur den Grünkohl ließen sie stehen, denn der sollte den ersten Nachtfrost spüren. Sie verbrannten das Unkraut, deckten die Beete ab und wickelten empfindliche Pflanzen in Stroh.

Die Arbeit war schwer, alle Knochen taten Magdalena weh. Aber das machte ihr nichts aus. Die Tante redete nicht viel. Sie sagte, was getan werden musste, und das taten sie dann. Safi war immer dabei und knackte stundenlang Nüsse mit einem Stein, bis sein Krug voll war und er sich das Lob der Tante abholen konnte.

Manchmal fing er auch nur Schnecken und Käfer, die sie aufscheuchten in ihren feuchten Verstecken unter dem Kraut.

Jeden Morgen weckte er Magdalena. Er erschien in der Luke ihrer Dachkammer mit seinem Geisterhemd und erschreckte sie. Meist wachte sie schon auf, wenn er unten zur Leiter tippelte. Aber sie ließ ihm die Freude und tat so, als ob ihr der böse Geist jeden Tag aufs Neue einen furchtbaren Schrecken einjagte.

Einmal allerdings erschreckte Magdalena den Geist selber. Sie hatte ihn wieder kommen hören und versteckte sich. Als das Gespenst seinen Kopf durch die Luke steckte, kam sie mit einem Buh! hinter einer Kiste hervor. Safi zuckte zusammen, stieß einen spitzen Schrei aus und wäre fast von der Leiter gefallen.

Einen Augenblick später kam die Tante angelaufen und pflückte den zitternden kleinen Geist von der Leiter. »Magdalena! Wie kannst du nur!?«, rief sie entsetzt und drückte Safi an sich. »Verstehst du nicht, du dummes Ding, dass er schon allen Schrecken erfahren hat, den so ein kleiner Kerl aushalten kann?« Und damit ließ sie sie stehen.

Als Magdalena sich gewaschen hatte und in die Küche kam, saßen alle schon beim Essen. Auch Piet und Paul waren inzwischen von ihrem Krankenlager aufgestanden. Keiner sagte etwas. Aber als sich Magdalena vor ihre Schüssel setzte, stand Safi auf und legte ihr die Arme um den Hals.

Später, sie pflückten Hagebutten und Safi war gerade in der anderen Ecke des Gartens auf Käferjagd, sagte die Tante leise: »Es war das erste Mal, dass er einen Ton von sich gegeben hat, seit er bei mir ist. Wer weiß, wofür er gut war, der kleine Schrecken heute Morgen.«

Immer wieder musste die Tante weg, wenn sie im Garten arbeiteten. Sie hatte nämlich ihre festen Dienste im Heilig Geist Spital.

Das Spital hatten die wohlhabenden Kaufleute gebaut, eine Tat der christlichen Nächstenliebe und auch gut fürs Geschäft. So lagen die maladen Leute nicht auf der Straße, wenn Markt war und die Stadt voller fremder Geschäftsleute. Eine Handvoll Ordensfrauen betrieben das Spital und versorgten die Insassen: sieche Alte, Arme, Waisen und Kranke.

Manchmal sah ein Medicus nach den Patienten, aber eigentlich wurde Krankheit als verdientes Leid und als Strafe Gottes gesehen und musste somit stumm erduldet werden. Kräuterkundige Weiber galten da als verdächtig, als heidnische Zauberinnen, die den Willen Gottes nicht achteten und auch noch den gelehrten Ärzten ins Handwerk pfuschten.

Die Nonnen waren natürlich auch dieser Meinung. Aber Schwester

Agnes, die Leiterin des Spitals, sah das praktischer. Sie konnte jede Hand brauchen und hatte nichts dagegen, dass die Waldmannin bei den Bedürftigen ihren Dienst versah, zumal sie im Lauf der Zeit gemerkt hatte, was deren Tröpfchen und Tinkturen für Erfolge hatten.

Einmal nahm die Tante Magdalena mit. Das Spital war ein großer Saal mit Platz für vielleicht zwei Dutzend Krankenlager, die man nur mit Vorhängen voneinander abgetrennt hatte. Alles, was da geredet wurde, konnte jeder hören. Das Stöhnen, die Schmerzensschreie, nichts blieb verborgen. Ein schwer erträglicher Gestank aus Blut und Schweiß, aus Ausflüssen und Exkrementen hing im Raum. Manchmal spielten rotznasige Kinder auf den Gängen, wenn man kranke Mütter eingeliefert hatte.

Als Magdalena den Krankensaal betrat, verschlug es ihr den Atem und sie zuckte zurück, was ihr einen strengen Blick der Tante einbrachte. »Das hier ist dein Nächster, vergiss das nicht! Nicht der feine Herr vom Rat oder die Geistlichkeit oder die Ritterschaft mit ihren Damen! Jeder, der hier liegt, das ist der Nächste, von dem unser Herr Jesus sagt, du sollst ihn lieben wie dich selbst.«

Sie krempelte die Ärmel ihres Kleides hoch und wusch sich die Hände mit heißem Wasser. »Das hat mich eine alte Wehmutter gelehrt: Du musst dir die Hände waschen, wenn du mit den kranken Säften in Berührung kommst.«

Auch Magdalena wusch sich die Hände und musste plötzlich an ihre Mutter denken. Magdalena war nie im Armenhaus von Jüterbog gewesen. Sah es dort genauso aus? Lebte ihre Mutter jetzt auch hinter einem Vorhang unter einer stinkenden Glocke aus ungesundem Dunst und Leid? Und dann dachte sie: Ich kann ihr nicht helfen. Aber denen hier. Und vielleicht vergilt ihr dort ein anderer das, was ich hier für diese tue?

So ließ sie sich zeigen, was zu tun war, und tat es, brachte Nachttöpfe raus und half einem wackligen Alten auf den Abtritt, wechselte die Wäsche, holte Wasser oder Verbandszeug oder hielt einfach einmal eine Hand für eine Weile.

Zum Beispiel einer Bäuerin, der ein durchgegangener Ochse das Bein zertrümmert hatte. Die Tante wechselte den Verband und versorgte die Wunde. Die Frau hatte zwei Kinder, und der Mann war weit weg als Flößer.

»Ich hätte einen Chirurgen gebraucht, was meint Ihr, Wallmannin?«, stöhnte sie. »Aber wo soll unsereiner das Geld dazu hernehmen!«

»Die Wunde ist zum Glück nicht brandig«, sagte die Tante und räumte das verbrauchte Verbandszeug weg.

Die Bäuerin drückte Magdalenas Hand und zog sie näher an sich heran: »Mein Josef«, flüsterte sie, »wenn der wiederkommt von seiner Flößerfahrt, dann bringt er uns einen Ablassbrief mit von diesem Tetzel. Das sollen ja die besten sein!«

»Du musst nicht flüstern«, sagte da die Tante und lachte. »Ich hab noch gute Ohren. Aber du brauchst keinen Ablass. Du wirst wieder. Deine Kinder brauchen dich!«

Als sie sich umdrehte, sah sie in die strengen Augen einer Schwester, die offenbar zugehört hatte. Es war der Tante schon eine ganze Zeit lang aufgefallen, dass diese Nonne, Afra, gern um sie herum war und aufpasste, was sie machte mit den Patienten, was sie ihnen sagte und gab.

»Ihr werdet wohl nicht gegen die Wohltaten unseres Heiligen Vaters in Rom reden, Elsbeth Wallmann! Der heilige Ablass ist ein Segen, den der Himmel uns schenkt durch die guten Werke der Heiligen und Jesus Christus, unsern Herrn!«

Die Tante antwortete ihr nicht.

»Ich komm morgen wieder«, flüsterte sie der Bäuerin zu. Und dann sagte sie laut: »Komm, Magdalena! Wir haben auch noch allerhand gute Werke zu erledigen.«

8

Am ersten Adventssonntag hörte Magdalena den Doktor Luder zum ersten Mal predigen. Sie waren alle zusammen in der Stadtkirche und standen unter den dicht gedrängten Gläubigen auf den großen, kalten Steinplatten. Safi, ruhig an der Hand der Tante, lauschte der Orgel und den Chorälen, die die Gemeinde sang.

Die Zwillinge waren ein bisschen zappelig, und besonders Piet musste immer in der Kirche herumschauen. Sechs achteckige Pfeiler trugen das gedrungene Gewölbe des Mittelschiffes, und am Fuß der Gewölberippen saßen lauter kleine Figuren. Piet war überzeugt, irgendwo müsse da auch ein Wal sein, den er nur noch nicht entdeckt hatte.

Magdalena war etwas anderes aufgefallen: Die Kirche war unsymmetrisch, schief. Ursprünglich hatte hier mal eine Marienkapelle gestanden. Als die Stadt wuchs, hatte man die Rückwand herausgenommen und eine große, gotische Dreischiff-Kirche drangebaut. Jetzt war die ehemalige Kapelle mit dem prächtigen Marienaltar der Chorraum der Kirche, also der Platz für die Geistlichkeit, für die Pfarrer, die Ministranten, die Mönche. Aber dieser Raum stand nicht – wie sonst üblich – in der Mittelachse der Kirche, sondern war nach rechts verrückt, ein bisschen an den Rand, fand Magdalena.

Die neue Mitte der Stadtkirche waren zwei Kanzeln. Eine rechts, prächtig aus Sandstein, für die festlichen Tage im Kirchenjahr, und eine kleine links. Eigentlich war das nur eine Säule und ein besserer Mastkorb obendrauf, ein Predigtstuhl, auf dem man fast knien musste, die Bibel auf dem Schoß.

Kurz bevor Luder diese Kanzel bestieg, drängten sich ein paar junge Burschen nach vorne, offenbar Studenten, denn sie hatten alle ihr Schreibzeug dabei. Magdalena stellte sich auf die Zehenspitzen. Sie hatte insgeheim gehofft, Veit hier zu treffen. Jetzt konnte sie wirklich für einen Augenblick seinen Hinterkopf sehen, sie erkannte ihn sofort.

Die Tante merkte, wie Magdalena das Blut in den Kopf schoss. »Kennst du den?«, flüsterte sie.

»Das ist doch der Veit vom Thyrlin«, flüsterte Magdalena zurück. »Der hat die Zettel an die Schlosskirche gehängt.«

»Pscht!«, zischten die Leute um sie herum. Aber Magdalena wäre sowieso still gewesen. Sie wollte ja hören, was Veits Professor sagen würde. Sie rückte allerdings so weit zur Seite, dass sie auch den Jüterboger Hinterkopf sehen konnte, der unter der Kanzel stand.

Luder las zuerst den Predigttext aus dem Matthäusevangelium: die Geschichte, wie Jesus auf einem lächerlichen kleinen Esel nach Jerusalem hineinreitet und die Leute ihn trotzdem empfangen wie einen König. »Wie schon der Prophet Sacharja gesagt hat: Siehe, dein König kommt zu dir! Ein Gerechter und ein Helfer!«

Und dann redete der Professor erst einmal darüber, dass man sich freuen soll und singen und jauchzen, dass das Herze in Sprüngen geht; denn Gott kommt als Helfer, nicht als strafender Richter.

Der Pater Luder in seinem einfachen Ordensgewand war hager und knochig, er hatte tief gefurchte Wangen und ein eigenwilliges, vorstehendes Kinn. Mit seinen tief liegenden Augen fixierte er sein Kirchenvolk wie ein Falke und schoss Blitze und stechende Pfeile. Es war ein Gesicht, dem man die Kämpfe ansah. Aber seine Sprache war wie Musik, witzig, kindlich, volksmäulig direkt. Eine Stimme wie ein Sakrament, das gleich ins Herz ging. Er sprach in einfachen Sätzen und von Dingen, die die Menschen verstanden, und was wichtig war, das sagte er zweimal.

Magdalena musste an den Morgen in der Nikolaikirche in Jüterbog denken, als Johannes Tetzel gepredigt hatte. Sein Thema war die Angst gewesen und der Schrecken, die er mit Lust ausbreitete und vergrößerte. Hier hatte Magdalena sofort das Gefühl, es gehe ein Trost aus vom Predigtstuhl, Trost und Liebe.

Der Jüterboger Hinterkopf bewegte sich kaum einmal. Offenbar hing auch Veit Thyrlin gebannt an den Lippen seines Lehrers.

Natürlich gab es auch mahnende Worte in Luders Predigt, aber die Drohung mit der Verdammnis blieb nicht das letzte Wort. »Der Herr ist Gott. Und Gott ist der Herr! Aber der Mensch ist stolz und dünkt sich stark. Und so denkt er: Ich folge meinem Gewissen und den zehn Geboten und tue gute Werke und für meine Extra-Sünden kaufe ich mir einen Ablassbrief. Ich vermag allein durch meine Leistungen ein gottgefälliges Leben zu führen.

Ach! Stolzes Menschlein! Du irrst und scheiterst immer wieder und wenn du es merkst, dann fällst du in Verzweiflung. Denn das ist das große Ärgernis für den Stolz des Menschen, dass er immer wieder vom rechten Weg abkommt, obwohl er es gar nicht will.

Aber hört, was die Bibel sagt: Der König, der da kommt und auf den wir uns im Advent freuen sollen, sagt euch, ihr müsst nicht verzweifelt sein. Es geht nicht darum, gute Werke zu tun und auf den Lohn Gottes zu hoffen. Sondern es geht darum, zu glauben! Glaubt, und Gott wird euch allein durch seine Gnade helfen und euch trösten.

Und deshalb schickt er seinen einzigen Sohn, der die Hand ausstreckt nach uns, ganz gleich, ob wir fehlerhaft sind, Sünder oder gar Aussätzige. Und deshalb sollen wir singen und tanzen und jubilieren. Tochter Zion freue dich! Amen!«

Magdalena war im Gottesdienst schon häufig eingenickt oder hatte mit offenen Augen geträumt, während die Stimme des Pfarrers im Dachgebälk verschwand wie die Fledermäuse in der Morgendämmerung. Aber bei diesem Doktor Luder hatte Magdalena das Gefühl, als würde er zu ihr ganz alleine sprechen. Sie war nicht sicher, ob sie alles verstanden hatte, aber dass es nicht nur einen strafenden Gott gab, sondern auch einen gnädigen, der die Menschen liebte, das konnte sie mitnehmen. Einen Gott, der auch sie, Magdalena, liebte, obwohl sie nicht genug auf Wendel aufgepasst hatte.

»Jetzt brauchen wir aber was Warmes«, sagte die Tante, als sie in die fahle Sonne hinaustraten, die es wohl nicht mehr durch den Dunst schaffen würde heute. »Nicht, dass ihr mir alle wieder krank werdet!«

Aber Magdalena fror nicht. Sie hatte sogar rote Backen vom Zuhören, vom Choralsingen und vom Orgelklang. Und auch, weil Veit da vorne gestanden hatte, so nahe an diesem Mann! Sie schaute sich um, ob Veit vielleicht irgendwo zu sehen war in der Menge.

Die Tante merkte es. »Willst du ihn noch begrüßen, deinen Veit?«

Magdalena schoss es heiß durch den ganzen Körper. »Das ist doch nicht mein Veit!«

»Du bist ganz rot geworden!«, sagte Paul.

»In Ewigkeit. Amen!«, sagte Piet und lachte. »Wer ist das denn, dein Veit?«

»Das ist ein Junge von da, wo Magdalena herkommt. Ein Student von der Universität«, sagte die Tante.

»Von diesem Doktor Luder, verstehst du?«, sagte Magdalena. »Der, der heute die Predigt gehalten hat.«

»Ich hab nichts verstanden«, sagte Piet. »Ihr?«

Die Tante schmunzelte. »Ach, Piet! Der liebe Gott ist mit dir auch zufrieden, wenn du nichts verstanden hast. Und du, Magdalena, lauf! Such ihn schon! Und er soll ruhig mal bei uns vorbeikommen. Es gibt auch was zu essen.« Und damit nahm sie ihre drei Buben und ging davon.

Magdalena lief zurück in die Kirche, aber da war niemand mehr außer dem Küster und zwei Gemeindeoberen, die auf dem Zähltisch vor der Sakristei die Kollekte der Gemeinde zählten. Magdalena lief wieder nach draußen und als sie schon aufgeben wollte, entdeckte sie ihn schließlich vor dem Pfarrhaus mit seinen Kommilitonen. Er sah sie fast im selben Augenblick und winkte sofort und lief zu ihr herüber.

»Warst du in der Messe?«

»Ja«, sagte Magdalena und senkte den Blick. Sie wollte nicht schon wieder rot werden. Er war so ungestüm!

»Wie findest du ihn?«

Was sollte sie sagen? Sie hatte nicht die gebildeten Worte, die man wahrscheinlich brauchte, um über so einen gelehrten Mann zu reden. »Ich glaube, er ist ein guter Mensch.«

»Ha!«, lachte da Veit. »Du solltest ihn mal erleben, wenn er wütend ist! Bist du allein?«

»Meine Tante ist schon vorausgegangen mit den Kleinen. Du sollst uns mal besuchen, wenn du magst, hat sie gesagt.«

»Hast du mich gesucht?«, fragte Veit.

»Nein!«, antwortete Magdalena schnell und senkte wieder den Blick.

»Sie nimmt Waisenkinder auf, deine Tante, oder?«

Magdalena nickte nur. Ja, Waisenkinder, dachte sie. Solche, die keiner mehr haben will, wie mich.

Veit merkte, dass er ein falsches Wort ausgesprochen hatte, und senkte auch den Blick.

Seine Freunde kamen ihm zu Hilfe. Sie riefen nach ihm, und als er nicht kam, liefen sie auch über den Platz zu ihnen herüber.

Der eine schlug ihm auf die Schulter und fragte: »Ist sie das?«

»Sie hat gar keine blauen Augen. Die sind doch grün«, sagte der andere und lachte.

Himmel! Was redeten die? Hatte Veit von ihr erzählt? Was denn? Wieso hatte er von ihren Augen gesprochen?

Veit gab dem frechen Studenten einen Stoß vor die Brust. »Was schwätzt du, Jodok?! Lerne lieber deine Griechischvokabeln!«

»Blau oder grün«, sagte der erste. »Ich freu mich, dass uns die Jüterboger nicht bloß den Streber Veit geschickt haben, sondern auch ein hübsches, kluges Weibsbild, das sich sogar für unsere Thesen interessiert.«

»Hehe!«, rief Jodok. »Schaut euch den Sephus an! Wie der Komplimente machen kann!« Jetzt bekam er einen Schlag auf die andere Schulter. Aber er lachte nur. »Übrigens«, sagte er, »ich hab gerade gehört, dass der Albrecht jetzt ein Gutachten in Rom bestellt hat gegen unsere Thesen.«

Magdalena kam nicht zu Wort. Sie hätte auch nicht gewusst, was sie hätte sagen sollen bei diesen studierten Herren, die offenbar nichts so gern taten wie reden.

Veit gab ihr eine Erklärung: »Ich hab doch erzählt, dass unser Doktor die Thesen mit einem Brief an Erzbischof Albrecht von Mainz geschickt hat. Und der hat natürlich schnell gemerkt, dass der Papst nicht gut wegkommt dabei. Er weiß aber wohl nicht recht, was er machen soll mit diesem Augustiner-Mönchlein Luther aus Wittenberg.«

Luther, sagte Veit, nicht Luder. »Heißt euer Doktor nicht Luder?«, fragte Magdalena.

»Jaja«, sagte Veit. »Aber er unterschreibt seine Briefe neuerdings mit Martinus Eleutherius.«

»Das heißt: der Freie«, sagte Jodok.

»Schau schau, da kann er doch mal ein griechisches Wort übersetzen, unser Jodok«, sagte Veit und fing sich nun seinerseits einen Schlag ein.

»Eleutherius ist gleich Luther, verstehst du?«, sagte Sephus. »Wie alt bist du denn?«

»Bald fünfzehn«, sagte Magdalena. »Ich hab den Tetzel selbst gehört in Jüterbog.«

»Na, der kocht natürlich, der fette Dominikaner!«, sagte Jodok. »Beim Frühgebet hat mir einer erzählt, dass er ihn in Berlin gehört hat, wo er über Luther wütete: ›Der Ketzer soll mir in drei Wochen ins Feuer geworfen werden und brennen!‹«

»Soll er wüten«, sagte Veit. »Die Thesen kann er nicht mehr aufhalten. In vierzehn Tagen sind sie durch ganz Deutschland gelaufen. In Nürnberg sind sie schon gedruckt worden und in Leipzig und sogar in Basel.«

»Und wir übersetzen sie gerade, weil die Leute sie lesen wollen«, sagte Sephus.

»Habt ihr keine Angst?«, fragte da Magdalena, die an die machtvolle Stimme des Ablasspredigers dachte und an die bösen Augen des alten Franziskaners.

»Wir sind alle Eleutherius«, sagte Jodok und lachte frech und frei.

»Verstehst du«, sagte Sephus und wurde plötzlich ganz ernst, »wir glauben, hier kann Großes geschehen, wenn einer plötzlich laut sagt, was alle längst mummeln und knurren.«

»Weißt du, Magdalena«, sagte Veit, »es ist komisch: Die, an die Luther seine Briefe geschickt hat, die Geistlichen und die Universitätsprofessoren, die, mit denen er die Thesen disputieren wollte, die antworten nicht, aber dafür die anderen, die Bürger, das Volk, die Künstler.«

»Ja«, sagte Sephus. »Der berühmte Maler Dürer hat dem frommen Mönche von Wittenberg einen Packen Holzschnitte und Kupferstiche geschenkt, stell dir vor!«

Die Turmuhr schlug Mittag.

»Wir müssen in die Burse!«, sagte Veit.

»Ja, die Herren unseres Wohnheimes sind streng«, sagte Jodok.

»Und wir müssen auch noch die Predigt transkribieren«, sagte Sephus.

»Wir schreiben alle Predigten auf, die unser Professor hält. Er spricht ja frei von der Bibel weg.«

Die drei verabschiedeten sich.

Magdalena hätte Veit gerne noch mal an den Besuch in der Fleischerstraße erinnert, aber vor den anderen beiden wagte sie es nicht. Sie sah ihnen noch ein bisschen nach, wie sie selbstbewusst und aufrecht die Collegienstraße hinunter verschwanden.

Dann ging sie langsam in die andere Richtung davon.

9

Es war kalt geworden. Immer ging jetzt ein schneidender Wind aus dem Brandenburgischen herüber. Nicht lange mehr, dann würde er Schnee mitbringen. Am Brunnen wuchsen die ersten Eiszapfen, und am Abtritt musste man schnell machen, dass man nicht auf dem Balken festfror.

Wer konnte, blieb im Haus. Es gab auch dort genug zu tun. In der Küche, dem einzigen warmen Raum im Hause, hockten sie beieinander und schwatzten und werkelten.

Die Kleinen flochten Zwiebelzöpfe. Piet und Paul hatten es schnell heraus, wie man die dürren Stängel mit den dicken Zwiebeln dran ineinanderschlingen musste, dass man sie am Ende wie fette, würzige Trauben an den Stubenbalken hängen konnte.

Allerdings wurde so ein Zwiebelzopf für Piet immer wieder mal auch zu einem Meeresungeheuer. Dann sprang er auf, rief: »In Ewigkeit! Amen!« und sauste in der Stube herum, während sich das Ungeheuer mit seinem Zwiebelkopf brüllend auf die armen Menschen stürzte und sein Schweif die Wellen peitschte, bis die Tante ihm endlich Einhalt gebot: »Nun ist es aber gut, Piet! Das Ungeheuer macht mir ja die Hühner verrückt. Legen sowieso kaum noch!«

Das Hühnervolk saß zufrieden unter der Küchenbank. Nur ab und zu gackerte mal eine der Hühnerdamen empört, vielleicht weil ihr der Platz zu eng wurde oder sie vom Fuchs geträumt hatte. Durch eine Klappe in der Hauswand konnten sie aus dem Hof hereinschlüpfen und hatten so einen Stall im Warmen, der gegen die Stube hin mit einem Holzgitter abgetrennt war.

Safi saß neben den Zwillingen auf der Bank, aber er war für so nützliche Dinge wie Zwiebelzöpfe nicht gut zu gebrauchen. Auch wenn die Tante ihn immer wieder ermunterte: »Safi, du kannst das auch!« Und: »Schau dir Piet und Paul an! Schau, wie die das machen! Wie schön! Ist doch ganz einfach!« Aber Safi konnte nicht bei der Sache bleiben, fing immer gleich an zu träumen, riss die Stängel ab und verdarb die ganze Arbeit mit seiner Ungeschicklichkeit.

Nur wenn Magdalena von den Berggeistern erzählte, die über die sieben Metalle herrschten und die dunklen Höhlen und Gänge unter der Erde, dann hatte er Geduld. Oder wenn er das Messer nehmen durfte, um an seiner Flöte zu schnitzen. Dann war er ganz bei sich und bei seiner Aufgabe, auch wenn er wieder und wieder einen Zweig verdarb und ihm die Höhlungen und Schalllöcher einfach nicht gelingen wollten.

Magdalena machte Näh- und Stopfarbeiten. Der Kleiderkasten der Tante war voller Kindersachen, und die waren voller Löcher, weil die kleinen Ellbogen sich durch jeden Ärmel wetzten und die frechen Zehen durch jeden Walkstrumpf wuchsen.

Die Tante besorgte derweil Nähereien für das Spital, machte aus zerschlissenen Handtüchern Waschlappen oder aus zwei alten, durchgelegenen Betttüchern ein neues und aus den Resten Verbandszeug.

Frisch gewaschen und geglättet musste Magdalena die Wäsche dann ins Spital bringen. Eine junge Nonne nahm ihr das Bündel an der Pforte ab und wollte es in die Kammer für die frische Wäsche bringen. Aber da trat ihr Schwester Afra in den Weg und dirigierte sie in die andere Richtung, dahin, wo die Waschküche lag.

Magdalena sah es und wusste nicht, was sie denken sollte. Will sie unsere frische Wäsche noch einmal waschen lassen? Glaubt sie, wir sind schmutzig oder wir haben den Tüchern was angehext? Wie kann sie so was denken? Wie kann sie so sein? Eine Frau der Kirche? Eine Braut des Herrn Jesus?

Schwester Afra sah, dass Magdalena immer noch an der Pforte stand und sie fassungslos anstarrte. Sie machte ein paar Schritte auf sie zu, wie man sie gegen einen Hund macht, um ihn zu verjagen. »Ist noch was?«, rief sie. »Sag deiner Tante: Vergelt's Gott!« Sie bedankte sich, ja, aber ihre Stimme war so scharf, dass es wie das Gegenteil klang.

»Segne es Gott!«, murmelte Magdalena und ging weg. Sie beschloss, ihrer Tante nichts davon zu erzählen. Wir tun es für die Armen, dachte sie, nicht für die Schwester Afra.

Als sie auf die Gasse trat, hörte sie die Trommeln, zwei dumpfe Landsknechtstrommeln vom Elstertor herüber. Es war ja noch ziemlich früh am Tag, und die Kälte hatte die Stadt still gemacht. Irgendwo quiekte ein Schwein, als hätte es plötzlich eine Ahnung davon bekommen, dass es auf seinem letzten Weg war, weil die Trommeln einen Totenmarsch schlugen.

Magdalena wusste auch sofort, was das zu bedeuten hatte: eine Hinrichtung! Sie hatte in Jüterbog schon ein paarmal solch einen Totenmarsch schlagen gehört. Aber ihr Vater hatte immer verboten, dass seine Familie zum Richtplatz ging und sich das Theater des Sterbens ansah. Er hieß es wohl recht und gut, dass eine Gemeinde die Verbrecher strafte, damit die Ehre Gottes und die Gerechtigkeit des Menschen wiederhergestellt würde. Aber er hatte immer gesagt: Man wird kein besserer Mensch, wenn man anderen beim Krepieren zuschaut.

Daran musste Magdalena denken. Und trotzdem wollte etwas in ihr dorthin; denn sie ahnte ja, wer da zum Rabenstein geführt wurde. Deshalb überlegte sie nicht lang und lief los …

Und sie hatte sich nicht geirrt: Sie standen auf einem groben Ochsenkarren mit zwei eisenbeschlagenen Rädern: der Graugelockte, sein Kumpan und Vigo.

Die drei! Nur die drei? Magdalena drängte sich nach vorne, reckte den Hals, ob er vielleicht woanders war, der Vierte zu Fuß abgeführt. Aber Rasso war nirgends zu entdecken.

Freigelassen? Entflohen? Tot?

Der Karren ruckelte und schwankte auf dem unebenen Weg, sodass die drei Todeskandidaten sich kaum auf den Beinen halten konnten. Sie waren schwach und zerschunden von der langen und peinlichen Befragung durch die Folterknechte des Gerichts.

Der Zug war schon zum Tor hinaus und näherte sich nun allmählich dem Richtplatz, wo ein aufgewühlter Haufen Schaulustiger versammelt war und sich um die besten Plätze zankte.

Immer mehr Volk lief neben dem Karren her. Die Leute schrien Verwünschungen und bewarfen die Verbrecher mit Kot und Unrat. Und wenn einer der drei zusammenbrach, dann raunte die Masse zufrieden auf.

Magdalena war Teil dieser Menge und fühlte sich gleichzeitig unendlich einsam. Ihr war heiß vom Rennen und gleichzeitig kalt bis ans Herz. Sie hatte ja am eigenen Leib erfahren, was es hieß, diesen mitleidlosen Räubern in die Hände zu fallen. Nie hatte sie sich so verlassen gefühlt wie in diesem Loch im Wald. Und so spürte sie eine tiefe Befriedigung in sich, dass die, die ihr das angetan hatten, nun auf diesem Karren kauerten und ihrer gerechten Strafe zugeführt wurden, gerecht gerächt!

Gerechte Rache?

Sie dachte an Rasso. Wenn der nun auch auf dem Karren säße? Für einen Augenblick konnte sie ahnen, was für eine abgrundtiefe, verzweifelte Einsamkeit man auch da oben auf dem Schandwagen empfinden musste …

Sie blieb stehen, wollte auf einmal nicht mehr weitergehen, und sie verstand, was ihr Vater gemeint hatte. Aber die Masse um sie herum war so drängend und dicht, dass sie einfach mit fortgezogen wurde.

Und so stand sie dann am Richtplatz wie alle andern und starrte hinauf zum Galgentheater. Ja, wie eine Theaterbühne sah das Henkergerüst aus. Ein Podest, ein senkrechter Balken an jeder Ecke, verbunden mit Querhölzern, an denen die Stricke hingen. Zu jedem Strang hinauf eine Leiter. Und über allem die Krächzgesänge der Krähen und Raben, die nicht erwarten konnten, dass ihr Totenmahl endlich angerichtet würde. Denn ihnen gehörten ja die Gerichteten, wenn die Menschen erst mit ihnen fertig waren.

Die Verurteilten wurden vom Karren gestoßen und auf das Podest geschleppt. Der Büttel las das Urteil vor. Dann trat ein Priester vor die drei, falls einer ein letztes Zeichen der Reue und Demut zeigen wollte. Aber der Graugelockte spuckte dem Priester nur ins Gesicht, worauf ihn eine Wache mit der Hellebarde niederschlug. Die Menge heulte vor Entsetzen und Abscheu auf, aber auch vor Lust an der dramatischen Zuspitzung.

Der Priester blieb gelassen und trat vor den Kumpan und vor Vigo, die beide auf die Knie sanken. Der Priester schlug das Kreuz über sie.

Dann packte man die Verurteilten und zwang sie auf die Leitern, legte ihnen die Schlingen um den Hals und stieß sie in den Tod.

Der Graugelockte und sein Kumpan zuckten und zappelten eine Weile und starben. Bei Vigo aber riss der Strick, und der Todgeweihte stürzte krachend auf das Podest. Die Menge schrie auf und verstummte dann einen Moment lang.

Ein Gottesurteil?!

Hatte Gott den wirklich gerettet?

Ihn retten wollen?

Diesen Untäter?

Oder war es der Teufel, der den Strick durchtrennte?

Magdalena sah, wie sich der Henker mit dem Büttel beriet. Sollten sie Vigo ein zweites Mal aufhängen? Auch der Priester wurde befragt. Dann bekamen die Wachen den Befehl, Vigo wegzubringen.

Der Lärm in der Menge nahm wieder zu. Das Gottesurteil wollte heftig diskutiert werden.

»Unerhört! Unglaublich!«

»Darf das sein?«

»Hängt ihn auf!«

»Nein, man muss forschen, was Gott uns sagen will!«

Da hörte Magdalena eine Stimme, die sie kannte: »Ja! Ja! Da wundert ihr euch, ihr Narren! Und der Schreck tritt euch in die Augen, wenn ihr fragt: Darf das sein? Aber hab ich euch nicht gesagt: Die Zeit ist herbeigekommen! Und der Himmel wird dunkel werden. Und Schnee und Eis werden sein. Und die Welt steht Kopf! Jetzt seht ihr es: Die Krähen schreien und die Diebe steigen von den Galgen und wandeln unter den Lebenden. Und wer weiß, vielleicht tritt euch dieser Verbrecher Vigo eines Tages sogar als Richter entgegen und fragt euch nach euren eigenen Vergehen? Was Recht war, wird Unrecht heißen, das Kalte heiß und das Dunkle hell. Also haltet inne und kehrt um und hört auf, zu den Götzen zu beten, denn der Tag des Herrn ist vor der Tür!«

Es war der Mann mit der Krücke, der Weltuntergangs-Peter. Anders als auf dem Allerheiligen-Markt lachte ihn jetzt keiner aus, sondern die Leute wurden still und nickten und bekreuzigten sich. Und manch einer murmelte ein Amen! Amen, ja, so wird es wohl kommen!

Ein besserer Herr bestieg nun das Podest und näherte sich mit einem Diener den beiden Gehängten. Der Diener fing mit einem Gefäß den Urin auf, der den Toten aus den vollgesogenen Beinlingen tropfte, während der Herr ein Skalpell herauszog, den Leichen die Pulsadern öffnete und das Blut in ein paar gläserne Phiolen sammelte.

Ein Medicus offenbar. Magdalena hatte schon mal gehört, dass man aus dem Blut und dem Urin von Gehängten teure Medizin herstellen konnte, dass aus dem Bösen das Gute werde. Aber das wollte sie sich jetzt nicht mehr länger anschauen.

Wie in einem Traum gefangen ging sie zur Stadt zurück. Als sie durchs Elstertor trat, fing es an zu schneien. Die dicken Flocken dämpften das Getrappel und Geschnatter der Leute um sie her. Sie zitterte. Erst jetzt merkte sie, dass sie völlig durchgefroren war. Als sie in der Fleischerstraße ankam, war es vollkommen still, und die Stadt versank unter ihrer Winterdecke.

»Mein Gott!«, sagte die Tante. »Du warst doch nicht etwa auf dem Rabenstein! Werd mir bloß nicht krank!«

10

Magdalena wurde krank. Hohes Fieber. Schüttelfrost. Sie redete im Schlaf und schrie nachts unverständliche Worte, als säße ihr ein Dämon auf der Brust. Die Kinder erschraken und versammelten sich sorgenvoll um sie.

»Was hat sie denn?«, fragte Paul.

»Sie muss Ordnung schaffen in sich«, sagte die Tante und wechselte wohl zum hundertsten Mal die Wadenwickel. »Wir müssen jetzt alle fest zu ihr halten, dass sie merkt, sie soll bleiben und nicht fortgehen von uns.«

»In Ewigkeit! Amen!«, sagte Piet.

»Ja. In Ewigkeit! Amen!«, sagte Paul, der fand, dass das jetzt einmal passte. »Soll Piet ihr vom Wal erzählen?«

»Ja, vielleicht ist das gut«, sagte die Tante. »Verschlungen werden und dann zum neuen Leben kommen.«

»Aber sie hört ihn vielleicht gar nicht«, sagte Paul. Magdalena hatte immer die Augen zu und döste und sagte nichts.

»Keine Sorge. Sie hört uns. Sie hört uns alle!«

So erzählte Piet seine Walgeschichten, die alten und ein paar neue, während Paul Magdalenas Hand hielt, die mal heiß und mal eiskalt war.

Und Safi spielte auf seiner Flöte. Ein fremder Spielmann, der um ein Warzenmittel vorbeigekommen war und Safis Schnitzversuche gesehen hatte, ließ eine alte Rohrflöte als Bezahlung da, auf der Safi nun tagein, tagaus die Musik zu entdecken versuchte.

Die andern waren sich nicht sicher, ob Safis Gefiepe jemals Musik werden würde. Und ob es der Kranken guttat, wussten sie auch nicht. Aber eines Tages – es war schon weit nach Weihnachten, da gelang ihm eine kleine Melodie: sieben Töne, drei rauf und vier runter. Die spielte er mal langsam, mal schnell, mal hielt er den ersten Ton aus, mal den vierten.

Und irgendwann schlug Magdalena die Augen auf und sang mit: »Guten Morgen, schöne Maid!«

»Sie hat gesungen! Halleluja!«, rief Paul.

»In Ewigkeit! Amen!«, rief Piet. »Elsbeth, komm!«

»Woher hast du die Melodie?«, fragte Magdalena mit schwacher Stimme.

Aber Safi zuckte nur mit den Achseln.

»Das ist Naldos Lied, weißt du, Safi? Naldo ist ein Spielmann, den ich mal getroffen habe. Alle seine Freunde kennen diese Melodie. Vielleicht bist du auch Freund von Naldo und weißt es gar nicht? Wenn ich wieder gesund bin, erzähl ich dir von Naldo und seinem Affen Leo.«

»Spiel noch mal, Safi«, sagte Paul und dann sang er laut: »Guten Morgen, schöne Maid!«, genau wie Magdalena es vorgemacht hatte.

Die Tante kam, verwundert: »Was ist denn hier los?«

»Du musst mitsingen!«, rief Paul. »Safi spielt Naldos Lied: Guten Morgen, schöne Maid!«

»Man kann auch andere Wörter nehmen«, sagte Magdalena lächelnd. »Zum Beispiel: Tante Elsbeth, sing doch mit!«

»Ja! Andere Wörter«, rief da Piet. »Guten Abend, dicker Wal! Das geht auch!«

»In Ewigkeit! Amen!«, sagte die Tante und lachte und freute sich, dass ihre Kinderschar so fröhlich sein konnte im kalten Wittenberger Winter. Sie tanzten um Magdalenas Bett herum und erfanden immer neue Texte für Naldos Lied, bis der Tag ging und Magdalena erschöpft in den Schlaf fiel.

Aber jetzt ging es ihr jeden Tag besser. Die Musik und die Fröhlichkeit in diesem Haus hatten sie wieder auf die Beine gebracht. Am Morgen wurde sie nicht mehr von einem Gespenst, sondern von einem kleinen Spielmann geweckt. Sie dankte Gott und der Heiligen Jungfrau, dass sie die Hand über sie gehalten hatten. Sie tat wieder ihre Arbeit im Haus und im Spital und sie lachte mit den Kindern und tröstete sie, wenn sie einmal traurig waren.

Doch es gab auch Augenblicke, da war sie selber traurig, und diese Augenblicke waren manchmal ganz trostlos. Plötzlich konnte sich ein schwarzes Loch vor ihr auftun, in dem nichts mehr zu sehen war, kein Ziel, kein Weg und keine Hoffnung. Nur das graue Dahinleben, ohne dass man wußte, warum.

Manchmal lief sie dann in die Stadtkirche, kniete sich vor den Marienaltar und betete ihre großen Fragen an die Mutter Gottes hin. Aber eigentlich wünschte sie sich, dass dieser Eleutherius auf seiner Kanzel erschiene und ihr Antworten gäbe.

Was kann ich denn? Was soll ich denn? Wer bin ich denn? Warum hast du mich in diese Welt geworfen, oh Gott? Nur, um mich herumzustoßen wie der fühllose Sturm das Sandkorn?

Die Mutter Gottes am Altar in ihrem schönen himmelblauen Mantel schwieg, und auch die Kanzel blieb leer und stumm. Aber eines Tages stand plötzlich Veit hinter ihr. »Magdalena Reinprechtin!?«, sagte er erstaunt.

Sie fuhr herum, wie ertappt, und richtete sich schnell auf.

Jetzt grinste er: »Bist du so eine Sünderin geworden, dass du bei der Kälte in der Kirche herumknien musst?«

Sie wurde rot. Was sollte sie sagen? Aber er erwartete gar keine Antwort. »Komm, wir gehen ein Stück, dann wird dir wieder warm.«

»Ich muss aber nach Hause«, sagte sie, obwohl ihr der Gedanke, mit ihm zu gehen, neben ihm, bei ihm, ganz gut gefiel. Irgendwie schloss sich auch das schwarze Loch, seit er aufgetaucht war.

»Dann bring ich dich in die Fleischerstraße.«

Er war über Weihnachten und Dreikönig in Jüterbog bei seiner Familie gewesen und hatte dabei die alte Gret getroffen. Sie hatte sich gefreut, von Magdalena zu hören, und ihr Segenswünsche geschickt.

»Auch von deiner Mutter«, sagte Veit.

Von der Mutter? Magdalena blieb stehen. »Hast du die auch getroffen?« War das möglich?

»Nein. Ich glaub nicht, dass sie mich hätte sehen wollen«, sagte Veit. »Aber sie lebt und ist gesund, sagt die alte Gret.«

Sie lebt und ist gesund? Mehr nicht? Ob sie überhaupt mit jemandem spricht? Auf jeden Fall hätte sie sich geweigert, einen Thyrlin zu sehen. Die hatten ihren Mann und ihren Sohn auf dem Gewissen. Und sie, Magdalena? Sie ging hier mit dem Veit durch die Straßen, als wären sie Bruder und Schwester. Durfte sie das? Sie schwieg.

Veit sah, dass ihr das Herz schwer wurde. Das wollte er nicht. »Mein Vater hat übrigens bei den Fugger-Herren durchgesetzt, dass wieder ordentlich Holz verwendet wird beim Stollenbau.«

»Und die Opfergaben für die Geister?«, fragte Magdalena. Veit zuckte die Achseln. Magdalena merkte, dass ihm an einem Gespräch über Berggeister nicht so viel gelegen war. Er nahm eine Handvoll Schnee, machte einen Ball und warf ihn nach ihr.

»Was sagt denn dein Professor dazu? Der kommt doch auch aus einer Bergmannsfamilie.«

»Was du nicht alles weißt!«

»Ich bin nicht so dumm, wie du meinst! Sag, wie hält es dein Vater jetzt mit den alten Bergregeln?«

»Das weiß ich nicht. – Vorsicht!« Er warf noch einen Schneeball und lachte, weil er sie getroffen hatte.

»Ihr Luther-Studenten glaubt nicht an Geister, oder?«

»Ich hab noch keinen gesehen. Aber wenn es darum geht, den Teufel mit einem scharfen Furz in die Flucht zu schlagen, dann ist mein Doktor Luther ein Meister, so viel kann ich sagen.« Er lachte wieder und warf noch einen Schneeball nach ihr.

Da nahm sie auch eine Handvoll Schnee und warf sie zurück. Und so ging das hin und her, bis sie lachend beim Haus der Tante angekommen waren.

Magdalena hatte heiße Backen vom Rennen und Spielen und vor Glück. »Du musst der Tante noch Guten Tag wünschen«, sagte sie, um seine Anwesenheit noch ein bisschen zu verlängern.

Er war unsicher. »Ich weiß nicht. Ich bin schon zu lang von der Burse weg und ich hab auch noch zu lernen.«

Aber der Zufall nahm ihnen die Entscheidung ab, denn die Haustür ging auf. Die Tante wollte gerade eine Frau verabschieden. Die trug einen feinen Wollmantel mit prächtiger Pelzverbrämung. Ihr Haar war vollkommen unter einer schwarzen Haube versteckt, und ein dicker Schal bedeckte ihr Gesicht, sodass man nur die Augen sah, misstrauische Augen, auf der Hut. Niemand hätte sie erkennen können, und trotzdem schreckte sie zurück, als sie die beiden jungen Leute sah und verbarg sich im Dunkel des Hausflurs.

»Es ist bloß meine Magdalena«, sagte die Tante.

»Und der Veit«, sagte Magdalena. »Komm!«

»Ach, der junge Herr Thyrlin«, sagte die Tante erfreut. »Man hat ja schon allerhand gehört. Kommt rein!«

Veit zögerte. »Ich weiß nicht«, sagte er. Was war hier los? Warum versteckte sich diese Frau vor ihm?

»Einen Becher Tee zum Aufwärmen! Magdalena würde es freuen und mich auch!«

Zu so viel Freundlichkeit konnte er schlecht Nein sagen. »Aber nur kurz. Ich hab noch Lektionen!«

»Der junge Herr ist Student«, sagte die Tante zu der Dame im Pelz.

»Ich hoffe, nicht bei diesem Luder!«, murmelte die Dame.

»Doch«, platzte Magdalena heraus. »Aber er heißt nicht mehr Luder, er heißt jetzt Luther, das kommt von Eleutherius, der Freie.«

»Na ja, frei? Frech!«, sagte die Dame spöttisch. »Nimmt sich ein bisschen viel Freiheiten heraus, finden wir. Als Angehöriger eines Bettelordens müsste er sich nicht so sehr in den Vordergrund spielen! So voller Hoffart und Streitsucht!«

»Ach, liebe Frau Heinze«, sagte da die Tante freundlich. »Ohne ein bisschen Hoffart und Streitlust kommt das Neue nur schwer in die Welt.«

Ach, das ist die Frau Buchdruckerin Heinze, dachte Magdalena. Die Tante hatte sie schon einmal erwähnt. Sie waren reich und strenggläubig, in dieser Buchdruckerfamilie. Aber sie hatten einen kränkelnden Sohn. Offiziell ging man natürlich zum Medicus, der nach der Art der Wissenschaft der Universitäten Paris und Padua und nach den Glaubensregeln der Kirche kurierte. Aber weil die Egel und Aderlässe der Schulmedizin bei dem Heinzebuben nicht recht helfen wollten, deshalb schlich die Frau heimlich zum Kräuterweib.

Der Tante war es einerlei. Sie half dem, der um Hilfe bat, einem reichen ebenso wie einem armen Kind. Über Religion und Theologie musste man dabei eigentlich nicht streiten.

Doch Frau Heinze war noch nicht fertig. »Dieser Luder oder meinetwegen Luther stellt sich doch gegen alles und alle, gegen die heiligen Grundfesten unserer Welt. Und jetzt sagen Sie mir, Frau Wallmannin, kann es sein, dass alle irren, alle die Autoritäten und klugen Leute und nur einer hat recht, unser kleiner Mönch hier vom Augustinerkloster? Das nenn ich ein bisschen Hoffart, die zu groß geworden ist!«

Veit stand die ganze Zeit stumm und unentschlossen unter dem Türbalken. Er wollte nichts sagen in diesem fremden Haus. Aber Magdalena sah ihn an und ihr Blick verlangte eine Antwort von ihm. Du weißt sie, die Antwort, Veit, sagte ihr Blick. Gib ihr eine Antwort! Und deshalb betrat er schließlich das Haus wie eine Disputationsarena und sagte mit so viel Freundlichkeit, wie er aufbringen konnte: »Ja, gute

Frau, Ihr habt recht. Das Neue kommt oft fremd daher und verstört uns. Warum haben denn die großen Lehrer unter übler Nachrede gelitten? Doch nur deshalb, weil man sie für hoffärtige Leute und Verächter der alten und gerühmten Weisheit und Klugheit angesehen hat.« Er redete sich in Rage, freute sich und war stolz auf seine Argumente. »Warum sind denn Christus und die Propheten und die Märtyrer getötet worden? Weil sie so hoffärtig waren, das Neue zu predigen.«

Christus? Gottes Sohn! Jetzt machte auch die Buchdruckersfrau einen Schritt nach vorne: »Also! Ich muss schon sagen!« Sie nahm den Schal vom Gesicht und drehte sich von diesem frechen Maulhelden weg zur Tante. »Meine Liebe! Sie sollten achten, mit wem Ihre … Ihre …«

»Nichte«, sagte die Tante ganz ruhig.

»… mit wem Ihre Nichte da Umgang hat. Denn das, was dieser Herr Studiosus hier in Ihrem Hause vorbringt, das ist nicht bloß Hoffart, das ist Gotteslästerung! Sich mit Christus zu vergleichen, ich bitte Sie! Da sieht man, was er aufrührt, dieser Prediger. Das ist die reine Blasphemie! Und die wird nicht lange ungeahndet bleiben. Nicht mehr lang. Das sag ich Ihnen!«

Magdalena erschrak über die Drohung, auch wenn sie nicht wusste, was sie zu bedeuten hatte. Galt sie Veit oder der Tante? Oder meinte sie den Doktor Luther und seine Predigten?

Auch die Tante wurde nun doch ein wenig unruhig. »Aber Frau Heinze! Es sind junge Leute. Die müssen hitzig sein.«

Magdalena sah Veit an. Verstand er, dass er zu weit gegangen war? Nein. Er machte noch einen Schritt vorwärts. »Wie können Sie sagen, das sei Gotteslästerung? Was mein Professor sagt und tut, das tut er aus Gott. Wie kann das Blasphemie sein? Aber es wird sich leicht weisen: Wenn sein Werk aus Gott ist, wer soll es hindern? Wenn es aber nicht aus Gott ist, wer kann es fördern? Es geschieht nicht Luthers Wille und nicht der Wille derer, die gegen ihn sind. Es geschieht allein Sein Wille, der Wille unseres Vaters, der im Himmel ist. Amen!«

Veit! Veit! Wie schön er redet und wie gefährlich, dachte Magdalena.

Die dunkle Dame aber wollte nichts mehr hören und auch nichts mehr sagen. Sie wickelte wieder ihren Schal ums Gesicht und schob sich an Veit vorbei zur Tür.

»Gott zum Gruß!«, rief die Tante. »Und Sie denken dran: dreimal täglich, vor dem Mahle! Alles Gute für den Buben!«

Die Buchdruckersgattin sah sich nicht mehr um und war weg. Die Tante schloss die Tür und lehnte sich an den Türbalken. Als das allgemeine Schweigen gerade unerträglich wurde, kam Safi mit einem Flötenlied angehüpft.

Er lief auf Magdalena zu und ließ sich hochheben. »Das ist der Veit, Safi!«

»Safi. Was für ein schöner Name«, sagte Veit. »Du kannst die Flöte spielen?«

»Er spricht nicht«, sagte Magdalena. »Manchmal ist er auch ein Gespenst.« Sie grinste und Safi lachte.

»Jetzt aber der Tee«, sagte die Tante.

»Aber ich muss wirklich. Der Bursenleiter hat einen harten Stock.«

»Ja, dann«, sagte Magdalena. Sie hätte ihn am liebsten umarmt. Stattdessen senkte sie den Blick und verschränkte die Arme auf dem Rücken.

Auch Veit schaute zu Boden. Dann griff er in sein Wams und holte ein Büchlein heraus. »Das wollte ich dir noch schenken. Ich hab es in Jüterbog gekauft auf dem Weihnachtsmarkt.«

Er hielt es ihr hin, und Magdalena versagten fast die Beine vor Glück. Gleichzeitig aber schossen ihr die Tränen in die Augen vor Wut und Traurigkeit: was für eine Kostbarkeit, sein Geschenk! Aber sie konnte es ja nicht gebrauchen, weil sie ein Mädchen war und nicht lesen konnte.

Die Tante begriff sofort und legte den Arm um ihre Nichte. »Danke, Herr Veit Thyrlin«, sagte sie und zog die Augenbrauen hoch. »Was für ein schönes Geschenk: Legenden. Aber jetzt müssen der Herr Studiosus meinem Mädchen auch noch das Lesen beibringen, sonst bleibt das Geschenk eine taube Nuss.«

Magdalena wurde heiß und kalt, und sie war sicher, dass er sich rauswinden würde mit einer Ausrede. Aber nach einer kurzen Bedenksekunde lachte er und sagte: »Wie dumm von mir! Natürlich musst du lesen können!«

Und so kam es, dass Magdalena in den nächsten Monaten bei Veit Thyrlin das Lesen und Schreiben lernte.

11

Das war freilich nicht so einfach. Nicht dass Magdalena es an Eifer fehlen ließ. Im Gegenteil. Es war, als hätte jemand eine Schleuse geöffnet und einen lange angestauten Strom zum Fließen gebracht. Jeder Buchstabe, jedes neue Wort, das sie entziffern konnte, war ihr eine Stufe zum Glück und eine Tür in eine neue Welt.

Schon nach der ersten Stunde mit Veit versammelten sich Elsbeths Kinder um die strahlende Magdalena und wollten auch lesen lernen. Sie musste sie verscheuchen, wenn Veit in die Fleischerstraße kam. In die Burse durften ja keine Mädchen. Aber kaum war Veit gegangen, bedrängten sie Magdalena schon wieder.

»Kannst du schon das Wort ›Wal‹?«, fragte Piet.

»Nein. Aber ich kann den Veit fragen, das nächste Mal.«

Zur dritten Stunde brachte Veit dann ein Buch mit in einer ganz andern Schrift. »Das ist die Judenbibel«, erklärte er, »das Alte Testament. Die Sprache ist Hebräisch. Die schreiben von hinten nach vorn.«

»Und das kannst du auch lesen?«

»Das muss man können«, sagte Veit, »damit man endlich selber lesen kann, was unter Bergen von jahrhundertealter Gelehrtenweisheit verschüttet liegt.«

»Und, steht da was über Piets Wal drin?«

»Ja, hier. Aber das Wort, das hier steht, heißt wahrscheinlich gar nicht ›Wal‹, sondern ›Seeungeheuer‹.«

»Genau, was Piet immer erzählt«, sagte Magdalena. »Das wird ihm gefallen.«

So ging das mit Reden und Lernen. Veit war froh, etwas wiedergutmachen zu können, und außerdem tat er, was sein Meister predigte. Das Wichtige war das Wort Gottes, die Heilige Schrift, die letzte und einzige Instanz für einen Christenmenschen. Nicht so sehr, was die Gelehrten und die Geistlichkeit behaupteten, sondern was Jesus gesagt hatte und die Evangelisten und Paulus und die Apostel. Aber dafür musste man lesen können.

Und das lernte Magdalena nun.

Leider aber hatte Veit viel zu wenig Zeit. Er war ja eingebunden in einen sehr strengen Studienalltag. Er war fast neunzehn und hatte sein Grundstudium schon abgeschlossen mit dem Magisterium letzten Herbst. Er war jetzt zugelassen zu den höheren Studien der Theologie. Aber wie jeder Student, der nicht aus Wittenberg stammte und bei den Eltern wohnen durfte, hatte er Bursenzwang. In diesen durch reiche Stifter finanzierten Wohnheimen lebten die Studenten fast wie in einem Kloster. Sie konnten nicht einfach ausgehen und machen und studieren, wie sie wollten.

Um vier Uhr morgens wurden sie vom Pedell geweckt, der Punkt acht am Abend dann die Burse wieder verriegelte. Das hieß auch: Ruhe im Schlafsaal. Morgens und abends gab es Andachten. Die vorgeschriebenen Vorlesungen mussten besucht werden und danach die Übungen im Studienraum der Burse unter Aufsicht eines Magisters.

Straff und streng ging es zu und es gab harte Strafen. Trotzdem hatten die Bürger Wittenbergs noch genug Grund, sich über das derbe Benehmen der Studiosi in den Gassen und Schenken der Stadt zu beklagen, wenn die in ihren farbenfrohen Pluderjacken, gebauschten Hosen und prächtig bestickten Hosenlätzen ihre Späße trieben. Immer streitlustig und hochnäsig und gern auch mal den immer umgeschnallten Degen ziehend gegen die ebenso selbstbewussten Buchdruckergesellen vom Cranach oder vom Heinze.

So verging der Winter. Immer wieder kamen auch trübe Tage für Magdalena, an denen sie sich einsam fühlte trotz der Kinder um sich rum. Dann wuchs die Sehnsucht nach dem Vater und dem kleinen Bergmann Wendel zum schwarzen Ungeheuer, das sie zu verschlingen drohte. Wie gern hätte sie dann eine tröstende Mutter hier gehabt oder wenigstens das Grab von Vater und Bruder. Ob das jemand pflegte? Die Herbstzeitlosen, ob die längst überwuchert waren vom Unkraut? Immerhin hatte sie jetzt etwas, das sie tun konnte gegen die Schwärze, ein Ziel. Keine Zauberei, aber doch eine andere Schwarze Kunst, aus Papier und Tinte und Worten und Gedanken.

Dann wurde es wärmer und es kamen die Tage, wo der Garten vorbereitet sein wollte für ein neues Wachsen und Blühen und Wiederauferstehen. Immer öfter ließ die Tante Magdalena die Pflanzarbeit nun alleine machen. Sie vertraute ihr und traute es ihr zu. Und weil man es ihr zutraute, deshalb konnte sie es auch. Und wenn ihr einmal etwas einging, weil sie einen Fehler gemacht hatte, dann sagte die Tante nur: »Jetzt weißt du, wie es nicht geht.«

Immer wenn sie mit ihrem Tagwerk fertig war, ging Magdalena noch in die Marienkapelle und dankte der Mutter Gottes für Schutz und Segen. Danach lief sie zufrieden zum Elstertor und zurück in die Stadt.

Als sie eines Tages – es war kurz vor Palmsonntag und die Weiden in der Elbau trugen schon alle wollige Kätzchen – aus der Kapelle kam, bemerkte sie drei Männer mit schwarzen Spielhahnfedern auf den Kappen. Offenbar wollten sie nicht gesehen werden, denn sie traten schnell hinter das Kapelleneck zurück, als sie Magdalena entdeckten.

Magdalena hatte keinen Grund, sich um die Männer zu kümmern. Im Gegenteil. Drei fremde Männer! Da sollte sie vielleicht lieber schnell ihrer Wege gehen?

Sie hatte keine Gesichter erkennen können, aber von der Statur her schien einer jünger, drahtiger als die beiden andern, die wahrscheinlich schwerfällige Bauernburschen waren oder vielleicht Bergknappen.

Einerlei, dachte Magdalena. Lieber bringt man sich in Sicherheit! Wären da nicht die Spielhahnfedern gewesen, die Magdalena neugierig machten. Bloß einmal schauen, dachte sie plötzlich. Könnte das doch sein, dass sie ihn hatten laufen lassen und dass er sich noch hier in der Gegend herumtrieb?

Sie schlich zu der Kapellenecke, aber die Männer hatten sich schon über den Anger hinter dem Kirchlein davongemacht. Magdalena sah sie gerade noch in einem Birkenhain verschwinden. Ob einer von ihnen Rasso gewesen war? Sie konnte es nicht sagen.

Als sie sich umwandte, um nun endlich nach Hause zu gehen, fiel sie über eine Krücke und stürzte in die Steine, die rund um die Kirche aufgeschüttet waren.

»Oh! Hoppla! Vorsicht! So schnell kann's gehen, dass einer zu Fall kommt!«

Magdalena erkannte ihn sofort und wich ein Stück zurück. Der Weltuntergangs-Peter. Er grinste: »Aufpassen, sag ich, aufpassen! Wer dieser Tage die falsche Weggabel nimmt und nicht auf dem Pfad bleibt, der ihm gewiesen ist, der kann leicht Schaden nehmen und gar nimmermehr aufkommen! Da hilft dann auch kein Beten und Betteln vor den Götzenbildern und falschen Heiligen, kein Knierutschen vor der feinen Jungfrau mit dem blauen Mantel und anderen geschnitzten und hübsch gemalten Weiberlarven, sondern nur Gott allein, Gott allein! Also: aufpassen! Aufpassen!«

Er lachte ein irres Lachen und humpelte davon. Auch er hatte eine Spielhahnfeder am Hut.

Es war jetzt das dritte Mal, dass ihr dieser wirre Prophet begegnet war, aber zum ersten Mal machte ihr Angst, was er sagte, obwohl sie gar nicht genau verstand, was er gemeint hatte. Seine Sprüche waren diesmal ja nicht einfach in die Welt hinaus gepredigt, sondern an sie persönlich gerichtet. Er hatte sie mit seiner Krücke zu Fall gebracht. Er wollte offenbar nicht, dass sie den drei Männern zum Birkenhain folgte: Nimm nicht die falsche Weggabel! So viel hatte sie begriffen. Aber was redete er von Götzen und falschen Heiligen und hübsch gemalten Weiberlarven?

In der Osternacht bekam sie eine Ahnung davon. Magdalena war mit der Tante und den Kleinen in der Schlosskirche zum Auferstehungsspiel.

Sie waren im Dunkeln aufgestanden und hatten sich – jeder mit einer frischen Kerze – auf den Weg durch die Stadt gemacht. Am Ende wollte jeder sein entzündetes Osterlicht für das neue Jahr mit nach Hause bringen.

Es durfte nicht geredet werden. Jesus war gestorben. Alles schwieg, kein Licht, kein Ton, weder Orgel noch Glocken waren zu hören. Nichts als die klappernden Schritte der Menschen, die ihre Häuser verließen, um zum Grab Christi zu pilgern.

Es war vorne im Altarraum aufgebaut aus bemaltem Holz und dunklen Tüchern. Jedes Jahr wurde es neu gestrichen und ausgebessert.

All die Menschen bewegten sich langsam, weil es so duster war in der Kirche, nur der kalte Weihrauch und der faulige Moder von der Gruft herauf erzählten, dass man sich in der Kirche befand.

Wenn sich die Augen ein wenig an die Dunkelheit gewöhnt hatten, waren schemenhafte Figuren auszumachen: drei Männer in roten Kleidern, Brustharnische aus Leder, Helme mit Federbuschen auf, Speere und Schilde in der Hand.

Magdalena wusste, wer sie waren: die Darsteller der römischen Soldaten, die den Stein vor der Grabhöhle bewachten. Es war nicht Magdalenas erste Osternacht, aber es war die erste, in der das Wort Auferstehung eine besondere Bedeutung bekommen hatte, weil vorher jemand in ihrer Nähe gestorben war.

Sie hatte das Osterspiel immer gemocht, die Versammlung der Gemeinde im Kirchenraum, den Übergang von der Nacht in den Tag, aus dem Dunkel ins Licht. Aber die Hoffnung auf den verheißenen Wechsel vom Tod zum Leben, der hier dargestellt wurde, der hatte diesmal eine ganz andre Bedeutung für sie: verschlungen werden und dann zum neuen Leben kommen.

Als der erste Schimmer des Tages durch die Fenster hinter dem Altar hereinfiel, verschwand oben im Gewölbe eine hölzerne Klappe und das Heiliggeistloch wurde sichtbar, aus dem ein Strick mit einem eisernen Haken heruntergelassen wurde.

Magdalena stieß die Kleinen an und zeigte ihnen den Himmelsaufzug. Jetzt geht's los! Jetzt gleich!

Alle in der Kirche wussten das. Deshalb kam nun etwas Bewegung in die morgensteife, dunkle Gemeinde. Man wollte ja was sehen von dem Spektakel, reckte den Hals, nahm die Kinder auf die Schultern.

Da erschien er auch schon: der Erzengel Michael mit seinem hoch erhobenen Flammenschwert. Er musste es nicht benutzen, denn die Römer fielen schon bei seinem bloßen Anblick so eindrucksvoll in Ohnmacht, dass ein zufriedenes Raunen durch das Kirchenschiff lief.

Dann wälzte der Erzengel den Stein vom Grab, nahm das Seil mit dem Haken und verschwand kurz im Grab. Als er wieder heraustrat, schwebte eine kleine Christusfigur aus der Höhle und stieg langsam in den Himmel der Kirche. Während draußen die Sonne aufging, verschwand der Herr Jesus im Heiliggeistloch. Wenig später lag wieder das Brett auf dem Loch, und der Herr war auferstanden von den Toten: Et resurrexit tertia die!

In diesem Augenblick hätte die Orgel einsetzen müssen, ganz tief unten, um aufzusteigen, blitzschnell, bis in die höchsten Höhen ihres Pfeifenwerks hinauf. Die Messdiener hätten die Osterkerze anzünden sollen, und der Chor und die ganze Gemeinde hätten gesungen: »Christus ist das Licht!«

Der Osterjubel hätte beginnen können …

Aber da stürmten plötzlich drei vermummte Gestalten aus der Sakristei, warfen die Kulissen des Heiligen Grabes um und brüllten: »Du sollst dir kein Bildnis machen, spricht der Herr!«

Die ohnmächtigen römischen Wachen besannen sich sofort ihrer

Rolle, aber sie konnten die Störer nicht fassen. Ebenso schnell, wie sie erschienen waren, verschwanden sie auch wieder.

Die Gemeinde war entsetzt. Der Gottesdienst wurde abgebrochen. Nur hinten unter der Orgelempore lehnte der Mann mit der Krücke und lächelte zufrieden, als sich die Leute an ihm vorbei aus der Kirche drängten.

Als er Magdalena entdeckte, hob er seine Krücke, lachte sein irres Lachen und rief: »Aufpassen! Aufpassen!«

Safi taperte mit schreckgeweiteten Augen an der Hand der Tante durch die Tür.

»Was wollte der Mann von dir?«, fragte Paul.

»Ich weiß es nicht, Paul. Ich weiß nicht«, sagte Magdalena. Aber sie hätte sich nicht gewundert, wenn gleich irgendwo ein paar Spielhahnfedern in der Menge aufgetaucht wären.

»Vergesst es«, sagte die Tante. »Vergesst es!«

»Waren das böse Männer, die das gemacht haben?«, fragte Piet und schaute sich noch mal um. »Warum haben sie das gemacht? Es war so schön, vorher.«

»Das versteht unsereiner nicht, Kinder«, sagte die Tante.

Vor der Kirche standen die Menschen in Gruppen zusammen und redeten über den Vorfall. Wo Osterfriede und Fröhlichkeit herrschen sollten, war Aufruhr und Zwist. Magdalena wunderte sich: Konnte man über so eine schändliche Tat verschiedener Meinung sein? Gab es denn etwas anderes als Verurteilung des Anschlages auf das heilige Spiel?

Zwei reich gekleidete Bürger schienen in einen heftigen Disput verstrickt. Der eine war der Hofmaler und Apotheker Cranach vom Marktplatz, den Magdalena schon ein paarmal im Gottesdienst bei Luther gesehen hatte. Der andere war wohl der Buchdrucker Heinze, denn seine Frau stand dicht bei ihm und nickte eifrig, wann immer ihr Mann etwas sagte.

»Da seht Ihr jetzt, wohin das führt, die aufrührerischen Reden Eures Doktor Luder!«

»Aber er hat doch nichts gegen ein Osterspiel oder gegen Bilderverehrung«, erklärte Cranach. »Nur wenn man einen Kult draus machen wollte und die Bilder anbetet wie einen Götzen, das ist Lästerung und muss verboten sein. Das sagt Luther, und Ihr werdet nicht behaupten, dass das falsch sei, Meister Heinze!«

»Spitzfindig ist das«, erwiderte Heinze scharf. »Spitzfindig. Verehrung oder Anbetung? Glaubt Ihr, der einfache Mann macht da einen Unterschied? Er macht keinen, wie wir grad haben mitansehen müssen.«

»Aber diese Vandalen haben doch nichts mit Luther zu tun, Heinze!«

»Warten wir's ab, Cranach! Warten wir's ab! Aber so viel kann ich Euch heut schon sagen, wenn er so weitermacht, Euer Augustiner, dann kommt einmal der Tag, wo sie dem Hofmaler Cranach selbst die Leinwände zerschneiden!«

»Ach was, Heinze! Luther will doch nicht die Heilige Mutter Kirche abschaffen, er will nur eine Erneuerung im Geist des Evangeliums.«

»Ich sage Euch, wenn wir nicht aufpassen, wächst uns da ein neuer Mohammed heran. Denkt daran! Ich hab's Euch prophezeit! Denkt dran, wenn es so weit ist!«

Die Tante war mit den Kindern stehen geblieben und hatte zugehört. Jetzt hatte Frau Heinze sie entdeckt. Sofort fuhr ihr eine tiefe Falte in die Stirn und sie schüttelte kurz und energisch den Kopf hinter dem Rücken ihres Mannes. Sprechen Sie mich um Gottes willen nicht an! Gehen Sie weiter! Er darf nicht merken, dass wir uns kennen!

Die Tante verstand und nickte freundlich und zog ihre kleine Schar weiter, obwohl Magdalena den Disput gern bis zu Ende verfolgt hätte. »Was meint der Herr Heinze, dass Luther dem Herrn Hofmaler die Bilder zerschneidet?«, fragte Magdalena. »Das macht er doch nicht!«

»Ich sag doch, dass das unsereiner nicht verstehen kann«, sagte die Tante, und damit war das Gespräch beendet.

»Auf jeden Fall ist Jesus durch das Loch in den Himmel gekommen, das hab ich gesehen«, sagte Paul.

»So ist es«, sagte die Tante.

»In Ewigkeit! Amen!«, sagte Piet.

Während sie nach Hause gingen, sah sich Magdalena immer wieder um; sie hoffte, dass vielleicht Veit auftauchen würde. Sie würde ihn bei der nächsten Lesestunde fragen.

Davor gab es aber noch ein größeres Unglück, draußen an der Marienkapelle. Magdalena war ein paar Tage nach Ostern wieder mal alleine auf dem Weg zum Garten, als sie schon von Weitem eine Menschenansammlung vor der Marienkapelle bemerkte. Sie fing sofort an zu laufen; denn sie ahnte, was da passiert war. Sie verstand zwar nicht warum, aber sie wusste, wer und was.

Aber dass sie so gewütet hatten, das hätte sie sich nicht vorstellen können. Mit so viel Gewalt gegen die Schönheit?

Die Bilder lagen hinter der Sakristei auf der Wiese. Sie waren alle aufgeschlitzt und zerfetzt. Einige waren halb verkohlt. Der ganze Freudenreiche Rosenkranz, all die Szenen aus dem Marienleben, vor denen Magdalena so gerne gekniet hatte, die ihr Ruhe und Schutz vermittelt hatten und das Gefühl, dass Frauen auch etwas bedeuteten in der Kirche Jesu Christi. Alles das lag nun geschändet und zerstört im Schmutz der Erde.

Als Magdalena die Kirche betrat, schossen ihr die Tränen in die Augen. Der ganze Raum war eine einzige Wunde, weil rundum nur noch schwarze Löcher in den Wandverkleidungen klafften.

Überall liefen die Leute herum, hilflos entsetzt wollten sie was tun und wussten doch, dass es da nichts mehr zu tun gab. Dann fielen sie auf die Kniebänke und schlugen ein Kreuz nach dem andern: Herr vergib ihnen, denn sie wissen nicht, was sie tun! Sie hatten das Gefühl, einen Blick in die Hölle zu werfen oder dem Vorabend des Jüngsten Tages beizuwohnen.

Magdalena wischte sich mit dem Ärmel die Tränen aus den Augen und ging wieder hinaus. In ihre Traurigkeit mischte sich die Wut, als hätte ihr das hier jemand ganz persönlich angetan.

Der Wind wehte ihr ein Flugblatt vor die Füße. Darauf das Bild von einem großen Feuer. Allerlei Männer schleppten Bilder und Schnitzwerke aus einer Kirche und warfen sie in die Flammen. Magdalena konnte das Wort Götzen buchstabieren. Sie steckte das Flugblatt ein.

Und dann sah sie ihn stehen, ein Stück entfernt unter einer Gruppe Neugieriger. Eine Spielhahnfeder trug er keine. Aber sie erkannte ihn auch so. Er war also freigekommen. Sie überlegte keinen Augenblick und rannte los.

Rasso hatte sie auch entdeckt und als er sie näher kommen sah, da freute er sich einen Moment lang. Aber dann bemerkte er die Wut in ihrem Gesicht und begriff, dass er lieber verschwinden sollte. Wäre er gleich losgelaufen, Magdalena hätte keine Chance gehabt, ihn zu erwischen. Weglaufen, das konnte er.

Aber er hatte lange gezögert, und ihre Wut war groß. Er rannte über die Wiese, dann schlug er einen Haken und lief zwischen die Gärten. Er sprang über Zäune, als wäre es nichts. Der Abstand zu Magdalena wurde immer größer. Er schaute sich um, lachte. Sie würde ihn nie einholen.

Aber als er wieder über einen Zaun flankte, blieb er mit einem Hosenbein an einer spitzen Zaunlatte hängen. Sein Schwung war so groß, dass er sich überschlug und einen Moment lang benommen liegen blieb.

Das genügte Magdalena, um ihn einzuholen. Sie stürzte sich auf ihn und begann sofort, auf ihn einzuschlagen. Sie überlegte nicht lang, ob er sich vielleicht wehgetan hatte. Es war ihr einerlei. Er hatte sie entführt und in diese Grube gesperrt, trotzdem hatte sie sich für ihn eingesetzt! Jetzt hatte er ihre Kapelle verwüstet! Tränen liefen ihr wieder übers Gesicht. Er war eine gemeine Bestie, die jeden Schlag verdient hatte.

Magdalena heulte Rotz und Wasser und schlug zu, immer, immer wieder. Alles brach aus ihr heraus, was sich angestaut hatte, all die Zeit über. Rasso bekam auch das ab, was er gar nicht verursacht hatte.

Es war freilich nicht so schlimm für ihn. Er konnte gut einstecken und sehr gut abwehren. Er war andere Schläge gewohnt. Für ihn war es ein bisschen so, als versuche die kleine Schwester, den starken großen Bruder zu verhauen. Eine Zeit lang ließ er sie machen, rief theatralisch Au! Au! und lachte eher, als dass er Schmerz empfand. Bis er dann genug hatte, die Tobende abschüttelte und niederrang.

Er setzte sich rittlings auf ihre Brust und drückte ihr seine Knie auf die Oberarme: »Hör auf! Hörst du jetzt auf?!«

Magdalena wand sich und strampelte, obwohl sie nichts machen konnte gegen den geübten Kämpfer.

»Hör auf, sag ich! Sonst muss ich dir wehtun!«

»Du hast mir schon wehgetan«, zischte sie, »mehr als genug!« Sie gab den Widerstand auf. Dafür wurde sie wieder von einem Weinkrampf geschüttelt.

Rasso ließ sie los und hockte sich mit angezogenen Beinen an den Zaun. Er sagte nichts, ließ sie weinen, zusammengekrümmt wie ein getretener Wurm.

Als das Weinen schließlich ein Ende fand, stand sie auf, wischte sich Rotz und Tränen ab und sah Rasso fest in die Augen. »Warum kannst du dich nicht für die gute Seite entscheiden?«, sagte sie und wandte sich weg, um zu gehen.

Rasso sprang auf und hielt sie fest. »He! Ich bin auf der guten Seite! Ich bin kein Straßenräuber mehr!«

»Du bist ein Bilderschänder!«

»Bilder sind gegen Gottes Willen!«

»Aber du zerstörst das Schöne!«

»Das Schöne? Götzenbilder und Reliquientand! Die heiligen Arschbacken vom heiligen Leckmich! Weißt du nicht, dass du dir kein Bild machen sollst? Das steht in der Heiligen Schrift.«

Magdalena nickte, als sie ihn so reden hörte. Sie nickte und begriff. »Ja. In der Osternacht«, sagte sie, »das warst auch du!«

»Weil der Tag nah ist, dass Christus wiederkommt, zu richten die

Gerechten und die Sünder. Willst du dann, dass er seinen Tempel voll von Götzenbildern findet?«

»Aber Maria ist kein Götzenbild. Die Mutter Gottes?«

»Ich bin der Herr, dein Gott! Du sollst keine andern Götter haben neben mir! So heißt es, oder?«

Magdalena verstummte. Sie wusste, dass es nicht recht war, was Rasso da getan hatte. Aber sie hatte das Disputieren nicht gelernt wie Veit. Der hätte sicher noch Antworten gehabt für den Wüterich Rasso und seine Kumpane. Stattdessen fragte sie ihn, wo er denn jetzt wohne. »Beim Weltuntergangs-Peter, oder?«

Er zuckte mit den Schultern: »Nein. Mal hier, mal da.«

»Und warum haben sie dich freigelassen?«

»Weiß auch nicht? Wegen dem Wachszieher? Oder weil ich so ein guter Mensch bin.« Er grinste. Dann zog er sein Hemd hoch und drehte sich um. »Sie haben mir auch noch was Schönes mitgegeben zum Abschied.« Sein Rücken war übersät mit rotnarbigen Striemen.

Als Magdalena ihre Hand ausstreckte, um sie auf die Wundmale zu legen, hatte sie plötzlich zu kämpfen mit den Schreckensbildern vom Schindanger, die in ihr aufstiegen. Sie zog ihre Hand zurück und wandte sich ab. Dann fragte sie: »Hast du das von Vigo gehört?«

»Ha!«, lachte Rasso bitter und stopfte sein Hemd wieder in den Gürtel. »Wahrlich: Der Teufel sorgt für die Seinen!«

»Weißt du, was mit ihm ist?«

»Dem wird's schon gut gehen. Im Kloster Zinna soll ihn einer gesehen haben. Vielleicht wird er Pfaff?«

»Du sollst nicht so reden!«

Da kam eine fremde Frau den Pfad herauf. Als sie die beiden am Gartenzaun sah, beschleunigte sie ihre Schritte. Dann hob sie auch noch drohend ihren Stock. »Was macht ihr da an meinem Garten?«, rief sie.

Magdalena erkannte die Frau sofort. Es war die Besitzerin der Ziegenherde, unter die sie an ihrem ersten Tag in Wittenberg geraten war.

Jetzt erkannte die Frau auch sie. »Du wieder! Dich kenn ich! Geh weg! Geh weg von meinem Garten! Hörst du? Geh bloß weg da, du Hexenbalg!« Sie hob wieder den Stock und hätte wohl auch zugeschlagen, wenn Magdalena nicht weggelaufen wäre.

Sie lief und schaute sich nicht mehr um.

»Und du, verschwinde auch hier! Rumtreibergesindel!«

Rasso drehte sich um und ging weg. In die andere Richtung.

12

Überall auf der Gasse, in den Häusern, auf dem Markt war der schreckliche Bildersturm Tagesgespräch. Was war das gewesen, verbrecherischer Vandalismus oder eine heiligmäßige Handlung? Die Untat böser Buben oder der Anfang vom Ende der Welt? Ein Frevel gegen die Heilige Mutter Gottes oder eine Heldentat wider den falschen Götzendienst? Der Weltuntergangs-Peter, war der wirklich der Anstifter, wie manche meinten? Oder war das schon die Frucht der neuen Lehren aus dem Augustinerkloster?

Als der Doktor Luther am Sonntag seinen Predigtstuhl bestieg, sah er sich gezwungen, ein paar Worte zu der verwirrten Gemeinde zu sagen, obwohl ihm die Frage der Bilder eigentlich nicht so bedeutend erschien. Gerade deshalb aber verurteilte er den Bilderfrevel.

»Ja«, sagte er, »du sollst dir kein Bildnis machen von Gott! So ist das Gebot des Herrn. Denn dieses dein Bild wird immer falsch sein, weil Gott nicht vorstellbar ist in seiner verborgenen Größe. Deshalb sollst du auch die Bilder aus deinem Herzen reißen.

Aber nicht aus der Wand!

Dazu aber wisse: Ob Bilder oder nicht, das ist einerlei. Bilder sind weder nötig, damit einer in den Himmel kommt, noch sind sie verboten. Und sie bringen auch keinen in die Hölle. Bloß aufpassen musst du, dass du nicht denkst, du könntest durch langes Knien und Verehren von so einem Bildwerk Verdienste vor Gott erwerben. Wenn du das glaubst, dann bist du ein Abergläubiger und ein Narr und Selbstbetrüger!«

Magdalena gefiel, was der Prediger sagte. Sie wollte keine ausgeräumte Kirche. Das Gotteshaus war für sie wie die Welt in ihrer reichen Vielfalt: Da gab es Licht und Dunkel, Musik und Gesang, Menschen und flauschige Engel über dem Altar. Da waren Löwen, die den Altar trugen, und Fische, die um das Taufbecken sprangen, und Schnecken und Lurche, die sich die Säulen hochschlängelten. Da gab es Bilder der Grausamkeit und der Liebe, der Verzweiflung und der Glückseligkeit. Und irgendwo vielleicht sogar einen Wal für Piet, auf jeden Fall aber Flöten für Safi und für Paul eine glatte Säule, an die er sich lehnen konnte, wenn er müde wurde.

»Warum zerstören sie das?«, fragte sie Veit zwei Tage später bei der nächsten Lesestunde.

»Weil Gott unfassbar ist und niemand ihn fassen soll und darf. Wir haben kein Bild von ihm, nur das Wort.«

»Denkst du das auch? Denkst du, die haben recht getan?«

»Sie glauben es. Und ich glaube auch, dass man Gott selber nicht darstellen soll. Weil wir ihn uns nicht vorstellen können. Aber Jesus ist Mensch geworden, und warum soll man Menschen nicht darstellen? Die kennen wir doch!«

»Also darf man Maria und Magdalena malen?«

»Ja. Natürlich!«

»Siehst du? Das denk ich auch! Das sind doch keine Götzen, diese Frauen!«

»Nein. Wir Luther-Studenten denken, dass Bilder wie Bibeln sind für die, die nicht lesen können.«

Magdalena zeigte Veit das Flugblatt, das sie bei der Marienkapelle gefunden hatte. Veit kannte es. »Ja, das hab ich auch schon gesehen«, sagte er. »Das ist ein satirisches Gedicht, die Klagerede der armen, verfolgten Götzen und Tempelbilder, die sich zu unrecht verfolgt sehen.«

»Liest du es mir vor?«

»Bald kannst du das selber lesen«, sagte Veit. »Hier:

Wir armen Tempelbilder g'mein
und Winkelgötzen, groß und klein,
die wir im Tempel g'standen sind,
gleich wie des Himmels Hausgesind!
Das hat geführt zu falschem Schein,
als würden wir Gott selber sein!
Zu uns hat g'schrien ein jeder Mann,
ob wer von uns ihm helfen kann:
bei Wassersnot oder bei Feuer,
für alle Angst und Ungeheuer.
Man opfert uns als einem Gott,
dem rechten Gott zum wahren Spott!«

»Was heißt das?«, fragte Magdalena. »Soll ich nicht bitten und beten zu Maria und den Heiligen?« Sie wusste doch, wie gut ihr das tat, die milde Mutter Maria um Beistand zu bitten und nicht einen gestrengen Herrgott. »Betest du nie zu deinem Namenspatron, dem heiligen Vitus? Er ist doch einer der vierzehn Nothelfer.«

»Nein«, sagte Veit. »Du sollst leben wie die Heiligen und sie dir zum Beispiel nehmen. Ja. Du kannst Gott bitten, dass er dich werden lässt wie eine Heilige. Doch Anbetung, das gehört Gott allein.«

»Aber muss man deshalb die schönen Bilder zerstören? Ist das gottesfürchtig?«

»Wer das gemacht hat da draußen in Maria-Freud, der ist nicht gottesfürchtig, der ist ein fehlgeleiteter Schwärmer!«

»Was ist das, ein Schwärmer?«

»Ein Schwarmgeist. Dem genügt es nicht, auf die Gnade und Güte Gottes zu warten und zu vertrauen, dass der Herr es schon richten werde. Ein Schwärmer will selber Gott nachhelfen und die frohe Botschaft des Evangeliums durch eigene Taten herbeizwingen. So zerstören sie Bilder und wollen am Ende vielleicht sogar die Fürsten und Herrschaften abschaffen, weil es ja heißt, vor Gott seien alle gleich!«

»Aber sie sagen, die da draußen in Maria-Freud hätten getan, was dein Professor predigt.«

»Das ist Unsinn und Verleumdung! Aber im Augenblick möchten sie Luther am liebsten alles Schlechte anhängen. Die Ablasskrämer und die Inquisitoren donnern gerade mächtig gegen uns, sodass man fürchten muss, sie möchten am Ende vor lauter Zorn platzen.«

»Habt ihr keine Angst?«

»Doktor Luther gibt nicht viel auf solch Geplärre. Und unser Fürst liebt seine Universität und seine Professores. Er hat jetzt auch noch den Philipp Melanchthon eingestellt, einen jungen Griechischprofessor. Jetzt können wir in Lateinisch, Griechisch und Hebräisch Texte lesen und müssen uns nicht mehr von verknöcherten Scholastikern vorleiern lassen, was recht ist. Früher haben uns ein paar Lehrer gesagt, wie die Bibel zu verstehen ist und was wir glauben sollen. Und wir haben's auswendig gelernt. Jetzt können wir die Originaltexte lesen und selber sehen, was da steht und was es bedeutet. Jetzt können wir uns wehren!«

Sich wehren? Gegen die Obrigkeit? Woher hatte er so was? Sein Vater hatte es ihm bestimmt nicht eingeblasen! Magdalena staunte immer wieder. War das die neue Lehre, dass man die gottgewollte Ordnung auflöste? Und wie weit durfte man dabei gehen? So weit wie Rasso und seine Bilderstürmer?

»Weißt du, was ich nicht verstehe, Veit? Sie zerstören das Schöne. Warum tun sie das?«

»Weil es ihnen Angst macht.«

»Angst? Mich heilt es und tröstet es. Warum Angst?«

»Weil das Schöne Macht hat, es kann verführen. Wie eine Frau. Deshalb soll sie ihren Körper bedecken und ihr Haar verbergen.«

Veit verstummte, weil er merkte, dass diese Antwort weit über das hinausging, was ein Lehrer seiner neugierigen Schülerin sagen sollte. Er schaute die kleine Magdalena Reinprechtin an und sah: eine Frau. Ihr Kleid hatte einen runden Ausschnitt. Ihr Hals war schmal und weiß. Ihr Haar ein bisschen struppig, aber voll und glänzend kastanienbraun.

Auch Magdalena stellte keine Fragen mehr. Sie bemerkte seinen Blick und senkte die Augen auf ihr Buchstabierblatt. Wie schön, dass er da war und sie ernst nahm mit seiner eifrigen Freundlichkeit und dem Stolz, auf all ihre Fragen Antworten zu wissen. Gleichzeitig machte seine Antwort sie auch traurig, weil sie eine Ahnung davon bekam, warum ein Mädchen nicht den gleichen Platz im Leben einnehmen konnte wie ein Mann. Ihr Platz waren Garten und Küche und das Spital. Die Öffentlichkeit gehörte den Männern, in Wort und Tat.

Auch die Kinder gehörten zu ihrer Welt. Sie hatten vorübergehend ein dreijähriges Mädchen bekommen: Sophie. Eines Morgens hockte sie im Spital am Bett ihres Vaters. Ein fahrender Gewürzhändler, den sein Pferd getreten hatte und der nun mit zertrümmerter Brust auf Leben und Tod in der Obhut der Schwestern lag.

Die Mutter und der große Bruder versuchten, das Geschäft weiterzubetreiben. Die kleine Sophie hatten sie beim Vater gelassen. Sie hatte braune Löckchen und roch wie ein Lebkuchen nach Zimt und Kardamom. Auch wenn sie gewaschen wurde, ging der Duft nicht weg.

»Wir nehmen sie mit, Tante Elsbeth. Oder?«

»Jaja«, sagte die Tante. »Das kleine Ding im Spital, das geht ja nicht!«

Sophie spielte ruhig auf dem Küchenboden oder draußen zwischen dem Hühnervolk. Ab und zu kam Safi vorbei, um an ihr zu schnuppern. Dann lachte Sophie. Und wenn der kleine, lockige Lebkuchen lachte, dann konnte Magdalena die ganze Welt da draußen für einen Augenblick vergessen, den Theologen-Zank um alte Knochen und Bilder und Ketzerei oder rechten Glauben.

Aber wenn sie die Studenten durch die Gassen laufen sah, die Mützen frech auf dem Kopf, den Degen blitzend an der Seite, immer diskutierend, immer laut und lachend, dann wünschte sie sich nichts so sehr, als mit ihnen zu ziehen und zu lernen, wie man das Wort und den Gedanken zu einem Degen macht, spitz und geschliffen. Manchmal schlich sie ihnen dann einfach eine Zeit lang nach bis zu ihrem Vorlesungsgebäude oder zur Burse.

Als sie eines frühen Abends einer kranken Gerbersfrau einen Kräutersud für warme Brustwickel gebracht hatte, entdeckte sie Veit und seinen Freund Jodok, zusammen mit einer Handvoll Kommilitonen. Am liebsten hätte sie gleich gerufen: Hier bin ich, nehmt mich mit! Aber sie merkte, dass die Studenten diesmal anders waren, nicht laut und ausgelassen. Sie gingen schnell und seltsam geduckt. Sie liefen auf einem öffentlichen Weg, aber sie bewegten sich, als schlichen sie auf geheimen Pfaden.

Magdalena war sofort neugierig. Sie hatte die Medizin abgeliefert. Sie war auf dem Weg nach Hause. Aber es war nicht schlimm, wenn sie ein bisschen später kam. Sie huschte in den Schatten der Häuser und folgte dem Studententrupp.

Manchmal hielten sie an, sahen sich um, wechselten die Straßenseite und eilten weiter, bis sie alle plötzlich stehen blieben, weil ihnen jemand entgegenkam. Auch ein Student.

Magdalena erkannte ihn bald. Es war Sephus. Schnell war er bei seinen Freunden und hatte offenbar Wichtiges zu berichten. Die Studenten redeten wild durcheinander. Aber Magdalena war zu weit weg, um etwas zu verstehen.

Dann hörte sie von ferne das Knirschen eisenbeschlagener Räder auf dem Pflaster. Auch die Studenten hörten es. Sie beendeten sofort ihren Disput und versteckten sich hinter den Holunderbüschen eines Vorgartens.

Ein Eselskarren kam die Gasse herauf. Drei junge Burschen mit schwarzen Lederschürzen gingen neben dem Wagen her. Sie schienen guter Dinge, sie lachten und rechneten offenbar nicht damit, dass ihrer Ladung, die unter einer Plane auf dem Wagen lag, Gefahr drohen könnte.

Erst als plötzlich ein Pfiff ertönte und die Studenten vor ihnen auftauchten wie eine Geisterschar, da schwante ihnen Unheil. Aber da war es schon zu spät. Die Studenten fielen mit gezogenem Degen über sie her. Und als die Burschen sich wehrten, wurden sie von der Übermacht niedergerungen.

Derweil riss Sephus die Plane vom Wagen: Acht Packen Papier lagen auf der Ladefläche, fest verschnürt mit schwarzen Bändern. Sephus zog sein Messer heraus, schnitt einen Packen auf und nahm eins der Hefte heraus. »Ja, es sind die Tetzel-Thesen aus Frankfurt zur Rechtfertigung des Ablasses«, rief Sephus triumphierend.

»Typisch, dass der Heinze so was druckt«, sagte Jodok.

Einer der Kommilitonen nahm den Packen und warf ihn in die Luft: »In den Dreck mit solchem Dreck!«, rief er. Und der Wind streute die Schriften über die Gasse.

Sephus wollte noch einen Packen aufschneiden, aber Jodok hielt ihn zurück: »Die Heinze-Gesellen sollen es nicht wieder aufsammeln können, die Schmierfinken!«, rief er. »Wir verbrennen den Schmutz auf dem Markt!«

Sie verpassten den Gesellen noch ein paar Püffe und Tritte. »Im Namen der Wahrheit! Halleluja!«, riefen sie. Dann schnappte sich jeder einen Packen vom Karren, und los rannten sie in Richtung Marktplatz.

Es war nicht mehr viel los vor dem Rathaus. Aber als die Schriften in Flammen aufgingen, sammelten sich schnell die Leute und empörten sich: diese Studenten! Immer waren sie für einen Unfug gut, immer machten sie Ärger und Aufruhr! Immer gab es Händel und Gezänk! Was brannte denn hier? Ketzerschriften? Teufelswerk? In wessen Auftrag? Woher hatten sie die Schriften?

Ein Mann aus der Menge sprang vor und schnappte sich eine der Flugschriften: »Aha!«, rief er. »Eine Gegenschrift zu den frechen Ablass-Thesen dieses Luder!«

Daraufhin versuchten einige Bürger die Flammen zu löschen, aber die Studenten bildeten mit gezogenem Degen einen Kreis um das Feuer. Und Veit hielt – geschützt von ihren spitzen Klingen – heiß entflammt eine Verteidigungsrede: »Seht ihr denn nicht?! Verleumdungen! Nichts als Verleumdungen sind das alles von diesem Tetzel! Er sitzt jetzt fett in der Universität von Frankfurt an der Oder und hat sich von dem Theologen Wimpina 106 Thesen zusammenschmieren lassen, die Luther widerlegen sollen und ihn einen Häretiker und Ketzer und Papstverächter nennen. Dabei sind herausgekommen nichts als stinkende Maulfürze und feige Lügen!«

»Und die sollen brennen!«, riefen die Studenten.

Magdalena beobachtete das alles mit einer Mischung aus Staunen, Angst und Bewunderung. Was die sich trauten! Und mit was für einem Eifer sie für ihren Professor stritten!

Nur einen Augenblick später kam er selbst die Collegienstraße heraufgelaufen, zornig, mit rudernden Armen und wehendem Gewand, während von der andern Seite des Platzes der Buchdrucker Heinze mit seinen Gesellen heranstürmte.

Luther war zuerst beim Feuerplatz. Voll Zorn und Furor fuhr er unter seine Studenten und schubste sie zur Seite: »Seid ihr von Sinnen!« Er trampelte in die bereits verglimmenden Flammen, ohne auf seine Soutane zu achten, die prompt Feuer fing. Sie konnte leicht wieder gelöscht werden, aber von den Schriften war nichts mehr zu retten.

So stand der hagere Professor Luther entsetzt in einem Haufen Asche und Ruß wie auf einem niedergebrannten Scheiterhaufen, als der Buchdrucker vor ihm auftauchte. »Da haben wir den Herrn Brandstifter gleich selbst inmitten seines Feuers!«, rief Heinze atemlos.

»Wie könnt Ihr so was sagen?«, erwiderte Luther und trat aus dem Aschehaufen heraus.

»Ist das die neue wittenbergische Art zu disputieren, seit unser Fürst Leute wie Euch hier walten lässt?«

Luther schnaufte. Er versuchte sichtlich, seinen eigenen Zorn unter Kontrolle zu bekommen. »Meister Heinze! Ihr solltet aufpassen, was Ihr sagt!«

»Aber Ihr schickt Euern Studentenpöbel los, dass er verbrennt, was anderer Meinung ist?«

»Meister Heinze! Niemand hat sie losgeschickt. Weder ich noch sonst jemand von der Universität und schon gar nicht die Stadt oder unser gütiger Fürst. Das ist ein Dummejungenstreich, der seine Strafe nach sich ziehen wird. Das könnt Ihr mir glauben!«

»Unsereiner glaubt nur, was er sieht!«, rief Heinze. »Und was ich sehe, ist, dass hier das Eigentum rechtschaffener Bürger vernichtet wurde, bloß weil es ein paar gottesfürchtige Thesen verkündet und unseren Heiligen Vater in Schutz nimmt vor ketzerischen Anwürfen! Das nennt Ihr einen Dummejungenstreich? Es sind Eure Schüler, wenn ich mich nicht irre!«

»Jaja, es passt Euch natürlich, mir die Schuld daran zuzuschreiben.«

»Wer so predigt wie Ihr, der wird sich noch manches zuschreiben lassen müssen, fürcht ich. Ich werde mir erlauben, Euch die Rechnung für die Schrift zukommen zu lassen.« Damit drehte sich Heinze um und verließ den Platz.

Luther sagte nichts mehr. Er befahl nur seinen Studenten, in ihrer Burse zu verschwinden, und ging auch davon. Mit hängenden Köpfen zogen die Zündler ab. Und auch die übrigen Leute verliefen sich nun schnell.

An der Rathausecke lehnte der Weltuntergangs-Peter. »Erst brennen die Bücher und bald dann auch die Menschen«, murmelte er.

13

Magdalena war verwirrt, als sie nach Hause lief. Hatte Veit nicht Gewalt abgelehnt, als sie über Rasso und den Bildersturm gesprochen hatten? Hatte er Rasso nicht einen Schwarmgeist genannt, der das Falsche will und tut? Und nun gebrauchte er selber Gewalt, schlug die Druckergesellen nieder und verbrannte ihre Bücher? War das etwas anderes? Gab es zweierlei Gewalt? Gute und böse? Sie musste ihn fragen.

Aber Veit kam erst mal nicht mehr zur Lesestunde. Als sie ihn eines Sonntags im Gottesdienst traf, erklärte er, dass er bestraft worden sei und eine Zeit lang die Burse nur zu den Vorlesungen verlassen dürfe. Außerdem müsse er hart arbeiten wegen der Prüfungen.

Als er dann eines Tages doch wieder an die Tür in der Fleischerstraße klopfte, war ausgerechnet die Frau des Buchdruckers bei der Tante. Ihrem Buben ging es schlechter. Die Frau hatte rot geweinte Augen. Aber als sie Veit sah, erkannte sie ihn sofort als einen der Bücherverbrenner. Sie machte ein großes Geschrei darüber, dass die Tante mit so einem Verbrecher Umgang habe und ihn in ihr Haus lasse. Was das denn für ein Einfluss auf die Kinder wäre! Und da müsse man sich ja nicht wundern, wenn sie nicht gerieten und aus der Bahn liefen!

Anders als beim ersten Mal gab Veit diesmal keine Widerworte, sondern zog sich umgehend zurück. Seine Professoren und Präfekten schienen ihm ganz schön die Flügel gestutzt zu haben, dem feurigen Redner vom Marktplatz.

Veit war gerade verschwunden, da kamen die Kleinen in einer Prozession herein. Safi vorneweg blies auf der Flöte. Dahinter Piet und Paul und dann der Lebkuchen mit einem Huhn auf dem Arm.

»Nicht jetzt, Kinder!«, sagte die Tante. »Was macht ihr denn?«

»Wir bringen den Wal zum Meer«, sagte Paul. Er hatte einen leeren Eimer in der Hand.

Piet trug einen kleinen, geschnitzten Wal auf einem Kissen vor der Brust. »Wenn ein Wal fertig ist, muss man ihn zum Meer bringen.«

»Das ist das Meer«, sagte Paul und wies auf seinen Eimer. »Es braucht noch Wasser vom Brunnen.«

Piet war vor der Buchdruckersfrau stehen geblieben und zeigte ihr die Figur.

»Wo hast du den her?« Frau Heinze lächelte etwas gezwungen.

»Geschnitzt«, sagte Piet.

»Wer? Du?«

»Ja. Ich.« Piet sah ihr in die Augen.

»Dass du das kannst?« Frau Heinze war beeindruckt. Ihre Augen füllten sich mit Tränen.

»Komm doch mit!«, sagte Paul.

»Nein!«, sagte die Tante. »Frau Heinze hat keine Zeit.«

Aber die Buchdruckersfrau lächelte. Diese Kinder! Unglaublich! »Lassen Sie nur!«, sagte sie und nahm Pauls Hand. Sie wunderte sich selber, wie leicht das ging.

Auch die Tante wunderte sich. Sie hatte nicht gedacht, dass diese Frau ihren Kindern die Hand reichen würde. Und sie schickte ein kleines Gebet an den lieben Gott: Herr! Gott! Schenk ihrem Buben auch noch ein bisschen Zeit, damit er einen Wal zum Meer bringen kann!

Da war die Prozession schon hinter dem flötenden Safi hinausgezogen in den Hof: die strenge Frau in ihrem steifen, schwarzen Bürgergewand, an jeder Hand einen Zwilling im geflickten Hemd und ohne Schuhe, der eine trug seinen Wal, der andere den Eimer, der sich gleich in ein Meer verwandeln sollte.

»Was machst du mit dem Huhn?«, fragte Frau Heinze.

Und Sophie antwortete: »Das hat noch nie das Meer gesehen.«

»Magdalena! Hilfst du mal?«, rief Paul.

Und Magdalena füllte ihm den Eimer mit Wasser.

»Noch mehr!«, sagte Paul. »Das Meer braucht viel Wasser!«

Und Magdalena goss noch einmal nach. Dann setzte Piet den Wal hinein. Sophie hielt das Huhn ganz nah über den Eimer, damit es das Meer gut sehen konnte. Aber das Huhn wollte das Meer gar nicht sehen. Es gackerte und schimpfte und schlug wild mit den Flügeln. Sophie musste es loslassen. Und das Huhn warf den Eimer um. Das Kleid von Frau Heinze wurde nass gespritzt.

»Oh!«, sagte sie. »Da hat's ja gleich einen schönen Sturm gegeben!«

»Das macht dem Wal nichts«, sagte Piet und hob seine Figur auf.

»Dein Wal ist wirklich sehr schön«, sagte Frau Heinze.

»In Ewigkeit! Amen!«, sagte Piet.

Und damit löste sich die Prozession auf und die Kinder verschwanden im Haus.

»Ich glaube nicht, dass die Kinder aus der Bahn laufen«, sagte die Tante.

»Ja, da haben Sie wahrscheinlich recht«, sagte Frau Heinze, nahm das Fläschchen mit ihrer Medizin und verabschiedete sich.

»Wenn ich doch einmal nach Ihrem Buben schauen soll …?«, sagte die Tante.

»Nein. Leider. Das wird nicht gehen.«

Eine Woche später starb der Heinze-Junge. Die Tante ging mit den Kindern zur Beerdigung, obwohl sie keiner eingeladen hatte. Der Bube war ja ihr Patient gewesen, auch wenn sie ihn nie gesehen hatte. Die Tante hielt sich im Hintergrund mit ihrer Schar. Aber der Buchdrucker entdeckte sie. Er machte seine Frau auf die unerwünschten Beerdigungsgäste aufmerksam. Frau Heinze sah kurz herüber und schien ein Nicken anzudeuten, woraufhin ihr Mann sie sofort zur Rede stellte. Sie zog ihr Tüchlein aus dem Ärmel und schluchzte heftig.

Bübchen halten einfach nicht lang, dachte Magdalena und sah den Rauchschwalben nach, die über den Gräbern die Mücken jagten. Oder fingen sie die Seelen der Toten ein und brachten sie in den Himmel?

Zu Hause ließ Magdalena Piet und Paul ein rohes Ei austrinken, zur Stärkung, obwohl die Tante das verboten hatte. Safi mochte keine rohen Eier. Ihm war einmal furchtbar schlecht geworden davon und seither stellte er sich vor, er könnte mit dem rohen Ei ein halb fertiges Küken verschlingen. Er blies lieber eine gackernde Melodie dazu.

Die Kinder, das ist meine Sache, dachte Magdalena. Die Theologen verstehe ich sowieso nicht. Sie leben in einer anderen Welt.

Und wer weiß, wann ich den Veit überhaupt wiedersehe. Er begleitete nämlich mit Sephus und Jodok zusammen seinen Professor Luther für sechs Wochen nach Heidelberg, wo man im dortigen Augustinerkloster dessen Thesen disputieren wollte. Sie gingen den ganzen Weg zu Fuß, und der Lehrer hatte viel Zeit, seinen jungen Begleitern die neue

Theologie zu erklären, wenn es denn die eigensinnigen Alten nicht hören wollten.

14

Etwa zwei Wochen nach der Beerdigung des Heinze-Jungen riss jemand ganz früh schon an der Hausglocke. Und weil die Tante gerade die kleine Sophie wusch und nicht gleich zur Tür sprang, schepperte es sofort noch mal, als wollte der Jemand die alte Eisenglocke vom Brettertor reißen.

»Geh, Magdalena, schau nach, wer's so eilig hat in aller Früh«, rief die Tante.

Magdalena öffnete die Tür und sah sich zwei Wachmännern gegenüber, die aussahen, als hätten sie im nächsten Augenblick die Tür aufbrechen wollen.

Hinter ihnen stand der Büttel der Stadt. Er schob sich nun vor, an Magdalena vorbei und drang in das Haus ein. »Frau Elsbeth Wallmannin!«, rief er. Es war weniger eine Frage als der Befehl, sofort vor ihm zu erscheinen. Ein unsinniger Befehl, denn mit drei Schritten stand der Amtmann sowieso vor der Tante, die die kleine Sophie mit dem Handtuch abrubbelte.

»Was gibt es? Ein Unfall? Magdalena, machst du die Sophie fertig?«

»Frau Elsbeth Wallmannin?« Der Büttel nahm Haltung an für seine Amtshandlung.

Die Tante schien noch immer nicht verstanden zu haben, was hier vor sich ging. »Sagt doch: Ist jemand krank?« Einer der Wachmänner war der Bäcker-Bartel. Die Tante wandte sich an ihn, wenn schon der Büttel offenbar nichts sagen wollte: »Was ist's, Bartel? Was wollt ihr hier so früh?«

»Ihr sollt mich doch nicht Bartel nennen, wenn ich von Amts wegen komme!«

»Ihr kommt mit, Wallmannin!«

»Bartel! Was meint der Büttel damit? Sag was! Bartel!«

Die kleine Sophie fing an zu weinen. Magdalena nahm sie in den Arm und drückte das Gesichtchen an ihre Brust.

»Komm Sie jetzt! Wachen, los!« Dem Büttel wurde es lästig hier. Bartel zögerte. Aber die zweite Wache trat vor und packte die Tante grob am Arm.

Piet und Paul kamen angelaufen, barfuß und noch im Hemd. Jeder von ihnen schlang seine Arme um ein Bein der Tante, als könnten sie sie damit festhalten und wollten doch nur selber gehalten werden.

»Verschwindet! Weg die Kinder!«, befahl der Büttel.

Der zweite Wachmann ließ die Tante kurz los und versuchte, die Zwillinge mit seiner Pike zu verscheuchen. Sofort fing die Tante ihre Kinder mit weiten Armen ein und beschützte sie wie eine Glucke. »Keine Angst! Geht zu Magdalena. Alles wird gut!«

Sie schob die Zwillinge von sich weg, während die zweite Wache sie wieder packte und Richtung Tür zerrte.

Da tauchte Safi auf mit schreckgeweiteten Augen. Er nahm seine Flöte und blies einen Ton so hoch und schrill, dass alle vor Schmerz das Gesicht verzogen. Der Büttel holte aus und schlug ihm die Flöte weg.

Dann war es einen Augenblick ganz still. Sogar der kleinen Sophie waren die Schluchzer erstickt.

Doch der Büttel fing sich schnell wieder. »Los jetzt! Los! Es kann doch nicht so schwer sein, ein altes Weib dem Gericht zuzuführen! Wird Er nun endlich seine Pflicht tun? Oder will Er selber dem Richter vorgeführt werden wegen Feigheit im Amt, Wachmann Bartel?«

Man sah, wie schwer es Bartel fiel, die Frau vor ihm festzunehmen. Er kannte die Wallmannin seit seinen Kindertagen. Sie kaufte ihr Brot bei ihnen und sie hatte seine Wunden versorgt, wenn er hingefallen war als kleiner Bub. Und jetzt sollte er sie festnehmen und ins Gericht schleppen wegen eines Vorwurfs, den er nicht glauben konnte.

»Der Heinze hat dich angezeigt«, stammelte er.

»Bartel! Schweig Er!«, befahl der Büttel.

Die Tante schaute ihn an, fassungslos. Aber dann nickte sie, als hätte sie es kommen sehen. »Der Heinze«, sagte sie wie für sich.

»Er sagt, du hast seinen Buben vergiftet.« Jetzt war es heraus. Wenigstens das hatte er zustande gebracht. Bartel straffte sich und nahm den andern Arm der Tante.

Die Kinder fingen wieder an zu weinen, Sophie und die Zwillinge. Safi hob seine Flöte auf, kauerte sich in eine Ecke und barg das Instrument in seinen Armen.

Sophies Huhn kam gackernd herein und lief dem Büttel zwischen die Beine. Er geriet ins Stolpern und trat nach dem Huhn.

»Huhn!«, schrie Sophie und löste sich aus Magdalenas Armen. Das Handtuch fiel ihr von den Schultern. Nackt und bloß lief sie durch die Küche und rettete das Huhn. Dann stellte sie sich vor den Büttel hin und sagte: »Du bist ein böser Mensch!«

Der Büttel hob die Hand, um sie zu schlagen.

»Müsst Ihr das?«, sagte die Tante. »Müsst Ihr die Kinder schlagen?«

Der Büttel sah die Tante wütend an. Am liebsten hätte er wohl sie jetzt geschlagen.

»Weint nicht«, sagte die Tante. »Die Männer tun euch nichts. Ihr macht jetzt, was Magdalena sagt. Magdalena kann alles, was ich kann. Ihr müsst ihr folgen, versteht ihr? Ich bin bald wieder da.«

»Jetzt aber wirklich!«, sagte der Büttel.

So führten sie die Elsbeth Wallmannin aus dem Haus, und Magdalena stand plötzlich alleine da mit einer Schar weinender, erschreckter Kinder. Natürlich war sie selber erschrocken, als die Amtsmacht über sie hinweggestürmt war. Aber irgendetwas in ihr wusste, dass das jetzt nicht die Zeit für Tränen war, nicht für ihre jedenfalls. Sie musste jetzt stark sein, wenn nicht alles zusammenbrechen sollte.

15 »Wir müssen uns anziehen und frühstücken,« sagte Magdalena. Sie versuchte so normal zu klingen wie möglich. Aber Safi kam nicht aus seiner Ecke. So teilte Magdalena einen Apfel in vier Teile, und sie setzten sich alle zu ihm, eingewickelt in eine Decke. Und das Huhn saß obendrauf und schlief bald ein.

Alle hatten sie schon ihre Schrecknisse erlebt und überlebt. Jetzt war ihre kleine Welt wieder einmal zum Stehen gekommen. Einfach hier so in der Ecke hocken und warten, bis man ein Stein wurde, das schien ihnen allen eine Möglichkeit. Steine fühlten keinen Schmerz.

Keiner sagte etwas. Aber Magdalena spürte Safis Bein an ihrem Bein und Piets Arm an ihrem Arm. Ein leichter Luftzug ging vom Hof herein und wehte ihr eine Haarsträhne von Sophie über die Wange; denn die Männer hatten vergessen, die Haustür zuzumachen. Die Haarsträhne roch nach Lebkuchen, und Pauls Hand hatte sich vorsichtig in Magdalenas Hand gestohlen.

Nein, dachte Magdalena, es war noch nicht an der Zeit, ein Stein zu werden. Solange es die Kinder gab und sie aufstehen konnte, war es nicht Zeit. Sie musste an ihre Mutter denken: so wollte sie nicht sein, einfach aufgeben! Seit sie aus Jüterbog weggegangen war, hatte sie Menschen kennengelernt, die dem Schicksal Nein! sagten und sich nicht damit begnügten, einen Versicherungsschein für das Jenseits zu kaufen.

Also stand Magdalena auf und machte weiter mit dem Leben. »Genug in der Ecke gelegen!«, sagte sie. Streng sagte sie es und mehr zu sich selber als zu den Kleinen. »Wir haben zu tun. Ich will nicht, dass die Tante alles verkommen sieht, wenn sie wieder da ist!«

Kommt sie denn wieder?

Das war die Frage, die allen im Gesicht stand. Aber keines der Kinder sprach sie aus, damit Magdalena ihnen keine schlechte Antwort geben musste.

»Los jetzt! Ich brauche Hilfe!«, sagte Magdalena. »Piet und Paul, zieht euch an und helft Sophie. Und Safi, du schaust nach den Hühnern!«

»Ich schau auch nach den Hühnern«, sagte Sophie.

»Gut, Sophie. Mach dich schnell fertig. Dann hilfst du Safi.«

Safi rührte sich nicht. »Safi, hast du nicht gehört?«

Sophie nahm seine Hand und zog ihn hoch. »Sie haben doch Hunger, die Hühner! Safi, komm!«

»Safi! Was dir anvertraut ist, darfst du nicht hungern lassen!«, sagte Magdalena. »Ich mache Essen für euch und du für die Hühner.«

Da stand Safi auf und ging mit den andern hinaus.

Einen Augenblick lang hatte sie sich stark gefühlt, die plötzliche Verantwortung hatte in ihr eine Kraft erzeugt, die sie nicht in sich vermutet hätte. Aber kaum waren die Kinder draußen, versagten ihr die Beine den Dienst und sie musste sich hinsetzen.

Mit aller Wucht schlug der Blitz dieser ungeheuerlichen Anklage in sie ein: den Heinze-Buben vergiftet! Konnte es sein, dass die Medizin der Tante schlecht gewesen war? Schädlich statt nützlich? Statt heilend tödlich?

Der Vorwurf war so ungeheuerlich, dass Magdalena ihn gar nicht denken konnte. Aber konnte jemand so einen Vorwurf erheben, ohne dass es der Wahrheit entsprach? Wenn es also stimmte? Was war dann? Und wenn es nicht stimmte, wie sollte die Tante ihre Unschuld beweisen?

Der Buchdrucker Heinze war ein angesehener Bürger. Die Tante war nur eine Witwe mit einem Haus voller merkwürdiger Kinder. Es gab genügend Leute in der Stadt, die Elsbeth Wallmann nur von der Seite ansahen.

Nun stand die quälende Frage Magdalena selbst ins Gesicht geschrieben: Kommt sie denn wieder?

Sie wusste nicht, wie lange sie so dagesessen hatte, als Sophie und Safi hereinkamen. »Wir haben die Hühner gefüttert«, sagte Sophie, »jetzt musst du aber den Brei machen.«

Magdalena machte ihnen den Brei und tat jedem einen Löffel Sirup hinein. Dann lüftete sie die Strohsäcke und wusch ein paar Sachen beim

Brunnen. Sie ging zum Bäcker, einen Brotwecken holen, und zog Rüben und Lauch aus für ein Abendessen.

Nachmittags ging sie zur Gerbersfrau mit dem Kräutersud. Der ging es langsam besser. Sie hatte von der Festnahme gehört. »Was macht ihr denn jetzt?«, fragte sie besorgt.

»Es geht schon«, sagte Magdalena.

»Nimm eine Handvoll Aprikosen mit für euch«, sagte die Gerbersfrau. Und dann erzählte sie, was sie gehört hatte: Heinze hatte die Tante mit den Kindern auf dem Friedhof natürlich bemerkt und offenbar gleich seine Frau unter Verdacht. Er hatte sie zur Rede gestellt, und sie hatte ihm gestanden, dass sie neben dem Stadtmedicus auch die Heilerin aufgesucht hatte.

»Da hat sein unfasslicher Schmerz über den toten Stammhalter mit einem Mal einen Schuldigen gehabt«, sagte die Gerbersfrau. »So denk ich mir das jedenfalls.«

»Denkt Ihr das auch, dass die Tante den Buben vergiftet hat?«

»Nein. Um Gottes willen! Aber so ein Schmerz macht einen nicht gerecht.«

»Es wird sich aufklären«, sagte Magdalena, um ihre Hoffnung auszusprechen, sie laut und hörbar zu machen.

Und die Gerbersfrau tat ihr den Gefallen und bestätigte es: »Bestimmt klärt sich's auf. Bestimmt!«

So brachten sie den Tag hin. Zur Nacht trugen sie die Strohsäcke in die Küche und schliefen erschöpft und ineinander verschlungen wie ein Haufen junger Hunde ein. Manchmal schluchzte einer oder zuckte in einem schlechten Traum. Dann legte sich ein Arm über ihn oder ein Bein.

So ging es.

Am nächsten Tag nahm Magdalena ihre Schar und ging zur Stadtwache. Sie nahm an, dass die Tante dort festgehalten wurde und dass man sie und die Kinder zu ihr vorlassen müsse. Elsbeth Wallmann war schließlich so was wie ihre Mutter. Aber man wies sie ab, und als sie sich trotzig auf die Stufen setzen wollten, verjagte man sie.

Ein paar Passanten blieben stehen. Manchem taten die Kinder leid, aber es gab auch welche, die sagten: »Da seht ihr es: Das ist die Wallmann-Brut, frech und widerborstig!«

Am Nachmittag kamen zwei Abgesandte des Rates in die Fleischerstraße, um nachzusehen, ob das angehe: Magdalena und die Kinder, allein im Haus? Das Strohlager in der Küche gefiel ihnen nicht, aber sie wollten noch etwas warten, bevor sie die Kinder wegbrachten in ein Waisenhaus oder zu anderen Pflegstellen.

Sie rückten noch ein bisschen enger zusammen auf ihrem Strohlager in dieser Nacht.

Diesmal fanden sie nur schwer in den Schlaf. Magdalena musste noch mal Licht machen. Sie holte schließlich das Flugblatt von der Marienkapelle aus ihrer Kammer und las das Gedicht vor. Sie schaffte nur die ersten Zeilen. Die las sie dann ein paarmal hintereinander. Die Kinder verstanden nicht recht, worum es ging in den Versen, aber der Klang von Magdalenas Stimme, der Rhythmus der Sprache und die Reime gaben ihnen eine Ahnung von Ordnung im Durcheinander ihrer Welt und damit ein wenig Sicherheit.

Am nächsten Morgen klopfte ein feiner Herr an ihre Türe und die Kinder liefen gleich zusammen und verbargen sich hinter Magdalena. Ein feiner Herr, Bürger, die Obrigkeit – von da erwarteten die Wallmann-Kinder nichts Gutes mehr.

»Einen guten Morgen wünsch ich dem Herrn!«, sagte Magdalena.

»Ja, guten Morgen«, sagte der Herr. »Ich weiß nicht, ob ihr mich kennt?«

Magdalena kannte ihn. »Ihr seid der Herr Hofmaler Cranach.«

»Ja, das bin ich. Und ihr müsst keine Angst vor mir haben. Wie heißt du?«

»Magdalena«, sagte Magdalena. »Und das ist Safi. Und das sind Piet und Paul und die kleine Sophie.«

»Und das ist das Huhn«, sagte Sophie.

»Guten Morgen. Habt ihr denn zu essen?«

»Das Huhn wird nicht gegessen!«, sagte Sophie.

Cranach lächelte. »Nein, natürlich nicht!«

»Wir kommen zurecht«, sagte Magdalena, die dachte, der Herr solle prüfen, ob sie hier bleiben könnten.

Aber Cranach wollte etwas anderes. Er war ja auch der Stadtapotheker und kannte sich aus mit Tinkturen und Medizin. »Weißt du denn zufällig, was die Frau Wallmann dem Heinze-Kind gegeben hat, Magdalena?«

Magdalena wusste es genau. Sie war dabei gewesen, als die Tante die Tropfen gemischt hatte, und sie hatte sich alles gemerkt. Es gab sogar noch ein Fläschchen davon im Vorrat. Aber Magdalena war vorsichtig. Es war ja nicht klar, was der Herr Hofmaler und Stadtapotheker hier wollte. Die feinen Herren hielten doch wahrscheinlich alle zusammen …

»Darf ich mich setzen?«, fragte Cranach und zog sich einen Hocker an den Tisch. »Das mit eurer … wie nennt ihr sie?«

»Es ist meine Tante«, sagte Magdalena.

»Das mit eurer Tante tut mir sehr leid.«

»Wir nennen sie Elsbeth«, sagte Piet.

»Es ist schrecklich, was da passiert mit eurer Tante Elsbeth«, sagte Cranach. »Ich will euch helfen!«

Piet legte seinen Wal auf den Tisch.

Cranach sah ihn gleich. »Darf ich? – Ein Wal. Wo hast du den her?«

»Hat er gemacht«, sagte Sophie. »Das kann der Piet.«

»Du schnitzt?«

»Ja«, sagte Piet.

»Gut«, sagte Cranach. »Gut. Vielleicht magst du mich ja mal in meiner Werkstatt besuchen? Ich hab auch mal einen Wal gemalt. Mit einem Jonas.«

»Jaja, den Jonas kenn ich auch. Ich hab …«

Piet bekam rote Backen. Aber Magdalena unterbrach ihn. »Warte, Piet! Warte! Der Herr wollte uns doch sagen, wie er uns helfen kann.«

Cranach sah Magdalena an. Was für ein Mädchen! Es war gut, was die Wallmannin hier machte, wenn solche Kinder dabei herauskamen.

»Hört zu!«, sagte Cranach. »Heute Nachmittag wird eure Tante Elsbeth dem Gericht zugeführt. Ich will für sie sprechen, und dazu muss ich wissen, was sie dem Buben gegeben hat.«

Magdalena sagte es ihm. Dann stand sie auf und holte das Fläschchen. »Das ist kein Gift!«, sagte sie.

Cranach nahm ein paar Tropfen der Medizin auf seinen Finger und leckte ihn ab. »Nein, das ist kein Gift. Das ist gute Medizin, wie wir sie auch nicht anders gemacht hätten in unserer Apotheke.«

Cranach stand auf und wandte sich zur Tür. »Gott segne euch! Pass gut auf sie auf, Magdalena!«

»Kommt Elsbeth bald wieder?«, fragte Paul.

»Morgen wissen wir mehr«, sagte Cranach.

»Den schenk ich dir«, sagte Piet und gab Cranach den Wal.

»Vergelt's Gott!«, sagte der Hofmaler. »Aber du musst mich wirklich einmal besuchen kommen, Piet!«

Am Nachmittag, als alles Nötige so weit getan war, wurden alle merkwürdig still. Sie verkrochen sich in ihre Ecken, keiner hatte Lust zu lärmen oder zu spielen. Sie hielten irgendwie die Luft an, als wollten sie niemandem auffallen – nicht Gott und nicht den Menschen. Bloß kein Anlass sein für einen Ärger, der sich gegen die Tante wenden könnte, jetzt, wo sie vor Gericht erscheinen würde.

Magdalena holte das Legendenbuch hervor, das ihr Veit geschenkt hatte. Sie hatte es nicht angerührt seitdem. Zu kostbar war der Schatz und viel zu schwierig für ihre stammelnde Lesekunst, dachte sie. Aber die Magie des Wortes beim Vorlesen des Flugblattes am Tag zuvor hatte ihr Mut gemacht. Und so blätterte sie jetzt in der Geschichtensammlung und wählte schließlich die Legende vom heiligen Nikolaus. Die kannte sie schon.

Zwei Stunden buchstabierte sie sich durch den Text. Manches musste sie raten, manches ergänzte sie. Aber am Ende hatte sie die Geschichte entziffert und las sie gleich noch mal und stellte sich ihren Lehrer vor, wie er hinter ihr saß und zufrieden war mit seiner fleißigen Schülerin.

Als sie zum Einschlafen den Kindern die Geschichte vorlas, spürte sie sofort wieder, dass sie Zugang zu der Zauberkraft gefunden hatte, die gewöhnlich einem Mädchen völlig verschlossen blieb … »*… einmal hat er auch wohl geholfen drei armen, armen Mägdlein. Die waren gar so arm, dass sie der verzweifelte Vater verkaufen wollte an böse Männer. Da kam aber der heilige Nikolaus von Myra des Nachts heimlich an ihr Kammerfenster und warf deren drei goldene Äpfel in ihr Zimmer. Solchermaßen wurden sie gerettet und mussten nicht verkaufet werden.*«

»Noch mal«, flüsterte die kleine Sophie.

»Ja, noch mal!«, sagten auch die andern.

Und sogar Safis Blick sagte voll Zuversicht: Wir werden wohl auch nicht verkauft, solange Magdalena aus dem Buch vorliest.

16

Am nächsten Morgen fragte Piet als Erstes: »Kommt denn der Herr Apotheker bald wieder?« Das wünschten sie sich alle, dass dieser Herr Lukas Cranach wiederkam und ihre Elsbeth mitbrachte.

Auch Magdalena wäre am liebsten liegen geblieben und hätte auf die Tante gewartet. Sie rechnete fest damit, dass man die Wallmannin laufen ließ und ihnen wiedergab. In Jüterbog wäre sie nicht so sicher gewesen, aber hier in der Stadt von Veit und seinem Professor würde die Gerechtigkeit siegen. Trotzdem wusste sie auch, dass sie bis dahin nicht das Leben und Arbeiten einstellen durfte.

Also stand sie auf, versorgte die Tiere und die Kinder. Dann ermahnte sie sie, denn sie musste sie allein lassen. Es war der Tag für den Spitaldienst. Es gab auch noch andre, denen es schlecht ging.

Aber im Spital wollte man sie gar nicht einlassen. »Was denkst du denn!«, schimpfte Schwester Afra mit einer tiefen Falte auf der Stirn.

»Was weiß ich, was so eine wie du mit meinen Kranken macht?« Sie schlug erst ein Kreuz. Und dann schlug sie die Türe zu.

Wie kann ein Mensch so schlecht sein?, dachte Magdalena, oder weisen sie uns jetzt alle von der Tür?

Sie ging hinten rum, an der überwucherten Mauer des Spitals entlang, sie wollte nicht gesehen werden, so brauchte sie auch keiner zu verscheuchen.

An der Ecke des Gartens war eine im Efeu fast ganz verborgene Tür. Ein Junge kam heraus, barfuß, abgerissen, mit einem Eimer. Er roch nach Schweinen. Als er sie sah, grinste er. Die vorderen Zähne fehlten ihm, obwohl er eigentlich schon zu alt schien für Kinderzahnlücken. »Ich weiß, wer du bist«, sagte er. »Die aus dem Hexenhaus.«

Magdalena biss die Zähne zusammen, um nicht gleich auf ihn loszugehen. Sie spürte plötzlich eine heiße Wut in sich.

»Ich bin vom Bauern Tofal.«

Magdalena zwang sich, ruhig zu bleiben. »Geben sie dir hier im Spital die Abfälle für eure Schweine?«

»Der Vater zahlt dafür. Die Schwester Afra gibt nichts umsonst. Dich lassen sie nicht mehr hinein, weil ihr den Heinze-Buben vergiftet habt, stimmt's?«

Jetzt war es also schon eine Tatsache bei den Leuten: Hexenhaus und Kinder vergiften. Ihre Wut sagte, schlag diesen kleinen, zahnlosen Mistkerl! Aber die Vernunft war stark genug, sie zurückzuhalten. »Das ist nicht wahr!« Sie war lauter geworden und machte nun doch einen Schritt auf den Jungen zu.

Er zog den Kopf ein. »Ich mag sie ja auch nicht«, sagte er schnell.

»Und du meinst also, ich bin eine Hexe?«

»Die Leute sagen's!«

»Wer sagt das?«

»Die Scheingraberin. Und ein paar andere Weiber, wenn sie zum Waschen gehen. Oder beim Brunnen mit ihren Schafen. Und Schwester Afra.«

»Wenn Schwester Afra das sagt, dann ist sie eine Lügnerin und der Teufel soll sie holen!«

»Ja, das sag ich auch. Bei ihr soll jeder bloß beten und sterben, dass sie keine Arbeit hat.«

Magdalena sagte nichts mehr, aber der Junge war sich nicht sicher, ob sie ihn nicht doch verprügeln wollte. So machte er sich davon.

Magdalena lief nach Hause, holte die Kinder und ging mit ihnen über die Elbbrücke zum Garten hinaus. In die Marienkapelle ging sie nicht, obwohl man wenigstens außen die Schäden weggeräumt hatte.

Es gab genug zu tun im Garten. Sie waren am Rübenbeet beim Unkrautzupfen, als plötzlich zwei abgerissene Kerle am Zaun auftauchten, ein Langer und ein Fetter. Magdalena zuckte unwillkürlich zurück, und die Kinder versammelten sich gleich hinter ihr.

»Ah, feins Jüngferlein!«, rief der Fette. »Grüß sie mir der schöne Tag!«

»Fein und arbeitsam!«, sagte der Lange.

Sie sahen sich an und lachten. Der Fette nahm einen Weinschlauch von seinem Gürtel. »Ob sie wohl einen Schluck mit ehrbaren Leuten zu nehmen bereit ist?«

»Gehen wir sie fragen«, sagte der Lange. Es war, als ob sie ein Spiel aufführten vor dem Gartenzaun. Vielleicht wandernde Komödienspieler. Sie hatten offenbar Spaß dabei. Aber Magdalena und die Kinder spürten sofort die Gefahr.

»Mal sehen, ob man uns hereinbittet«, sagte der Lange und ging zum Gartentor, der Fette nahm einen Schluck aus seinem Schlauch und folgte.

»Nun, Jungfer!« Der Lange sprach laut, als hätte er ein Publikum. Er sah sich nach seinem Kumpanen um. Der kniff ein Auge zu und nickte heftig. Beide lachten wieder. Sie kannten das Stück, das sie hier aufführen wollten.

»Nun, Jungfer, darf ich fragen, ob Sie ein Tänzchen mit uns wagen?«

»Nein, bitte! Wir müssen die Rüben machen!« Magdalena wusste nicht, was sie tun sollte. Sie zwang sich zu einem Lächeln. Warum sollten sie ihnen etwas antun? »Wir sind ja bloß Kinder!«

Der Lange blieb in seiner Rolle. »Ist sie nicht allerliebst, das Kindchen!«

»Ein Kindchen, recht nach meinem Geschmack!«, sagte der Fette.

Der Lange drehte sich wieder zu Magdalena und stieß grob das Gartentor auf. Die Kinder schrien. Magdalena wurde zurückgeworfen und fiel in einen Buschen aus Liebstöckel und Thymian. Ihr Kleid rutschte ihr hoch über die Knie.

Ein großer Schritt, und der Lange war über ihr. »Na, was ich so seh, ist das Kindchen schon mehr ein Weibchen! Gut gewürzt liegt es da.« Er bückte sich und riss Magdalena das Tuch vom Kopf. Ihre vollen braunen Locken sprangen heraus. »Ah!«, rief der Lange. »Und was für Schätze sie uns hat verbergen wollen!«

»Schätzelein, du bist mein!«, rief der Fette.

»Bitte!«, schluchzte Magdalena und versuchte, rückwärts zu kriechen. »Bitte!«

Der Lange sah sich nach dem Fetten um und grinste: »Sie bittet. Sie bittet uns, hast du gehört?« Er ging auf die Knie und packte Magdalenas Füße.

In dem Augenblick hörte er einen Schrei hinter sich. Und als er sich umdrehte, sah er, dass ein junger Bursche den Fetten niedergeschlagen hatte. Der Bursche trug eine schwarze Samtkappe mit einer geknickten Spielhahnfeder. Mit zwei Sätzen war er bei dem Langen, packte ihn von hinten am Haarschopf und hielt ihm ein Messer an die Kehle.

»Rasso!?«, hauchte Magdalena.

Der Fette rappelte sich gerade wieder auf.

»Ihr verschwindet, oder ich stech den da ab!«, rief Rasso. »Los! Weiter! Verschwindet, sag ich!«

Der Fette zögerte, überlegte, welche Möglichkeiten sie hätten.

»Tu, was er sagt!«, röchelte der Lange. Ein feines Rinnsal Blut lief ihm vom Hals.

»Drecksgesindel!«, murmelte der Fette und verzog sich aus dem Garten. »Lass gut sein. Wir gehen ja. Lass ihn!«

Rasso ließ den Langen los. Als der sich umdrehte, gab Rasso ihm einen Tritt in den Hintern.

»Lasst euch nicht wieder hier blicken!« Rasso nahm einen Stein und schleuderte ihn den beiden nach. Dann reichte er Magdalena die Hand und half ihr auf.

»Dank dir!«, sagte Magdalena und putzte sich ab. Dann sah sie sich nach den Kindern um. Sie kauerten starr aneinandergedrückt unter den Johannisbeeren. Magdalena ging zu ihnen und nahm sie in die Arme.

Der Fette hatte seinen Weinschlauch verloren. Rasso hob ihn auf und näherte sich Magdalena und ihrer Schar. Er nahm einen Schluck und reichte Magdalena den Schlauch.

»Nein«, sagte sie.

»Das tut dir jetzt gut!«

Sie überlegte, dann nahm sie einen Schluck. Sie hatte noch nicht oft Wein getrunken. Er brannte ein bisschen in ihrer Kehle, aber er war auch süß und breitete sich sofort in ihr aus wie das warme Leben.

»Du hast schöne Haare«, sagte Rasso.

Magdalena sah ihn erstaunt an. Dann lächelte sie ein wenig. Sie nahm noch einen Schluck. Dann goss sie etwas Wein in ihre hohle Hand und ließ die Kinder probieren. Wie kleine Kätzchen leckten sie das süßsaure Elixier aus ihrer Hand.

»Gut«, sagte Paul und verzog dabei das Gesicht, als hätte er in einen Mai-Apfel gebissen.

Rasso nahm den Weinschlauch wieder an sich, verkorkte ihn und setzte sich ein paar Schritt von den Kindern ins Gras. Sie blieben vorsichtig und beäugten ihn misstrauisch: Seine Kappe mit der Spielhahnfeder! Seine Haut war noch dunkler geworden jetzt im Sommer. Er war ganz in speckiges Leder gekleidet, und sein schwarzes Haar hing ihm weit über den Kragen.

»Sind das alles deine Kinder da?«, sagte er schließlich.

»Ja«, sagte Magdalena. »Wir danken dir sehr!«

»Ich hab den Schrei der Kinder gehört.«

»Seht ihr, das habt ihr gut gemacht, dass ihr geschrien habt. Schreien ist gut, wenn die Not groß ist. Ihr müsst keine Angst mehr haben. Das ist der Rasso Brenz, den kenn ich.«

»Sind sie wirklich weg, die Männer?«, fragte Piet.

»Die trauen sich nicht wieder her«, sagte Rasso und hackte mit seinem Messer einen Zweig in kleine Stücke.

»Sonst schreien wir wieder«, sagte Piet.

Paul wagte sich als Erster hervor und krabbelte ein paar Schritte auf den verwegen aussehenden Burschen zu. Er hatte nämlich bemerkt, dass sich da etwas bewegte unter Rassos Wams. Und er hatte gesehen, wie dieser Rasso ihre Magdalena ansah.

»Dein Herz!«, sagte er. »Bist du in Liebe?«

Rasso machte einen Moment lang große Augen. Dann verstand er. »Ach so, ja«, sagte er und lachte.

Magdalena wurde rot. »Was redest du denn da, Paul? Komm her!«

»Warum? Das hab ich mal gehört. Das heißt: *Und möchte ihm aus Liebe das Herz aus dem Hemde springen.*«

»Du bist ja ein Dichter!«, sagte Rasso und öffnete sein Wams. »Komm, ich zeig dir mein Herz.«

Jetzt schaute Paul unsicher zu Magdalena und rührte sich nicht weiter vom Fleck. Im nächsten Augenblick steckte ein Frettchen seinen Kopf aus dem Wams und schaute in die Runde. Da juchzte Paul auf: »Schaut nur, was er hat!«

Jetzt trauten sich auch alle andern aus Magdalenas Armen, und ein jedes der Kinder wollte das Tierchen halten und über seinen Bauch laufen lassen oder schmeichelnd und kitzelnd um den Hals.

Rasso saß im Gras, und die Kinder saßen um ihn herum und bald auf seinem Schoß und ließen sich was erzählen. Und Magdalena, die manchmal von ihrer Arbeit aufsah – denn die musste trotzdem getan werden –, dachte: Ob der einmal ein Vater sein könnte? Oder ist der einer, um den man ständig in Angst sein muss?

Auch an Veit dachte sie. Der sollte eigentlich allmählich zurück sein aus Heidelberg. Oder war er längst zurück und hatte sich nur noch nicht gemeldet?

Rasso sah zu ihr herüber und hob entschuldigend die Arme: Kann leider nicht weg hier aus deinem Kinderhaufen!

Da hörten sie einen Pfiff. Scharf! Klar! Nicht misszuverstehen! Jedenfalls nicht für Rasso: der verrückte Prophet mit der Krücke! Rasso nahm sofort sein Frettchen und stand auf.

»Gehst du immer noch auf Pfiff?«, fragte Magdalena.

»Er sorgt für uns«, sagte Rasso. »Weiß, was getan werden muss.«

»Schönes zerstören!«

»Manchmal musst du zerstören, bevor es wieder gut werden kann!« Sein Frettchenherz klopfte längst wieder in seiner Brust. Er sprang über den Zaun. Einer wie er brauchte keine Tür.

»Kommt er mal wieder?«, fragte Paul.

»Ich weiß es nicht«, sagte Magdalena. »Ihr müsst mir aber jetzt helfen, sonst werden wir nie fertig.«

»Ich glaub, ich schnitze so ein Frettchen«, sagte Piet.

17

Am Abend klopfte es plötzlich an die Haustür. Sie hatten sie natürlich verschlossen und lagen schon auf ihrem Strohnest in der Küche. Magdalena wollte gerade anfangen, eine neue Heiligenlegende vorzulesen, die sie sich am Tag zuvor erarbeitet hatte. Sie erstarrten sofort.

Es klopfte noch einmal.

»Wir machen nicht auf!«, flüsterte die kleine Sophie.

Magdalena stand auf und nahm das große Küchenmesser aus der Lade.

Dann hörten sie Schritte ums Haus gehen. Es klopfte hinten an der Hoftür. Und dann vernahmen sie die Stimme der Tante: »Macht mir doch auf! Ich bin's! Elsbeth!«

Sie lagen sich danach einfach lange in den Armen und weinten, sie weinten sich die Angst heraus und die Freude hinein. Manchmal zuckte die Tante, wenn sie einer zu fest drückte. Sie hatte überall blaue Flecken. Auch unter dem rechten Auge.

»Haben sie dir wehgetan?«, fragte Paul.

»Ich hab nicht immer die richtigen Antworten gewusst auf ihre Fragen«, sagte die Tante.

Magdalena stand auf und machte ihr einen Umschlag aus Arnika und zerstoßener Minze mit ein paar Tropfen Weinbrand zum Kühlen.

Die Tante lächelte: »Nicht lang, dann braucht ihr mich gar nicht mehr, weil Magdalena schon alles kann.«

Aber da waren die Kinder ganz anderer Meinung. Sie zogen Elsbeth auf ihre Strohsäcke und konnten gar nicht genug kriegen vom Drücken und Streicheln. Für sie war klar, dass heute alle zusammen in der Küche schlafen mussten. Aber die Tante war damit nicht einverstanden. »Nein. Wir haben hier keine Räuberhöhle! Niemand soll sagen können, bei der Wallmannin herrscht das Chaos!«

Die Kinder konnten die Strenge der Tante nur schwer verstehen, aber Magdalena begriff, dass sie unter Beobachtung standen. Sie hatte den Besuch der beiden Ratsmänner nicht vergessen.

In den nächsten Tagen versuchten sie und die Tante, die alte Ordnung wieder herzustellen: Kinder, Haus, Garten, die Tiere. Sogar die Arbeit im Spital nahm die Tante wieder auf, auch wenn Schwester Afra das zunächst zu verhindern suchte. Aber die leitende Schwester Agnes setzte sich durch.

Safi fing langsam wieder an Flöte zu spielen, und Piet schnitzte an einem Frettchen, was allerdings schwierig war, weil ihm bei dem langen, dünnen Tier immer wieder die Schwänze abbrachen.

Schließlich kam sogar Veit zurück. Die Wochen in Heidelberg waren aufregend gewesen und er war erfüllt von den Tagen mit seinem Professor. »Luther war großartig!«, erzählte er. »Alle haben ihm zugehört. Da war ja sein ganzer Augustiner-Eremiten-Orden versammelt. Vor allem die Jungen sind begeistert von Luther.«

Theologenprobleme, dachte Magdalena. Wir haben andere. Aber sie freute sich natürlich, dass er da war. »Habt ihr auch wieder über den Ablass gestritten?«, fragte Magdalena, um ihm ihr Interesse zu zeigen.

»Nein«, sagte Veit. »Der Streit um die Thesen war nicht Thema der Disputationen. Aber auf den Gängen haben natürlich alle darüber geredet. Sie sagen, dass der Papst nicht mehr lange schweigen wird zu Luther.«

»Seid ihr also gegen den Papst?«

»Nein, sind wir nicht! Luther hofft noch immer, dass Leo in Rom endlich gegen die Lügen der Ablassprediger und ihre falsche Theologie vorgeht.«

»Und wenn er es nicht tut?«

»Dann werden sie sehen, was passiert, diese Dunkelmänner im Vatikan! – Und wie ist es dir ergangen? Hast du fleißig geübt?«

Magdalena wurde verlegen. »Ich les den Kindern ein wenig aus deinem Buch vor.«

»Schön,« sagte Veit, »das will ich hören!«

»Ach, nein. Ich stammle doch nur, was ich so weiß und kenn. Vom heiligen Nikolaus zum Beispiel.«

»Gut! Sehr gut! Da müssen wir weiter arbeiten!«

Veit war so voller Zuversicht und Lebendigkeit. Nichts mehr von der schlechten Stimmung von vor der Reise. Seine Fröhlichkeit hatte sie angesteckt. Er war wirklich wiedergekommen! Er hatte sie nicht vergessen! Sollte sie ihm jetzt mit ihren Sorgen kommen und von den Anschuldigungen gegen die Tante erzählen? Sie wollte nicht jammern. Aber er sah in ihr Gesicht und bemerkte die Trübung hinter den Augen.

»Was ist los? Was ist passiert?«

Die Kinder stürmten herein. Sie hatten gehört, dass Veit da sei, und wollten ihn auch begrüßen. Piet hatte ein zerbrochenes Frettchen in der Hand und beklagte sich gleich bei Veit, als könne der etwas dafür: »Immer bricht mir der Schwanz ab!«

»Was ist das denn?«, fragte Veit.

»Ein Frettchen. Das siehst du doch!«

Veit erkannte das Problem. »Ein Frettchen, das rennt«, sagte er.

»Ja, es rennt ganz schnell!«

»Es kann sich aber auch ausruhen und einrollen. Wenn es schläft, dann rollt es sich vielleicht ein? Dann steht der Schwanz nicht so weit ab.«

Piet sah Veit an und dann die zerbrochenen Teile in seiner Hand. Er dachte nach. Dann nickte er: »Es hat sich eingerollt, glaub ich. Als es Rasso in sein Wams getan hat, hat es sich eingerollt.«

»Wer ist Rasso?«

»Ein Freund von Magdalena«, sagte Paul.

»Und Paul hat gedacht, ihm springt das Herz aus dem Hemd«, sagte die kleine Sophie und lachte.

»Wegen der Liebe!«, sagte Piet.

Veit sah Magdalena fragend an.

»Komm, wir gehen ein bisschen raus«, sagte sie.

Sie wollte mit Veit nur ein Stück den Stadtbach hinaufgehen und ihm erzählen, was passiert war: Elsbeths Verhaftung und dann das danach im Garten. Aber der Ausrufer des Rates kreuzte ständig ihren Weg, weil er den Brautag ausrufen musste.

Jedes zweite Haus in Wittenberg hatte das Braurecht. Das Wasser zum Bierbrauen entnahm man dem Stadtbach. Der war aber auch die Abwassergrube der Anwohner. Zwei Tage vor dem Brautag ging deshalb der Ausrufer den Bach ab und rief alle hundert Schritt: »Übermorgen: Brautag! Soll Euer Bier schön reine sein, schüttet kein Unrat mehr in den Bach hinein! Brautag: übermorgen!«

Magdalena war schon öfter an diesem Bach entlanggegangen. Jetzt bemerkte sie zum ersten Mal, wie dreckig er war: Exkremente, Abfälle aller Art schwammen in dem trüben Wasser.

»Daraus machen sie Bier?«

»Es wird ja gekocht beim Brauen«, sagte Veit. »Magst du kein Dünnbier?«

Natürlich kannte Magdalena Dünnbier. Alle tranken es, auch die Kinder, eben weil einfaches Wasser nicht sauber war. Aber sie wollte nun nicht mehr darüber nachdenken, woher dieses Dünnbier kam.

»Lukas Cranach und andere Bürger wollen jetzt eine Rohrleitung bauen, von einer Quelle außerhalb der Stadt bis zu einem Brunnen im Apothekerhof«, erzählte Veit. »Dann hätte man immer sauberes Wasser.«

»Gehen wir doch zu unserem Garten«, sagte Magdalena.

Was war das für eine Stadt! Was waren das für Zeiten! Eine Wasserleitung aufbauen von irgendwo in den Wäldern bis hier zum Marktplatz – was für eine großartige neue Idee! Und gleichzeitig zerstören andere eine Marienkirche wegen ein paar Bildern! Sie wollen das Gute und tun das Schlechte. Und dann kommen gemeine Verbrecher und der Schlechte tut das Gute ...

Veit merkte, dass Magdalena mit sich rang, was sie ihm alles erzählen sollte. Er ließ ihr Zeit wie ein guter Seelsorger. Sie gingen stumm bis zum Garten und setzten sich dann in die zerstörte Marienkapelle.

Irgendwie ist das der richtige Platz, mit seinen Wunden und seinen Hoffnungen, dachte Magdalena. Und dann erzählte sie die ganze Geschichte, wie sie ihnen die Tante weggeholt hatten und sie allein zurechtkommen musste mit den Kindern, dann von dem Überfall im Garten und wie Rasso sie gerettet hatte. Und wie die Kinder ihn mochten. Und weil Veit nicht nur ein guter Redner war, sondern auch ein guter Zuhörer, erzählte sie ihm auch noch von dem andern Rasso, dem Dieb, dem Wegelagerer und dem Bilderstürmer.

Als sie fertig war, sah Veit sie an: Mein Gott, was sie alles durchgemacht hatte! Er ahnte, dass sie nun wissen wollte, was er von diesem

Rasso hielt. Aber was sollte er sagen? Dass sie den Vagabunden mochte, war klar. »Deine Kinder mögen ihn«, sagte er und senkte seinen Blick. Auch Magdalena konnte ihn nicht länger anschauen. Es gab jetzt niemanden, der so viel von ihr wusste wie Veit, niemanden, dem sie so viel anvertraut hatte. Es war fast wie eine Beichte gewesen, ohne dass es etwas zu beichten gab. Schwer lag die ganze Geschichte vor ihr und gleichzeitig war ihr leicht zumute, als hätten sich mit einem Mal dicke Knoten gelöst.

Sie fing an zu weinen. Und Veit nahm sie in den Arm. Magdalena ließ es geschehen und sie dankte der Heiligen Mutter Maria, dass sie ihr immer wieder Menschen an den Weg stellte, wenn sie das nötig hatte.

Da ging hinter ihnen die Kapellentür auf, und im Gegenlicht stand Rasso, schwarz wie ein drohender Schatten. Er sah, wie sich vorne in der Kapelle ein Bursche über ein Mädchen beugte. Er erkannte diese Locken sofort und zögerte keinen Augenblick. In wenigen Sätzen war er vorne bei den beiden, packte den Burschen und zerrte ihn aus der Kirchenbank, sein gezogenes Messer in der linken Hand.

Es ging alles so schnell, dass Veit keine Gelegenheit zur Gegenwehr hatte. Er stolperte, fiel hintenüber.

Magdalena schrie: »Nicht! Rasso!«

Rasso sah sich nach ihr um: »Keiner rührt dich an!«

Jetzt kam Veit auf die Beine und zog seinen Degen.

»Veit! Nicht!«

Rasso fuhr herum. So standen sie sich gegenüber mit gezogener Waffe. Sie kannten sich nicht, aber sie hassten sich doch. Ohne Grund!

»Hört auf!«, schrie Magdalena. »Hört auf!« Sie stürzte aus der Kirchenbank und stellte sich zwischen die beiden Streithähne. »Rasso! Das ist mein Freund Veit! Steck das Messer weg! – Veit, das ist doch Rasso!«

»Genau so hab ich ihn mir vorgestellt«, sagte Veit voller Verachtung.

»So, hat er das, der Studentenschwengel?« Rasso versuchte, an Magdalena vorbeizukommen.

Aber sie stellte sich ihm immer wieder in den Weg. »Rasso! Bitte! Hört auf! Und Veit, steck deinen Degen ein!«

»Geh ruhig zur Seite, damit ich den Herrn Strauchdieb Mores lehren kann!«

Da wurde Rassos Gesicht ganz hart, die Augen nur noch Schlitze. Mit einer blitzschnellen Bewegung schubste er Magdalena zur Seite. Und Veit machte den Fehler, auf das Mädchen zu schauen und nicht auf den Feind. Im nächsten Augenblick wurde ihm der Degen aus der Hand geschlagen. Er stürzte, und Rasso hockte auf seiner Brust, die Rechte an seinem Hals, die Linke mit dem Messer über seinem Auge.

»Rasso!«

Rasso hörte sie nicht. Er schaute seinem Feind in die Augen und zischte: »Wenn du kämpfen willst, darfst du nicht an die Weiber denken, Sesselfurzer!«

Magdalena griff nach seiner Messerhand. »Hör auf! Du bist wahnsinnig!«, schrie sie. »Erst zerstörst du meine Kirche und jetzt meinen Freund!«

Da wehrte sich Rasso plötzlich nicht mehr gegen Magdalena. Er ließ sich sogar das Messer abnehmen. »Ja, wenn er dein Freund ist ...?« Er stieg von Veits Brust und blieb neben ihm hocken.

»Du Idiot!«, sagte Veit und richtete sich auf.

»Ihr seid beide Idioten!«, sagte Magdalena. »Wollt ihr die heilige Kirche zum Schlachtfeld machen?« Sie warf Rasso das Messer vor die Füße und ging weg.

»Magdalena!«, rief Veit.

Sie blieb nicht stehen. Sie verließ die Kapelle. Keiner folgte ihr.

18

Als Magdalena in die Fleischerstraße kam, saß die Tante mit den Kindern schon bei der Vesper. Magdalena hatte die Zeit vergessen.

»Da ist sie ja!«, rief Paul und klatschte vor Freude in die Hände.

»Hast du die Männer wieder gesehen?«, fragte die kleine Sophie.

»Welche Männer?«, fragte Magdalena.

»Die mit uns Wein trinken wollten«, sagte Piet.

»Ach, ihr hättet das doch nicht erzählen sollen!« Mein Gott! Hatten sie sich Sorgen gemacht, dass wieder diese Trunkenbolde aufgetaucht waren. Sie wollte nicht, dass die Tante davon erfuhr. Aber sie wusste es offenbar.

»Warum sollen sie das nicht erzählen? Das muss ich doch wissen! Man muss es dem Magistrat melden. Du gehst jedenfalls nicht mehr allein zum Garten!«

»Ich war doch gar nicht allein!«

»Mit dem Veit war sie«, sagte Piet. »Schau, ich hab ein eingeringeltes Frettchen gemacht.«

»Hüpft dem Veit auch das Herz im Hemde?«, fragte Paul.

Da konnte Magdalena das alles plötzlich nicht mehr ertragen: »Lasst mich doch in Ruh! Alle miteinander!«

Die Kinder verstummten und schauten Magdalena verstört an. Noch nie hatte sie geschimpft oder geschrien mit ihnen.

Die Tante legte den Löffel weg. Sie blieb ganz ruhig. »Du warst also mit dem Veit im Garten«, sagte sie.

»Er hat mir Unterricht gegeben.«

»Das ist gut, Hauptsache es ist jemand dabei. Andererseits wird es dir auch schon aufgefallen sein, Jungfer Magdalena, du bist kein kleines Mädchen mehr. Und als junge Frau muss man aufpassen, mit wem man ins Grüne geht. Das weißt du doch!«

Ja, das wusste sie und wollte es doch nicht wissen. Das Rotwerden, das Herzklopfen und all das Blickesenken sprachen eine deutliche Sprache. Und auch dass die beiden, Veit und Rasso, sich geschlagen hatten! Aber sie wollte das nicht, wollte nicht Gegenstand sein von Eifersucht, noch von Liebe. Sie wollte nicht, dass Paul von seinem dummen Herz daherredete, noch sollte die Tante sie ermahnen.

Aber sie hatte sich offenbar Sorgen gemacht: »Wie oft hab ich dir schon gesagt, du sollst eine Haube aufsetzen oder wenigstens ein Tuch über deine Locken tun!«

»Es ist doch nichts passiert!«, schrie Magdalena und merkte gleich, dass ihr Schreien das genaue Gegenteil erzählte. Und weil sie keine Kraft mehr hatte, weiter mit der Tante zu debattieren vor diesen genauso erschreckten wie neugierigen Kinderaugen, lief sie hinauf in ihren Verschlag unterm Dach und vergrub sich unter Decken und Kissen, bis sie nichts mehr sehen und hören konnte.

Die Tante und die Kinder ließen sie in Ruhe. Sie fühlte sich müde und erschöpft, aber sie konnte nicht einschlafen, konnte nicht einfach die Augen schließen in der Gewissheit, dass sie morgen – so Gott will! – wieder wach würde in derselben vertrauten Welt. Alles änderte sich. Oder ging es wirklich gar zu Ende, wie der einbeinige Prophet es herausposaunte? Seit langer Zeit dachte sie wieder einmal an Jüterbog, an ihre Kate, an die Ziegen mit den warmen Bäuchen, an den Tisch, an dem sie saßen und Brei aßen, während Vater vorlas. Und die Mutter war da und der kleine Wendel. Und jeder kannte die alten Regeln. Und es war gut …

Sie schlief dann doch ein. Am Morgen standen die Kinder vor ihrem Lager. Safi flötete seine Melodie, und die andern sangen einen Weckvers drauf: »Magdalena komm heraus! – Komm heraus aus deinem Haus!«

Da stand sie auf und wusch sich und tat ihre Arbeit.

Veit kam erst mal nicht mehr zum Unterricht. Die Tante fragte nicht nach dem Grund. Es gab genug zu tun. Vieles musste jetzt geerntet, geputzt, geschnitten und eingemacht werden, Früchte, Sauerkraut, Sirup. Kräuter wurden getrocknet, zerrieben zu Pulver oder verrührt und verkocht zu Tinkturen.

Sie gingen werktags ihrem Tagwerk nach und sonntags besuchten sie die Kirche und hörten ihren Doktor Luther predigen. Es wurden immer mehr Leute in der Stadtkirche, und alle wunderten sich, dass der Mönch nicht wankte. Denn alle hatten gehört, dass der Druck der Römischen immer mehr zunahm. Wütende Schriften wurden gegen ihn verfasst. Aber Luther antwortete immer mit deutlichen Worten und ließ es gleich drucken, dass jeder es lesen konnte. So war es längst unmöglich geworden, den offenbar vom Teufel angezettelten Streit noch friedlich beizulegen.

In Augsburg war Reichstag seit Juli. Viel gab es zu bereden unter den Fürsten Deutschlands, der Papst wollte von ihnen eine Türkensteuer für einen Feldzug gegen die Muselmanen. Und der römische Gesandte Cajetan sollte die leidige wittenbergische Affäre beenden. Luther sollte nach Augsburg kommen und seine Irrtümer bekennen.

Die Tante und ihre Schar trafen eines Sonntags Veit und seine Kommilitonen nach der Kirche. Luther war nicht da gewesen, ein anderer Pfarrer hatte gepredigt. Die sonst so frechen Herren Studiosi wirkten auffallend bedrückt.

Die Tante sprach zuerst: »Schade, dass man den jungen Herrn Thyrlin so selten bei uns sieht!«

»Es ist so viel zu tun«, entschuldigte sich Veit. Er versuchte, Magdalena nicht anzuschauen.

»Wir sind in Sorge um unseren Professor«, sagte Sephus. »Er ist doch nach Augsburg gerufen worden vom Kurfüsten.«

»Ja, und manche fürchten, dass sie ihn uns erwürgen auf dem Weg dahin«, sagte Jodok.

»Weil er's selber gesagt hat beim Abschied«, sagte Veit. »Nun musst du sterben, hat er gesagt. Ach, welch eine Schand werd ich meinen Eltern sein! Das hat er gesagt.«

Die Tante merkte, dass die Kinder erschreckte Augen machten. »Ich glaube nicht, dass man dem Luther was tut. Der Kurfürst wird ihn beschützen und unser guter Heiland auch!«

»Aber sie wollen ihn auf jeden Fall zwingen, dass er widerruft«, sagte

Jodok. »Die gewaltige Feuersbrunst, die er entfacht hat, soll endlich ausgetreten werden!«

»Aber das tut er nicht!«, sagte Veit. »Der Widerruf REVOCO! wird nicht über seine Lippen kommen, weil ihn noch keiner widerlegen konnte! Er sagt nichts als die Wahrheit!«

Die Tante sah, dass Piet schon einige Zeit nervös von einem Fuß auf den andern trat. »Ich glaub, Piet will dir was zeigen.«

Piet trat vor und hielt Veit das eingerollte Frettchen hin. Veits Gesicht hellte sich auf. »Ja, gut. So muss man's machen!«

»Das hat der Herr Cranach auch gesagt«, sagte Piet.

»Ihr wart beim Hofmaler?«

»Ja, wir haben ihn besucht in seiner Werkstatt. Ich werd vielleicht auch ein Maler.«

»Und Magdalena hat er eine Wachstafel geschenkt«, sagte Paul.

Veit sah Magdalena nun zum ersten Mal an. Sie wurde sofort rot, aber sie sah glücklich aus. »Zum Schreiben üben?«, fragte Veit.

»Ja, sie übt sehr fleißig«, sagte die Tante.

»Kommst du, Veit. Unser Pedell lauert schon in der Burse!«

»Vielleicht komm ich nächste Woche mal wieder für eine Stunde«, sagte Veit.

Die Studenten verabschiedeten sich und gingen davon.

»Veit!«, rief Magdalena und lief ein paar Schritte hinter ihnen her. »Ich hab den Rasso nicht mehr gesehen seit damals«, flüsterte sie. Sie bereute es gleich, wollte ja nicht, dass es aussah, als würde sie ihm nachlaufen. Aber sie wollte lesen und schreiben können. Überall, jeden Tag erschienen jetzt Druckwerke, Flugzettel, Broschüren. Auf dem Markt, vor der Kirche redeten die Leute darüber. Magdalena wusste inzwischen von der Macht der Buchstaben. Sie wollte das können, gut können: selber lesen, selber wissen, selber denken. Sagte das nicht auch der Doktor Luther?

»Magdalena!«, rief die Tante ungehalten.

Magdalena senkte den Blick und ging zu ihren Leuten zurück.

»Siehst du nicht, dass die Leute schon schauen! Außerdem fällt dir schon wieder das Haar aus der Haube!«

Die Tante wusste, wie leicht man als ein liederliches Weibsbild angesehen wurde. Des Volkes Zunge war spitz und die Vorurteile schossen schnell ins Kraut. Da war eine dann unversehens als Hure und Hübscherin verdächtig, bloß weil kein Mann im Haus lebte.

Trotzdem sah sie es gern, dass ihre Nichte beim jungen Thyrlin Unterricht bekommen konnte. Hätte sie nur auch so einen Lehrer gehabt! Sie hatte sich lesen und rechnen nur mühsam selber beibringen können, als ihr Mann, der Fellhändler, immer schwächer wurde und sie das Geschäft am Laufen halten musste. Und es hatte am Ende ja auch nicht gereicht, als der Wallmann starb. So musste sie das Gewerbe verkaufen, denn Kinder hatte ihnen Gott versagt.

Als Veit wieder in die Fleischerstraße kam, begrüßten ihn alle hocherfreut, auch weil er die neuesten Nachrichten aus Augsburg wusste. Sie waren allerdings nicht gut. Luther hatte immer noch sein Magenleiden, mit dem er schon aufgebrochen war. Der Papstgesandte Cajetan traf ihn im Haus der Fugger. Der freche Bettelmönch sollte sich klein fühlen in den prächtigen Räumen der reichen Kaufleute. Aber der Professor behielt den Kopf oben.

Luther erwartete von dem hochgebildeten Theologen eine Disputation seiner Thesen, aber Cajetan sollte den Brandstifter nur verhören und mit unbeugsamer Gewalt zum Widerruf zwingen. Als Luther nicht nachgab, weil man ihm aus der Heiligen Schrift keinen Fehler nachzuweisen vermochte, drohte Cajetan schließlich mit Bann, und das hieß: Ausschluss aus der Kirche.

»Ich fürchte, dabei wird's dann nicht bleiben«, sagte die Tante. »Wer aus der Kirche ausgeschlossen wird, verliert auch alle Rechte als Bürger und endet leicht auf dem Scheiterhaufen.«

»Luther fürchtet das nicht«, sagte Veit. »Er sagt, dass der Bann nicht gültig sei, weil kein Mensch die Gemeinschaft mit Jesus Christus lösen kann, die auf Glaube, Liebe und Hoffnung beruht.«

19

So verging der Oktober, und es war wieder Zeit für den Allerheiligen-Ablass in der Schlosskirche; denn der Kurfürst Friedrich wollte nicht gern auf die Einnahmen aus seinem Geschäft verzichten, auch wenn er die schützende Hand über seinen Professor und Ablasskritiker hielt.

Er ermöglichte es Luther, heil aus dem Augsburger Verhör zu entkommen. In elf Tagen ritt der auf einem hart trabenden, alten Klepper ohne Waffe und Sporen nach Wittenberg zurück, wo er genau am 31. Oktober 1518 eintraf. Er wusste nun, dass das Urteil der Römlinge über ihn feststand. Für den Papst und seinen Klerus war er ein Ketzer, der gebannt werden musste, damit nicht durch ein einziges räudiges Schaf die ganze Herde verdorben werde.

Luther war erschöpft und immer noch magenleidend. Aber als er an Allerheiligen wieder auf die Kanzel seiner Stadtkirche stieg, wirkte er stark und überlegen, von Angst oder aufgeregter Nervosität war nichts zu merken.

Und Magdalena hatte gleich wieder das Gefühl von größter Aufgehobenheit in der Herde eines guten Hirten, das sie immer erfüllte, wenn sie Luther hörte, selbst wenn es noch so schwer war, ihn wirklich zu verstehen, weil er oft in rätselhaften Gegensätzen sprach.

So predigte er jetzt von der großen Freiheit des Christenmenschen, der auf die Gnade und das Heilsversprechen seines Gottes vertrauen kann. Er muss sich deshalb nicht durch Fasten, Almosen, Wallfahrten, Kirchenspenden oder andere Genugtuungswerke freikaufen von Sünde und Strafe. Aber gleichzeitig sagte Luther auch, man müsse untertan sein dem Nächsten und den weltlichen Herren.

Niemand untertan? Jedermann untertan? Als ob der Mensch in zwei Welten leben würde, der des Alltags und der des Glaubens?

Was sie verstand, war, dass Luther sich nun laut gegen den Papst in Rom stellte: »Ich habe alles gut geordnet und erwarte den Ratschluss Gottes, auch wenn sie vielleicht versuchen, mich zu töten. Aber je mehr sie wüten und den Weg der Gewalt einschlagen, desto weniger werde ich abgeschreckt. Ich werde am Ende noch freier gegen dieses römische Schlangengezücht. Ich kann mich nicht von der Ahnung frei machen, dass der wahre Antichrist, das ist der Teufel, in Rom sitzt und die Kirche beherrscht!«

Es gab vernehmliches Murren unter den Gottesdienstbesuchern, und ein paar Bürger um den Buchdrucker Heinze verließen sogar unter Protest die Kirche. Der Orgelchoral konnte die Aufregung nur mühsam dämpfen.

Magdalena war allein in die Kirche gegangen. Die kleine Sophie hatte in der Nacht Fieber bekommen, waren ja schon die ersten Reifnächte gewesen. Da war die Tante mit den Kindern bei der Kleinen geblieben. »Geh du nur und bet für uns!«, hatte sie gesagt. »Aber vergiss deine Haube nicht!«

Magdalena hielt nach Veit Ausschau, sie sah ihn auch, aber er verschwand schnell mit seinen Freunden hinter dem Professor her.

Rasso hatte sie übrigens noch nie in der Kirche gesehen.

Sie beschloss, noch zur Schlosskirche zu gehen und sich die Reliquien anzuschauen. Sie konnte sich noch gut erinnern, wie sie genau vor einem Jahr durch diese Kirchentür getreten war und oben auf der Empore das Gefühl hatte, nach einer langen, schrecklichen Höllenfahrt in einen glitzernden, leuchtenden Himmel zu schauen.

Jetzt stolperte sie auf der Brücke über den Stadtbach über ein Bettelkind, das ihr die dürre, leere Hand entgegenstreckte und einen Armstummel. Einen Augenblick sah sich Magdalena selber in diesen entzündeten, verweinten Augen. Das hätte ja ihr Schicksal sein können, wenn Vigo besser auf sie aufgepasst hätte.

Gleich hinter der Kirchentür standen die Tische der Ablassverkäufer und die lange, schwere Eichentruhe mit dem Einwurftrichter und den dicken Eisenbeschlägen. Und Magdalena dachte: Was wäre, wenn der Kurfürst dieses Geld nicht für seine Soldaten ausgeben würde, sondern für das Kind mit dem Armstummel?

Sie stieg auf die Empore und sah gleich wieder das Glitzern und

Gleißen. Aber der Gedanke an das Kind vor der Tür machte den Glanz matt.

Sie trat vor die Schaukästen und entzifferte ein paar Beschriftungen: *»Ein Tropfen Salbe, herstammend von Maria Magdalena, die das am Grab Christi dabeihatte.«* Vor einem Jahr hatte Magdalena noch das Gefühl gehabt, dass sie durch die Reliquien Teil der biblischen Geschichte sein könne. Jetzt freute sie sich vor allem darüber, dass sie die Beschriftungen lesen konnte.

Sie hörte ständig das Klingeln von Münzen; denn hier stand noch mal ein Opferstock, kleiner und ohne Zettelverkäufer. Aber trotzdem spendeten die Gläubigen gern, in der Hoffnung auf den himmlischen Lohn für ihre guten Werke. Magdalena dachte, gute Werke sehen anders aus.

Da sah sie zwei riesige, gebogene Knochen, vorn und hinten in Silber gefasst hingen sie an kupfernen Ketten in einem Kasten. Die waren letztes Jahr noch nicht da gewesen. Magdalena las die Beschriftung: *»Zween Rippen von dem Wal, welcher den Propheten Jonas verschlungen hat.«*

Da musste Magdalena lachen. Einfach lachen, weil sie an Piet dachte und daran, dass die Bibel an der Stelle falsch übersetzt war. Und jetzt hingen die Dinger hier und sollten Wunder tun! Sie lachte und war froh, dass man so was wusste, weil man lesen konnte, selber lesen. Und deshalb lachte sie inmitten der heiligen Ausstellung in der ehrwürdigen Schlosskirche. Und es war ihr egal, dass die Leute die Köpfe hoben aus ihren schuldvollen Gebeten und sich missbilligend nach ihr umsahen.

Sie hielt es dann nicht mehr aus in diesem verlogenen Glitzerhimmel, der Hoffnungen und Sehnsüchte weckte, die er wahrscheinlich nicht halten konnte. Hinter dem Opferstock war eine kleine Tür, möglicherweise der Aufgang für den Organisten. Magdalena drückte die Klinke, die Tür ging auf. Sie führte zu einer engen Wendeltreppe und hinter dem Kirchturm versteckt ins Freie.

Magdalena war froh, wieder draußen zu sein in der kühlen, frischen

Herbstluft. Kein Veit hielt sie auf, kein alter Franziskaner sorgte für Stau in der Thesentür. Kein Thomas Müntzer heizte einen Streit an.

Magdalena lief über den Markt oder vielmehr, sie überließ sich dem Geschiebe und Gedränge der Menge zwischen den Verkaufsständen. Sie hatte ja kein Ziel. Einfach nur schauen, riechen, spüren, was an Leben und Treiben hier aufgereiht war. Eine Weile hielt sie freilich Ausschau nach einem Spielmann mit einem Äffchen, horchte auf eine Tonfolge, die sie inzwischen so oft auch zu Hause gehört hatte. Was mochte aus Naldo geworden sein? Und aus Leo mit seinen zärtlichen Händchen?

Einen Tanzbären gab's wieder und eine Theatertruppe. Der Prophet mit der Krücke war nicht zu sehen. Aber da roch sie plötzlich den Honig und sie wusste, dass sie doch ein Ziel gehabt hatte.

Die letzten Meter bis zum Wachsstand klopfte ihr das Herz wie verrückt, weil sie plötzlich die Banditen sah, wie sie frech die Waren des Wachsziehers verkauften. Aber das war nur ein kurzes Angstgespinst in ihrem Kopf gewesen. Als sie an dem Wachsstand ankam, stand da Eustachius Beckschulte. Sie sah ihn und er sah sie und breitete die Arme aus: »Magdalena!«

Er drückte sie an sich, und es war grad so, als drücke sie der Vater zu Haus in der Kate. Dann schob Beckschulte sie weg von sich und schaute sie an von oben bis unten: »Magdalena Reinprechtin, gut seht Ihr aus und seid ein rechtes Fräulein geworden in dem Jahr. Scheint's gedeihen die Jungfern wohl im Wittenberger Wetter!«

Er lachte und weinte gleichzeitig, und auch Magdalena liefen ein paar Tränen über die glühend roten Backen. Sie war glücklich, den Wachszieher wiederzusehen, aber gleichzeitig stieg eine seltsame Traurigkeit in ihr auf. Und als Beckschulte nun sagte: »Ach! Deine arme Mutter müsste dich sehen!«, da brach so eine Sehnsucht aus ihr heraus, dass sie dem hilflosen Wachszieher das ganze Wams nass heulen musste.

Nach Marktschluss kam Eustachius Beckschulte in die Fleischerstraße. Er stellte Karren und Maultier in den Hof und redete mit der

Tante. Er würde Magdalena mitnehmen nach Jüterbog. Der Mutter ging es nicht gut. Sie litt an offenen Beinen. Wer weiß, wie lang es noch ging mit ihr. Vielleicht, dass sie ihren Frieden machen konnte, wenn sie ihr Kind noch einmal sah. Und die Magdalena auch – umgekehrt …?

»Sie kann ja dann wiederkommen«, meinte Beckschulte. »Scheint sich ja gut zu machen bei Euch.«

»Ja, alles in allem geht es gut mit ihr. Vor allem mit den Kindern kann sie's«, sagte die Tante, »auch wenn es manchmal ein bisschen viel wird. Passiert ja eine Menge Neues jeden Tag bei uns hier in Luthers Stadt.«

»Jaja, wir hören durchaus davon«, sagte Beckschulte. »Wir haben ja seit Kurzem jetzt auch einen Pfarrer in Jüterbog, der nach Luthers Pfeife predigt. Einen Franz Günther. Kommt von Euch hier. Die Wittenberger haben ihn uns geschickt, heißt es.«

»Wenn ich ehrlich sein darf«, sagte die Tante, »es wird langsam Zeit. So kann's doch nicht weitergehen mit der römischen Klerisei.«

Beckschulte zog die Stirn kraus. Das Gespräch nahm eine unschöne Wendung für einen Kaufmann, dem Glaube und Meinung der Kunden einerlei zu sein hatten. »Ich fürchte, unsereiner versteht das alles nicht recht wohl!«, sagte er.

Und damit war das Gespräch beendet.

Die Tante schickte Piet und Paul in die Schenke, um einen Krug gut Einpöckisch Bier für den Gast zu holen. Dann aßen sie zusammen, und die Kinder bekamen kleine Honigkuchen von Meister Beckschulte.

JÜTERBOG

»Ei, Bruder Martin, was ist die Bibel?
Man soll die alten Lehrer lesen,
die haben den Saft der Wahrheit aus der Bibel gesogen.
Die Bibel richtet allen Aufruhr an!«

Luthers Lehrer, Professor Usingen

1

Sie brachen schon vor Sonnenaufgang auf, um unter den Ersten am Tor zu sein. Sie machten leise, wollten die Kinder nicht wecken, von denen sich Magdalena schon beim Zubettgehen verabschiedet hatte. Aber dann standen sie doch alle da, jeder mit einem Talglicht. Und Safi spielte seine Melodie, und die andern sangen dazu: »Magdalena, wünsch dir Glück! Magdalena, komm zurück! Magdalena, fahr hinaus! Magdalena, komm nach Haus!«

Sie saß dann stumm auf Beckschultes Karren, als sie unter dem Fallgitter aus der Stadt fuhren. Würde sie denn zurückkommen? Nach Hause? Wo war ihr Zuhause? Fuhr sie denn von zu Hause weg oder nach Hause hin?

Sie kamen am Schindanger vorbei. Magdalena schloss die Augen, sie wollte nichts sehen. Aber die grausigen Bilder waren ja alle in ihrem Kopf: die sterbenden Räuber und Vigo, wie er vom Galgen stürzte. Was war mit ihm? Konnte so einer wirklich zu den Zisterziensern in Zinna gegangen und ein reuiger Klosterbruder geworden sein? Oder lauerte er schon wieder irgendwo auf dem Weg mit neuen Kumpanen? Magdalena spürte, wie ihr mit der Kälte des Morgens auch die Angst in die Glieder kriechen wollte.

Der Wachszieher merkte es, war ja sonst nicht so still das Mädchen. Er erzählte ihr von seinen Kindern und dass er den Naldo vor ein paar Wochen getroffen habe auf einem Kirchweihmarkt in der Nähe. Es gehe ihm gut und dem Affen auch. »Und beide haben nach dir gefragt.« Beckschulte lachte.

»Der Affe auch?«, fragte Magdalena und lächelte ein wenig.

»Ja, der ganz besonders.« Beckschulte war guter Dinge. Er hatte feine Geschäfte gemacht. Wittenberg wuchs weiter, weil die erfolgreiche

Universität immer mehr Studenten anzog. Überall wurde gebaut und erweitert und Stockwerk für Stockwerk auf die Häuser gesetzt. Und diese vielen Leute brauchten alle Lichter, denn die finsteren Zeiten sollten ja vorbei sein. Deshalb kamen sie ja zu diesem Luther und dem Melanchthon mit ihren hellen, neuen Gedanken.

Beckschulte nahm nicht denselben Weg zurück, den sie vor einem Jahr gekommen waren. Er wollte noch ein paar abgelegene Gehöfte besuchen, um bei den Bauern Honig und Wachs zu kaufen. Der Wachszieher wurde überall freundlich aufgenommen, und die Angst vor der gefährlichen Fahrt verging allmählich.

Dafür wuchs eine andere. Magdalena hatte ja eine Weile gehofft, sie könne zur alten Gret, und die würde dann mit ihr zusammen die Mutter besuchen gehen. Aber die Gret war tot. Das hatte ihr Beckschulte bald hinter Wittenberg erzählt.

»Sie hat's gut getroffen«, tröstete der Wachszieher. »Den einen Tag noch hat sie forsch und fröhlich mit ihrem Schwein gezankt, den nächsten war sie tot. So möcht man einmal auch abberufen werden von seinem Herrgott, was!«

Ja, dachte Magdalena, wahrscheinlich hat er recht. Aber mich hat sie allein gelassen, allein mit einer Mutter, die mich vielleicht gar nicht mehr erkennen mag. Hatte die Gret nicht versprochen, da zu sein, wenn Magdalena wiederkomme? Und jetzt war sie einfach gegangen!

Magdalena drehte den kupfernen Ring an ihrem Finger und sie dachte an den Tag vor einem Jahr, da die Mutter plötzlich auf der Straße gestanden hatte. Wie ein Wesen aus dem Jenseits hatte sie ausgesehen, als sie im Nebel der Nuthe verschwand und Magdalena gedacht hatte, das sei jetzt für immer.

Wie würde sie jetzt aussehen? Wie würde sie ihre Tochter empfangen?

Als sie dann vor ihr stand an dem schmalen Spitalbett, da erkannte die Mutter ihre Tochter erst gar nicht. Aber als ihr Magdalena mit der kühlen Hand über die Stirn strich, da war es wie ein Nebelwegwischen und wie ein Aufwachen. Und sie sagte, durchaus ein bisschen vorwurfsvoll: »Du kommst spät heut!«

Magdalena verstand erst nicht recht, aber dann war sie erleichtert und fast dankbar, dass sie es ihr so einfach machte. Sie war eine verwirrte, kranke Frau, ja, das war sie zuerst einmal. Und die brauchte Pflege und hatte ein Recht darauf sich zu beschweren, wenn die Pflegerin zu spät kam.

Das Unpünktlichsein war ein Fehler, der ließ sich leicht beheben. Magdalena übernahm die Pflege ab sofort. Täglich ging sie ins Spital, wusch ihre Mutter und fütterte sie; denn sie war hilflos wie eine alte Frau, aß zu wenig und war nur noch Haut und Knochen. Vor allem aber versorgte Magdalena das offene Bein mit Bädern und Tinkturen, die sie mitgebracht hatte.

Die Schwestern im Armenhaus ließen sie gewähren. Manche kannten sie ja, und für die andern war sie eine aus Beckschultes Haushalt, das genügte als Leumundszeugnis. Außerdem merkten sie schnell, was das Mädchen konnte, wie sie Verbände wechselte und jeden Strang Salbe mit einer Dreingabe an guten Worten verabreichte.

Vor allem aber sahen sie, wie die Kleinen ihr zuliefen. Waren ja immer ein paar Kinder zwischen den Betten, weil ihre Mütter oder Geschwister da lagen und sie sonst keinen Platz hatten. Verdreckt, verlaust hockten sie auf dem Boden, schlecht ernährt und freudlos mit tränenden Augen und Rotzglocken an der Nase.

Magdalena sammelte sie einmal am Tag ein und wusch sie und gab ihnen Brei. Und wenn eines kränklich war, dann bekam es seine Tropfen, die Magdalena in ihrem Beutel immer bei sich trug. Und immer sang sie ein Lied mit ihnen nach Naldos Melodie:

»Fröhlich soll mein Herze sein! Fröhlich singen Groß und Klein! Danke Gott mit Herz und Sinn! Schön, dass ich am Leben bin!« Sie hatte es sich selbst ausgedacht und eigenhändig auf einen Zettel geschrieben. Das machte sie stolz. Und jedes Lächeln im Gesicht der Kinder, der Schwestern oder der Insassen, das sie mit ihrem Lied hervorlocken konnte, half ihr ein wenig darüber hinweg, dass ihre Mutter so gar nicht lächeln wollte. Kein bisschen Freude über die wiedergefundene Tochter schien in ihr zu blühen.

Es dauerte, bis Magdalena begriff, dass die Mutter schon lange mit dem Leben abgeschlossen hatte und nur noch vergehen wollte. Und nun war diese Tochter gekommen und riss die Müde noch einmal ins Weiterleben zurück, wo es doch keine Verwendung mehr gab für die alte Reinprechtin und Leben nichts anderes heißen konnte als noch mehr Leid.

Wenn die Kranke überhaupt etwas von sich gab, dann war es mürrischer Tadel über alles und jedes, den Strohsack oder die Zudecke, die ihr schwer wie Stein auf der Brust liege. Oder sie sagte einfach: »Ich mag nimmer!«

Magdalena wischte ihr mit einem kühlen Lappen voll Salbeiwasser die Stirn und sagte: »Aber ich brauch dich, weil ich sonst ganz allein bin.« Dann stutzte die Mutter einen Augenblick und drückte ihr die Hand. Wenigstens das.

»Ich war wieder auf dem Friedhof«, erzählte Magdalena.

Da war sie gleich als Erstes hingegangen. Die Herbstzeitlosen waren noch da, aber sie hatten Mühe, sich gegen das wuchernde Unkraut zu behaupten. Magdalena hatte das Grab gesäubert und sich einen Ableger von den wilden Rosen in Beckschultes Hof erbeten. Den hatte sie für Wendel an den Stein gesetzt.

Auch das frische Grab der alten Gret hatte sie gefunden und ihr ein Vaterunser und ein Ave-Maria gebetet. »Hättest warten können!«, sagte sie. »Aber nun ruhe wohl. Und wenn das Frühjahr kommt und dein Grabhügel eingesunken ist, pflanz ich dir auch ein paar Herbstzeitlosen.«

Recht bald schon hatte sie auch den alten Franziskaner wiedergesehen. Er kam öfter für ein seelsorgerliches Gespräch ins Spital. Oder zu einer Letzten Ölung bei einem Sterbenden. Als er Magdalena sah, schien er sich zu freuen. »Gottlob, Kind! Bist wieder da bei uns? Lass dich anschauen!«

Er musterte sie von oben bis unten und er erkannte wohl gleich, dass er da nicht mehr das unsichere Mädchen vor sich hatte, das er in der Schlosskirche zuletzt gesehen hatte. Er schaute, als müsse er einen Pferdefuß an ihr feststellen oder ein Paar Hörnchen auf der Stirn. Er freut sich gar nicht wirklich, dass ich da bin, sondern nur, dass ich weg bin von den Ketzern in Wittenberg, dachte Magdalena.

»Eine Tochter gehört zur Mutter!«, sagte er und zeichnete ihr mit dem Daumennagel ein Kreuz auf die Stirn, »und eine Jüterboger Jungfer gehört nicht nach Wittenberg. Ich hab dich übrigens noch nicht in der Mönchenkirche gesehen!«

»Ich geh nach Sankt Nikolai«, bekannte Magdalena.

»Jaja, das hätten wir uns denken können!« Der Pater zog sehr ernste Falten auf seine Stirn. Er stand die ganze Zeit mit Magdalena neben dem Bett der Mutter, aber bisher hatte der Franziskaner sie gar nicht wahrgenommen. Jetzt beugte er sich plötzlich über die Kranke und bekreuzigte sie auch und sagte zu ihr: »Da sollte die Jungfer Magdalena wohl dringend einmal zu uns zur Beichte kommen, was, liebste Reinprechtin? Dass sie uns nicht noch mehr vom rechten Weg abkommt! Ich erwarte dich, Magdalena! Bist doch ein gutes Kind!«

Seine Stimme war jetzt scharf wie ein Messer. Aber der Schnitt ins Gewissen von Magdalena ging längst nicht mehr so tief, wie er noch vor einem Jahr gegangen wäre.

Denn in Sankt Nikolai predigte jetzt einer, bei dem fühlte sich Magdalena ähnlich aufgehoben wie beim Doktor Luther. Da wo einst ein fetter Falke von seinem Kanzelhorst aus auf sie heruntergestoßen war, dass einem angst und bang wurde, stand jetzt Franz Günther und sagte: »Fürchte dich nicht, ich bin bei dir! Vertrau der Gnade Gottes, der die Sünder liebt. Und zur Beichte musst du nicht gehen, denn davon steht nichts in der Heiligen Schrift!«

2 Auf Weihnachten zu gab es viel zu tun im Kerzen- und Lebkuchengeschäft. Und die Beckschultes waren froh, dass sie noch ein paar geschickte Hände ins Haus bekommen hatten. Magdalena half, wo man sie brauchte, sie war anstellig bei jeder Aufgabe und bald angesehen wie eine große Tochter bei der Lebzelterin.

Wenn sie dann abends erschöpft auf ihrem Strohsack lag, dachte sie, ja, dieser Franz Günther hat recht, ich hab einen gnädigen Gott, der mir immer wieder freundliche Menschen an den Weg stellt, damit ich weitergehen kann, auch wenn es steinig ist und steil.

So ging sie weiter ins Spital und versorgte ihre Mutter. Das offene Bein wurde langsam besser, aber die Reinprechtin wollte es nicht sehen in ihrer schwarzen Glocke, in der sie gefangen saß.

Zu Sankt Nikolaus erbat sich Magdalena ein Säckchen Lebkuchenbruch von der Lebzelterin. Ging ja immer mal was kaputt beim Backen, wurde zu braun oder blieb an der Pfanne hängen.

In der Krankenstube versammelte Magdalena dann ihre Spitalkinder um das Bett ihrer Mutter, zündete eine Kerze an und las die Geschichte vom Bischof von Myra aus ihrem Legendenbuch vor.

Jedes der Kinder hatte ein Stück Lebkuchen bekommen, aber bald schon vergaßen sie daran zu knabbern, weil das Vorlesen und Zuhören so schön war. Die Mutter lag still in ihrem Bett, die Augen fest geschlossen. Es war nicht klar, ob sie zuhörte oder eingeschlafen war. Aber als Magdalena aufhörte zu lesen, da richtete sie sich plötzlich im Bett auf, das erste Mal, seit Magdalena wieder in Jüterbog war, und streckte die Hand nach ihrer Tochter aus.

»Komm her! Komm her zu mir!«

Magdalena legte das Buch weg und setzte sich aufs Bett. Die Mutter nahm sie in die Arme und drückte sie, so fest sie das vermochte.

»Ich hätte dich auf der Schule lassen sollen, damals. Du bist eine Gescheite!« Sie nahm Magdalenas Kopf in die Hände und schaute das Mädchen mit wässrigen Augen an. »Hat es dir die Elsbeth beigebracht, das Lesen?«

»Nein, Mutter, der Veit. Der Veit vom Thyrlin.«

Da verschwand mit einem Wimpernschlag alle Kraft aus dem Körper der kranken Frau und sie sank zurück in ihr Lager und in ihre Dunkelheit.

Magdalena wollte sie halten: »Mutter! Der Veit ist ein Guter! Er kann nichts dafür!«

Sie erreichte die Reinprechtin nicht mehr. Die Kinder um sie herum spürten den kalten Schatten, der über sie hinwegzog und schlichen davon.

»Du kannst ihnen nicht verzeihen, oder?« Magdalena strich ihrer Mutter über die eiskalte Stirn, aber sie bekam keine Antwort.

Sie ging zum Friedhof und fragte den Vater: Soll man nicht vergeben? Und Wendel: Darf ich ihnen nicht verzeihen?

Am dritten Advent sah sie Veit im Gottesdienst in der Nikolaikirche, sah dieses freundliche, offene Gesicht und wusste die Antwort sogleich: Wenn unser Gott ein gnädiger ist, warum soll dann der Mensch nicht verzeihen dürfen? Warum sollte sie nicht Veit verzeihen und vielleicht sogar seinem Vater?

Magdalena war allein in die Nikolaikirche gegangen. Beckschulte und seine Familie besuchten die beiden Kirchen nämlich abwechselnd, damit ihnen weder die Franziskaner noch der Stadtpfarrer etwas nachsagen konnten.

Veit und sein Vater standen beim Prediger Günther und hatten offenbar Wichtiges zu besprechen. Es dauerte, bis Veit Magdalena endlich wahrnahm. Ein freudiges Lächeln huschte über sein Gesicht, aber er deutete an, dass er nicht wegkönne aus dem Gespräch. Sein Vater bemerkte die Zeichen seines Sohnes und sah sich um. Als er Magdalena erkannte, nickte er kurz, mit korrekter Freundlichkeit, wandte sich aber dann gleich wieder dem Gespräch zu, an dem sich nun auch andere Kirchgänger beteiligten.

Magdalena wartete, so schnell wollte sie nicht aufgeben. Sie hatte ja schon lange gehofft, dass Veit über Weihnachten zu seinen Eltern reisen würde. Jetzt wollte sie ihn auch sprechen, Neues hören aus Wittenberg. Ein paar Mal sah er sich um nach ihr, dann flüsterte er seinem Vater etwas ins Ohr und lief eilig zu ihr herüber.

»Wie geht es dir?«

Er gab ihr die Hand, und Magdalena hielt sie ein wenig zu lange fest. »Gut. Und in Wittenberg?«

»Also … Ich hab nicht viel Zeit.« Er sah zu seinem Vater hinüber.

»Meine Tante? Und die Kinder?«

»Gut. Glaub ich. Gut?«

»Und dein Professor?«

»Der Papst hat seinen Kammerjunker geschickt. Der hat Friedrich dem Weisen die *Goldene Tugendrose* geschenkt. Die kann der Kurfürst in seine Reliquiensammlung stellen und dafür wieder Ablässe verkaufen. Der Papst hätte dafür gern die Zunge von unserm Doktor gekauft. Aber die ist dem Kurfürsten nicht feil, auch wenn sie in Rom ständig mit dem Scheiterhaufen drohen.«

Sein Vater sah herüber und rief mahnend: »Veit!«

»Du musst! Dein Vater!«

»Ja, tut mir leid. Die Franziskaner setzen dem Pfarrer Günther ziemlich zu. Da braucht er Unterstützung aus dem Rat und von der Bürgerschaft. Die wollen ihn ja am liebsten von der Kanzel vertreiben!«

»Ist dein Vater für ihn?«

»Ich weiß nicht so recht.«

»Da kannst du ihm sicher viel erzählen von deinem Professor?«

»Ja ein bisschen was schon. Aber ich bin ja noch bis Dreikönig da«, sagte Veit und lief zu den disputierenden Bürgern zurück.

Ein paar von ihnen kannte Magdalena: den Schmied vom Bergwerk, den Bierbrauer und den Schuhmacher. Auch dessen Frau und Evchen Fuchs, seine Tochter, standen dabei. Magdalena sah, wie die Mutter Fuchs ihrem Evchen einen Stoß gab und die darauf Veit verlegen die Hand entgegenstreckte. Der nahm sie und hielt sie, fand Magdalena, viel zu lang fest.

Magdalena sah Veit zwei Tage später auf dem Heimweg vom Spital. Aber da war er mit ein paar Burschen aus seiner früheren Schule zusammen auf dem Weg in eine Schenke. Und die Kerle machten sich gleich lustig über Veit, als er Magdalena auch nur grüßte.

Zu Heiligabend gab es einen Konflikt im Hause des Wachsziehers. Beckschulte hatte bestimmt, dass die Familie die Mette in der Mönchenkirche besuchen sollte, aber Magdalena wollte nach Sankt Nikolai gehen. Das komme nicht infrage, meinte Beckschulte, und die Lebzelterin versuchte, Magdalena im Guten zu überzeugen.

»Schau, Magdalena! Wir wissen ja, dass du ein gottesfürchtiges Mädchen bist, und unserem Herrgott ist es sicher einerlei, wo du zu ihm betest. Aber weißt du, die Leute reden schon, weil du nicht mit der Familie gehst, als wären die Franziskaner die Schlechten!«

Sind sie das?, fragte sich Magdalena. »Nein«, sagte sie. »Ich meine ja nicht, sie sind die Schlechteren. Ich bin nur ein unwissendes Mädchen. Aber sie machen mir Angst, wie der Tetzel mir Angst gemacht hat vor einem Jahr in Sankt Nikolai. Und sollten wir uns nicht deshalb freuen, dass der weise Rat von Jüterbog einen Pfarrer aus Wittenberg geholt hat, der predigt mit der Heiligen Schrift auf den Knien, was unser Herr Jesus gesagt hat, und nicht bloß, was der Papst und seine Bischöfe gutheißen?«

Die Lebzelterin erschrak ein wenig: ein junges Ding, das redete wie eine Theologin? »Woher hast du denn diese frevlerischen Reden?«

»Aber Meisterin!«, sagte Magdalena lachend. »Alle sagen das doch am Sonntag nach einer Predigt von Pfarrer Günther!«

»Ach!«, sagte da Beckschulte. »Na, wenn die Jungfer Nasweis alles so genau hersagen kann, dann hat sie sicher auch schon gehört, dass der feine Herr Franz Günther die Frau Äbtissin hier sehr gröblich beleidigt hat! Man brauche keine Klöster, hat er gesagt, und schon gar keine Äbtissin, die glaube, sie käme eher ins Himmelreich, bloß weil sie besonders heiligmäßig tue und viel bete und auf den Knien rutsche!«

»Ja«, sagte Magdalena, »soweit ich das verstanden habe, sagt das der Doktor Luther auch, dass uns nicht besondere Werke in den Himmel bringen, sondern nur die Gnade Gottes.«

Da gaben es die Beckschultes auf. Was war das nur für ein Mädchen? Sie sahen die Schwierigkeiten, die auf sie zukommen mochten, aber sie war ihnen ans Herz gelegt worden von Gott oder dem Schicksal. Sie würden zu ihr halten und sie sein und wachsen lassen, wie ihre andern Kinder auch. So gingen die Beckschultes in der Heiligen Nacht zu den Franziskanern und Magdalena nach Sankt Nikolai, und das natürlich nicht nur wegen Pfarrer Günther.

Sie sah Veit gleich, obwohl es dunkel war in der Kirche. Auch er war allein, ohne seine Eltern. »Sie sind in der Mönchenkirche«, sagte er, als sie sich zu ihm durchgedrängelt hatte. Es geht quer durch die Familien, dachte Magdalena. Schuhmachers Evchen war offenbar auch nicht da. Da hatte Magdalena genau aufgepasst.

»Die Franziskaner wollen den Günther vor ihren Konvent zerren«, flüsterte Veit.

»Ich weiß. Wegen der Äbtissin!«, sagte Magdalena.

»Da passen manche brave Bürger lieber auf, dass ihr Fähnlein nicht in den falschen Wind gerät!«

Magdalena sagte nichts mehr. Die Orgel setzte ein, die Gemeinde sang einen Choral. Es war kalt, der erste Schnee war gefallen. Aber Magdalena war es warm und leicht wie im Frühling.

Nach der Mette sagte Veit: »Ich bring dich noch nach Hause.«

»Ich will noch eine Kerze auf die Gräber stellen.«

Sie waren nicht die Einzigen. Magdalena zündete ein Licht für die alte Gret an und eins für Vater und Wendel. Sie ließ sich Zeit, bis die anderen Friedhofsbesucher gegangen waren. Dann breitete sie ihr Tuch aus und setzte sich noch einen Augenblick auf den Stumpf der vom Blitz getroffenen Eiche.

»Du vermisst sie sehr?«, sagte Veit.

»Du kannst nichts dafür«, sagte Magdalena. Sie sah ihn ruhig an.

Und dann gab er ihr einen Kuss. »Ich glaub, meinem Vater tut es auch sehr leid.«

»Ja«, sagte sie und gab ihm auch einen Kuss.

Er griff in sein Wams und holte einen Bogen Papier heraus, schön gefaltet und mit einem Siegel versehen. »Für dich! Frohe Weihnachten!«

Sie war verlegen. »Ich habe gar nichts für dich.«

»Mach's auf!«

Sie strich über das feine Papier und das glatte Siegel. Wie kostbar!

Es war ein Gedicht.

»Ein Kinderlied auf die Weihnacht«, sagte er. »Es ist von Luther. Ich hab's für dich abgeschrieben.«

Magdalena stand auf und kniete sich an Wendels Grab. Sie hielt das Blatt an die Kerze und las: *»Vom Himmel hoch …«*

Veit kniete sich neben sie. Der Schnee machte ihnen nichts aus. »Man muss es singen, pass auf! So: *Vom Himmel hoch, da komm ich her. Ich bring euch gute neue Mär.*« Er sang ihr eine Strophe vor, dann sangen sie sie noch einmal gemeinsam. Und dann sangen sie das ganze Lied für sich und Wendel und alle andern:

»Das hat also gefallen dir, die Wahrheit anzuzeigen mir: Wie aller Welt Macht, Ehr und Gut vor dir nichts gilt, nichts hilft, noch tut.

Lob, Ehr sei Gott im höchsten Thron, der uns schenkt seinen ein'gen Sohn. Des freuen sich der Engel Schar und singen uns solch neues Jahr.«

Als sie geendet hatten, faltete Magdalena das Blatt und barg es unter ihrem Brusttuch. »Ich wünsch mir, dass das nächstes Jahr in Sankt Nikolai gesungen wird.«

»Weißt du, was ich dir sage: Eines Tages wird das die ganze Welt zur Christnacht singen.«

Magdalena sang das Lied für ihre Mutter und die Kinder, als sie am ersten Weihnachtstag ins Spital ging. Sie sang es auch den Beckschultes vor, und die beiden Wachszieherbuben wollten es gleich lernen. Sie sang es auch für sich, leise unter der Zudecke. Und obwohl sie es schnell auswendig konnte, las sie es immer vom Zettel ab. Sie konnte nicht genug bekommen von der guten neuen Mär, dass Jesus in die Welt geboren war und Gott damit die Hand nach ihr ausgestreckt hatte. Und dass Veit Thyrlin sie geküsst hatte.

Magdalena nähte ein Säckchen und gab allerlei Kräuter hinein. An einem Bändel konnte man das um den Hals tragen wie einen duftenden Talisman. Aber sie fand keine Gelegenheit, ihm das Geschenk zu übergeben. Sie sah ihn ein paar Mal, aber nie allein. Ob er sie sah, das wusste sie nicht. Magdalena war traurig und verstand nicht, warum er nicht ihre Nähe suchte. Wenigstens eine Lesestunde hätte er ihr doch geben können?

Der Tag vor Dreikönig war ein Sonntag. Nach der Messe trat sie ihm in den Weg. Sie wollte es jetzt wissen. Er schien verlegen und sah sofort zu seinem Vater hin, der die Stirn runzelte und Magdalena einen kühlen Gruß zunickte.

Sie hielt ihm das Kräutersäckchen hin: »Ich hab dir auch was gemacht.«

Veit sah sich wieder um. Die Schuhmacher-Familie näherte sich. »Nicht jetzt«, sagte er. »Vor der Vesper auf dem Friedhof.« Er ließ sie stehen und begrüßte Evchen Fuchs, die seine Hand gar nicht mehr hergeben wollte.

Magdalena ging rechtzeitig auf den Friedhof, um ihn nicht zu verpassen. Aber er kam nicht. Es war ein herrlicher Wintertag gewesen. Jetzt zog es ein bisschen zu, und die Sonne ging feuergelb hinter Maria Gnad unter.

Auch bei der Vesper war er nicht. Da nahm Magdalena all ihren Mut zusammen und ging zum thyrlinschen Haus. Aber dann wagte sie sich doch nicht an die Haustür.

Eine Küchenmagd, die Abfälle auf die Gasse leerte, sah sie. »Ach, die Magdalena! Suchst den Veit? Der ist nicht mehr da.«

»Aber er wollte doch noch …« Magdalena verstummte. Es hatte ja keinen Sinn!

»Ach so? Tja … Der Schuhmacher Fuchs, du kennst ihn vielleicht?

Hat ein Töchterlein in deinem Alter. Ja? Der ist heute schon gefahren, unerwartet. Und der hat ihn mitgenommen. Man muss ja froh sein in diesen unsicheren Zeiten, wenn man nicht allein ziehen muss.«

Ja, unsichere Zeiten, dachte Magdalena und ging weg.

»Gott befohlen!«, rief ihr die Küchenmagd nach, dann ging sie ins Haus zurück. War ja auch sehr kalt.

3 An den Weihnachtstagen noch hatte sich Magdalena nichts so sehr gewünscht, als möglichst bald nach Wittenberg zurückzukehren mit ihm in seine Welt. Jetzt war die Luther-Stadt plötzlich unendlich weit weg gerückt. Wie hatte sie sich nur einbilden können, die gute neue Mär gelte auch für sie und sie könne einfach raus aus der Jüterboger Enge und lesen und freier denken und den Sohn des Bergmeisters küssen? Wer war sie denn? Ein Nichts! Ein Mädchen mit einer siechen Mutter und ohne einen wohlhabenden Bürgervater.

Magdalena weinte nicht, als sie nach Hause kam. Sie war wütend, wütend auf sich selbst, weil sie geträumt hatte wie ein kleines Kind. Und als sie die Lebzelterin zur Rede stellte und mahnte, sie könne nicht so viel draußen rumstreunen und keiner wisse, wo sie sei, da nahm sie den Tadel willig an.

Sie machte sich wieder an ihre Arbeit im Beckschulte-Haus und im Spital. Da war ihr Platz, da lobte man sie und war zufrieden mit ihr. Sollte sie nicht auch zufrieden sein?

Das Bein der Mutter wurde immer besser, sie aß auch wieder und wurde stärker. »Du tust deiner Mutter gut«, sagte der Hospitalarius. »Niemand hier hätte gedacht, dass sie es noch mal ins Leben zurück schafft.«

Sie saß jetzt oft schon im Bett, wenn Magdalena ins Spital kam. Und mit ihrer Hilfe stand sie sogar auf, um ihre Notdurft zu verrichten.

»Gut, dass ich dich hab!«, sagte sie dann.

»Dabei wolltest du schon lange gestorben sein, Mutter«, sagte Magdalena und lachte.

Manchmal versuchte Magdalena sich vorzustellen, wie es wäre, wenn sie zusammen mit ihrer Mutter wieder in ihrer Kate leben könnte. Es gelang ihr nicht und es führte ja auch kein Weg dahin. Wovon hätten sie sich ernähren sollen, eine kranke Frau und eine Tochter, die kein Gewerbe betreiben konnte? Nein, sie war es zufrieden beim Wachszieher, dessen Geschäfte gut gingen und wo es keine Not gab.

Allerdings machte sich Beckschulte Sorgen wegen des Kirchenstreits. Er war ein Mann des Ausgleichs. Ich mag's, wenn eine Kerze ruhig brennt, sagte er immer. Das wilde Geflacker ist nichts für mich!

Zur Fastenzeit hin wurde der Streit um Pfarrer Günther immer heftiger; denn der Stadtpfarrer war bisweilen ein sauertöpfischer Sturkopf und mochte keinen Fingerbreit nachgeben.

»Jetzt hatten sie ihn vor den Konvent der Franziskaner geladen«, erzählte Beckschulte eines Abends. »Er kam mit einem Anwalt, dem Augustinerprior aus Luthers Kloster, und noch einem andern Luther-Anhänger aus Wittenberg. Erst leugnete er alles, aber als sie ihn weiter streng befragten, wiederholte er frech alle seine Überzeugungen. So sei der Papst nicht der Stellvertreter Gottes auf Erden und deshalb müssten alle fünf Jahre Konzilien abgehalten werden, also Versammlungen aller Bischöfe, die dann in Glaubensfragen zu bestimmen hätten. Aber selbst ein Konzil sei nicht unfehlbar, weil es aus Menschen gemacht ist.

Da schrien die Franziskaner natürlich Zeter und Mordio, aber Günther setzte noch eins drauf und sagte, dass am Ende jeder einfache Mann, der sich auf die Bibel berufe, mehr Recht und Wahrheit habe als Papst und Bischöfe zusammen, die das nicht taten und stattdessen in Üppigkeit, Hochmut und Habgier in ihren Fürstenhöfen hausten.«

Die Lebzelterin bekreuzigte sich. »Lieber Gott!«, stöhnte sie. »Wenn das mal nicht zur Kirchenspaltung führt?«

»Jaja«, sagte ihr Mann. »Und der Luther hat sich jetzt auch noch selber eingemischt und fordert vom Bischof in aller Schärfe einen Widerruf der Franziskaner und ihrer Anklage gegen Günther. Sie reden ja auch schon überall von *Lutheranern*, als wäre das eine Sekte, dabei ist Luther doch ein gut katholischer Mönch, soweit ich das beurteilen kann.«

Es war jetzt in der Welt, das Wort Lutheraner. Für die einen war das ein Verein gefährlicher Teufel und Aufrührer, für die andern wurde es immer mehr zum Ehrentitel für wahre Gottesfürchtigkeit. Wie sollte der Streit ausgehen?

Als Magdalena kurz vor Ostern zur Messe ging, da stieg ein fremder Prediger auf die Kanzel. »Jetzt haben sie den Günther doch verjagt«, flüsterten die Gottesdienstbesucher. »Die Franziskaner haben gesiegt.« – »Warten wir's ab«, sagten die anderen. »Der Neue ist doch wahrscheinlich auch von den Wittenbergern geschickt.«

Magdalena erkannte den Neuen sofort – es war der abgerissene Scholar, der Veit in der Schlosskirche beigesprungen war gegen den alten Franziskaner: Thomas Müntzer. Jetzt stand er in Sankt Nikolai auf der Kanzel und predigte nur einen Steinwurf von der Mönchenkirche entfernt:

»Vierhundert Jahre haben die Evangelien in der Ecke gelegen. Wir müssen sie jetzt wieder hervorholen und laut lesen, in unserer Sprache, auch wenn wir damit unseren Hals wagen gegen die Herren in Rom! Und die Herren Franziskaner wütend machen! Die Franziskaner schreien freilich, weil sie gar kein Hebräisch können, sondern nur streiten und stinken!«

Eine Zeit lang ging das so: Am Morgen predigte ein Franziskaner und am Abend zur Vesper zerpflückte ihn Müntzer auf seiner Kanzel:

»So sagen's die Herren Dogmatiker:«, rief Müntzer. »Gott habe festgelegt, was gut und böse sei, und die Herren sagen's uns weiter. Der dumme Mensch tut sein Bestes, und wenn er nicht alles schafft, dann hilft ihm die freundliche Mutter Kirche für einen kleinen Obolus, einen Bußpfennig, ein Opferstockklingeln, ein Seelenmessenscherflein oder einen Ablassbrief.

Aber jetzt frage ich Euch: Was soll das für ein kleiner Krämergott sein, bei dem du das Seelenheil kannst kaufen wie Bier und fette Würste? Ja, das ist der Gott der Huren- und Bordellwirte in Rom! Nein, sagt da der Luther in Wittenberg – und er hat recht! – sola gratia: nur durch die Gnade! Gott schenkt und der Mensch kann auf Erbarmen hoffen.

Aber: Nun sagt der Luther auch, der Mensch sei wie ein Pferd, das im Geschirr geht und gelenkt wird vom Reiter, sei es Gott oder der Teufel. Und mit seinem eigenen Willen kann der Mensch nicht viel machen. Das ist die Klugheit der Zärtlinge! Ich aber sage jetzt: Nein, der Mensch ist auch ein Reiter. Bete und rede mit deinem Gott und hoffe auf ihn. Ja. Aber dann musst du selber die Zügel halten und nicht nur auf Geschenke warten wie das sanftlebende Fleisch zu Wittenberg.

Und wenn ich Euch nun sage: Die Grundsuppe allen Übels sei, dass unsere Herren und Fürsten, so weltlich wie geistlich, die Kreatur und alle Welt zum Eigen genommen haben wie ein Haufen Räuber: die Fische im Wasser, das Geflügel in der Luft, das Gewächs auf der Erde. Und wenn ein armer Mann was davon nimmt, dass er nicht verhungert, noch sein Kind oder Weib, so ist er ein Dieb und Verbrecher und soll hängen.

Ich aber frage: Wer sollte da hängen? Der große oder der kleine Dieb? Und weiter frag ich: Sollen wir warten, bis Gott endlich über den großen Dieb urteilt?

Da hör ich sie schreien drüben in der Mönchenkirche, das sei Aufruhr und Ketzerei. Und auch der Doktor Luther mag wohl meinen in seinem Wittenberger Honigleben: Gebt dem Kaiser, was des Kaisers ist. Ich aber sage: Der Aufruhr, der sich zeigt, wird nicht vom armen Mann gemacht, sondern von den Herren selbst. Warten wir doch auf das Jüngste Gericht, schreien sie. Wenn es aber nicht kommt, sollen wir vielleicht ewig warten?

Der Doktor Martinus sagt: Der innere Mensch muss sich verändern. Ja, sag ich. Amen! So sei's! Aber wenn sich der innere Mensch verändert, wird er dann nicht auch die Welt verändern?

Amen! Amen! Amen!«

Aufgewühlt verließ Magdalena die Kirche. Heiß war ihr geworden. Wie gern hätte sie jetzt mit jemandem über die Predigt geredet. Mit Veit zum Beispiel. Veit? Immer wenn sie in den vergangenen Wochen an ihn gedacht hatte, riss sie den Gedanken gleich wieder aus ihrem Kopf. Jetzt wollte ihr das nicht gelingen. Ach, wär er doch da! Oder sie dort!

Sie ging zum Spital. An der Pforte kam ihr der alte Franziskaner entgegen, und es schoss ihr gleich ein Feuer in die Glieder, als wäre ihr das schlechte Gewissen leibhaftig begegnet.

Aber er tat ihr nichts. »Gott mit dir! Besuchst die Mutter? Das ist gut. Sie wartet schon.« Mehr sagte er nicht. Kein Wort über eine Beichte oder den neuen Prediger von Sankt Nikolai.

Ihre Mutter saß auf dem Bett, angezogen, sogar die Haare hatte sie gebunden. »Setz dich her zu mir, Magdalena.« Sie war ernst, aber es lag kein Schatten über ihr.

»Willst was essen, Mutter?«

»Nein. Setz dich her und hör zu.« Sie zog einen Zettel unter ihrem Kopfpolster hervor. »Weißt du, was das ist?«

Magdalena versteifte sich sofort. »Ich kann es lesen, Mutter!«

»Es ist der Ablassbrief, den ich damals für den Wendel gekauft habe. Für dich hab ich ja auch einen gekauft, aber den hast du eingraben lassen.«

»Das hast du gemerkt?«

»Was glaubst du, was eine Mutter alles merkt! Er wird dem Wendel helfen, glaub mir. Es war eine gute Tat von dir, sagt der Pater. Aber jetzt will ich dir den da geben. Ich weiß nicht, wie lang Gott mir noch gibt …«

»Aber es geht dir doch jeden Tag besser, Mutter!«

»Ja. Das stimmt. Und niemand hat daran mehr Verdienst als du und mein Herrgott. Aber du weißt ja, dass die Blumen gern noch einmal aufblühen, bevor sie vergehen. Und ich wollt es dir mit warmer Hand geben. Den Ring hast du vom Vater und den Ablassbrief von mir.«

Sie stöhnte auf und holte ein paarmal tief Luft, als wäre sie am Ersticken. Schweiß trat ihr auf die Stirn. Magdalena nahm ein Tuch und trocknete sie ab.

»Du solltest dich hinlegen!«

»Nein, lass nur. Schau, der Pater hat den Brief umschreiben lassen. Du kannst das selber lesen: Magdalena Reinprechtin heißt es jetzt. Kannst du es lesen? Hier nimm ihn!«

Magdalena biss die Zähne zusammen. Sie wollte den Wisch nicht haben. Aber ihr war klar, dass sie hier am Krankenbett keinen Disput beginnen konnte. Sie nahm den Zettel. »Danke, Mutter!«

Ihre Mutter schnaufte tief. »Jetzt leg ich mich ein bisschen hin.«

Magdalena half ihr. Sie tauchte den Lappen in Melissenwasser und legte ihn der Mutter auf die Stirn. »Willst du schlafen?«

»Ja«, sagte die Mutter. »Ich bin sehr müde.« Sie schloss die Augen, und Magdalena wollte schon gehen. Aber da griff die knochige Hand noch einmal nach ihrem Handgelenk und zog sie zu sich her. »Magdalena, sag: Stimmt das, was ich höre?« Sie flüsterte fast tonlos. Keiner sollte etwas hören, von dem, was sie zu sagen hatte: »Du gehst immer noch in die Nikolaikirche? Aber weißt du denn nicht, dass da der Teufel persönlich predigt? Und wenn du weiter da hingehst, dann hilft dir vielleicht nicht mal mehr dein Ablassbrief.«

Sie zitterte und rang nach Luft. Dann schwieg sie.

Magdalena blieb noch ein bisschen am Bett sitzen. Die Kinder kamen dahergeschlichen. »Heute nicht!«, sagte Magdalena.

Ihre Mutter schien eingeschlafen.

Als Magdalena aus dem Spital trat, ging draußen ein heftiger Regenguss nieder über Jüterbog. Eine der Schwestern wollte sie aufhalten: »Wirst ja nass bis auf die Haut!« Aber das machte Magdalena nichts aus. Es war nicht kalt, fast schon ein Maienregen. Sie nahm ihre Schuhe in die Hand, zog das Kopftuch fester und ging zum Zinnaer Tor. Sie wollte einfach ein Stück laufen, allein und ungestört, da war ein Regen grad recht, der die Leute von der Straße vertrieb.

Ohne es geplant zu haben, fand sie sich bald auf dem Weg zum Bergwerk. Sie war ja nicht mehr dortgewesen seit dem Tag des Unglücks. Nie auch hatte jemand mit ihr über das Bergwerk geredet. Es war ihr ein leichtes Gehen im Regen, aber je näher sie dem Stollen kam, desto mühseliger wurden ihr die Schritte, als wollte sie eine unsichtbare Hand zurückhalten. Aber sie ging weiter.

Sie erreichte die Rodung, sah das Hüttenhaus, die hohe Abraumhalde und durch einen dichten Regenschleier auch die Kaue und die Tür zum Schachtmund. Sie hing schief in den Angeln und schlug im Wind. Genau hier hatte Magdalena gestanden, als die Bergleute in den Schacht gestiegen waren. Sie erinnerte sich genau an die übergroße Sehnsucht, die sie empfunden hatte damals, als sie rufen wollte: Vater, nehmt mich doch mit!

Sie hockte sich nieder und schaute über den Platz. Er war leer, keine Menschenseele. Man hatte den Stollen aufgegeben, bald nach dem Unglück. So saß sie da und starrte auf die schlagende Tür und wartete auf den Ton eines Glöckchens und auf den kleinen Heinzelmann, um mit ihm nach Hause zu gehen.

Irgendwann aber stand sie auch wieder auf und ging weg, weil sie begriff, dass sie am falschen Platz war. Das Glöckchen war jetzt eine Flöte und der kleine Heinzelmann trug weiße Haare.

»Mein Gott! Kind! Du bist ja ganz durchweicht!«, rief die Lebzelterin, als Magdalena ins Wachszieherhaus kam. »Ich dachte, du bist im Spital. Ist denn was passiert?«

»Nein«, sagte Magdalena. »Ich will bloß zurück zu meiner Tante.«

»Ja«, sagte die Lebzelterin und nickte, als hätte sie das schon lang erwartet. Sie machte ihr einen Becher Honigwein heiß.

Magdalena ging in ihre Kammer und zog die nassen Sachen aus. Der Ablassbrief fiel ihr aus dem Mieder. Sie riss ihn in zwei Teile, knüllte sie zusammen und stopfte damit ihre nassen Schuhe aus. So war der Brief doch noch für was gut.

Zwei Tage später starb die Reinprechtin. Magdalena hatte sie noch zweimal besucht, aber sie wollte nichts mehr sagen. Sie begruben sie neben ihrem Mann und ihrem Sohn. Da wo früher die alte Wotanseiche gestanden hatte, blühte jetzt der erste Holler. Aber der Buschen war noch nicht so hoch, dass er dem Grab die Sonne genommen hätte.

Magdalena machte ihre Abschiede. Sie sang noch einmal ihre Lieder mit den Spitalkindern. Und der Hospitalarius drückte ihr lange die Hand und segnete sie und sagte: »Wenn du einmal nicht weißt wohin, dann kommst zu uns. So eine wie dich können wir immer brauchen!«

Sie ging auch noch mal in die Nikolaikirche und hörte den Müntzer. Der erzählte von einem Nikolaus von Kues, der schon vor einem halben Jahrhundert gestorben und in seinem Denken doch hundert Jahre voraus gewesen sei.

»Nikolaus sagt: Die große Masse der Menschen ist gezwungen, ein Leben in Angst und Schinderei zu führen. Geknechtet und gedrückt müssen sie tyrannischen Regenten dienstbar sein. Und deshalb haben sie weder Zeit noch Muße, sich einer Selbstprüfung zu unterziehen und den lebendigen Gott zu suchen.

Das sagt Nikolaus. Ich aber sage Euch: Dann müssen wir halt die Verhältnisse ändern!«

Just in dem Augenblick, als der wüste Prediger seine Faust reckte, um zur Veränderung der Welt aufzurufen, fiel ein Balken von der Decke und stürzte unter die Gläubigen. Man war in Sankt Nikolai gerade beim Renovieren, und die Arbeiter hatten wohl die Baustelle nicht recht versorgt. Der Balken richtete keinen größeren Schaden an, aber für viele Kirchgänger war er wohl ein Zeichen für Unheil und Zerstörung. Sie flohen schreiend aus dem Gotteshaus.

Magdalena ging noch einmal die beiden gekrümmten Hauptstraßen hinauf und hinab, vorbei an den drei mächtigen Backsteintoren mit ihren Wehrgängen und hinaus zur Nuthe. Da saß sie dann eine Weile und schaute über die weite Talmulde. In den Winternächten heulten da draußen die Wölfe. Jetzt lag da irgendwo ihre Zukunft.

WITTENBERG

Und die Blätter sind grün, und die Rosen sind rot.
Und die luthrischen Buben sind gut in der Noth.

Des Knaben Wunderhorn

1

Magdalena zog mit einem von Beckschultes Honigbauern aus Jüterbog hinaus, der eine Herde Schafe nach Wittenberg trieb. Sie brauchten fast eine Woche, aber es gab keinerlei Schwierigkeiten, als hätten die gemächlich trottenden Tiere die Welt um sie her wunderbar befriedet.

Der Schäfer redete nicht viel, und Magdalena hatte Zeit, sich das Wiedersehen in Wittenberg auszumalen, die Tante, die Kinder, Safi vor allem. Die Gedanken an Veit verbat sie sich. Magdalena hatte keine Nachrichten aus Wittenberg und schloss irgendwie daraus, dass alles gut war dort. Was würden die sich freuen, wenn sie plötzlich in der Fleischerstraße an der Türglocke zog!

Am Stadttor verabschiedete sie sich von dem Honigbauern und lief alleine zum Haus der Tante. Die Stadt war voller Leute. Überall wurde gebaut, überall standen Gerüste und Leitern an den Häuserwänden. Alte, strohgedeckte Katen wurden abgerissen und durch größere Steinhäuser ersetzt. Die Bauern und Händler mit ihren Ochsenfuhrwerken kamen kaum durch, weil auf allen Wegen Lehmhaufen, Steine und Holzstapel herumlagen für neue Dächer und Mauern.

Ja, dachte Magdalena. Jaja, es war gut hierher zurückzukommen. Hier war das Leben, hier wuchs das Neue. Hier wollte sie sein.

Die erhoffte Überraschung sah dann freilich anders aus. Magdalena konnte das zugewucherte Fachwerkhaus schon sehen, ein paar Kräuterbuschen und Zwiebelzöpfe unter dem Vordach und das grob genagelte Gartentor. Da kam plötzlich ein wildes Holzschuhklappern hinter ihr die Straße herauf, und ein Geschrei wurde laut: »Halt! Haltet sie!«

Als Magdalena sich umsah, überrannten sie auch schon zwei Kinder mit schmutzig roten Wollkappen. Zuerst dachte sie, es wären zwei Buben, aber dann erkannte sie, dass das größere der beiden ein Mädchen war, allerdings lief es so schnell und kräftig wie ein Bub. Sie rannten auf das Haus der Tante zu, rissen das Gartentor auf und verschwanden durch den Vorgarten nach hinten in den Hühnerhof.

Unwillkürlich rannte Magdalena ihnen nach. Sie hatte die schreiende Frau aus den Augenwinkeln gesehen. Was hatten die beiden dieser Frau angetan? Und was wollten sie im Haus der Tante?

Magdalena warf ihr Bündel vor die Haustür und lief in den Hühnerhof. Das Pärchen war verschwunden. Waren sie ins Haus geflüchtet? Kannten sie sich hier aus?

Magdalena ging zurück zur Haustür. Die Frau war inzwischen heran und stürmte gerade durch das Gartentor. Jetzt erkannte Magdalena sie. Es war die Bäuerin mit der Ziegenherde, die sie und Rasso draußen bei den Gärten verflucht hatte. Sie wollte zur Haustür. Magdalena stellte sich ihr in den Weg. Ihre Zweifel waren verschwunden: Wenn das Pärchen von dieser Frau verfolgt wurde, dann war klar, wem man helfen musste.

»Geh weg da!« Sie schwang wieder einen Stock über dem Kopf, aber Magdalena rührte sich nicht vom Fleck. »Weg da! Die fressen mir nicht noch mal den Käse aus dem Topf!« Sie fuchtelte wild mit ihrem Stock herum, als würde sie gegen einen unsichtbaren Gegner fechten, und versuchte dabei, Magdalena zur Seite zu drängen. »Weg da, sag ich! Weg da, du Hexenbalg!«

Da ging die Tür hinter Magdalena auf, und die Frau stellte den Kampf sofort ein. »Wer ist ein Hexenbalg?«, fragte die Tante scharf und zog Magdalena zu sich über die Schwelle. Dann trat sie vor die Frau hin. »Was willst du, Scheingraberin?«

»Weil ich sie wieder erwischt hab in meiner Käserei!«

»Wen? Magdalena?«

»Nein, deine … deine andere Brut. Das ganze Lumpengesindel der Gegend ziehst du ja an, dass sie rechtschaffenen Leuten Unglück bringen. Und jetzt gibst du sie mir raus, dass sie vor eine Verantwortung kommen!«

»Wenn sie was angestellt haben, werden sie ihre Strafe bekommen. Und wenn sie dir was gestohlen haben, Scheingraberin, dann wird man das ersetzen. Haben sie dir was gestohlen?«

»Bloß nicht, weil ich sie rechtzeitig erwischt hab.«

»Ich werd sie mir vornehmen. Du weißt, sie sind mir vom Rat der Stadt und vom Doktor Luther selber überwiesen worden. Du weißt ja, wo sie herkommen. Das verlernt sich nicht so schnell.«

»Ja, dieser Luther, das ist auch so einer, der die ganze Welt durcheinanderbringt, und dann setzen sie einem solche Teufel in die Nachbarschaft!«

Die Tante nahm einen Zopf Knoblauch von der Wand und reichte ihn der wütenden Frau. »Da, Scheingraberin, nimm! Hilft gegen die bösen Geister und gegen Verstopfung auch.«

Die Scheingraberin biss die Zähne zusammen und ging weg, ohne das Geschenk anzunehmen.

Die Tante schloss die Tür und umarmte Magdalena kurz und innig. Magdalena wollte versinken in ihrer weichen Wärme. Aber die Kinder standen um sie rum.

»Piet! Paul! Safi!« Jeder bekam seine Umarmung. »Wo ist der kleine Lebkuchen?«

»Wieder bei seiner Mutter«, sagte die Tante. »Das sind Veva und Karl. Veva und Karl, das ist Magdalena. Sagt eurer großen Schwester einen Gruß.«

Die beiden standen abseits an die Türbalken gelehnt, ebenso neugierig wie misstrauisch. »Gott zum Gruß!«, murmelte Veva. »Gruß«, sagte Karl wie ein Echo.

»Ich grüß euch auch«, sagte Magdalena. »Ihr müsst keine Angst haben vor der bösen Frau.«

Veva trat mit dem Holzschuh krachend gegen den Türbalken. Die Kinder erschraken, und Magdalena wunderte sich über die wilde Wut in Vevas Augen.

»Wir haben schon keine Angst! Oder, Karl?«

»Haben wir nicht«, echote Karl.

Der Trotz machte die Tante zornig. Sie packte Veva, zwang sie, sich über ihr Knie zu legen, und versohlte ihr den Hintern. Sie schlug so fest zu, wie es Magdalena noch nie bei ihr gesehen hatte. »Ich hab's euch gesagt, bleibt von der Scheingraberin weg! Es ist nicht bloß, dass ihr euch benehmen sollt wie anständige Christenmenschen! Ihr seid jetzt Teil unserer Familie und ihr gefährdet uns alle mit euern Diebereien. Die warten doch bloß, dass sie uns was anhängen können!«

Magdalena merkte, wie sich Safis Hand in die ihre stahl. Jetzt zog er sie fort, weil er die Spannung nicht mehr aushielt. Sie hob ihr Bündel auf und stieg mit Safi unters Dach zu ihrem Lager. Es war noch so, wie sie es verlassen hatte, nur der rote Kater lag wieder auf dem Strohsack. Er gähnte und schaute sie beleidigt ob der Störung an, vielleicht auch, weil sie ihn so lang allein gelassen hatte. Magdalena setzte sich zu ihm und streichelte ihn, da schnurrte er gleich voller Behagen.

»Setz dich, Safi!«

Aber Safi wollte stehen bleiben und sie einfach anschauen, als sei er sich nicht sicher, ob sie nicht bloß ein Traumbild wäre und gleich wieder verwehen würde. Doch dann machte er plötzlich den Mund auf und sagte: »Magdalena.«

»Safi!«, rief Magdalena, nahm seine Hände und zog ihn auf ihren Schoß. »Safi, du sprichst ja!? Wissen es die andern?«

Er schüttelte den Kopf.

»Sollen wir es ihnen sagen?« Sie wollte aufspringen und hinunterrennen und es in die Welt hinausrufen.

Er hielt sie fest und schüttelte den Kopf.

»Bleibt unser Geheimnis?«

Er nickte und zog den Kater auf seinen Schoß. So saßen sie dann eine Weile.

2

Es gab nicht so viel Zeit fürs Stillsitzen und Katerstreicheln im Haus der Tante. Fünf Kinder mussten jetzt versorgt werden. Magdalena hatte sofort ihre alten Pflichten zu versehen, als wäre sie nie weggewesen. Sie nahm es nicht krumm. Hierherkommen und sofort wieder ein Teil dieses Hauses zu sein, das war ihr Willkommen genug.

Da die Tante nicht mehr ins Spital ging, hatte sie eine neue Aufgabe übernommen. Man hatte sie gefragt, ob sie nicht im Augustinerkloster helfen könne. Und obwohl sie den Mönchen dort nicht die Hausmagd machen wollte, sagte sie zu. Wenn sie den schwer arbeitenden Doktor Martinus sonntags auf seiner Kanzel sah, das Magenleiden immer sichtbar im scharf geschnittenen Gesicht, dann sagte sie sich, dass dort im Kloster am Elstertor mehr nötig sein könnte als nur putzen, waschen und aufkochen. Mal ein heilsamer Tee, eine Tinktur gegen das saure Aufstoßen oder ein paar Tropfen zum Ruhefinden, auch wenn es Ruhe für Luther nicht mehr zu geben schien.

Er lebte ja nach wie vor sein mönchisches Leben mit sehr frühem Aufstehen und Stundengebeten und Psalmenlesen. Als Subprior musste er mit jungen Mönchen arbeiten. Dazu war er Klosterprediger und Stadtprediger, Studienaufseher und Aufseher über elf Klöster, er kontrollierte auch die Fischteiche, hielt Vorlesungen über ein biblisches Thema und suchte währenddessen schon Stoff für das nächste. Dazu wollten alle Rat von ihm, und er musste seinen Schreibern den ganzen Tag lang Briefe diktieren. Denn seine Schriften verbreiteten sich in rasender Eile und großer Menge überall im ganzen Land. Jeden Tag kamen Berge von Lobhudelei und Tadel ins Haus, feurige Zustimmungen und hasserfüllte Kritik. Vieles verwarf Luther, aber auf noch mehr gab er Antwort; denn er wollte den Menschen ein Lehrer sein und seine Wahrheit sagen und erklären, bis ihn einer wirklich einmal widerlegen würde. Seine Anhängerschaft im Reich wuchs ständig, das Heer seiner Feinde allerdings ebenso.

Wenn es Schwierigkeiten gab in der Stadt, dann fragte ihn der Magistrat nach seiner Meinung. So waren dann auch die beiden neuen

Kinder zu der Tante gekommen. Die Wachen hatten einen Bettlerkönig festnehmen können. Und als sie sein Lager aufbrachen, da fanden sie Karl und Veva, neun oder zehn Jahre alt. Der Bettlerkönig hatte sie gerade frisch von der Straße weggefangen. Sie waren verlaust und verlottert, aber offenbar noch nicht in das Diebs- und Bettelhandwerk eingeführt. Sie einer peinlichen Strafe zuzuführen, sah man keinen Anlass, so blieb die Frage: wohin mit ihnen?

»Könnt Ihr sie nicht nehmen, Frau Elsbeth?«, fragte also Luther die Tante eines Tages. Und Elsbeth Wallmann sagte: »Ich will's versuchen, Doktor Martinus.«

Es war nicht einfach mit den beiden. Sie hatten offenbar schon länger auf der Straße gelebt. Ob sie Eltern hatten oder Waisen waren, konnte man nicht aus ihnen herausfragen. Sie waren ein wildes Pärchen, das zusammenhielt wie Pech und Schwefel.

Der Rat hatte bestimmt, dass die beiden für das Kostgeld, das die Stadt der Tante gab, zu arbeiten hätten. Und da ja gerade so viel gebaut wurde, nahm sie schließlich der Maurermeister Rothmund als Handlanger. Man war sich einig, dass sie eine strenge Hand brauchten, um auf den rechten Weg zu kommen. Aber fang einer einmal das Wasser mit einem Sieb!

Mit Piet und Paul ging es gut. Sie durften immer wieder zu Lukas Cranach in die Werkstatt kommen, wo es Papierabfälle gab, um darauf zu zeichnen und zu klecksen. Und jedes Mal wenn sie nach Hause kamen, hatten sie einen Stapel Blätter dabei oder ein paar Tonfigürchen.

»Wir machen aber auch die Pinsel sauber und die Tiegel und Töpfe!«, sagten sie stolz.

Magdalena erzählte von den Walfischrippen in der Reliquienausstellung. »Die müssen wir uns ansehen im Oktober, was Piet?«

»In Ewigkeit. Amen!«, sagte er und lachte.

»Piet macht schon lange keinen Wal mehr«, sagte Paul. »Und Frettchen auch nicht.«

»Ich mach jetzt Löwen und Adler. Die sind mächtig und stark!«

Das Frettchen, dachte Magdalena. Dass dir das Herz aus dem Hemde springt …

»Und weißt du, was die Frau Barbara …«

»Das ist die Frau vom Meister Cranach«, erklärte Piet.

»Ja, weißt du, was die gesagt hat? Wenn wir so weitermachen, dann dürfen wir nächstes Jahr in die Schule gehen!«

So plapperten Piet und Paul von ihrem Glück und merkten gar nicht, dass Magdalena in Gedanken ganz woanders war.

Rasso. Sie hatte ihn fast vergessen gehabt. Ob er immer noch das Gute suchte und dabei das Schöne zerstörte? Oder hing er längst an den Fäden eines anderen Marionettenspielers?

Magdalena war ungefähr einen Monat zurück in Wittenberg, da erzählte man sich auf dem Markt, dass in Gösenroda die Wallfahrtskirche abgebrannt sei. Dort gab es eine wundertätige Madonnenfigur, zu der die Leute in Scharen pilgerten. Wenn sie ein Weh in den Gliedmaßen hatten, dann beteten sie dort zum Gnadenbild und legten allerlei wächserne Votivgaben ab: einen kleinen Arm, wenn das Reißen im Ellbogen vergehen sollte, oder einen Fuß, wenn einer lahmte, oder ein Herz oder einen Bauch oder ein Paar Brüste, wenn es dort ein Weh gab.

»Das ganze Wachs in der Kapelle hat ein schönes Feuer gegeben«, sagten die Leute. Manche meinten, es sei Blitzschlag gewesen, weil grade der Wetterhahn auf dem Turm erneuert wurde und so der Schutz fehlte. Aber die meisten wussten von merkwürdigen Männern, die man gesehen haben wollte. Auch einer mit einer Krücke sollte dabei gewesen sein. Oder hatte er einen Pferdefuß?

Und einer mit Samtkappe und geknickter Spielhahnfeder obendrauf?, dachte Magdalena bitter. Aber eigentlich war es ihr egal. Viel lieber wollte sie etwas über den anderen wissen, ihn sehen, sprechen, berühren. Endlich! Denn ihn hatte sie nicht vergessen. Aber er sie?

Keine Nachricht, kein Lebenszeichen seit dem Weihnachtstag …

Bei der Messe sah sie manchmal seine Freunde. Veit aber war nicht dabei. Sie hätte gern nach ihm gefragt, aber das wagte sie nicht. Niemand sollte ihr die Sehnsucht ansehen, die sie jedes Mal befiel, wenn sie an Stellen kam, wo er hätte sein können. So blieb ihr nur die Fantasie und die sagte ihr: Er ist zurück nach Jüterbog und hat sein Schuhmacher-Evchen zur Frau genommen. Und der Kuss auf dem Friedhof war nur ein Abschiedskuss gewesen.

Eine Woche nach Fronleichnam entdeckte Sephus sie auf dem Kirchhof und alles klärte sich auf. Veit war wirklich in Jüterbog. Sein Vater war gestorben und man hatte den Sohn nach Hause gerufen. Wieder ein Unfall, wieder ein schlecht befestigter Stollen! Und wahrscheinlich keine Gaben für die Berggeister, dachte Magdalena.

»Bleibt er jetzt dort?«, fragte sie.

»Wer bleibt wo?« Jodok trat zu ihnen und strahlte sie an. Er freute sich sichtlich, Magdalena zu sehen.

»Veit«, sagte Sephus. »Er ist schon vier Wochen in Jüterbog.«

»Ich hab ja gedacht, er kommt nicht mehr, weil er sich dort mit einer gewissen Magdalena Reinprechtin zusammengetan hat«, sagte Jodok und grinste. »Aber jetzt bist du ja wieder hier.«

Magdalena wurde rot. »Wie kannst du so was denken, Jodok?«, zischte sie scharf. »Der hat doch sein Schuhmacher-Evchen!«

»Oh, hört man da vielleicht die Eifersucht?«, lachte Jodok.

Magdalena hätte ihn am liebsten geohrfeigt, aber die umstehenden Leute schauten schon auf dieses ungehörige Ding, das da in aller Öffentlichkeit mit jungen Männern Scherze trieb.

Sephus berührte sie besänftigend am Arm und flüsterte: »Ich glaub nicht, dass du eifersüchtig sein musst. Er mag keine, die immer jaja und amenamen piepst.«

»Ja, das hat er allerdings gesagt. Er hat's, denk ich, eher mit kratzbürstigen Hexlein!«

Jetzt konnte Magdalena nicht mehr an sich halten und boxte den frechen Kerl in die Rippen. Jodok krümmte sich übertrieben leidend zusammen und lachte. Die Kirchgänger schüttelten den Kopf. Magdalena lief weg.

Am Pfarrhofeck stand die Steingraberin mit ein paar anderen Frauen zusammen. Als Magdalena an ihnen vorbeilief, schlugen die Frauen ein Kreuz, als wär ihnen der leibhaftige Gottseibeiuns erschienen.

So war das: Veits Vater war tot, und die Eckenschwätzer zischten ein Apage satanas, wenn sie sie sahen – weiche, Teufelin! Und sogar Jodok nannte sie eine Hexe. Andererseits hatten sie ihr mit der traurigen Nachricht auch eine so frohe Botschaft vermittelt, dass eine neue Hoffnung in ihr keimen konnte.

Es schien die Sonne, es regnete, die Blumen und die Beeren wuchsen. Es war Sommer. Schon lange ging alles wieder barfuß, und Magdalena spürte Erde, Gras und Steine unter ihren Füßen, eine Erde, die sie trug.

Als sie ihn zu Sonnwend vor der Mette auf dem Kirchhof sah, war alles ganz einfach. Sie waren alle zusammen auf dem Weg zum Gottesdienst, die Tante mit allen Kindern. Die Kleinen wollten gleich hinlaufen und Veit begrüßen. Aber die Tante hielt sie zurück. Magdalena ging alleine die paar Schritte, und er kam ihr auf halbem Weg entgegen. Sie schauten sich an und gaben sich die Hand und hielten sie fest, gerade so lang, wie es sein musste.

»Schön, dass du da bist«, sagten sie fast gleichzeitig und schauten sich weiter an.

»Mein Beileid!«

»Deine Mutter ist ja auch gestorben.«

»Ja, sie ist gestorben, aber sie war schon lange tot.«

»Mein Vater ist im Berg geblieben, bei den Berggeistern.«

Magdalena senkte den Blick und schwieg.

»Die Geister sind gerecht. Jetzt musst du mir nicht mehr böse sein.«

»Ich war dir nie böse.«

Veit schnaufte. Dann lächelte er und sagte: »Niemand hat so schöne Haare wie du.«

Sie wurde wieder rot und stopfte gleich ihre widerborstigen Strähnen unter die Haube. »Außer dem Fräulein Eva vielleicht, oder?«

Da lachte Veit. »Ich bin doch kein Schuster!«

Und Magdalena lachte auch und sagte: »Dann ist es ja gut.«

Mehr konnte sie nicht sagen, denn jetzt wollten es die Kinder nicht mehr aushalten und kamen über den Platz gerannt und dem Veit in die Arme, um ihm zu erzählen, was es Neues gab.

Magdalena hätte auch viel zu erzählen gehabt und zu fragen, aber Veit hatte nicht viel Zeit. In drei Tagen wollten sie nach Leipzig aufbrechen zu einer großen Disputation mit dem Ingolstädter Theologen Johannes Eck, den sie nur den J-Eck nannten.

Diesmal wusste die Tante Bescheid, weil im Kloster schon seit Wochen von nichts anderem mehr geredet wurde. Man hatte sie sogar gefragt, ob sie nicht mitfahren könne, um für Luther zu sorgen, denn man wusste nur zu gut, dass er für sich selbst immer am wenigsten sorgen mochte. Aber sie wollte die Kinder nicht alleine lassen, wo Magdalena gerade erst wieder zurückgekommen war.

Andreas Rudolf Bodenstein, genannt Karlstadt, war der andere große Theologieprofessor in Wittenberg. Er hatte Luther unterstützen wollen und kühne, reformatorische Thesen veröffentlicht, die bei den papsttreuen Gegnern heftige Wut erzeugten. Schon eine ganze Weile gingen gereizte Streitschriften hin und her. Und jetzt wollte der J-Eck den lutherischen Sack schlagen, um den Esel zu erledigen. Indem er Luthers Freund Karlstadt widerlegte, sollte gleich die ganze wittenbergische Ketzerbande in den Bann geschlagen werden.

Luther hatte durchgesetzt, dass er an dem Streitgespräch teilnehmen konnte, obwohl er in Leipzig nicht gern gesehen war, der dortige Landesherr, Herzog Georg von Sachsen, zählte nicht zu seinen Freunden. Man war eifersüchtig auf diese Wittenberger, wo ein schäbiger Bettelmönch inzwischen Hörer aus aller Herren Länder anzog und sich so die Studentenzahlen verdoppelt hatten.

»Ist das nicht gefährlich, wenn der Professor nach Leipzig geht?«, fragte Magdalena.

»Doch«, sagte die Tante. »Aber er ist keiner, der beim ersten Schrotschuss gleich zusammenfährt. Weißt du, er sagt: Je mehr sie toben, umso weiter schreite ich voran. Sie kläffen hinter mir her, aber ich stoße einfach weiter vor; dann können sie mir wieder hinterherkläffen.«

Als sie kurz nach Sonnwend loszogen, stand Magdalena am Straßenrand. Zwei Wagen hatten sie. Im ersten saß Karlstadt mit einem Berg von Büchern und gelehrten Schriften. Im zweiten saßen Luther und Melanchthon und noch vier andere Professoren. Drumherum liefen eine Menge Freunde Luthers, auch Thomas Müntzer war dabei, der offenbar sein Gastspiel in Jüterbog beendet hatte. Magdalena sah ihn für einen Augenblick durch den Wald von Spießen und Hellebarden der Studenten. Gut zweihundert waren es, die mitziehen wollten, bewaffnet und wild entschlossen, ihre Professores zu verteidigen, gegen wen auch immer.

Zahlreiche Bürger standen in der Collegienstraße und riefen ihr Lebt-wohl! und Gott-mit-Euch! Aber natürlich gab es auch die anderen, die sich hinter den Vorhängen hielten oder sich in Mauernischen drückten, sich bekreuzigten und sich freuten, dass der Ketzerteufel aus der Stadt zog mitsamt seiner ganzen Brut. Und sie beteten, dass die Päpstlichen in Leipzig sie behalten und kurzen Prozess mit ihnen machen möchten.

Es war früh am Morgen, die Sonne kam gerade über den Türmen des Elstertores herauf, da sah sie Veit und er sah sie. Er freute sich, reichte Jodok seinen Spieß und lief zu ihr herüber. Er nahm sie bei der Hand und zog sie in einen efeubewachsenen Durchschlupf.

»Hast du gesehen, wie wir losziehen!«, sagte er mit hochroten Backen.

»Als ob es in den Krieg ginge«, sagte Magdalena.

»Aber ja, es geht in den Krieg. Sie wollen Krieg, jetzt kriegen sie ihn.«

»Ich dachte, ihr fechtet mit Worten?«

»Tun wir ja auch. Aber die Lumpenstudenten von Leipzig sollen nicht auf dumme Gedanken kommen!«

»Habt ihr Angst, dass man euch überfällt auf dem Weg?«

»An Luther kommt keiner ran, solang wir dabei sind.«

»Aber für dich könnte es gefährlich werden? Oder?«

Veit lächelte. Er legte den Arm um sie und drückte sie an sich. Dann öffnete er sein Wams und zeigte ihr seinen Talisman, Magdalenas Kräutersäckchen, das er um den Hals trug. »Um mich brauchst du dir keine Sorgen zu machen. Das wird großartig! Weißt du, dass der Herzog dort die große Hofstube seiner Pleißenburg hat herrichten lassen, alles voller prächtiger Teppiche, auch an den Wänden. Und zwei Kanzeln hat er aufrichten lassen, eine für den J-Eck, mit einem Georgsritter drauf, und eine für uns mit dem heiligen Martin. Immerhin! Und der Thomanerchor wird eine zwölfstimmige Messe singen, die extra für den Disput komponiert wurde. Und dann zieht ja jeden Tag die Bürgerwehr in Harnisch und Tärätätä auf, um für Frieden und Ordnung zu sorgen. Ich bin so glücklich, dass ich dabei sein kann, wenn Luther und Karlstadt die Wahrheit verteidigen gegen die Papisten!«

»Und du bist sicher, dass ihr die Wahrheit wisst?«

Veit ließ sie los und setzte ein Predigergesicht auf. »Was soll das heißen? Ist Rom etwa nicht vom Heiligen Geist verlassen und sittlich verwildert, ein Nest von Pfründenschacherern und verkommenen Bischöfen?«

Magdalena zuckte mit den Schultern. »Ich weiß es nicht.«

»Du weißt es nicht?« Er sah sie streng an, und sie fürchtete schon, sie hätte ihn verärgert. Aber da grinste er schon wieder und sagte spöttisch: »Na na na! Magdalena Reinprechtin! Da werden wir wohl noch ein paar Nachhilfestunden nehmen müssen, wenn der gestrenge Herr Veit Thyrlin wieder da ist.«

Und dann nahm er ihr Gesicht in seine Hände und drückte ihr einen Kuss auf den Mund. Und weg war er, noch bevor Magdalena ihm ein Gott-befohlen! und Komm-gut-wieder! auf den Weg geben konnte.

Schon wieder – nur – ein Abschiedskuss …

3 So lief Magdalena die nächsten Tage durchs Leben, mit allen Gedanken bei diesem Kuss. Wo immer sie war, sie war bei ihm. Was immer sie tat, er stand neben ihr. Sie wünschte sich nichts so sehr, als dass er bei ihr wäre, und sie war gleichzeitig froh, dass er weit weg in Leipzig war. Denn es ging ja alles nicht, was sie sich da ausmalte. Sie konnten nicht zusammen sein. Was hätten denn die Leute gesagt! Als Theologiestudent sollte er brav keusch und enthaltsam leben und sich nicht mit Straßendirnen herumtreiben. Und eine Dirne hätte man sie schnell geheißen, wenn sie zu oft mit dem Herrn Studiosus Umgang gehabt hätte. Und leicht wäre auch das Haus der Tante ein Freudenhaus genannt worden, wenn der fremde Bursche die Pflegtochter dort zu häufig besucht hätte.

Und außerdem, was aus ihrer Verliebtheit werden sollte, das wusste sie ja selber nicht. So waren ihre Gebete ebenso heftig wie widersprüchlich: Lieber Gott! Bring ihn zurück! Bald und schnell und gleich und gesund! Oder besser: Halt! Lass ihn dort! Lass die Disputation noch lange dauern und mach, dass ich nicht immerzu an ihn denken muss!

Wie immer halfen Arbeit, Schweiß und andere Sorgen. Und Sorgen gab's mehr als genug, seit Veva und Karl im Hause waren. Ständig gab es Klagen und Beschwerden. Mal hatten sie hier was mitgenommen, mal sich dort geprügelt mit den Kindern auf der Straße. Und meist hieß das: blutende Wunden für die andern, denn die beiden waren gute Kämpfer.

»Warum macht ihr das?«

»Die rufen uns Sachen nach!«, sagte Veva.

»Gemeine Sachen!«, sagte Karl.

»Was denn?«, fragte die Tante.

»Hexenbankert!«, sagte Veva.

»Ich hör da gar nicht hin, wenn sie so was rufen«, sagte Magdalena, auch wenn das nicht die Wahrheit war.

»Ihr macht es nur schlimmer, wenn ihr euch immerzu prügelt«, sagte die Tante.

»Wir lassen uns nichts gefallen!«, sagte Veva.

»Lassen wir nicht!«, echote Karl.

Beim Maurermeister Rothmund hielten sie sich dagegen ganz gut. Er wusste sie zu nehmen mit der richtigen Mischung aus Lob und Strenge. Aber eines Tages hätte ihm Karl beinahe den besten Gesellen erschlagen.

Der Herr des Hauses, an dem sie gerade arbeiteten, hatte Nachricht von der Kaiserwahl aus Frankfurt bekommen. Und er freute sich so über die Wahl des Habsburgers Karl V., dass er ein Fässchen Starkbier ausgab.

»Trinkt, Freunde!«, rief er. »Die deutschen Kurfürsten haben sich durchgesetzt gegen Leo. Der Papst hat verloren und seinen Franzosen-Franz nicht durchbekommen. Jetzt haben wir ein achtzehnjähriges Bürschchen, das kein Deutsch kann und alles tut, was unsere Fürsten ihm einblasen. Vivat! Prosit! Bibite!«

Karl wusste nicht, was Bibite! hieß, aber er nahm sich heimlich einen Krug und trank ihn in einem Zug leer. Danach kletterte er auf ein Gerüst und rief torkelnd: »Hurra! Die Schlosskirche hat zwei Türme!« Er stolperte über einen schweren Mörteltrog, der vom Gerüst fiel und nur eine Spanne weit am Kopf eines Gesellen vorbei zu Boden krachte.

Die Tracht Prügel, die ihm Meister Rothmund danach verabreichte, zwang Karl für drei Tage aufs Lager. Und es brauchte vieler Tinkturen und Umschläge von Magdalena, bis die blauen Flecke nicht mehr gar so wehtaten, und vieler guter Worte der Tante, dass der Maurermeister die beiden wieder aufnahm.

Veva und Karl konnten sich nur schwer einfügen. Wenn die Tante mit den Kindern zum Essen am Tisch saß, dann zogen sie sich oft schnell wieder in eine Ecke zurück und beobachteten von dort misstrauisch, was passierte, wer was sagte, worüber man lachte oder weinte. Und immer wieder zeigten sie eine unerklärliche Wut über die kleinsten Dinge, vor allem Veva. Dann fing sie an zu schreien und zu fluchen, als wäre der Teufel in sie gefahren, und sie trat um sich, etwa gegen einen

Korb voller Rüben, als wäre er ein wildes Tier, das man totmachen müsste.

Wenn Magdalena in der Nähe war, dann schloss sie Veva in ihre Arme und hielt sie fest, so gut sie konnte. Manchmal rang Veva sie nieder in ihrem Furor, und die beiden Mädchen rollten ineinander verschlungen über den Boden. Aber Magdalena ließ nicht los, bis sich Veva beruhigte oder in einem langen Weinen löste.

»Was hat dir der Bettlerkönig angetan?«, fragte Magdalena.

Aber Veva gab keine Antwort. Sie kauerte auf dem Boden, und Magdalena hielt sie fest.

Karl setzte sich dann dazu und sagte: »Ich bin ja da!«

»Wir sind alle da, weil du jetzt unsere Schwester bist!«

Und dann hockten sich alle andern auch noch dazu, der ganze Wallmann-Haufen. Aber wenn sie die Tante an der Tür hörten, dann sprangen sie auf und suchten sich schnell eine Beschäftigung; denn sie wussten, dass die Wallmannin keinen Schlendrian mochte. Sie war immer der Meinung gewesen, dass mit ein bisschen Nadel und Faden nicht nur die Löcher aus der Joppe verschwanden, sondern auch die Melancholia aus einer löchrigen Seele.

Und zu tun gab es ja wie immer genug: waschen, flicken, nähen, stopfen; Hühner schlachten und Schweinefleisch pökeln und Schmalz auslassen; einkochen und trocknen und mörsern und Tinkturen ansetzen. Denn trotz des Misstrauens, das seit dem Heinze-Fall gegen die Tröpfleinmischerin Elsbeth natürlich zugenommen hatte, gab es immer noch genug Kunden, die den Rat und die Hilfe der Wallmannin gerne annahmen.

Magdalena konnte der Tante immer mehr von dieser Arbeit abnehmen. Die Tinktur für die Gerberin zum Beispiel machte sie schon lang alleine und ging deshalb immer mit Stolz und brachte ihr ein neues Fläschchen. Und sie freute sich, wenn ihr Mittelchen der Gerberin wieder etwas Linderung gebracht hatte.

Nach so einem Patientenbesuch konnte Magdalena dann eines

Tages beobachten, wie zwei Wachmänner einen verwilderten Kerl aus einem alten Gerberschuppen zerrten, wo er sich offenbar versteckt hatte. Er hatte nur ein Bein und versuchte, sich mit seiner Krücke zu wehren. Aber die Wachen nahmen sie ihm ab und zerschlugen sie an der Schuppenwand.

Der Kerl hüpfte einen Augenblick schreiend und fuchtelnd auf einem Bein, bis ihm einer der Wachmänner seinen nietenbesetzten Handschuhrücken übers Maul schlug.

Der Kerl war der Weltuntergangs-Peter. Und er schwieg einen Augenblick, um sich das Blut von der Lippe zu wischen. Die Wachmänner packten ihn unter den Achseln und führten ihn weg.

Ein altes Weib lief neben ihnen her. Sie hatte den Peter offenbar verraten: »Seit zwei Wochen schon haust der da, der einbeinige Teufel! Gott steh mir bei! So nah an meinem Haus! Gott steh mir bei!«

»Ja!«, rief da der Peter. »Ja, Gott steh uns bei! Denn die Geschichte läuft in ihr Ende. Unsere Zeit ist die letzte Zeit! Sagt nicht sogar der Doktor Luther, er hat den Antichrist gesehen und der sitzt in Rom? Wenn das aber so ist, dann ist die Apokalypse da!«

»Halt dein Maul, Peter, sonst geb ich dir noch eine!«, knurrte der erste Wachmann.

Und der andere sagte: »Du hast die Kapelle von Gösenroda angezündet. Leute haben dich gesehen mit deiner Bande!«

»Jesusmaria!«, rief das alte Weib und blieb stehen. Neben so einem wollte sie nicht länger mehr herlaufen.

Aber der Peter hörte nicht auf zu schreien: »Weil es gegen die Ordnung ist, Götzen anzubeten, und die widergöttliche Unordnung ausgetilgt werden muss, wenn der Tag des Herrn nahe ist!«

Der Wachmann schlug wieder zu.

Jetzt lachte der Peter. »Ja, den Propheten haben sie immer geschlagen und gekreuzigt! Immer!« Er blutete und hüpfte wie ein versehrter Storch auf einem Bein zwischen den Wachen, die ihn fast trugen. Er war ja ein ausgemergeltes Männchen, ohne viel Gewicht.

Als sie an Magdalena vorbeizogen, stutzte Peter einen Moment. Dann grinste er und zischte zu Magdalena herüber: »Du weißt, dass deine Welt zu Ende geht. Du warst am Rabenstein und wirst ihn wiederkommen sehen!« Und dann hob er sein Gesicht zum Himmel und schrie: »Sie weiß es!«

Die Wachen lachten nun auch und zerrten ihn fort. »Ja, schrei nur. Bald kitzelt dich der Strick am Hals und die Zunge hängt dir heraus. Dann ist deine Welt zu Ende. Das ist wahr!«

Magdalena schauderte und musste sich einen Augenblick lang an einem Geländer festhalten. Wieso sagte der: deine Welt und nicht unsere? Und wieso redete er immer von Vigo? Sie schaute ihm nach und bildete sich plötzlich ein, eine Gestalt neben ihm gesehen zu haben, mehr einen Schatten eigentlich nur. War er das?

Nein. Neineinnein!

Nicht Vigo! Vigo gehörte nicht in ihre Welt. Vigo war es nicht.

Aber vielleicht Rasso? Sie löste sich von dem Geländer und lief zur nächsten Ecke. Aber da war niemand. Es ist der Weg zum Friedhof, dachte sie. Auf dem Friedhof war er damals auch in Jüterbog.

Aber als sie durch das Ziegelsteintor auf den Gottesacker trat, war da niemand. Kein Rasso, nicht einmal sein Schatten. Er ist nicht mehr da, dachte sie. Oder vielleicht war das vorhin bloß sein Geist, der mich zum Friedhof gewiesen hat, um mir zu bedeuten, dass er tot ist.

Sie blieb noch einen Augenblick zwischen den Gräbern und landete schließlich vor dem Stein der Familie Heinze. Ein neuer Name war eingehauen worden: Gottlieb. Das musste der Junge sein. Magdalena hatte an der Mauer ein paar wilde Vergissmeinnicht gesehen. Sie ging hin und pflückte sie und legte sie für Gottlieb auf den Grabhügel. Und sprach auch noch ein Ave-Maria.

Als sie sich wieder aufrichtete, sah sie am andern Ende des Friedhofs eine Frau, die sie zu beobachten schien. Sie erkannte sie. Die war neulich bei der Scheingraberin gestanden. Magdalena bekreuzigte sich und ging weg.

4 Ende Juni kamen die Wittenberger aus Leipzig zurück, viele Studenten aber schon eher, weil sie sich das teure Leben in der großen Stadt nicht so lange leisten konnten. Sie hatten erzählt, dass es nicht so gut lief für Karlstadt und den Doktor.

Johannes Eck war doch mehr als nur ein J-Eck, er war ein großer Redner. Hochgewachsen, ein stämmiger Mann, eher wie ein Metzger oder Landsknecht denn ein Gelehrter, mit mächtigem Brustkasten und lauter Stimme, während Karlstadt ängstlich an seinen Zetteln hing und Luther hager und ausgezehrt von der vielen Arbeit wie ein Knochengerippe in seiner Kanzel stand. Eck reizte Luther mit seinem Spott, und immer wieder tappte der Mönch in seiner Wut in die Fallen, die der Ingolstädter auslegte, sodass Martin Luther am Ende wirklich wie der Ketzer dastand, für den ihn Eck immer gehalten hatte: Ein verbohrter Eiferer, der bestritt, dass das Papsttum göttliches Recht sei und damit die ganze kirchliche Hierarchie infrage stellte. Kein Wunder, dass er auch noch Jan Hus lobte, einen böhmischen Theologen, den man schon vor hundert Jahren für solche Ansichten auf den Scheiterhaufen gesetzt hatte. Man müsse jetzt auch hier tätig werden, fasste Eck die Disputation zusammen, ehe das Ungeziefer überhandnehme!

Veit war mit Luther zusammen zurückgekommen. Die Tante hatte ihn im Kloster getroffen und gleich ein bisschen verarztet; denn er hatte eine Schnittwunde an der Stirn von den Schlägereien mit den Leipziger Kommilitonen.

Magdalena traf ihn später vor der Messe. »Tut es sehr weh?«, fragte sie besorgt. »Warum habt ihr euch denn geschlagen?«

»Die Leipziger sind so aufgehetzt, die halten uns für Teufel und Dämonen. Stell dir vor, wenn Luther dort durch die Straßen ging, dann haben die Dominikaner in ihren Kapellen das heilige Gerät verborgen, um es vor dem Pesthauch des Ketzers aus Wittenberg zu bewahren. Und der Ring an seinem Finger soll ein Zauberring sein, zischelten die Leute. In einer Kapsel säße da ein kleiner, satanischer Dämon drin, der ihm hilft.«

»Aber wie kann man denn so was glauben?«

»Weil sie merken, dass Luther wirklich gefährlich ist. Sie können ihn einfach nicht zum Schweigen bringen.«

»Und was wird dann?«

»Ich weiß es nicht«, sagte Veit und fasste nach seiner Wunde. »Vielleicht sollte ich dich wieder mal besuchen. Dann kannst du dir auch meinen armen Kopf anschauen.«

»Aber nur, wenn die Tante da ist. Ich bin schließlich ein anständiges Mädchen.«

Da grinste Veit. »Aber was denkst du denn! Ich bin doch bloß der Hauslehrer!«

In den folgenden Wochen wusste die Tante von viel Umtriebigkeit im Augustinerkloster zu berichten. Tagein, tagaus wurden dem Doktor Briefe und Schriften aus allen Ecken des Reiches in seine Studierstube im Turm getragen: wüste Angriffe, böse Verfluchungen, aber auch flammende Bekenntnisse zur Wittenberger Renaissance. Luther hatte wieder viele Briefe zu beantworten. Dazu verfasste er neue Lehrschriften, kürzere und längere, die sofort wieder hinausliefen in die Welt über die Buchdrucker, die schon vor der Tür warteten, denn nichts verkaufte sich so gut und schnell wie ein neuer Luther.

»Er arbeitet sich noch zu Tode!«, klagte die Tante. »Zum Glück haben wir ihn überreden können, die Stundengebete aufzugeben, sodass er wenigstens ein bisschen mehr Schlaf kriegt.«

»Stimmt es, dass sie in anderen Städten seine Schriften verbrennen?«, fragte Magdalena.

»Ja, in Köln war das und auch in den Niederlanden. Der Eck gibt keine Ruhe. Es heißt, die Römer bereiten eine Bannandrohungsbulle vor gegen Luther.«

»Am liebsten würden sie ihn in Fesseln schlagen und vor den Vatikan verschleppen, sagt der Veit.«

Da lächelte die Tante. »So, sagt das der Herr Thyrlin?«

Magdalena übersah das anzügliche Lächeln. »Ja, aber er sagt auch, sie kriegen ihn nicht. Es sind jetzt schon vierhundert Zuhörer in seinen Stunden. Kein anderer Professor in Wittenberg hat mehr.«

»Am liebsten würdest du wohl selber in die Vorlesungen gehen, was? Aber ich fürchte, das Einzige, was wir jetzt lesen müssen, sind die Johannisbeeren. Die sind reif.«

Durch die Tante und durch Veit erfuhr Magdalena immer, was in der großen Welt der mächtigen und heiligen Männer vor sich ging. Aber wenn sie am Abend dann auf ihrem Strohsack lag, den roten, schnurrenden Kater im Arm, dann wusste sie sehr wohl, dass ihre Welt eher die Johannisbeeren waren als die großen, oft unverständlichen Spitzfindigkeiten der Theologen. Und sie war es zufrieden.

Sie musste nicht auf die Universität gehen. Sie konnte jetzt lesen, was sie lesen wollte. Sie konnte Tinkturen herstellen und Verbände anlegen, und wenn eines der Kinder Fieber hatte oder Bauchweh, dann wusste sie ihm zu helfen. Es gab die Tante, die sich auf sie verließ, als wäre sie eine erwachsene Frau. Und es gab Veit, der kein Schuhmacher werden wollte.

Manchmal kam Safi noch angeschlichen vor dem Einschlafen und wollte etwas Wärme und Nähe. Dann war sie glücklich, dass er das bei ihr suchte und fand, der kleine Safi-Wendel.

Und immer wieder teilten sie ihr Geheimnis und Safi sprach ein paar Worte. Zum Beispiel fragte er eines Tages: »Kann ich nicht Musikant werden?«

»Jaja«, sagte da Magdalena. »Natürlich. Wir müssen Naldo fragen, wie das geht, wenn er wieder mal vorbeikommt. Aber erst musst du mir bei den Zwiebeln helfen.«

Und das machte er dann auch. Er gab sich nun auch Mühe bei den alltäglichen Dingen. Und es ging immer besser. Magdalena konnte seine Hilfe gut gebrauchen, denn die Zwillinge waren praktisch nur noch in der Malerwerkstatt am Rathausplatz.

»Meister Cranach sagt, ich bin schon fast sein richtiger Lehrling«, erzählte Piet stolz.

»Und ich auch«, sagte Paul.

»In Ewigkeit! Amen!«, lachte Piet.

Selbst mit Veva und Karl ging es besser. Es gab kaum noch Klagen über sie, und Veva hatte kaum noch Wutausbrüche.

Aber ein paar Tage vor Allerheiligen passierte ein Unglück.

Die Tante war nicht da. Luther musste als Aufseher über elf Klöster seines Augustiner-Eremiten-Ordens immer wieder Inspektionsbesuche machen. Und weil er so überanstrengt war, hatte man die Wallmannin schon öfter gebeten, den Doktor zu begleiten, um ihn pfleglich zu umsorgen. Und weil es zu Hause gerade so gut lief, hatte sie diesmal zugesagt. Magdalena wollte das schon schaffen mit den Kindern.

Die sagten auch fröhlich jaja, wir machen das! Der Alltag war ja weitgehend festgelegt. Es würde schon gehen. Sie taten ihre Arbeit, und Veva und Karl gingen zu ihrem Maurermeister.

An jenem Tag hatten sie ein Fuhrwerk voller Steine zu begleiten, vom Elstertor herauf bis in die Jüdengasse. Es war Markttag, und die Straßen waren voll. So schickte Meister Rothmund Karl und Veva vor dem Wagen her, dass sie dem Gespann den Weg frei machten. Es waren zwei starke Pferde angespannt. Aber die Steinfuhre war schwer, und die Tiere sollten nicht ständig halten und wieder anziehen müssen.

Alles ging gut, sie hatten es nicht mehr weit, da kam ihnen die Scheingraberin mit ihrer Ziegenherde entgegen. Karl und Veva zögerten und sahen sich nach dem Kutscher um. Der aber nickte nur und machte eine wegwerfende Handbewegung: weiter! Die Straße war breit genug.

Karl und Veva gingen also weiter. Sie würden eine Schneise in die Herde machen.

Da sah Karl ein paar Zwetschgen auf dem Pflaster liegen. Ein Marktkarren hatte sie wohl verloren. Karl bückte sich und hob zwei davon auf. Eine reichte er seiner Schwester, eine aß er selber. Veva nahm die Zwetschge und biss hinein. Im nächsten Augenblick stieß sie einen furchtbaren Schrei aus und warf die Frucht von sich.

Es war eigentlich schon zu spät für Wespen. Aber offenbar hatte sich eines dieser absterbenden Insekten in die Zwetschge gebohrt. Und Veva hatte daraufgebissen.

Sie hörte nicht auf zu schreien und fuchtelte mit den Armen, als müsse sie nicht nur einen, sondern tausend Feinde mit giftigem Stachel verjagen. Sie tanzte genau vor der Leitziege der Herde herum, die einen solchen Schrecken bekam, dass sie beschloss, die Flucht nach vorn zu ergreifen.

Im Nu war die ganze Herde in Panik, und deshalb liefen die Tiere nicht geordnet an dem Fuhrwerk vorbei, sondern wild blökend und hüpfend, übereinander und untereinander, zwischen die Beine der Zugpferde, die nun ihrerseits in Panik gerieten und hochstiegen und so den Karren mitsamt seiner tonnenschweren Last zum Umstürzen brachten. Der Kutscher konnte im letzten Augenblick vom Bock springen und sich in Sicherheit bringen. Aber die Steinquader stürzten in die vorbeidrängende Herde und erschlugen fast ein Dutzend Tiere. Es war ein furchtbarer Anblick, auch wenn keine Menschen zu Schaden kamen und die Pferde wieder heil aufstehen konnten, als ihnen der Kutscher die Geschirre gelöst hatte.

Zwischen den toten und verletzten Ziegen kniete die Scheingraberin mit steinernem Gesicht und blutigen Händen. Der Kutscher ging zu ihr und wollte ihr aufhelfen. »Komm, steh auf, Scheingraberin!«

Sie schien ihn gar nicht wahrzunehmen. Ihr Blick hatte die Kinder erfasst, und das war, als hätte sie den Leibhaftigen persönlich entdeckt. »Die Wallmann-Teufel!«, flüsterte sie, und man konnte sehen, wie sich ihr Gesicht aufklarte, als hätte sie eine Erleuchtung. Dann sprang sie auf und schrie wie von Sinnen: »Wallmann-Teufel! Sie bringen Unglück über die Stadt und alle gottesfürchtigen Leute! Man soll sie verbrennen! Alle miteinander!«

Sie fuchtelte mit den Armen und versuchte, sich durch die Ziegen zu drängen, um die beiden Dämonen einzufangen. Aber die zögerten nicht lang und rannten davon.

5 Karl und Veva kamen nicht nach Hause an diesem Abend. Magdalena schlief unruhig. Immer wieder schreckte sie hoch, weil sie dachte, sie hätte etwas gehört. Aber es waren wohl nur die Siebenschläfer im Gebälk.

Am Morgen lief sie zur Baustelle. Der Maurermeister erzählte ihr alles, konnte sich aber nicht erklären, warum sich Veva so aufgeführt hatte. »Wie wenn plötzlich der Teufel in sie gefahren wäre.«

»Sie hat es bestimmt nicht absichtlich gemacht«, sagte Magdalena. »Ich such sie und dann schick ich sie Euch her.«

Da hob Rothmund abwehrend die Hände. »Neinnein! Sie brauchen nicht mehr zu kommen. Es hat keinen Segen!«

Magdalena ging nach Hause und holte die Kinder. »Wir müssen sie finden. Wir sind verantwortlich!« Sie liefen durch die Stadt und schauten in alle Gassen. Manchmal fragten sie jemanden, den sie kannten. Keiner hatte die beiden gesehen. Und immer wieder hörten sie: »Vielleicht ist es ja gut, wenn sie weg sind?«

Einmal kam ihnen eine Horde Straßenkinder entgegen und warf Steine nach ihnen. »Hexenbrut tut nicht gut!«, riefen sie. »Lutheraner brennen gut!«

Magdalena hob einen Stock auf und rannte auf sie zu. Da machten sie feige kehrt und liefen johlend davon.

Magdalena suchte auch draußen am Garten. Sie sollte da ja eigentlich nicht mehr alleine hingehen, aber die Tante war unterwegs, und die Arbeit dort musste getan werden. Beim Garten waren sie aber auch nicht. Auf dem Rückweg erkannte sie einer der Torwächter und der wollte Karl und Veva gesehen haben, gestern schon. »Da sind sie hier raus, als wär der Teufel hinter ihnen her.«

Später fragte Piet: »Kommen sie nicht wieder?«

»Ich weiß nicht«, sagte Magdalena. »Ich hab sie so oft fest gehalten, aber offenbar hab ich sie doch nicht halten können.«

Am Abend zu Hause sagte Safi: »Können wir zusammen schlafen, in der Küche?«

Piet und Paul blieb der Mund offen wegen dieses Wunders.

»Safi! Du redest!«, rief Piet.

»Magdalena, er redet!«, rief Paul.

»Ja«, sagte Magdalena und nahm sie alle in die Arme und drückte sie. So waren sie auch ein bisschen glücklich in all dem Unglück.

»In Ewigkeit …«, sagte schließlich Piet.

»… Amen!«, sagten die andern. Und dann bauten sie sich ihr Nest neben dem Ofen.

Das rettete ihnen wahrscheinlich das Leben. Denn in der Nacht brannte man ihnen das Haus nieder.

Es gab später Gerüchte, die Kinder hätten nicht aufgepasst oder gar mit Licht und Feuer rumgespielt. Aber so war es nicht. Sie lagen alle zusammen in der Küche. Nirgendwo im Haus brannte eine Kerze, und das Herdfeuer war auch schon ausgegangen, als das Dach zu brennen anfing.

Es war sternenklar. Diesmal gab es keinen Blitz wie bei der Wotanseiche, sondern eine Fackel, die fett mit Pech getränkt und lichterloh brennend von hinten auf das Dach flog, leuchtend wie ein kleiner Komet mit seinem Flammenschwanz. Wenig später erschien auch noch ein zweiter Komet …

Niemand war auf der Straße, keine Menschenseele war zu sehen, während sich die Fackelbrände gierig ins Schindeldach fraßen.

Als der Nachtwächter auf dem Stadtkirchturm das Feuer entdeckte und die Feuerglocke in Gang setzte, da stand der Dachstuhl schon in hellen Flammen. Ein paar Nachbarn hatten das Unglück auch schon bemerkt, und schnell kamen nun die Leute aus allen Häusern in der Nähe.

Einer der Nachbarn sprang, wie er war, im Hemd über den Gartenzaun und hämmerte gegen die Tür. »Wallmannin! Macht auf! Macht auf, um Gottes willen!« Schließlich trat er die Tür ein und stürmte ins Haus.

Da waren die Kinder schon selbst aufgewacht. Sie hatten die Schreie der Leute draußen gehört. Und jetzt fing die Feuerglocke an zu läuten. Dann hörten sie das Prasseln über sich und sahen den Feuerschein vom Flur herein. Auch Rauch drückte bereits in die Küche. Da begriffen sie.

»Los! Schnell! Auf! Weg!«, riefen sie alle durcheinander und liefen in ihren Hemdchen zum Flur.

Dort trafen sie auf den Nachbarn. »Schnell alle raus!«, schrie der. »Ist noch jemand oben?«

»Nein!«

»Eure Tante?«

»Ist nicht da!«

»Also, dann raus! Raus! Los!«

Piet und Paul liefen zur Haustür. Aber Safi zögerte und schaute zur Treppe hin. »Der Kater!«, sagte er ruhig und lief in den Gang hinein.

»Junge!«, schrie der Nachbar entsetzt.

»Safi!«, rief Magdalena und lief hinter ihm her.

Sie hatte ihn noch nicht ganz erreicht, da krachte ein brennender Balken durch das Treppenhaus herunter. Safi sprang zurück, aber der Balken traf sein Bein. Safi schrie auf und fiel hin.

Da war Magdalena schon bei ihm. »Safi! Safi! Was ist?«

»Der Kater schläft doch da oben«, sagte er leise. Dann wurde er ohnmächtig.

Magdalena hob ihn hoch. Der Nachbar kam und nahm ihn ihr ab. »Raus! Um Gottes willen! Raus!«

Draußen war nun die halbe Stadt versammelt. Man hatte mehrere Eimerketten gebildet, aber das Löschwasser reichte nur, um die Nachbarhäuser zu retten. Zum Glück war es eine windstille Nacht und die Funken flogen schön senkrecht in den Himmel. Das Schicksal wollte nicht das Ende der ganzen Stadt. Nur dieses eine Haus sollte brennen, dieses Rattennest, der eine faule Zahn sollte gezogen werden …

Magdalena sah die Scheingraberin nicht, aber sie stand unter den Schaulustigen und murmelte ihr »Deo gratias! Danke, Gott, dass du sie austilgst vom Angesicht der Erde!« Auch den Burschen mit der Spielhahnfeder sah sie nicht. Aber er sah sie und schlug ein Kreuz und murmelte: »Danke dir, oh Gott und Jesus und du Heiliger Geist! Danke, dass du sie gerettet hast!«

Die Bürger bekämpften die Glutnester noch die ganze Nacht. Dann setzte Regen ein, und die Gefahr für die Stadt war gebannt. Bezüglich der Brandursache war man sich schnell einig. Da niemand irgendetwas gesehen hatte, musste das Feuer im Haus ausgebrochen sein. Und das konnte man sich ja gut vorstellen: die Wallmannin nicht da und dann ein Haufen solcher Kinder!

Zum Glück dachten nicht alle so, und deshalb waren die Heimatlosen schnell untergebracht. Die Zwillinge kamen zu den Cranachs und die Gerberin nahm Magdalena mit.

Den verletzten Safi hatte der Nachbar gleich ins Spital gebracht. Schwester Afra war zwar nicht begeistert, aber man machte ihm ein Lager und verband seine Wunden.

Magdalena wollte gleich am Morgen zu ihm, aber die Gerberin ließ sie nicht aus dem Bett. Auf dem Weg zum Abtritt war sie ihr zusammengesackt. Danach lag sie totenbleich in den Decken und dämmerte so dahin. Immer wieder träumte sie wirres Zeug und immer wieder tauchte dann der einbeinige Prophet auf und rief: »Deine Welt geht zu Ende!« Dann schreckte sie hoch und wusste nicht, wo sie war.

Im Augustinerkloster hatte man versprochen, der Tante eine Nachricht zu senden, aber es war das große Allerheiligenfest vorzubereiten, da konnte das etwas dauern.

6

Am Tag vor Allerheiligen hielt es Magdalena nicht mehr aus. Die Gerberin war einmal im Spital gewesen, aber sie konnte nicht viel erzählen über Safi. »Er spricht ja nichts«, sagte sie.

»Hat er Schmerzen?«, fragte Magdalena.

»Die Schwestern tun sicher, was sie können.«

Magdalena wusste, was die Schwestern machten: zu wenig. Deshalb war ja die Tante immer ins Spital gegangen. Und deshalb ging sie jetzt selber hin.

Sie lief durch eine Stadt, die voller Lärm und Leben war, voller Menschen und Fuhrwerke, voller Freude über den Reichtum des Daseins. Aber Magdalena hatte weder Aug noch Ohr dafür. Sie wollte Safi sehen, ihr Bübchen, am besten ihn herausholen und mitnehmen, um ihn selbst zu pflegen und gesund zu machen.

Sie durfte ihn nicht verlieren. Diesmal nicht!

Aber im Spital ließ man sie nicht zu ihm. Schwester Afra stellte sich ihr wie ein feuriger Erzengel in den Weg: »Nein! Was glaubst du denn! Ihr habt genug angerichtet! Hier kommst du nicht herein. Niemals!«

Als Magdalena dann niedergeschlagen an der Mauer des Spitalgartens entlanglief, tauchte der Schweinejunge auf. Er öffnete ihr die Efeutür. »Die werfen mich raus, wenn sie uns erwischen!«, sagte er.

»Stell dir vor, du liegst da drin und der Teufel Afra lässt dich einfach sterben!«

»Ich hau trotzdem lieber ab jetzt. Viel Glück!«

Es war dann gar nicht so schwer, als sie erst mal im Haus war. Es gab genügend Winkel, um sich zu verstecken, und zwischen den vielen Vorhängen des Krankensaales kannte sie sich ja aus.

Sie fand Safi in der hintersten Ecke. Er war offenbar fiebrig und schien zu schlafen. Aber er machte gleich die Augen auf, als ihn Magdalena auf die Stirn küsste. Dann nahmen sie sich in die Arme.

»Nimmst du mich mit?«, sagte er leise.

»Bald«, flüsterte Magdalena und überlegte, ob sie ihn nicht gleich entführen sollte. »Tut dir was weh?«

»Das Bein.«

Sie hob die Decke und sah einen groben, blutverkrusteten Verband. So durfte das nicht aussehen! Das wusste Magdalena. Das Bein konnte brandig werden und den ganzen Körper vergiften! Sie versuchte, sich nicht anmerken zu lassen, wie erschrocken sie war. »Es geht uns allen gut, und du wirst auch wieder gesund.«

»Und der Kater?«

»Der ist wohlauf und schläft bei mir, bei der Gerberin.« Eine lässliche Lüge, die Safi guttat. Er lächelte.

»Hör mal! Die wollen nicht, dass ich hier bin. Deshalb muss ich jetzt wieder gehen. Aber ich hol dich hier raus. Wenn die Tante erst wieder da ist, holen wir dich.«

»Und das Haus?«

»Wir bauen uns ein neues.«

Sie umarmte ihn und schlich davon. Keiner bemerkte etwas, weil niemand auf Safi achtete.

Was konnte sie tun? Die Gerberin war freundlich, aber Hilfe gegen eine Schwester Afra war von ihr nicht zu erwarten. Magdalena lief zum Marktplatz. Cranach! Der musste ihr helfen. Der mochte sie, der war Rat der Stadt und Hofmaler. Aber an der Haustür geriet Magdalena an eine mürrische Türschließerin, die ihr gleich mit dem Besen drohte, wenn sie nicht sofort verschwand. Zum Markttag war so viel Gesindel in der Stadt, da war man lieber vorsichtig!

Magdalena ließ sich dann mit dem Gedränge über den Markt treiben und dachte plötzlich an den Wachshändler. Beckschulte! Vielleicht war der ja wieder da? Meister Beckschulte, der würde ihr sofort helfen! Aber an seinem angestammten Stellplatz stand diesmal ein Bader, der den Leuten die Zähne ziehen wollte.

Ein unendliches Gefühl der Einsamkeit senkte sich über Magdalena. Hab ich denn niemanden mehr? Geht wirklich alles zu Ende? Sie lief zur Burse. Vielleicht traf sie ja Veit? Wusste der überhaupt, was passiert war? Wahrscheinlich nicht, sonst hätte er sie doch besucht.

Sie entdeckte ihn nicht. Auch an der Universität nicht. So viele Studenten, so viel Lebendigkeit. Und ihr war, als sterbe gerade alles in ihr ab.

Schließlich ging sie zur Schlosskirche. Die Reliquienausstellung war schon geöffnet. Die Gläubigen strömten durch die Türen hinein und hinaus. Magdalena reihte sich ein, nicht weil sie es wollte. Es geschah einfach ohne viel Nachdenken, als gäbe es tief in ihr eine Stimme, die sagte: Geh hin und bete und dir wird geholfen.

Sie stieg die Stufen zur Empore hinauf und kniete sich gleich vor das erste Reliquiar: eine winzige Phiole mit den Tränen der Maria. »Heilige Mutter Gottes, bitte für uns Sünder …« Sie hatte wirklich vor zu beten. Aber es war merkwürdig, sie wurde nicht fertig mit ihrem Gebet. Immer wieder musste sie von vorne beginnen, immer wieder ermahnte sie sich, bete, damit dir geholfen werde! Aber immer wieder sagte eine andere Stimme in ihr: Knien und beten hilft jetzt nichts. Safi braucht einen Arzt, wie Wendel einen gebraucht hätte. Die Tränen der Mutter Gottes heilen kein gebrochenes Bein, sie bewirken nur neue Tränen.

Sie rutschte weiter zum nächsten Schaukasten: ein Silberling aus dem Beutel des Judas, vierzehntausend Jahre Fegefeuer war der wert. Aber Magdalena dachte nur: Ich muss ihm einen Arzt besorgen, aber ich habe kein Geld. Ärzte arbeiten nur für Geld. Viel Geld. Plötzlich fiel ihr das Bettelmädchen an der Kirchentür ein. Was hatte sie damals gedacht: Wenn der Papst doch das viele Ablassgeld für sie verwenden würde.

Und für Safi!

Ihr Blick fiel auf den Opferstock. Und im selben Augenblick sah sie Rasso. Es war, als hätte der Teufel ihre frevlerischen Gedanken in ein höhnisches Bild gegossen. Eine heiße Welle schoss ihr durch den Körper, als würde sie auf der Stelle in Flammen aufgehen. Sie biss die Zähne zusammen und krampfte ihre Betfinger so fest ineinander, dass die Knöchel weiß wurden. Dann sah sie sich ängstlich um, weil sie sicher war, dass alle um sie herum ihre Gedanken lesen konnten.

Aber keiner der Beter beachtete sie. Alle waren mit ihren eigenen Sünden beschäftigt und brauchten selber Verzeihen und Vergeben.

Rasso kam langsam herüber zu ihr und kniete sich neben sie. »Ich hab gehört, die Scheingraberin war beim Heinze, und der hat ein paar von den Henkersknechten bezahlt.«

»Wer sagt das?«

»Der Esel auf dem Markt und die Wände von der Schlossschenke. Die hören alles.«

Magdalena war nicht überrascht, und das Gerücht machte sie eher ruhig. »Warum bist du hier? Ich hab gedacht …«

»Du hast an mich gedacht?«

»… ich hab gedacht, weil sie doch den Peter gefasst haben …«

»Das mit Gösenroda war er ganz allein. Er ist verrückt geworden.«

»Ach, du glaubst nicht mehr an den Weltuntergang?«

»Doch, ich glaub schon, dass eine Welt untergehen wird. Aber das muss ja nicht die meine sein!« Er grinste. Es war unglaublich: Sein Schiff ging unter und er machte Witze über die schönen Wellen. »Und weshalb bist du hier? Ich dachte, den ganzen Reliquien-Ablass-Quatsch hätte ich dir schon damals in Jüterbog auf dem Friedhof erklärt?«

»Safi«, sagte Magdalena, »er ist im Spital.«

»Der kleine Weißhaarige?«

»Ja. Ein brennender Balken ist ihm aufs Bein gefallen.«

»Und da meinst du, das Knierutschen hilft ihm?«

Magdalena sagte nichts mehr. Sie spürte, wie ihr die Tränen in die Augen stiegen. Er hatte ja recht. Nichts half ihm. Nichts! Sie knieten so, dass sie beide den Opferstock im Blick hatten. Vor den feuchten Augen Magdalenas verschwamm er immer mehr. Aber Rasso sah ihn, klar und deutlich. Das feste Holz, die eisernen Beschläge.

»Man könnte ihn aufkriegen«, flüsterte Rasso.

»Nein!«

»Pscht! Nicht so laut!«

»Nein!«

»Bei einem offenen Bruch am Bein kriegst du leicht den Brand. Dann kann dir keiner mehr helfen. Da braucht es einen Chirurgen. Ein billiger Marktquacksalber reicht da nicht!«

»Das weiß ich alles!«

»Ist doch für was Gutes!«

»Ich kann das nicht!«

»Komm, bloß mal was ausprobieren!«

»Nein!«

»Wir rutschen jetzt da rüber und knien uns genau vor die Tür. Wir tun ein bisschen fromm. Das fällt dir ja nicht schwer.«

»Ich bin da schon mal raus durch die Tür. Ist, glaub ich, der Ausgang für den Organisten.«

»Aha!«, sagte Rasso und grinste. Und dann rutschte er mit zum Himmel gedrehten Augen, Gebete murmelnd zu der kleinen Tür hinter dem Opferstock hinüber.

Die Tür war wieder nicht abgeschlossen. Rasso verschwand darin, ohne dass jemand etwas gemerkt hätte. Und es dauerte nicht lang, dann war er wieder da und kniete unschuldig wie ein Heiliger neben Magdalena.

»*Vater unser im Himmel* – geh jetzt«, flüsterte er. »*Unser täglich Brot gib uns heute* – beim Brunnen sag ich dir, was wir machen – *Amen.*«

»Nein«, flüsterte Magdalena. »*Vergib uns unsere Schuld!*« Sie bekreuzigte sich, stand auf und ging wie im Traum die Treppe hinunter. Sie war nicht sicher, ob ihre Beine sie tragen würden. Sie hatte ja auch den ganzen Tag noch nichts gegessen.

Sie wollte nicht zum Brunnen, aber sie ging hin. Sie wollte nicht auf Rasso warten, aber sie wartete. Safi, dachte sie, ich helf dir, und wir bauen uns ein neues Haus.

Rasso kam. Er hatte einen Lebkuchen dabei. »Ich krieg immer so Hunger vom Beten«, sagte er lachend. Er brach ein Stück ab und reichte es Magdalena. »Magst du?« Dann schaute er sich um, ob ihn auch keiner belauschen wollte, und flüsterte: »Pass auf, ganz einfach, wir machen es so …«

Aber ganz so einfach war es nicht. Sie hatte vor, zur Gerberin zu gehen, wollte gleich in ihre Kammer, sie fühlte sich noch so matt. Und dann wollte sie nach Sonnenuntergang aus dem Fenster klettern. Aber als sie im Gerberviertel ankam, wartete Veit auf sie.

Sie erschrak, weil sie überzeugt war, er würde ihr das schlechte Gewissen gleich an der Nase ansehen. Gleichzeitig freute sie sich riesig. Vielleicht konnte Veit ja helfen, dann musste sie gar nicht zu Rasso in die Schlosskirche. Und: Er hatte sie nicht vergessen. Am liebsten hätte sie sich in seine Arme geworfen, aber die Gerberin stand ja daneben und machte ein zwiespältiges Gesicht.

»Sollen wir in meine Kammer gehen?«, fragte Magdalena arglos.

»Nein nein! Ihr bleibt schön hier. Ich will nicht auch noch ins Gerede kommen. Das versteht Ihr doch, junger Herr?«

Ja, das verstand Veit. »Ich wollte ja nur sehen, wie's ihr geht. – Was habt ihr da nur gemacht, Magdalena?!«

Magdalena hatte sich gerade an den Tisch setzen wollen. Jetzt blieb sie lieber stehen. »Du denkst, wir waren das?«

»Ja, aber es sagen doch alle ...«

»Und du sagst auch, was alle sagen? Studierst du das bei deinem Doktor Luther?«

Veit sah sie irritiert an. »Nein, aber ... was war aber dann ...?«

Magdalena hätte jetzt gerne gesagt, was sie wusste, aber dann hätte sie von Rasso erzählen müssen. Das ließ sie lieber. Sie füllte einen Becher mit Wasser und stellte ihn Veit hin. »Safi ist im Spital. Aber sie lassen mich nicht hinein.«

»Die Schwestern sorgen gut für ihn«, warf die Gerberin ein.

»Er braucht einen Arzt für sein Bein. Aber wir haben kein Geld.« Jetzt sag etwas, dachte Magdalena. Sag, dass du das regelst und dass alles gut wird und ich nicht zu Rasso muss.

»Tja, es wär gut, wenn der Doktor Luther jetzt da wäre. Weißt du, seit mein Vater gestorben ist, reicht es bei mir kaum noch zum Überleben. Wann kommt denn die Tante wieder?«

»Man hat ihr eine Nachricht geschickt – vielleicht.« Was für ein Seelsorger!, dachte Magdalena. Wo war der feurige, streitbare Jungtheologe geblieben, den sie zwischen den Thesentüren kennengelernt hatte? Wo? »Ich bin sehr müde«, sagte sie. »Ich danke dir für deinen Besuch, Veit. Besser du gehst wieder, auch wegen der Leute.«

»Ja, wahrscheinlich hast du recht. Aber wenn du was brauchst ... Wenn ich dir helfen kann ...«

»Dann sag ich es dir«, sagte Magdalena und gab Veit die Hand.

Er drückte sie herzlich und dann nahm er auch noch die zweite dazu. Das war schön.

Sie lag dann auf ihrem Strohsack, zusammengerollt wie Piets Frettchen, und wünschte sich einzuschlafen, um nicht mehr aufzuwachen, nur schlafen, damit sie es nicht tun musste. Aber sie schlief nicht ein. Stattdessen gingen ihre Gedanken immer wieder durch die Vorhänge des Krankensaals, bis hinter dem allerletzten der kleine Safi auftauchte, allein und vor Schmerzen wimmernd. Safi, der drauf wartete, dass sie etwas tat.

Sie traf Rasso wieder am Brunnen. Da war es schon dunkel. Die Stadt war nicht so leer, wie sie gehofft hatten. Immer noch waren Marktleute unterwegs. Auch Wachmänner patrouillierten noch durch die Gassen. Aber vielleicht war das auch ganz gut, dann fielen sie selber nicht so auf.

Hinter der Schlosskirche war zum Glück niemand. Der Eingang für den Organisten war jetzt verschlossen. Aber daneben gab es ein kleines Fenster. Das hatte Rasso am Nachmittag von innen geöffnet und so festgeklemmt, dass man es nun von außen aufdrücken konnte.

Sie redeten nicht viel. Rasso half Magdalena durchs Fenster. Sie huschten die Wendeltreppe hinauf. Und dann brach Rasso mit einem eisernen Meißel den Opferstock auf. Es war so ein barbarischer Akt der Gewalt, wie die Beschläge im Frieden des Kirchenraumes aus dem Holz brachen, dass Magdalena schützend die Arme über den Kopf erhob. Und das Krachen hallte und echote durch die Gewölbe, dass sie sich nicht gewundert hätte, wenn alle Apostel und Heiligen von ihren Podesten gestiegen wären, um die Frevler zu bestrafen.

Aber nichts passierte. Der Opferstock war auch nicht leer. Das hatten sie am meisten gefürchtet, dass man ihn jeden Abend leerte. Sie füllten die Münzen in ein Ledersäckchen und verschwanden.

»Es ist für Safi!«, sagte Rasso, der sah, was Magdalena für Nöte durchlitt.

»Vergib uns, oh Gott!«

Es ging alles gut. Als ihnen vor der Kirche zwei Wachmänner entgegenkamen, packte Rasso Magdalena, drückte sie an eine Hausmauer und küsste sie, bis die Wachen heran waren. Dann sah er sich überrascht um: »Oh!«

Einer der Wachmänner nahm ihn am Kragen und zerrte ihn von Magdalena weg. »Was ist das? Unzucht auf der Straße? Ihr kommt mit!«

Aber da erkannte Magdalena den zweiten Wachmann. »Bartel! Erkennst du mich nicht?«

Es war der Bartel, der sie damals zu ihrer Tante gebracht hatte. Er erkannte Magdalena. »Ja. Ich kenn sie. Das ist die, wo das Haus gebrannt hat. Treibst du dich jetzt auf der Gasse herum?«

»Nein. Ich wohne bei der Gerberin. Und meine Brüder sind beim Hofmaler Cranach.«

»Beim Cranach in der Apotheke?«, fragte der erste Wachmann, offenbar beeindruckt von dem ehrenwerten Bürgernamen. »Und du kennst die?«

»Ja«, sagte Bartel. »Ich kenn sie.«

»Dann sollen sie verschwinden, aber schnell!«

Beim Brunnen trennten sie sich. Magdalena wusste nicht, wohin Rasso verschwand. Sie fragte auch nicht. Sie hatten nicht darüber gesprochen, ob und wie sie den Raub teilen sollten. Aber Rasso wollte gar nichts von dem Geld. »Das ist für deinen kleinen Bruder. Und das ist nur gerecht, verstehst du? Vielleicht haben sogar die, die euch das Haus angezündet haben, ihre Bußgroschen da hineingeworfen. Vergiss das nicht!«

7 Magdalena war sicher, dass sie kein Auge zumachen würde, aber dann schlief sie tief erschöpft wie ein Stein. Als sie aufwachte, war die Erschöpfung weg. Jetzt musste sie einen Arzt finden und ihn überreden, Safi im Spital zu besuchen. Aber je mehr sie darüber nachdachte, umso klarer wurde ihr, dass das nicht so einfach war. Sie war nur ein armes Waisenmädchen, dessen Zuhause abgebrannt war. Sie konnte nicht so einfach zu einem feinen Medicus gehen und Geld auf den Tisch legen. Sie brauchte Veit. Veit musste es machen! Er konnte reden, war Student der Theologie, ihm würde man keine misstrauischen Fragen stellen.

Es war nicht leicht, ihn zu finden, aber dann lief ihr zufällig Sephus über den Weg, und der holte Veit aus der Universität.

»Du hast gesagt, du hilfst mir.«

»Klar helf ich dir.«

»Hier ist Geld. Ich brauch einen Arzt für Safi.«

»Woher hast du …?«

»Es muss ein guter Arzt sein. Ein Chirurg.«

»Und ich soll …«

»Kennst du einen? Oder kannst du jemanden fragen?«

»Ja, ich kenn einen.«

»Dann geh hin. Bitte! Gib ihm das Geld. So viel er will.«

»Aber was ist das für Geld? Lauter kleine Münzen, wo hast du die her?«

»Wir haben keine Zeit, Veit!«

»Ich weiß nicht …«

»Willst du, dass er stirbt?«

Veit schwieg und senkte den Blick. Magdalena spürte eine tiefe Enttäuschung in sich aufsteigen. Am liebsten wäre sie weggelaufen. Aber es ging nicht um sie, es ging um Safi. Sie brauchte diesen zögerlichen Feigling. Sie würde ihn nicht davonkommen lassen.

»Veit! Hör mir zu! Mein Bruder Wendel ist gestorben, weil ein Thyrlin nicht genug für seine Sicherheit getan hat. Soll mein Safi nun auch sterben, weil wieder ein Thyrlin nichts tut!?«

Veit machte es dann. Und er machte es gut.

Er ging zum besten Chirurgen der Stadt und ließ sich nicht abwimmeln. Er sagte, es ginge um das Kind einer sehr engen Vertrauten von Professor Luther und Freundin des Rates und Hofmalers Lukas Cranach. Und es sei sehr dringend. Die Pflegemutter sei nicht da, mit Professor Luther unterwegs, weshalb man ihn beauftragt habe, den Herrn Chirurgus zu bitten, nach dem Kind zu sehen, am besten sofort, damit nicht noch ein Unglück geschehe. Und am Geld solle es nicht liegen …

Zwei Stunden später war der Arzt bei Safi und versorgte sein Bein. Veit war dabei und hielt Safis Hand.

»Gut, dass man mich geholt hat«, sagte der Chirurg. »Länger hätte man nicht mehr warten dürfen! Jetzt muss man häufig die Verbände wechseln und diese Tinktur aufbringen. Gibt es jemanden, der das machen kann?«

Schwester Afra stand mit verschränkten Armen daneben. Sie war wütend, dass man ihr ins Gehege kam und sie sich nicht wehren konnte. »Tja?«, sagte sie.

»Safi hat eine große Schwester …«

»Nein!«, stieß da Schwester Afra hervor.

Der Chirurg runzelte die Stirn und ging nicht auf sie ein. »Kann sie so was?«

»Sie hat schon viel mit Kranken gearbeitet«, sagte Veit. Und zu Safi gewandt: »Soll Magdalena kommen?«

Da fing Safi zu strahlen an und gleichzeitig liefen ihm die Tränen übers Gesicht.

»Ich will, dass man diese Magdalena holt«, sagte der Chirurg. »Ich werde ihr sagen, was zu tun ist.«

Schwester Afra versuchte es noch einmal: »Aber der Herr Chirurgus wissen vielleicht nicht, wer diese Dirne ist!«

Da richtete sich der Arzt zu seiner vollen Größe auf und sagte scharf und leise: »Unser kleiner Patient hier weiß offenbar, wer sie ist. Und Sie,

Schwester, werden nicht wollen, dass ich dem Rat Bericht erstatte, dass hier Patienten vernachlässigt werden!«

Wenig später war Magdalena bei Safi. Sie war Veit um den Hals gefallen, als er ihr die Nachricht brachte, und hatte bei der Gerberin alles stehen und liegen lassen.

Sie war nun jeden Tag stundenlang im Spital und tat, was getan werden musste. Die misstrauischen Blicke von Schwester Afra kümmerten sie nicht weiter. Aber als sie einmal zufällig zwei der Schwestern über einen Opferstockraub in der Schlosskirche reden hörte, da musste sie sich kurz an einem Fensterbrett festhalten, weil ihr die Beine weich wurden.

Auf dem Heimweg zur Gerberin sah sie sich nun öfter mal um, weil sie das Gefühl hatte, jemand verfolge sie. Aber es war wohl nur der böse Geist, den ihr Gewissen erzeugte.

Safis Fieber war zurückgegangen, das war wichtig. Seine Schmerzen hörten auf, das zählte. Sie konnte bei ihm sein und ihm die Angst nehmen. Sie erzählte ihm von Naldo und seinem Äffchen. Und bald saßen auch wieder andere Kinder um Safis Bett, wie früher.

Bis am vierten Tag plötzlich die Tante hinter ihnen stand. Für Magdalena war es, als wäre die Mutter Gottes selbst erschienen. Sie sprang auf und warf sich ihr in die Arme und gleich wurde sie zu einem ganz kleinen Mädchen, das nichts mehr wissen und halten musste wie eine erwachsene Frau. Niemals wieder wollte sie aus dieser erlösenden Umarmung heraus.

Aber Safi musste auch umarmt werden. Und als er dann plötzlich zu reden anfing und sagte: »Nimmst du mich mit, Elsbeth?«, da zerflossen alle in Tränen. Die herumhockenden Spitalkinder aber zogen sich zurück, weil sie merkten, dass das jetzt ein Augenblick war nur für die drei.

Die Tante sah sich Safis Bein an.

»Ein Chirurg hat's gemacht. Jetzt tut es nicht mehr weh«, sagte Safi.

»Wer hat den Arzt geholt?« Die Tante wunderte sich.

Magdalena stolperte einen Augenblick das Herz. Ich beichte jetzt alles, dann bin ich es los!

Aber Safi kam ihr zuvor. »Der Veit hat es gemacht«, sagte er.

Und weil sich die Tante damit zufriedengab, sagte Magdalena auch nichts mehr.

Sie holten Safi am Abend aus dem Spital. Aber vorher musste noch einiges vorbereitet werden, und die Tante wollte ihr abgebranntes Haus sehen. Auf dem Weg dahin fragte sie Magdalena: »Das Sprechen, kam das nach dem Brand?«

»Nein. Er spricht schon länger.«

»Aber nur mit dir?«

»Ja, er wollte, dass es unser Geheimnis ist.«

Die Tante blieb stehen und schaute Magdalena an. »Magdalena Reinprecht, du bist begnadet, weißt du das? Ich wollte, du wärst meine Tochter.« Sie hängte sich bei ihr ein und sie gingen weiter.

»Das bin ich doch«, sagte Magdalena und sie war längst wieder die kräftige junge Frau, bei der man sich einhängen konnte.

»Ich bin glücklich, dass ich euer Geheimnis jetzt auch wissen darf.«

Als sie dann vor den verkohlten Resten ihres Hauses standen, waren beide froh, dass sie jemanden zum Einhängen hatten. Schließlich sagte Magdalena: »Wir waren es nicht.« Und die Tante schüttelte den Kopf und sagte: »Nein!«

Sie raffte ihre Röcke zusammen und stakste ein Stück weit auf den Hof und dann über ein paar Balkenreste in die Küche. Verbogenes, angeschmolzenes Eisenzeug ragte aus der Asche, geborstenes Steingut überall. Sie hob einen kupfernen Tiegel auf und ließ ihn wieder fallen. »Nein«, sagte sie noch mal und das meinte: Nein, ihr wart das nicht! Und nein, ich werde hier nicht aufräumen. Nein! Sollen sie den Schandfleck nur sehen!

Magdalena hatte etwas gefunden: ein Metallrohr mit Löchern drin, schwarz und rußig, aber nicht kaputt: Safis Flöte.

»Die kann ich putzen«, sagte Magdalena.

»Da wird er sich freuen, der kleine Pfeifer!«

»Wir können ein neues Haus bauen, hat er gesagt.«

»Ja, vielleicht.«

Sie kamen überein, dass die Tante Safi mit zu sich ins Kloster nahm, wo man ihr eine Kammer herrichtete. Das war gar nicht so einfach. Denn Luthers Kloster war nicht reich. Die Bettelmönche hatten ein verfallendes, feuchtes Bauwerk, das nur schwer bewohnbar gemacht werden konnte. Magdalena sollte deshalb erst mal bei der Gerberin bleiben, jetzt wo der Winter kam.

Piet und Paul blieben bei Cranach, nachdem Luther mit ihm gesprochen hatte. »Gut«, sagte der Hofmaler, »bevor sie mir in euerm Klosterloch erfrieren, zieh ich mir lieber zwei freche Lehrbuben heran. In Ewigkeit! Amen!«

8

Und dann überschlugen sich die Ereignisse. Nachdem Luthers Gegner weder durch Drohungen noch durch diplomatische Versuche erreicht hatten, dass das Mönchlein aus Wittenberg widerrief, hatten sie in Rom durchgesetzt, dass eine Bannandrohungsbulle verfasst wurde. In Brandenburg hatte man sie schon öffentlich angeschlagen. Da und dort brannten wieder die Schriften des Ketzers.

Luther saß Tag und Nacht in seinem Turm und wehrte sich nach seiner Art: Er schrieb, verfasste Briefe. Und die Drucker vervielfältigten seine Gedanken und ließen alles hinausfliegen in die aufgewühlte Welt.

Und dann erreichte die Bulle den Rektor der Universität und den Hof des Kurfürsten Friedrich. Das hieß eigentlich: Lehrverbot, Gefangennahme und Auslieferung an Rom!

Magdalena erschrak, als ihr die Tante das alles erzählte. »Ist das das Ende?«

Die Tante beruhigte sie: »Ich glaube nicht. Der gute Kurfürst wird seinen besten Mann nicht opfern. Und der Doktor Martinus ist ein

Sturschädel voller Gottvertrauen. Sein Gott ist ein glühender Feuerofen, der von hier bis zum Himmel reicht. Er lässt sich nicht unterkriegen. Wenn er mir nur gesund bleibt!«

Als Magdalena Luther am ersten Advent predigen hörte, da merkte sie nichts von Zögern und Zaudern an ihm, sondern spürte Zuversicht und das Wissen, auf dem rechten Weg zu sein.

»Wir werden siegen! Du wirst sehen!«, sagte Veit, der Magdalena und die Tante begrüßte.

»Aber es kann ihn doch jetzt jeder festnehmen. Er ist vogelfrei«, sagte Magdalena.

»Niemand will ihn festnehmen hier. Das wagt keiner!«

»Ich hoffe, du hast recht, Veit Thyrlin«, sagte die Tante. »Ich wollte mich auch noch recht sehr bedanken, dass du den Doktor für Safi bezahlt hast. Wir können ja im Augenblick nicht …«

Veit stutzte und sah Magdalena fragend an.

Bitte!, flehte ihr Blick. Dann senkte sie die Augen.

»Ja«, sagte Veit. »Ich mag den kleinen Pfeifer einfach!«

»Er spricht jetzt sogar wieder«, sagte Magdalena übereifrig.

»Das ist ja schön«, sagte Veit und sah sie lächelnd an.

Und sie sah ihn an und wurde rot.

»Es ist auch schön, dass du Magdalena magst«, sagte die Tante.

Nun wurde Veit rot. »Wieso? Die mag doch jeder!«

Die Sonne brach durch den Elbnebel und drang sogar ein Stück weit in Magdalenas Herz.

Aber wenn sie nachts auf ihrem Strohsack lag, dann wurde sie von ihrem Gewissen gequält und bildete sich ein, auf dem Markt schwarz gekleidete Männer gesehen zu haben, die sie beobachtet hatten.

Und wenn sie endlich einschlief, dann erschien ihr Rasso im Traum. Und es war nicht Rasso, der Freund, der ihr aus der Not geholfen hatte, sondern Rasso, der Dieb und Räuber. Da stand er wie ein Dämon mit seinem Meißel und brach den Opferstock auf. Und immer wieder riss dieses schreckliche Krachen und Bersten sie aus dem Schlaf.

Und dann spürte sie den Beutel mit den Silberlingen wie einen Brocken glühender Kohle unter sich. So musste sich Judas gefühlt haben, bevor er hinging und sich erhängte. Sie hatten ja nicht alles Geld aufgebraucht für den Chirurgen, und jetzt steckte das Ledersäckchen unter ihrem Strohsack wie ein Stück vom Fegefeuer, bis sie es schließlich nicht mehr aushielt.

Sie nahm das Geld und lief zur Schlosskirche. Eine Stunde vor der Vesper waren kaum Leute da. Sie stieg zur Empore hinauf. Der Opferstock stand da wie immer, aber er war neu gefasst mit glänzenden Eisenbändern. Magdalena sah sich um, dann kniete sie sich hin und bat die Mutter Gottes um Vergebung und Beistand. Und dann begann sie, den Inhalt des Beutels Münze für Münze durch den Schlitz zu werfen.

Sie war noch lange nicht fertig, da trat ruhig und fest eine schwarze Gestalt vor sie hin und nahm ihr den Beutel aus der Hand: »Du kannst es auch mir geben!«

Magdalena erkannte ihn sofort. Er hatte lange, schwarze Haare bis zum Kragen, ein bleiches Gesicht, das nie einen Sonnenstrahl gesehen zu haben schien, er trug einen langen Ledermantel und grinste triumphierend: Vigo.

Magdalena sah sich schnell um. Konnte sie fliehen?

Ein zweiter Mann trat hinter einer Säule hervor, kräftig, speckige Kleidung, brutales Landsknechtgesicht. Und dann erschien noch so einer am Kopf der Treppe. Das waren die Männer, die sie auf dem Marktplatz gesehen hatte.

»Wir haben uns schon gedacht, dass du es warst und dass du vielleicht zurückkommen wirst«, sagte Vigo. »Du bist doch ein gutes Mädchen mit einem schönen schlechten Gewissen. Kommt dein Komplize auch noch?«

Eigentlich war es unmöglich, dass er etwas wissen konnte. Aber einer, der vom Galgen gestiegen war, der vermochte vielleicht wer weiß was! Was machte er hier? In wessen Auftrag arbeitete er? Ein Verbrecher als Büttel des Rates oder der Kirche?

Es war natürlich nicht verboten, einen Beutel Geld in den Opferstock zu leeren. Wie sollte man beweisen, dass es gestohlenes Geld war? Aber Magdalena dachte nur: Ja, so straft mich Gott, das ist gerecht. Deshalb wehrte sie sich nicht, als die beiden Kerle sie nun packten und hinter Vigo her aus der Kirche schleppten.

Es waren nur ein paar Schritte bis zur Schlossmauer. Niemand sah sie. Ein Häuschen für die Wachen war an die Mauer gebaut. Vigo klopfte an die Tür, sie wurde aufgemacht und ein Wachmann kam heraus.

»Wir haben sie. Wir müssen runter, Rodrich!«, sagte Vigo.

Rodrich ging vor, durch den winzigen Wachraum, in dem ein Feuerchen brannte. Er öffnete eine zweite Tür, dahinter war eine steinerne Treppe in einen Gewölbekeller hinunter. Rodrich zündete eine Fackel im Feuer an und nahm einen Bund Schlüssel vom Haken. Dann stieg er die Treppe hinunter und die andern folgten ihm.

Unten stießen sie Magdalena durch eine eiserne Gittertür in ein Verlies und sperrten sie ein.

»Wenn ich deinen Freund sehe, werde ich dafür sorgen, dass er sein Hexlein besuchen kommt!«, sagte Vigo.

9

Schnee lag wieder in der Luft, als die Gerberin spätabends noch einmal durchs Viertel ging, um nach Magdalena zu suchen. Das Mädchen war brav und zuverlässig, deshalb konnte sich die Gerberin eigentlich nicht vorstellen, dass etwas Unregelmäßiges vorgefallen sein könnte. Sie ist vielleicht zu ihrer Tante, dachte sie schließlich, und hat vergessen, es mir zu sagen.

Am Morgen ging sie gleich zum Augustinerkloster, aber Magdalena war nicht bei der Wallmannin. Jetzt machten sie sich zu zweit auf die Suche.

Es dauerte Stunden, bis sie eine Nachricht von Magdalena hatten. Niemand wusste etwas, niemand hatte etwas gesehen oder gehört. Dreimal waren sie auf der Stadtwache, bis sie endlich den Bartel dort trafen und der ihnen einen Hinweis gab, obwohl man es offenbar verboten hatte.

Sofort liefen sie zum Schloss und fanden das Wachhäuschen. Sie klopften an die Tür und riefen, wieder und wieder, bis schließlich ein mürrischer Wachmann im Türspalt erschien, seinen Spieß vor der Nase. Er musterte sie kurz von oben bis unten, knurrte: »Verschwindet!« und schlug die Tür wieder zu.

»Nein! Wartet!«, rief Elsbeth Wallmann und trommelte mit den Fäusten gegen die Tür. »Ist sie hier? Ein Mädchen? Unschuldig!« Die Haut platzte ihr schon von den Fingerknöcheln. »Hört Ihr! Magdalena Reinprechtin? Ist sie da?«

»Ich denke schon«, sagte da eine Stimme hinter ihnen, die so weich und mild war, dass gleich ein warmer Strom Hoffnung die Tante durchdrang. Doch als sie sich umdrehte, sah sie, dass diese Stimme aus einem Gesicht kam, das kälter war als der Tod. Ein Mönch. Schwarzer Mantel mit hochgeschlagener Kapuze über dem weißen Habit: ein Dominikaner, ein Bruder Tetzels. Und neben ihm, wie ein teuflischer Schatten, ein bleicher Dünner im schwarzen Ledermantel.

»Kann ich sie sehen?«, fragte die Wallmannin.

»Sicher«, sagte der Dominikaner leise und wandte sich an seinen Schatten. »Ist das die Tante, Vigo?«

Vigo nickte.

»Ich muss sie sehen. Lasst mich bitte zu ihr. Sie ist ein gutes Kind!«

»Sicher«, sagte der Dominikaner noch mal. »Aber erst wollen wir ihr doch ein paar Fragen stellen.«

»Aber was heißt das? Was muss man sie fragen?«

Vigo zog sorgfältig seine nietenbesetzten Handschuhe straff.

»Aber man muss mich doch zu ihr lassen …«

»Ja doch, Frau Wallmannin, Ihr kommt zu ihr«, sagte der Dominikaner, und seine Stimme war nun so eisig wie sein Gesicht. »Ich fürchte nur, nicht so, wie Ihr Euch das vorstellt. – Vigo!«

Vigo schlug an die Tür: »Aufmachen!«

Die Tür ging sofort auf. Der knurrige Wachmann erschien und ließ Vigo und den Dominikaner eintreten, der sich in der Tür noch einmal umdrehte: »Wir interessieren uns nicht nur für die jungen Giftpilze im Sumpf des Teufels, sondern auch für die alten.«

Dann krachte die Tür wieder zu.

Eine Weile schwiegen die beiden Frauen. Jede hatte ein gut Stück ihres Lebens hinter sich. Sie wussten, was Leid und Schmerzen waren. Aber jetzt tat sich ein Abgrund auf, in den ein gottesfürchtiger Mensch niemals zu blicken wünschte.

»Ist das die Heilige Inquisition?«, flüsterte die Gerberin. »Was hat Magdalena bloß gemacht?«

»Sie hat nichts gemacht. Weil sie mir nichts anhaben können, wollen sie jetzt ihr was anhängen!«

»Aber sie ist doch keine – Hexe!« Die Gerberin bekreuzigte sich. Sie hatte es gedacht, aber sie hatte das Wort niemals aussprechen wollen.

»Du weißt doch, Gerberin, wie leichtfertig die Menschen sind mit den Anschuldigungen. Und dann kommt leicht eins zum andern: eine heilkundige Frau und die fremden Kinder und jetzt noch der Ketzermönch.«

»Aber was meint der mit Giftpilz?«

»Da musst du wahrscheinlich den Herrn Heinze fragen«, sagte die Tante.

Die Gerberin senkte den Blick und überlegte, ob sie es sagen sollte, dann gab sie sich einen Ruck: »Ich wollt's ja nicht sagen, weil man nicht schlecht reden soll über die Leut. Aber ich hab gehört, dass die Scheingraberin beim Heinze war, eh bei euch das Dach gebrannt hat.«

Die Tante presste die Lippen zusammen und schnaufte. »Luther muss helfen!«

»Aber wenn es die Inquisition ist …?«

»Und wenn er zum Kurfüsten gehen muss …«

10

Der Kerkerraum hatte eine kleine vergitterte Luke in unerreichbarer Höhe. Ein wenig Licht fiel von da herein und die kalte Winterluft, die sich auf den gestampften Lehmboden legte, bis sich die Tropfen an den feuchten Wänden in Eiskristalle verwandelten. Ein Häufchen schimmliges Stroh lag in einer Ecke.

Magdalena war in zwei löchrige Rübensäcke geschlüpft. Sie fror. Aber nach der ersten Panik, in der sie zu jeder Anschuldigung Ja gesagt hätte, war nun doch ein gewisser Widerstand in ihr erwacht. Das ist nur gerecht, hatte Rasso gesagt. Ja! Wer hat denn die größere Schuld?, dachte sie. Die Kirche oder ich? Der Tetzel hat unser Geld genommen, mit dem man den Wendel hätte retten können. Jetzt habe ich das Geld der Kirche genommen und habe damit Safi gerettet. Den Rest wollte ich zurückgeben.

Und Safi lebt. Wenn Gott mich verurteilen wollte, hätte er Safi nicht gesund werden lassen.

So hatte sie gedacht diese ganze schreckliche Nacht hindurch und war am Ende eingeschlafen, obwohl ihr immer wieder die Ratten und Mäuse übers Gesicht liefen.

Als Rodrich gegen Mittag mit einer Fackel den Gang herunterpolterte, schreckte Magdalena aus wirren Träumen, sprang auf und schlug die Arme um sich, um sich zu wärmen. Aber sie erstarrte, als sie den Dominikaner hinter ihm sah; denn sie dachte, Johannes Tetzel selber würde ihr da erscheinen.

Rodrich hatte einen Stuhl mitgebracht. Den stellte er mitten in der Zelle ab, und der Dominikaner setzte sich hin. »Es ist kalt hier«, sagte er. »Wir werden uns nicht lange aufhalten. Der Fall ist einfach. Und wenn du dich bekennst, sind wir bald wieder im Warmen.«

»Ich hätt dich ja lieber an den Bettlerkönig verkauft, aber auf dem Scheiterhaufen gefällst du mir sicher auch!«, zischte Vigo. Er riss ihr die Haube vom Kopf, griff wollüstig in Magdalenas Haar und zerrte sie vor den Dominikaner.

Der zog einen Zettel heraus und las vor: »Magdalena Reinprechtin, geboren in Jüterbog, zuletzt wohnhaft zu Wittenberg bei der – nun ja – Heilerin Elsbeth Wallmannin, ist beschuldigt der Hexerei und des Opferstockfrevels …«

Jeder Muskel in Magdalenas Körper spannte sich an.

Der Dominikaner bemerkte es und sagte zufrieden: »Sie friert.«

Magdalena schüttelte den Kopf.

»Gut. Kennt Sie denn einen Rasso Brenz?«

»Nein!«

Vigo schlug zu. »Natürlich kennt sie ihn!«

»Ja. Und dich kenn ich auch!«

Vigo schlug noch einmal zu.

Der Dominikaner zog eine Augenbraue hoch. »Dieser Rasso Brenz ist ein bekannter Dieb und Halsabschneider. Man hätte ihn nicht mit ein paar Stockschlägen davonkommen lassen sollen, damals.«

»Er hat mir das Leben gerettet und dem Wachsziehermeister Beckschulte auch.«

»Aber er ist ein schlechter Umgang für eine anständige, gottesfürchtige Jungfer.«

»Aber der da ist doch viel schlimmer!«

Vigo schlug wieder zu.

Der Dominikaner hob den Arm. »Nicht, Vigo. Es ist genug. Vielleicht müssen wir da etwas erklären. – Sag, mein Kind, Sie kennt doch unsere schönen Heiligenlegenden. Wird da nicht oft und oft von einem großen Sünder erzählt, der eines Tages umkehrt und sich in den Schoß der Heiligen Mutter Kirche legt, um ihr fortan all seine Kräfte zu schenken bis in den Tod? So einer ist auch unser Vigo. Schon fast gestorben auf dem Weg des Teufels, aber gerettet von Gott. Und jetzt hilft er uns, andere von ihren Irrwegen zurück auf den Pfad des Himmels zu bringen. Wie es heißt bei Lukas im 15. Kapitel: Es wird Freude sein vor den Engeln Gottes über einen Sünder, der Buße tut. Also, nehme Sie sich doch ein Beispiel und hilf uns und sag: Ist dieser Rasso Brenz Ihr Geliebter?«

»Nein!«

»Kennt Sie einen Bartel Gerhold?«

»Nein!«

»Ein Wachmann.«

»Doch, ja, den kenn ich.«

»Na, also! Der Gerhold bezeugt, dass er Sie mit diesem Brenz gesehen habe in der Nacht des Frevels.«

Magdalena schwieg: mein Gott!

Der Dominikaner stand jetzt auf und ging um Magdalena herum. »Die Fackel, Wache!«

Rodrich ging dem Dominikaner mit der Fackel voran und beleuchtete Magdalena von allen Seiten. Dann griff auch der Mönch Magdalena ins Haar. »Ja«, flüsterte er wie zu sich selbst, »der Teufel sucht sich immer die Schönsten.« Er setzte sich wieder hin.

»Weißt du, du musst uns gar nichts sagen. Wir haben für alles Zeugen: für deine Verwünschungen und deine Giftanschläge.«

Magdalenas Herz blieb stehen: oh, mein Gott!

»Was hat Sie – in exemplum – auf dem Gottesacker gemacht, am Grab des armen kleinen Heinze-Söhnchens?«

Ach so, dachte Magdalena. Das konnte sie leicht aufklären. »Ich hab ihm ein Sträußchen Vergissmeinnicht hingelegt.«

»Vergissmeinnicht? Nun ja. Die arme Familie Heinze hat nicht vergessen, dass ihr das Söhnchen behandelt habt. Wir werden klären, ob es Vergissmeinnicht waren oder Hexenkräuter, wenn wir Sie erst richtig befragen. – Jetzt wollen wir Ihre Zeichen sehen. Ausziehen!«

Magdalena verstand nicht.

»Du sollst dich ausziehen!«, sagte Vigo. Und als sich Magdalena nicht rührte, riss er ihr die Kleider vom Leib. Sie versuchte, ihre Blößen mit Händen und Armen zu verdecken, aber Rodrich und Vigo packten sie an den Händen und zerrten ihre Arme auseinander, sodass sie wie eine Gekreuzigte zwischen ihnen hing.

Der Dominikaner stand wieder auf, nahm Rodrich die Fackel aus der Hand und leuchtete Magdalena von allen Seiten an. »Mal sehen, ob sie Hexenzeichen hat.« Er ließ sich Zeit. Er nahm seine Arbeit sehr ernst. Ein Hexenjäger durfte keinen Fehler machen, und das Böse hatte allerlei Listen, sich zu verbergen. »Beine auseinander! Bücken!«

Schließlich war er zufrieden. Ob er etwas entdeckt hatte, sagte er nicht. Er setzte sich noch einmal. »Wir werden Ihr jetzt die Haare abschneiden. Sie soll keine Teufelsamulette verstecken können, die Sie vor Schmerzen bewahren beim Verhör. Und zur Sicherheit: Der Teufel hasst die kurzen Haare der Nonnen. So wird Sie Frieden haben vor dem allbösen Feind, während Sie darüber nachdenkt, was Sie uns erzählen mag. Morgen werden wir Ihr dann die Werkzeuge der Wahrheit zeigen, die wir benutzen müssen, wenn Sie nicht freiwillig gesteht. Los, Vigo!«

Rodrich bog Magdalena die Arme auf den Rücken. Sie war noch immer nackt. Vigo stellte sich vor sie hin und sah sie grinsend an. »Habt ihr wirklich gedacht, ihr könnt Vigo zum Narren halten?«, flüsterte er und fing an, mit einer rostigen Schere Magdalenas Locken abzuschneiden.

11

Zur gleichen Zeit fand Elsbeth Wallmann ihren Doktor Luther endlich an der Stadtpfarrkirche, wo er – gut für alle sichtbar – einen Zettel an die Tür schlug. »Herr Doktor! Dass ich Sie endlich finde! Ich muss Sie sprechen!«

Luther begrüßte sie, aber er hatte kein Ohr für ihr Anliegen. »Seht her, Wallmannin!«, sagte er. »Ich lade alle Freunde der evangelischen Wahrheit zu einem wärmenden Feuerchen.«

Die Tante versuchte, ihn zu unterbrechen. »Es ist wegen des Mädchens ...«

Aber Luther war mit seinen Gedanken ganz woanders. »Morgen früh werde ich die gottlosen Bücher des päpstlichen Rechtes und das ausgedroschene Stroh der alten scholastischen Theologie verbrennen.

Und ihre freche Bannbulle gleich mit. Alle Wittenberger guten Willens sollen dabei sein und es sehen! Ihr natürlich auch, Wallmannin!«

Jetzt wandte er sich ihr zu. Die Tante schüttelte mit ernster Miene den Kopf. »Ich hab nicht genügend Weisheit, um zu verstehen, ob Bücher verbrannt werden müssen, Herr Doktor. Aber sie verbrennen mir die Magdalena, wenn wir nichts tun! Sie müssen helfen, Herr Doktor!«

Jetzt begriff Luther und ließ sich alles erzählen. Und seine Miene verkrampfte sich, als quäle ihn wieder seine Gicht oder das Steinleiden seiner Galle. Er versprach, sofort mit Cranach zu reden, obwohl er wusste, dass es nicht so einfach sein würde, etwas zu unternehmen. Der Rat einer Stadt hatte keine Macht über die Wächter des rechten Glaubens, die Dominikaner. Außerdem war Opferstockfrevel ein schwerwiegender Vorwurf, und nicht alle im Rat würden es gern sehen, wenn ein der Ketzerei angeklagter Mönch sich für eine eingekerkerte Hexe einsetzte. Recht musste Recht bleiben und dafür gab es Instanzen! Nicht nur der Buchdrucker Heinze würde das fordern.

Danach lief Elsbeth Wallmann und füllte ein Sacktuch mit Lebensmitteln und ging noch einmal zum Wachhäuschen an der Mauer. Sie flehte die Wachen dort an, aber man ließ sie nicht zu Magdalena. Nur die Lebensmittel konnte sie dalassen. Man wollte sie der Gefangenen bei Gelegenheit zukommen lassen.

Die Tante hätte gern mit Veit Thyrlin gesprochen. Es war klar, dass alles mit Safi zu tun hatte. Wie war das wirklich gewesen mit dem Chirurgen? Man wusste ja, was so ein Arzt kostete. Wo hatte Veit das Geld her? War es wirklich wahr, dass Magdalena den Opferstock aufgebrochen hatte? Allein? Oder mit Veit zusammen?

Die Tante konnte Veit nicht finden; denn der steckte mit seinen Kommilitonen seit Tagen in einer Scheune vor den Toren der Stadt und bastelte an einem Narrenwagen. Die Idee war ihnen beim Wein gekommen, als sie erfahren hatten, dass ihr Professor den purpurroten Herren vom Tiberfluss den nackten Arsch zeigen wollte. Da mochten sie nicht nachstehen und wollten auch eine Nase drehen gen Rom.

Sie hatten sich einen Erntewagen von einem Bauern geliehen und bauten nun ein lustiges Schifflein drauf. Gezogen von zwei Eseln sollten in diesem Schiff allerlei verkleidete Narren durch die Straßen fahren, als da wären: Bischöfe, Prälaten, Dominikaner und nicht zu vergessen Eure Heiligkeit, der Papst Leo höchstselbst.

Als satirischen Hauptspaß hatten sich die Studiosi ausgedacht, dass das Narrenschiff geradewegs in das Maul eines Wales hineinsteuern sollte, sodass die ganze kirchliche Hierarchia wie der Prophet Jonas von dem Ungetüm verschluckt würde.

In der Nacht vor dem großen Feuer-Tag schliefen die jungen Theologen keine Minute, zu groß war die Lust an Larven und Verkleidung.

Auch die Tante schlief nicht. Sie hatte Luther noch einmal kurz gesehen am Abend. Cranach wolle alles versuchen, hatte er gesagt, aber er war sichtlich mit den Gedanken bei seinem persönlichen Gerichtstag, den er am nächsten Morgen gegen seine Feinde abhalten wollte.

Alles versuchen, das war wenig Trost in einer Nacht voller Angst und schrecklichen Fantasien.

Und dann wachte auch noch Safi weinend auf, weil er schlecht geträumt hatte. »Magdalena soll kommen und mir was vorlesen«, sagte er.

»Jaja«, sagte die Tante. »Sie kommt. Bald kommt sie wieder.«

Bei Sonnenaufgang riss sie der Lärm des Fastnachtskarrens, mit dem Veit und seine Kommilitonen durch die Stadt ratterten, aus einem betäubten Dämmer.

Es war kalt, aber den Studenten wurde heiß vor Lust an Spott und Radau. Vorneweg liefen Gestalten mit Narrenkappen, die lärmten mit Ratschen und Schellenbäumen, dass die Leute vor ihre Häuser traten. Dahinter ein Ausrufer, der sie zum Scheiterhaufen vor dem Elstertor lud. Dann kamen zwei Trompeter, die einen schrägen Trauermarsch bliesen und so den Grundton setzten für das erbarmungswürdige Lamento der Schiffsbesatzung; denn das versammelte Episkopat auf dem Wagen heulte fürchterlich im Angesicht des schrecklichen Walfischmaules, das sie zu verschlingen drohte.

Viele Leute schlugen das Kreuz ob der frechen Frevler und zogen sich schnell wieder in ihre Häuser zurück. Aber es gab auch genug, die dem Karren folgten, hinaus durchs Elstertor, wo ein paar von Luthers Studenten den Scheiterhaufen errichtet hatten.

Es war der 10. Dezember, der Tag, an dem der Kirchenbann in Kraft trat. Und Luther, der sonst so kämpferisch und mit kräftiger Stimme auftrat, war auffallend still, als er zusammen mit Philipp Melanchthon erschien. Er sah sich ja immer noch als treuen Sohn der Mutter Kirche. Aber ihm war klar, dass er heute die Brücken abbrechen musste hinter sich.

»Sie wollen mich exkommunizieren«, sagte er. »Aber hiermit exkommuniziere ich sie.«

Weil er so leise sprach, wurde es ringsum plötzlich ganz still. Ein Magister zündete das Feuer an und alle lauschten dem Ketzergericht, das Luther nun mit zitternder Stimme begann:

»Liebe Freunde des Evangeliums! Überall im Reich haben sie versucht, meine Schriften zu verbrennen, aber bis heute hat mich keiner der Herren mit dem Wort des Evangeliums widerlegt oder mir eine Lüge nachgewiesen.

Deshalb: Brennen sollen heute alle Schriften, die verkünden die Unwahrheiten der Papstkirche, nach dem alten Brauch, den schon die Apostelgeschichte kennt, auf dass die Mordbuben in Rom merken, dass keine großen Kräfte erforderlich sind, Geschriebenes zu verbrennen.

Wie David singt im Psalm 21, Vers 10: *Der Herr wird sie verschlingen in seinem Zorn; Feuer wird sie fressen!* Also sage ich: Weil du die Wahrheit Gottes verderbt hast, verderbe dich heute das Feuer!«

Darauf wurden nun allerlei scholastische Buß- und Lehrbüchlein ins Feuer geworfen. Eigentlich wollte Luther auch das große Kanonische Recht verbrennen, aber niemand hatte ihm ein Exemplar dieses kostbaren Buches zur Verfügung gestellt.

Schließlich zog Luther einen Druck der Bannandrohungsbulle aus seinem Talar und warf ihn ebenfalls in die Flammen. Er tat es fast beiläufig und ging danach sofort schweigend weg, als ahnte er, dass aus diesem kleinen Feuerchen ein Weltenbrand werden konnte.

Seine Studenten aber nahmen es zum Anlass, wieder mit ihrem Radau anzufangen, sie hatten ja gemerkt, dass ihrem Herrn Doktor die Sache viel zu ernst war, als dass er ihre Späße gutgeheißen hätte.

Sie warfen nun selbst Schriften und Broschüren von Luthers Gegnern ins Feuer, während die verkleideten Kleriker auf dem Narrenschiff jedes Mal aufheulten, als würden sie gerade selbst geröstet.

Als das Feuer niedergebrannt war, verzogen sich die Schaulustigen. Die Studenten aber hatten noch nicht genug von ihrem Jux. Sie rissen die verkohlten Reste der päpstlichen Werke aus der Asche und schrieben damit den Namen *MARTINUS* auf den Bauch des Wales. Dann holten sie ein paar Schläuche Wein unter ihrem Schiffsbug hervor und zogen – sich fröhlich zuprostend – zurück in die Stadt. Dort lärmten sie weiter durch die Straßen, was immer mehr Bürgern zum Ärgernis wurde, die dem Karren und seiner Besatzung bald wütende Beschimpfungen hinterherschickten, das aber machte die Studiosi nur umso heiterer.

Am Marktplatz trat zufällig gerade der Hofmaler aus seinem Laden. Er hatte seine beiden Pfleglinge an der Hand und schüttelte gleich missbilligend den Kopf. Er war ein Mann des Ausgleichs, Provokationen aller Art hasste er.

»Wo soll das hinführen!«, murrte er. »Sie werden noch einen Krieg anfangen, wenn das so weitergeht!«

Die beiden Buben aber waren begeistert. Sie rissen sich los und rannten zu dem Wagen hin. Piet konnte es nicht fassen: Da war er, sein Wal! Wie er ihn sich vorgestellt hatte. Sein Wal, das schreckliche Ungeheuer, das wahrscheinlich seinen Vater verschlungen hatte, hier war es und fuhr durch seine Stadt!

Cranach fing die beiden wieder ein. Sie sollten ihm nicht unter die angetrunkenen Studenten geraten. »Kommt! Wir müssen zum Schreiner, die Buchenplatten holen«, sagte er. »Ihr wollt doch heute mit euerm ersten Tafelbild anfangen. Und das soll wohl kein Walfisch werden.«

»Nein«, sagte Piet. »Kein Wal mehr!«

Da erkannte Paul den Papst auf dem Karren. »Das ist ja der Veit! Veit!«

Der Papst sah die Zwillinge und lachte ihnen zu. Dann rief er beschwipst: »Urbi et orbi!« und segnete sie übertrieben gnädig.

»In Ewigkeit! Amen!«, rief Piet.

Aber da war der Karren schon weitergeruckelt.

Veit fühlte sich etwas flau. Sie hatten nicht gefrühstückt – und nun der Wein! Ihr Schiff schwankte durch die tiefen Fahrrinnen der Nebenstraßen, als wären sie wahrhaftig auf rauer See unterwegs. Der Spaß war gelungen, aber allmählich wurde er schal.

Veit wollte gerade vorschlagen, dass man langsam zur Scheune zurückfahren solle, da tauchte plötzlich Rasso vor ihnen auf, und Veits Hand griff gleich nach dem Degenknauf. Ohne zu zögern, fuhr Rasso den Eseln ins Halfter und brachte sie zum Stehen.

Er hatte Veit sofort erkannt, als hätte er ihn gesucht. Er sprang zum Wagen, packte Veit und zerrte ihn aus dem Narrenschiff. »Du treibst hier deine Späßchen, während die sie foltern! Weißt du eigentlich, was los ist?«

Rassos Furor war so groß, dass Veit gar nicht dazu kam, sich zu wehren. Aber seine Kommilitonen fanden bald ihre Fassung wieder. Sie zogen ihre Degen und rückten gegen Rasso vor, der mit einem Mal ein Dutzend spitze Klingen auf seinen Hals gerichtet sah. Gleichzeitig hatte er das fassungslose, fragende Gesicht von Veit vor Augen und er begriff, dass die alle keine Ahnung hatten.

Er schubste Veit von sich: »Du hast wirklich keine Ahnung, oder?«

Nein, die Studenten wussten nicht, was mit Magdalena passiert war. Die letzte Woche hatten sie praktisch nur zwischen Universität und Scheune zugebracht. Jetzt waren Entsetzen und Ratlosigkeit groß. Und das wunderbare, übermütige Gefühl der Freiheit und Überlegenheit da oben auf ihrem Narrenwagen wich blanker Panik.

»Woher weißt du das?«, fragte Veit.

»Ihr Theologen hört die Stimme Gottes und ich versteh, was die Wände und die Bierbänke in den Schenken erzählen.«

»Vielleicht klärt sich ja alles auf?«, sagte Jodok.

»Was soll sich aufklären?«, schnappte Rasso. »Wir haben den Opferstock aufgebrochen.«

»Ihr habt wirklich …?« Sephus mochte es nicht glauben.

»Was sollten wir machen? Sollten wir den kleinen Safi sterben lassen?«

»Aber ein Opferstock! In der Kirche!« Das schien Sephus undenkbar.

»Ja, das ist die Wittenberger Honigschleckerei! Was predigt ihr denn immer? Ist das nicht alles Lüge und Betrug, das mit dem Ablass und den Reliquien? Und darf ich einem Betrüger nicht das Geld nehmen, um etwas Gutes zu tun?«

»Ich denke doch, das liegt in Gottes Hand!«, sagte Sephus.

»Und ich denke, Gott hat keine Hände außer meinen!«, sagte Rasso. »Aber so seid ihr luthrischen Federfuchser: nichts tun und auf Gottes Gnade warten!«

»Ich glaube, da hast du was falsch verstanden, Rasso Brenz,« sagte Veit und war plötzlich ganz nüchtern. »Was willst du tun?«

»Ich geh jetzt da hin und hol sie raus, bevor Vigo sie in die Hände kriegt.«

»Vigo?« Veit hatte den Namen gehört. »Ist das nicht der …?«

»Ja, genau. Das ist das Vieh, das sich der Teufel persönlich vom Galgen geschnitten hat.«

»Du kannst das nicht allein!«, sagte Veit.

Da sah Rasso ihn fest und brennend an: »Dann hilf mir, Veit Thyrlin!«

Veit hielt seinem Blick stand. »Und wie kriegen wir sie aus der Stadt?«

Rasso deutete auf ein Fuhrwerk, das ein Stück weit die Straße runter wartete. »Ein Rübenbauer, der heut noch Richtung Jüterbog muss …«

»Du warst dir sicher, dass dir die luthrischen Buben helfen, was?«

»Bis jetzt reden sie nur!«

Der Plan war einfach, und alle machten mit, auch wenn die meisten nicht genau wussten, worum es eigentlich ging. Wachen ablenken, das war ihre Aufgabe, und das wollten sie mit einem wilden Narrenwirbel wohl hinkriegen.

So wurde das Narrenschiff also zur Schlossmauer gelenkt, wo man mit Lärm und Trara ein Standkonzert veranstaltete, während Papst Veit und seine Kleriker von ihrem Schiff kletterten und an die Tür des Wachhäuschens klopften, bis schließlich ein blöde glotzender Wachmann seinen Kopf zur Tür heraus streckte, weil er nicht verstehen konnte, was so viel hohe Geistlichkeit vor seinem Wachtposten zu suchen hatte.

Ehe er noch ein Wort sagen konnte, rief ihm Papst Veit ein feierliches »Ego te absolvo!« entgegen und erlöste ihn solchermaßen von Sünden, von denen er gar nichts wusste. Gleichzeitig drückten die anderen Kleriker die Tür auf und drangen mit den übrigen Studenten zusammen in den Wachraum ein.

Sie hatten ihre Weinschläuche dabei und grölten muntere Trinklieder. Sie hakten die drei Wachmänner unter, sodass es denen unmöglich war, zu den Waffen zu greifen. Sie tanzten mit ihnen einmal in der Wachstube herum und dann wieder zur Tür hinaus, wobei sie die protestierenden, aber wehrlosen Wachmänner mit sich zogen.

In dem Augenblick huschte Rasso hinein, nahm den Schlüsselbund vom Haken und verschwand durch die hintere Tür in den Kerker.

Er fand sie schnell. Sie kauerte in zerrissenen Kleidern frierend und ängstlich in einer Ecke. Als er die Gittertür aufschloss, zog sie sich noch ein Stückchen weiter zurück. Rasso kannte einen Kerker von innen. Er wusste, dass das Geräusch des Schlüssels schon sehr schnell nicht mehr ein Signal für Hoffnung war, sondern nur noch für Bedrohung, der Anfang von neuer Erniedrigung und neuem Schmerz.

Es war dunkel, und Rasso war nicht sicher, ob sie ihn erkennen konnte. »Ich bin's!«, sagte er. Aber er bemerkte keine Erleichterung bei ihr. Im Gegenteil!

»Bist du jetzt einer von denen?«

Rasso war wie vom Donner gerührt, und für einen Augenblick schwand alle Kraft aus seinen Gliedern. Hatten sie sie schon so weit, dass sie jeden für einen Feind hielt? »Das denkst du? Das denkst du von mir, Magdalena Reinprechtin?«

Es war plötzlich so still, dass man einen Tropfen fallen hörte. Eine Ratte steckte ihren Kopf aus einem Loch und zog sich gleich wieder zurück, als wäre ihr diese Stille nicht geheuer.

Aber dann sprang Magdalena auf. »Nein, Rasso! Nein!« Sie lief zu ihm hin und fiel ihm um den Hals. »Nein! Bitte! Ich hab nur solche Angst!«

Sie spürte, wie sich sein Körper wieder aufrichtete. »Komm!«, sagte er, nahm sie an der Hand und zog sie hinter sich her aus der Zelle.

Am Fuß der Treppe hinauf ins Licht stand Vigo. Keine Ahnung, wie er dahin gekommen war, ob er in einem geheimen Kerkerversteck gewartet hatte oder einfach aus der Hölle emporgefahren war wie ein Theaterteufel? Er verstellte grinsend den Weg, in der einen Hand eine brennende Fackel, in der andern einen Dolch.

»Da hätten wir also das liebliche Pärchen. Zwei Ratten in einer Falle!«

Rasso überlegte nicht lang und griff sofort an. Vigo war ein bisschen überrascht, deshalb traf er Rasso mit seinem Dolch nur am Arm. Rasso schrie auf und taumelte gegen ein eisernes Feuerbecken.

Vigo hatte sich sofort wieder unter Kontrolle. »Sei nicht kindisch! Du hast keine Chance, das weißt du. Ich schließ dein Liebchen jetzt wieder ein und weil ich so nett bin, darfst du mit ihr zusammen in eine Zelle. Gleich kommt mein Herr, dann befragen wir euch beide ein bisschen. Und vielleicht«, er lachte, »vielleicht können wir euch ja ein gemeinsames Feuerchen anzünden.«

Da richtete sich Rasso wieder auf, packte das Feuerbecken und schlug zu. Vigo verlor die Fackel und wurde von der Treppe geschleudert. Dadurch war für einen Augenblick der Weg nach oben frei.

»Lauf! Lauf, Magdalena!«

Magdalena zögerte, sie wollte Rasso nicht alleinelassen. Aber der rief in einer Art flehender Wut: »Lauf doch! Kümmere dich nicht um mich!«

Da rannte sie los, die Treppe hinauf. Sie hörte, wie hinter ihr der Kampf weiterging, aber sie sah sich nicht mehr um. Dafür erschien nun in der Tür am Kopf der Treppe der Umriss eines Geistlichen. War das der Dominikaner? Nein, sein Gewand war rot und auf dem Kopf hatte er einen Hut wie der Papst. Trotzdem erschrak Magdalena und hielt einen Augenblick inne. Aber als sie die Stimme dieser päpstlichen Erscheinung hörte, flog sie die letzten Stufen hinauf in die Freiheit.

»Veit!«

»Magdalena! Gott sei Dank! Wo ist Rasso?«

»Der kämpft mit Vigo!«

»Wieso ist der da unten?«

»Weiß nicht.«

»Ich helf ihm!«

»Nein! Rasso will, dass wir fliehen.«

Ja, sie mussten hier weg, wenn nicht alles umsonst gewesen sein sollte. Den Wachmännern war der Jux allmählich zu viel geworden. Sie befreiten sich aus den weinseligen Umarmungen der Studenten, besannen sich auf ihren Beruf und drängten zurück in ihre Wachstube.

Veit konnte gerade noch die Tür zur Kellertreppe schließen und Magdalena unter seine Soutane kriechen lassen. »Jetzt bin ich so fett wie ein echter Papst«, flüsterte er und trippelte segnend an den Wachen vorbei zur Tür hinaus. »Dominus vobiscum. Et in saecula saeculorum! Amen!«

Sie versteckten Magdalena im Maul des Wales und fuhren über den Platz in die Seitengasse, wo der Rübenbauer wartete.

»Er bringt dich nach Jüterbog«, sagte Veit.

»Sagst du der Tante Bescheid? Und den Kindern?«

»Ja, natürlich.«

»Meinst du, dass Rasso davonkommt?«

»Er ist eine Katze. Er hat sieben Leben.«

»Sieben Kräuter braucht es für eine gute Suppe«, sagte Magdalena.

»Was?«

»Nichts. Ich danke dir, Veit Thyrlin. Leb wohl!«

Er hätte sie jetzt gern in den Arm genommen. Aber das ging ja nicht. Alle Kommilitonen standen um sie herum. »Ich komme zu Weihnachten.«

Magdalena kroch auf den Karren des Bauern und versteckte sich unter den Rübensäcken. Dann schnalzte der Bauer mit der Peitsche, und das Maultier zog an.

JÜTERBOG

Das tut dem alten Drachen Zorn
und will das Kind verschlingen.
Sein Toben ist doch ganz verlorn,
es kann ihm nicht gelingen.

Kirchenlied von Martin Luther

1 In der Nacht vor Heiligabend fing es an zu schneien. Und als Magdalena am Nachmittag des 24. Dezember zum Friedhof ging, war alles Scharfkantige unter einer weichen, weißen Decke verschwunden. Magdalena legte ein Sträußchen Christrosen auf das Grab ihrer Familie und zündete eine Kerze an, die ihr Meister Beckschulte geschenkt hatte. Auch für die alte Gret hatte sie einen Zweig Heidekraut als Gruß dabei und ein Gebet als Dank.

Es war vollkommen still, nur manchmal ein Rascheln in den Zweigen der Ebereschen, weil ein Dompfaff dort nach den letzten Beeren suchte. Das Licht wurde fahl, der Tag ging schon wieder. Magdalena hatte den ganzen Tag fast nichts gegessen; denn Heiligabend war ja ein strenger Fasttag bis zur Mettensuppe. Sie drehte den dünnen kupfernen Ring an ihrem Finger, der schon ein bisschen Grünspan angesetzt hatte.

Ach, Vater. Es ist so friedlich hier, ich bin zu Hause. Aber mein Zuhause ist ein Friedhof. Eigentlich hab ich alles verloren bis auf diesen Ring, dachte sie und fing an zu weinen.

Endlich weinte sie all die Tränen heraus, die sie die ganze Zeit zurückgehalten hatte, auf der Flucht mit dem Rübenbauern oder auch bei den Beckschultes.

Der Wachszieher und seine Frau waren natürlich erschrocken, als Magdalena plötzlich vor ihrer Tür stand, in zerrissenen Kleidern und ohne irgendein Gepäck. Und als sie ihre Haube abnahm, erschraken sie noch einmal über die abgeschnittenen Haare.

»Mein Gott, Kind!«, sagte die Wachszieherin.

Und Beckschulte fragte: »Wieder das Diebsgesindel?«

Magdalena schüttelte den Kopf. »Ich bin so müde«, sagte sie nur. Und die Beckschultes stellten keine weiteren Fragen.

Sie schlief viel und sprach wenig, aber sie versuchte, zu arbeiten und zu helfen, wo sie konnte. Als die Beckschulte-Buben ihre Neugier nicht mehr bändigen konnten und beim Essen fragten: »Was hat sie denn, die Magdalena?«, da sagte der Wachszieher nur: »Wenn es so weit ist, dann wird sie es uns schon erzählen.«

Sie hatte nichts erzählt, hatte alles in sich vergraben, was da war an Schmerz und Schuldgefühlen und Verlassenheit. Aber hier auf dem stillen Friedhof floss das alles nun heraus. Und dazu betete sie:

»Vater unser im Himmel! Was tust du deinen Kindern an? Sind meine Sünden denn so groß, dass du mich strafst, bis ich immer größere Sünden begehe? Ist das deine Gnade, oh Gott?! Oder bist du doch nur ein Gerechter und ein Rächer?« Sie war immer lauter geworden. Am Ende drückte sie sich die Faust in den Mund, um nicht zu schreien.

Da hörte sie plötzlich eine Flöte mit einer bekannten Melodie: drei große Tonschritte hinauf, vier kleine runter. Konnte das sein? Narrte sie der Wind oder ging schon die Wilde Jagd über die Dächer?

Sie wischte sich die Tränen ab und lief zum Friedhofstor, hinaus auf die Gasse und glaubte, eine Erscheinung zu haben: Ein Mann, der einen Esel führte, auf dem eine Frau saß, eingehüllt in einen blauen Mantel, vor sich ein Kind auf ihrem Schoß, mit weißen Haaren, als hätte es einen Heiligenschein. Das Kind spielte die Flöte, blies diese Melodie. Und als es Magdalena sah, sprang es vom Esel und flog ihr in die Arme.

»Safi! Warte!«, rief der Mann besorgt. »Du musst doch vorsichtig sein mit deinem Bein!«

Aber da hatte Magdalena ihn schon hochgehoben und herumgewirbelt, bis ihr schwindelig wurde und sie beide in den weichen Schnee purzelten. Die Haube auf ihrem Kopf war ihr dabei verrutscht.

Safi bemerkte ihren rasierten Schopf. »Wo sind deine Haare?«, fragte er entsetzt.

»Die wachsen wieder, Safi. Das weißt du doch!«

Als sie sich aufrappelten und sich den Schnee von den Kleidern putzten, stand plötzlich ein kleines Männchen vor ihnen, gekleidet in einen feinen, bunten Anzug mit einer roten Mütze auf dem Kopf. Es sah Magdalena frech an und streckte die Hand aus.

»Leo! Du alter Bettler!« Magdalena nahm seine kleine Hand und schüttelte sie. Aber das gefiel dem Affen nicht. Er wollte Lebkuchen oder eine andere Leckerei. »Ich hab doch nichts für dich. Ist doch Fasttag!« Da war der Affe beleidigt, hüpfte auf den Esel, schüttelte sich den Schnee von den Füßen und kroch unter den Mantel der Frau.

Inzwischen waren sie herangekommen, und Naldo umarmte Magdalena. »Ich bin so froh, dich gesund hier zu sehen!«, flüsterte er ihr ins Ohr.

»Du weißt es?«

Naldo nickte. Dann wies er auf die Frau im blauen Mantel: »Das ist Serafina. Sie ist eine Tänzerin aus der Toskana. Sie ist jetzt meine Frau.«

»Buon natale!«, sagte die Tänzerin und gab Magdalena die Hand.

»Ja, frohe Weihnachten auch!«, sagte Naldo. »Der Wachszieher hat uns gesagt, dass du wahrscheinlich hier seist. Wir können bei ihm bleiben über die Feiertage.«

»Aber warum ist Safi bei euch? Ist was mit der Tante?«

»Nein, nein!«, sagte Naldo.

»Wir müssen nach Italien, weißt du?«, rief Safi.

»Ja«, sagte Naldo, »unser junger Flötist hier hat nämlich beschlossen, dass er Musiker werden will. Und ein Musikus muss nach Italien. Stimmt's, Serafina?«

»Si, si. Italia, das ist la musica! Und er muss haben Mama und Papa. Das ist gut für jungen Musicus.«

Naldo nahm Safi und setzte ihn wieder auf den Esel. Serafina legte ihre Arme um ihn.

»Sein Bein ist wieder sehr gut. Aber ohne den Chirurgen hätte es schlimm ausgehen können. Das sagen alle! Gut, dass jemand da war, der das Geld besorgt hat …«

»Ich hab dir was mitgebracht!«, rief da Safi und zog eines von Piets geschnitzten Frettchen heraus. »Du weißt schon: *wenn dir das Herz aus dem Hemde springt.*« Er grinste.

»Ist es nicht großartig, wie er redet?«, sagte Naldo. »Und er freut sich so auf Italien. Aber zuerst mussten wir hier vorbei, um dir Auf Wiedersehen zu sagen. Darauf hat er bestanden.«

»Heut Abend musst du mir was vorlesen«, rief Safi.

Magdalena schloss ihre Faust um das Frettchen und steckte sie in die Tasche. Es geht ihnen gut, den Wallmann-Kindern, dachte sie. Vielleicht ist Gott doch gnädig?

Naldo hielt ihr eine Spielhahnfeder hin. Sie war schon ein bisschen mitgenommen und hatte einen Knick. Was hieß das? War Rasso …?

»Er hatte sonst gerade nichts zur Hand, weil er dringend wegmusste«, sagte Naldo lachend. »Aber er lässt schön grüßen, und du sollst dir keine Sorgen machen.«

»Und die Tante hat dir Marmelade geschickt und eine fette Leberwurst«, rief Safi. »Das haben wir schon dem Kerzenmacher gegegeben.«

»Vielleicht sollten wir jetzt mal ins Warme«, sagte Naldo. »Weißt du, Serafina braucht ein bisschen Ruhe. Wir kriegen nämlich einen kleinen Bruder für Safi.«

Naldo strich ihr zärtlich über den Bauch, woraufhin Leo den Kopf aus dem Mantel steckte. »Oh, da ist er schon, aber es ist leider ein Affe!« Er lachte.

»Mio dio!«, rief Serafina. »Ich will aber una fanciulla.«

»No, no, no!«, rief da Naldo. »Eine Tänzerin hab ich schon. Und einen Pfeifer. Jetzt brauch ich noch einen Trommler, kein Mädchen.«

2

Veit kam eine Stunde vor der Mette. Er war erst kurz vor Torschluss in Jüterbog eingetroffen, weil der Fuhrmann, der ihn mitgenommen hatte, wegen der Schneewehen in den Graben gefahren war. Sie setzten sich in die Werkstatt des Wachsziehers, und die Beckschultes sorgten dafür, dass die Kinder sie nicht störten.

Veit hatte gute Nachrichten: »Wahrscheinlich wird dein Fall niedergeschlagen. Luther und Cranach haben im Rat flammende Reden gehalten über deine Notlage: der Brand und die Lebensgefahr für Safi.«

»Aber wir hätten den Opferstock nicht aufbrechen dürfen!«

»Ja«, sagte Veit. »Mit einem Besuch in Wittenberg würd ich auch noch ein bisschen warten.«

»Glaubt man denn immer noch, dass wir das Haus angezündet haben?«

»Niemand glaubt das.«

»Und was glauben sie dann?«

»Keiner sagt es, aber ich denke, der Heinze steckt dahinter genauso wie hinter dem Hexenvorwurf.«

Magdalena traten die Tränen in die Augen. »Ich war so froh, dass ihr mich befreit habt!«

Veit legte einen Arm um sie. »Das gab ein ziemliches Donnerwetter. Überhaupt war Luther nicht erbaut über unseren Scherz mit dem Fastnachtswagen.«

Magdalena schniefte und wischte sich die Tränen ab. »Aber sag mir doch: Meint ihr das wirklich, dass der Mensch einfach auf Gott vertrauen soll? Der leidende Safi, da konnte ich doch nicht länger warten!«

»Nein, das konntest du nicht. Weißt du, was Luther sagt: Alle guten Dinge kommen von Gott. Aber man muss auch den Stier bei den Hörnern packen und die Arbeit tun, um Gott eine Gelegenheit zu geben, alles gut zu machen.«

Magdalena schloss einen Moment die Augen und sog den weichen Honigduft ein, den ihr brennender Kerzenstummel verströmte. Kerzen und Honigkuchen und Veit. Und Safi zieht mit Naldo nach Italien! Sie hatte ihn durchgekriegt, obwohl Bübchen nicht lange halten.

»Und was ist mit Vigo?«, fragte sie.

»Den kannst du vergessen. Ich weiß nicht, ob der noch mal wird? War mehr tot als lebendig, als man ihn am Fuß der Treppe fand. Rasso ist übrigens verschwunden.«

Magdalena griff nach der Spielhahnfeder in ihrer Tasche, aber sie holte sie nicht heraus. Sie war so froh, Veit zu sehen, seine Nähe zu spüren. Rasso würde sich zu helfen wissen. Er hatte ja sieben Leben. Jetzt zählte nur Veit. Veit und sie.

Aber natürlich war sie auch voller Sorge, wie das hier in Jüterbog gehen würde. Sie wollten ja schon nicht, dass eine arme Waise mit ihrem feinen Veit Umgang hatte – und jetzt war sie auch noch eine Opferstockräuberin! »Glaubst du, die wissen hier, was passiert ist?«

»Nein. Sie denken, du bist hier, weil euer Haus abgebrannt ist. Mehr müssen sie nicht wissen.«

Nein, dachte sie, mehr müssen sie nicht wissen, aber eines Tages wird man es ihnen zutragen, und dann wird meine Sünde doch noch bestraft werden. Die Verzweiflung hob gleich wieder ihr Haupt, aber Magdalena wehrte sich. Nicht jetzt! Jetzt war alles gut. »Und meine Tante?«, fragte sie. »Hast du sie gesehen?«

»Sie war so froh, als sie von deiner Ankunft hier erfahren hat. Sie grüßt dich von Herzen und segnet dich und sagt, du sollst dir kein Gewissen machen. Der liebe Gott kann besser zwischen Gut und Böse unterscheiden als wir.«

»Was wird sie tun?«

»Das Haus wird sie wohl nicht wieder aufbauen, sagt sie. Sie wird beim Professor bleiben. Er ist ja nach Worms vor den Reichstag geladen. Da muss sie mit und aufpassen, dass seine Galle nicht überkocht.«

Magdalena lächelte.

Jetzt ging die Tür auf, und die Kinder schlüpften doch herein, weil Safi zu neugierig war, was die beiden da wohl machten so ganz allein. Und die Lebzelterkinder schlichen ihm hinterher. Und als sie Veit und Magdalena so lächelnd nebeneinander sitzen sahen, da blies Safi in seine

Flöte und die Kinder tanzten um sie herum und sangen: »Fröhlich soll mein Herze sein! Fröhlich singen Groß und Klein! Danke Gott mit Herz und Sinn! Schön, dass ich am Leben bin!«

Schließlich kam die dicke Lebzelterin herein und drohte mit gespielter Strenge: »Werdet ihr wohl stille sein! Gleich wird unser Heiland geboren und ihr macht so einen Höllenlärm, dass uns die Engel noch einen Schrecken kriegen und davonfliegen!«

Dann gingen sie alle zur Nikolaikirche und hörten auf ihren Pfarrer Günther und seine Frohe Botschaft.

Er sprach auch von Luther. Der habe ihm einmal erzählt, wie er immer gerungen habe mit der Gerechtigkeit Gottes: Das Wort Gerechtigkeit ist nämlich in seinem Herz wie ein Donnerschlag gewesen oder wie ein Blitz auf sein Gewissen. Denn er wusste ja, dass er ein fehlerhaftes Menschlein war, voller Sünden, die ihm passierten, obwohl er sich Mühe gab, anständig zu leben. Er hatte die Angst, den Ansprüchen von Gottes Gebot niemals gerecht werden zu können, auch wenn er sich noch so anstrengte. Und wenn er sich nun also Gott als einen gerechten Richter vorstellte, dann musste der ihn verurteilen und strafen.

Und deshalb, so sagte Luther, konnte er einen gerechten Gott nicht lieben. Er fürchtete, ja, er hasste ihn sogar!

Aber dann las er eines Tages beim Apostel Paulus das Wort: Der gerechte Mensch wird leben, weil er glaubt.

Und er begann zu verstehen: Gerecht vor Gott wird einer nicht durch Taten, sondern durch Vertrauen auf ihn. Gott verurteilt nicht, er schenkt. Die Gerechtigkeit Gottes ist nicht das Urteil eines Richters, wie wir ihn uns vorstellen, sondern seine Barmherzigkeit, sie macht aus Sündern Gerechte.

Und als er das verstand, da habe sich für Luther das Paradies aufgetan, und er durfte hinein, erzählte Pfarrer Günther.

»Und dieser barmherzige Gott wird heute geboren«, schloss er. »Nicht der schreckliche Richtergott, sondern ein kleines Kind, das vergeben will und gnädig sein. Amen!«

Und dann setzte die Orgel ein, und die ganze Gemeinde sang das Lied: *Vom Himmel hoch, da komm ich her. Ich bring euch gute neue Mär. Der guten Mär bring ich so viel, davon ich singen und sagen will!*

Als sich die Gemeinde fröhlich aus der Kirche in die Christnacht drängte, hielt Veit Magdalena zurück, zog sie in einen Beichtstuhl und küsste sie.

Magdalena hielt still und küsste zurück. Aber dann fragte sie: »Schleichst du dich dieses Jahr wieder so davon aus Jüterbog?«

»Nein. Versprochen. Und ich komme ja auch wieder.«

»Ja. Als Priester«, sagte Magdalena, und Veit merkte, dass ihr dabei das Herz schwer wurde. Er verstand auch, warum.

»Ha! Magdalena Reinprechtin! Ich weiß, was du denkst. Aber keine Sorge. Ich sage dir, bald werden die Priester heiraten dürfen; denn so etwas Unnatürliches wie der Zölibat hält sich höchstens noch ein Jahr. Nirgendwo in der Bibel steht, dass ein braver Theologe nicht seine Zukünftige küssen darf!«

»Weißt du was, Veit Thyrlin? Deine Zukünftige hat Hunger. Es ist längst Zeit für die Mettensuppe. Sie hat schon so gut gerochen den ganzen Tag.«

NACHWORT

»Ich habe von Titus Livius hundert Dinge gelesen,
die ein anderer nicht darin gelesen hat.
Plutarch wiederum las darin hundert mehr als ich
und vielleicht sogar mehr, als der Autor selbst hineinlegte.«

Michel de Montaigne (1533–1592)

Am 31. Oktober 1517 schlug der Augustiner-Eremit und Theologieprofessor Martin Luther 95 lateinische Thesen zum Thema Ablasshandel an die Tür der Schlosskirche zu Wittenberg. Er wollte keine Revolution und schon gar keine Kirchenspaltung entfachen, sondern nur seine katholische Papstkirche und seinen Bischof auf einen Missstand hinweisen. Aber seine Kritik traf auf eine so antirömische Stimmung im Reich, dass das Diskussionsangebot eines kleinen Mönchs und Professors von einer noch ziemlich unbedeutenden Universität am Rande der Zivilisation einen Aufruhr entfachte, der binnen drei Jahren zum Bruch mit Rom und vierzig Jahre später zu einer geteilten Christenheit führte.

Am 10. Dezember 1520 verbrannte Luther vor den Toren der Stadt die Bannandrohungsbulle, mit der ihn sein Papst Leo X. aus der römisch-katholischen Kirche ausschließen wollte. Kein halbes Jahr später, am 18. April 1521, sprach Luther (eine der Urszenen der Reformationsgeschichte) die berühmten Worte vor seinen Richtern auf dem Reichstag zu Worms: *Ich will nichts widerrufen … Hier steh ich, ich kann nicht anders. Gott helfe mir! Amen.*

So ist es oft erzählt worden und scheint klar und festzustehen, aber wenn man sich dem Thema Luther und Reformation nähert, wird vieles auch gleich wieder zum Fragezeichen. Nur ein Beispiel: Hat er die Thesen wirklich an die Kirchentür geschlagen? Die Schlosskirche ist als Universitätskirche natürlich von Studenten und Professoren als Schwarzes Brett verwendet worden, aber der eigenhändige Thesenanschlag Luthers wird inzwischen immer häufiger von der Wissenschaft angezweifelt. Stimmt also diese andere Urszene der protestantischen Mythologie gar nicht? Jüngste Forschungen behaupten dagegen, die Thesen wurden an die Türen aller Wittenberger Kirchen gehängt.

Der Autor einer historischen Geschichte ist zunächst einmal Leser in einer unendlichen Bibliothek. (Das bedeutet, er muss vielen Menschen dankbar sein, denn er wird sein Haus aus Steinen bauen, die andere mühsam behauen haben.) Lesen ist dabei der Versuch, sicheren Boden unter die Füße zu bekommen, zu wissen: gut, also so war das! Doch merkt der Suchende häufig, dass mit jeder angelesenen Versicherung sich sogleich wieder ein neuer Abgrund an Fragen auftut.

Der wissenschaftliche Historiker wird darüber nicht verzweifeln und so lange nach Quellen forschen, bis er sich am Grund seiner Fragen angekommen wähnt, der historischen *Wahrheit*.

Diese *Wahrheit* aber ist nicht das Ziel des Schriftstellers. Er will nicht *die* Geschichte erzählen, sondern die Geschichten seiner Figuren. Wenn er seine Helden gefunden hat, wird die Historie der Geschichtsschreiber nur noch Material sein für das, was den Helden zustoßen soll, was es braucht für ihre Entwicklung. In der Frage des Thesenanschlags hieß das zum Beispiel, gut, wenn es drei ungeklärte Möglichkeiten gibt, erlauben wir uns doch eine vierte: Unser Held kriegt den Hammer in die Hand und nicht sein Professor, zumal Luther ja zunächst gar nicht die große Glocke wollte, sondern eine kircheninterne, deshalb lateinische Debatte.

Die Entwicklung der Figuren hat ihre eigene Logik und Wahrheit. Und auch eine eigene Zeit, sie kann langsamer oder schneller laufen als die historische Zeit, weil die Dramaturgie eines Romans poetischen Gesetzen folgt und nicht den Regeln der Geschichtsschreibung.

Hier, in dieser Geschichte der Bergarbeitertochter Magdalena Reinprecht, wird die Bannandrohungsbulle schon ein Jahr eher, 1519 verbrannt. Für den historischen Luther und die Entwicklung des Reformationsgeschehens war das Jahr 1520 vielleicht das wichtigste, das »Wunderjahr«, wie es der Göttinger Kirchengeschichtler Thomas Kaufmann nennt. Hier entstehen auch die wichtigsten Schriften des Reformators. Aber für Magdalenas Lebensroman, den wir hier erzählen, musste die Uhr anders gestellt werden …

Die Geschichte fängt an in Jüterbog an der Nuthe, einer herrlichen, mittelalterlichen Stadt im Fläming. Aus zwei Gründen: Jüterbog liegt ungefähr vierzig Kilometer von Wittenberg entfernt und gehört zu Brandenburg. Da Johannes Tetzel 1517 seine Ablassbriefe nicht im Gebiet des Sachsen Friedrich des Weisen verkaufen durfte, liefen die Gemeinde-Schäflein Luthers eben nach Jüterbog, um sich dort die begehrte Rettung vor dem Fegefeuer zu besorgen. Der zweite Grund war der Streit der Jüterboger Franziskaner aus der Mönchenkirche (heute Museum) mit dem Stadtprediger Günther im Frühjahr 1519 und dessen kurze Vertretung durch Thomas Müntzer. Die Predigten der beiden als *Lutheraner* geschmähten Pfarrer sollten für unsere Magdalena wichtige Wegweiser sein.

Ganz in der Nähe liegt das prächtige Zisterzienserkloster Zinna, dessen Abt seinerzeit die Franziskaner unterstützte. Ein Bergwerk allerdings gibt es meines Wissens nirgends in dieser sandigen Gegend. Das hat der Erzähler aus der Jugendgeschichte Martin Luthers hierher verlegt.

Luther – oder Luder, wie er ursprünglich hieß – wuchs ja im Mansfeldischen als Sohn eines sehr strengen Vaters auf. Der thüringische Bauernsohn Hans Luder war ein ehrgeiziger Aufsteiger, vom Hauer zum Hüttenmeister und Teilhaber einer Kupfergrube. Das heißt, er kam zu einigem Wohlstand in einer Branche, mit der die Fugger so viel Geld verdienten, dass sie sich zum Finanzier der halben Welt aufschwingen konnten. Diese Augsburger Kaufmannsfamilie hatte damals zum Beispiel das Kupfermonopol in ganz Europa. Magdalenas Vater träumt auch von einem Aufstieg und muss dafür einen schrecklichen Preis zahlen.

Unsere Geschichte spielt an der Schwelle vom Mittelalter zur Neuzeit, die von der historischen Forschung zwischen 1450 und 1500 angesetzt wird. Damals kamen immer mehr griechische Gelehrte nach Italien und sorgten für eine Renaissance des antiken Denkens. Handel und Produktion machten das Bürgertum reich und selbstbewusst. Und spanische und portugiesische Seefahrer segelten nach Westen und entdeckten eine für Europa völlig neue Welt.

Der Bergbau ist für unsere Geschichte deshalb interessant, weil sich an ihm der Zeitenwandel sehr gut zeigt. Im Mittelalter waren die Bergleute noch sehr eng mit der Alchimie und ihrem Zauber- und Geisterglauben verbunden. Jetzt wurde der Bergbau immer mehr zu einer modernen Industrie mit Buchführung und betriebswirtschaftlichen Regeln, wie wir sie heute noch kennen.

Die Wittenberger Welt ist weitgehend so dargestellt, wie es die Quellen berichten. Ein stetig wachsendes Residenz- und Studentenstädtchen am Rande der Zivilisation, das durch die Reformatoren eine Zeit lang zum Mittelpunkt der Welt wurde. Die Praxis, aus dem dreckigen Stadtbach sein Bier zu brauen, entspricht ebenso der Wahrheit wie der opulente Reliquienschatz des Kurfürsten, inklusive Katalog von Cranach. Cranachs Wasserleitung gibt's heute noch. Ob allerdings wirklich die Rippen von Jonas' Wal in der Schlosskirche ausgestellt wurden, das ist nicht verbürgt. Ein *echtes totes Kind* vom bethlehemitischen Kindermord durch Herodes allerdings besaß der Kurfürst.

Über die Verehrung und Anbetung von Bildern wurde das ganze Mittelalter hindurch gestritten. Für Luther war die Frage zweitrangig, weil nicht heilsnotwendig. Zum Bildersturm in Wittenberg kam es erst 1522, als sich Luther auf der Wartburg verstecken musste.

Thomas Müntzer soll 1517 kurz in der Lutherstadt studiert haben und wurde dort wohl mit dem lutherischen Bazillus infiziert. Allerdings ging er dann bald den Weg der *Schwarmgeister*, wie Luther die mystischen Sozialrevolutionäre nannte, die nicht nur ihr Verhältnis zu Gott, sondern auch das zu den weltlichen Herren verändern wollten. Ein wichtiger Aspekt in Magdalenas Geschichte.

Wenn ein Gehängter vom Galgen fiel, wie Vigo in unserer Geschichte, wurde das gern als Gottesurteil genommen, und es war durchaus vorstellbar, dass ein Inquisitor sich der Dienste eines solchermaßen Auserwählten bediente.

Der Gegensatz von Schulmedizin, für die man an Universitäten ausgebildet werden musste, und einer durch Überlieferung und Volkswissen erlernten Erfahrungsmedizin von heilkundigen Frauen ist ein bekanntes Motiv in alten Geschichten. Ebenso der Vorwurf der Zauberei, der auch zu Luthers Zeiten schnell erhoben wurde, obwohl die schlimmsten Zeiten der Hexenverfolgung erst noch kommen sollten. Übrigens auch in protestantischen Gegenden.

Das *Narrenschiff*, mit dem Luthers Studenten durch die Stadt ziehen, ist den historischen Berichten vom 10.12.1520 nachempfunden, als die Scholaren tatsächlich einen satirischen Auflauf im Anschluss an die Verbrennung der Bannandrohungsbulle veranstalteten. Derb provokante Karnevalsumzüge waren damals durchaus gebräuchlich.

So viel zu ein paar Aspekten unserer Geschichte, die natürlich wie jeder historische Roman mit dem Dilemma leben muss, dass man mit unseren Mitteln nicht wirklich beschreiben kann, wie es damals genau war. Zum Beispiel können wir uns kaum vorstellen, wie allgegenwärtig Tod und Sterben waren zu Magdalenas Zeiten und in welchem Ausmaße die Sorge um das Jenseits und damit der Glaube und die Verbundenheit mit Gott alle Lebensbereiche durchdrungen hat. Sowohl die Leser wie der Autor können ihre heutige Perspektive nie verleugnen. Und das sollen sie auch gar nicht.

So lässt sich am Ende nur sagen, der Autor hat sich bemüht, dass seine Geschichte so wahr erscheinen möge, wie eine Geschichte sein kann. Wirklich! Und er glaubt, dass sie auch dadurch nicht falsch wird, dass Magdalena und Veit *Vom Himmel hoch* singen, obwohl Luther das Lied erst 1535 geschrieben hat.

GLOSSAR

Ablass Die Ablassidee entwickelte sich gegen Ende des 11. Jahrhunderts aus der Bußpraxis der Frühkirche (bis etwa zum 6. Jahrhundert n. Chr.). Ein Ablass wurde vom Papst in Rom erteilt und dann durch ein weites Netz von Ablasshändlern vertrieben. Der Ablasshandel regelte die Vergebung einer Strafe für eine Sünde, also einen Verstoß gegen Gottes Gebote. Die Vorstellung dahinter ist, dass es am Ende aller Tage ein Gericht geben wird für alle Lebenden und Toten, und je nach der Schwere der Sünden werden die Menschen kürzer oder länger einen Feuerfluss durchqueren müssen. Durch Gottesdienste, Gebete und Almosen für die Armen kann diese Zeit im reinigenden Fegefeuer verkürzt werden. Oder eben durch den Kauf von Ablassbriefen. Die Praxis dieses Geschäftes mit der Angst vor Verdammnis führte im Mittelalter zu solchen Missbräuchen, dass der Ablasshandel mit zum Auslöser der Reformation wurde.

Albrecht von Brandenburg (1490–1545) Markgraf von Brandenburg, Erzbischof von Mainz und Magdeburg. Um seine Schulden bei den Fuggern zu bezahlen, beauftragte Albrecht sozusagen als Zwischenhändler den Mönch Tetzel mit dem Vertrieb des Petersablasses in seinen Landen und wurde dadurch zu einem der Verursacher der Reformation.

Allerheiligen Gedächtnisfest für alle Heiligen, seit dem 9. Jahrhundert am 1. November gefeiert.

Anger Dorfwiese

Apokalyptik Eine Art der Geschichtsbetrachtung, die von klarem Anfang und Ende der Welt ausgeht, sich vor allem aber für das Ende interessiert. Besonders in Zeiten des Übergangs (z. B. Jahrhundertwenden) oder der äußerlichen Bedrohung profitieren Weltuntergangssekten von diesem Denken.

Augustiner-Eremiten Bettelorden, der häufig in Lehre und Wissenschaft tätig wurde und eigene Schulen und Universitäten unterhielt. 1505 tritt Luther in das Kloster der Augustiner-Eremiten in Erfurt ein. Sie tragen schwarze Tunika mit Ledergurt, Schulterkragen und spitzer Kapuze.

Bann (auch Kirchenbann) Erst in der Aufklärung wurde der Bann abgeschafft. Zuvor bedeutete er einen Ausschluss aus der Kirchenmitgliedschaft und von den damit verbundenen Rechten (Abendmahl, Firmung, Priesterweihe, Beerdigung). Lange Zeit ging ein Kirchenbann mit dem Verlust bürgerlicher Rechte einher.

Berggeister Um 1500 hat man im Bergbau zunehmend neuzeitlich wissenschaftlich gearbeitet, z. B. mit neuartigen Maschinen, andererseits glaubte man noch fest an Geister und Dämonen, denen man Tribut zu zollen hatte durch Opferbräuche, wenn sie kein Unheil anrichten sollten.

Bettlerkönig Das Betteln zu der hier beschriebenen Zeit war streng geordnet, nicht nur von der Obrigkeit der Städte und Gemeinden, sondern auch unter den Armen selbst, wo es regelrechte Bettlerbünde gab.

Bildersturm Nach Luthers Kritik der zu seiner Zeit üblichen (katholischen) Bilderverehrung gingen radikalere Anhänger der Reformation (seit dem Reichstag von Speyer 1529 nannte man sie Protestanten) wie Karlstadt oder Müntzer dazu über, Bilder und Skulpturen aus den Kirchen zu entfernen. Man hielt Bilderverehrung für Götzendienst, während die katholische Kirche argumentierte, dass nie das Bild, sondern die dargestellte Person (z. B. Jesus) verehrt würde, auch seien Bilder die Bibel der Analphabeten.

Buchdruck Das Drucken auf Papier ist wohl schon vor 2000 Jahren im alten China praktiziert worden. Aber erst als Johannes Gutenberg ab 1440 in Mainz die Vervielfältigung der beweglichen Lettern (aus Blei, Kupfer oder Eisen) beherrschte, konnte sich die Druckkunst so rasend schnell über ganz Europa ausbreiten. Ohne die billige Herstellung von Flugblättern und Schriften hätten sich die Ideen der Reformation nicht so erfolgreich ausbreiten können.

Burse Griechisch/Lateinisch: Geldbörse. Aus gemeinsamen Kassen (Stiftungen von Bürgern und Zünften) hervorgegangene Unterkünfte für Handwerksburschen und Studenten.

Büttel Gerichtsbote oder Vollstreckungsbeamter (bis hin zur Todesstrafe)

Cajetan, Thomas (Ordensname), eigentlich Tommaso de Vio (1469–1534) Brillanter, dominikanischer Theologe aus Italien, der Luther in Augsburg verhörte, um ihn zu einem Widerruf zu bewegen. Er hätte den *erklärten Ketzer* auch in den Bann tun und gleich nach Rom vors päpstliche Gericht verschleppen können. Aber das war mit Rücksicht auf den Kurfürsten Friedrich von Sachsen nicht zu machen.

Cranach, Lukas, der Ältere (1472–1553), von 1505 an Hofmaler in Wittenberg. Aber auch Wein- und Farbenhändler sowie Stadtapotheker. Einer der reichsten Männer von Wittenberg. Einflussreicher, enger Freund Luthers, der ihn oft porträtiert hat. Luthers Trauzeuge und Pate seiner Kinder. Wir kennen heute Luther so, wie ihn Cranach gemalt hat.

Diskantsingen Lateinisch: Auseinandersingen, damit ist die hohe Stimme (Sopran) gemeint, die über den begleitenden Unterstimmen jubiliert. In der Kirche meist von Diskantknaben gesungen.

Disputation Ein wissenschaftliches Streitgespräch, das nach strengen Regeln ablief und oft auch eine Form der Prüfung an Universitäten war und ist.

Dominikaner Nach dem heiligen Dominikus (1215) benannter Seelsorgeorden in weißer Tunika mit Brusttuch (Skapulier) und einem schwarzen Mantel mit Kapuzenkragen; die D. waren seit 1232 auch für die kirchliche Inquisition zuständig.

Eck, Johannes, eigentlich Maier (1486–1543) Katholischer Theologe aus Ingolstadt. 1519 disputierte er mit Karlstadt und Luther in Leipzig und war 1520 an der Ausarbeitung der Bannandrohungsbulle gegen Luther beteiligt.

Elementarschule Im Gegensatz zur Lateinschule, in der der Priesternachwuchs ausgebildet wurde, gab es in der Elementarschule für Kinder zwischen sechs und zwölf Jahren nur Grundwissen zu lernen in Rechnen, Schreiben und Lesen.

Episkopat Die Gesamtheit der Bischöfe

Erbsünde Anschließend an den Apostel Paulus entwickelte der Kirchenvater Augustinus (354–430) die Lehre von der Erbsünde, die ihm zufolge von Adams Ungehorsam im Paradies herrührt und seitdem durch die geschlechtliche Zeugung und die damit verbundene Lust bis heute weitergegeben wird. Auch Martin Luther war überzeugt davon, dass der Mensch in einen sündigen Zustand hineingeboren werde.

Flugschriften Ungebundene, meist in der Volkssprache abgefasste Textblätter, die von fahrenden Buchhändlern vertrieben wurden, Auflage im Durchschnitt 1000 Stück. Der Inhalt waren Predigten, satirische Dialoge, Thesen, Disputationen, Kommentare. Wichtiges Mittel im Meinungskampf um den Glauben. Bis 1525 lagen etwa von Luther 287 Schriften vor. Verdient hat er daran nichts.

Freudenreicher Rosenkranz Gebetszyklus, der an die sieben freudenreichen Szenen in Marias Leben erinnert, z. B. Verkündigung, Geburt des Jesuskindes, Auferstehung.

Franziskaner Nach dem heiligen Franz von Assisi (13. Jahrhundert) benannter Bettelorden in graubraunem Habit (Kutte) mit Kapuze und weißem Gürtelstrick mit drei Knoten, kein Mantel, Sandalen.

Fugger Kaufmannsfamilie in Augsburg, seit 1514 waren sie Reichsgrafen. Jakob Fugger hatte zu Luthers Zeiten das Kupfermonopol in Europa und das größte Bankhaus der Zeit. Er finanzierte den Kaiser und den Papst und viele andere Würdenträger. 1517 hat er den Ablasshandel vorfinanziert, 1519 die Wahl Karls I. von Spanien zum deutschen Kaiser.

Friedrich III., genannt der Weise (1463–1525) Kurfürst von Sachsen, unterstützte 1519 die Wahl Karls I. zum Kaiser und half durch seinen Schutz Luther und der Reformation entscheidend bei der Ausbreitung im Reich.

Gewölle Die von Greifvögeln ausgewürgten Überreste von Beutetieren wurden in der Volksmedizin gern als Glückbringer oder Talismane verwendet.

Goldene Tugendrose Vom Papst einmal im Jahr verliehene Auszeichnung an romfreundliche fürstliche Persönlichkeiten, die auch als Ablassgegenstand verwendet werden konnte. Leo X. wollte damit den sächsischen Kurfürsten Friedrich gewogen machen im Streit um seinen renitenten Professor Luther, und Friedrich konnte einen weiteren Ablassgegenstand in seine Sammlung einfügen.

Golgatha Hebräisch: Schädelstätte, Hügel bei Jerusalem, auf dem Verbrecher hingerichtet wurden; auch Jesus wurde dort gekreuzigt.

Götze Eigentlich heißt das nur Heiligenbild, da aber z. B. Juden und Christen nur einen Gott anerkennen, werden im Alten Testament alle anderen Götterbilder als *Nichtse* bezeichnet, die in unserer gängigen Übersetzung *Götzen* heißen.

Hus, Jan (um 1370–1415) Tschechischer Volksprediger. Hundert Jahre vor Luther stand er an der Spitze einer Reformbewegung in Böhmen und wurde auf dem Konzil in Konstanz 1415 verhaftet und als Häretiker verbrannt.

Inquisition Lateinisch: Untersuchung. Der Inquisitor, oft Ankläger und Richter in einem, versucht Andersgläubige, Abweichler und Ketzer aus der

Kirche auszuschließen. Schon im 4. Jahrhundert werden Abweichler zum Tode verurteilt. Im 12. Jahrhundert einigt man sich darauf, dass die Kirche die Ketzerbefragung übernimmt (oft mittels der Folter) und die weltliche Macht dann die Bestrafung (z. B. Tod auf dem Scheiterhaufen). Auch Luther wollte mit Ketzern »kein langes Federlesen« machen.

Karlstadt, Andreas Rudolf, eigentlich Bodenstein (1486–1541) Theologieprofessor in Wittenberg, seit 1517 Unterstützer Luthers. Er disputierte 1519 lutherische Thesen mit Johannes Eck in Leipzig. 1521 feierte er in Wittenberg das Abendmahl in beiderlei Gestalt, das heißt, die Gemeinde bekam Brot *und* Wein gereicht, und er ließ die Bilder aus der Stadtkirche entfernen. Darüber kam es zum Bruch mit Luther, der ihn als *Schwärmer* ablehnte.

Kaue Waschraum und Garderobe für Bergleute

Ketzer Im Mittelalter aufkommender Begriff, der wie das antike Wort *Häretiker* meint, dass ein Gläubiger in wesentlichen Glaubenswahrheiten (Dogmen) anderer Meinung ist als die herrschende Kirche. Im Protestantismus spricht man von Häresie, wenn die Wahrheit des Evangeliums verkürzt oder entstellt wird.

Kleriker Katholischer Geistlicher

Konzil Versammlung von Bischöfen und anderen kirchlichen Amtsträgern zur Entscheidung von theologischen Fragen

Lamento Klage, Jammer, Klagelied

Lettner Lateinisch: Lesebühne. Trennwand (meist) in Klosterkirchen, von der Lesungen gehalten oder gesungen wurde. Trennt den Klerikerchor vom großen Kirchenraum, dem Laienschiff.

Leo X., geboren 1475 als Giovanni de' Medici Papst von 1513–21, wollte vor allem die Macht Roms und der Bischöfe stärken. Nötige Reformen verhinderte er und betrieb den Ablasshandel für den Petersdom, in dem so großartige Künstler wie Michelangelo und Raffael wirkten.

Luther, Martin, geboren als Luder (1483–1546) Sohn eines mansfeldischen Hüttenmeisters, Schule in Mansfeld, Magdeburg und Eisenach. Universität in Erfurt. 1505 Eintritt in den Augustiner-Eremitenorden. Professor in Wittenberg. Aufgrund seines Protestes gegen den Ablass und des darauf folgenden fundamentalen Widerspruchs gegen die Amtskirche fiel er 1520 in den kirchlichen Bann und ein Jahr später in die Reichsacht. Sein Kurfürst unterstützte ihn aber weiter. So wurde er zum bedeutendsten Reformator in Europa.

Mansfeld Als Martin Luther ein Jahr alt ist (1484), siedelt die Familie von seinem Geburtsort Eisleben ins nahe gelegene Mansfeld über, weil der Vater dort vom einfachen Hauer im Kupferbergbau zum Hüttenmeister aufstieg.

Märtyrer Gläubige, die bereit sind, für das, was sie für gut und richtig halten, zu leiden oder sogar zu sterben. Oft werden Märtyrer als Heilige verehrt. In der katholischen Ablasslehre vermehren ihre guten Werke den Schatz, aus dem die Kirche den Ablass schöpfen kann.

Melanchthon, Philipp, eigentlich Schwarzerdt (1497–1560) Griechischprofessor und Reformator, enger Mitarbeiter und Freund Luthers

Müntzer, Thomas Wohl 1517 kurze Zeit Student in Wittenberg und im Frühjahr 1519 Aushilfsprediger im brandenburgischen Jüterbog. Für Luther war er ein *Schwarmgeist* und Gegner. Er wurde zum Unterstützer der aufständischen Bauern im Bauernkrieg, wollte eine christliche Demokratie einführen und wurde 1525 in Mühlhausen hingerichtet.

Pedell Hausmeister an Schulen

Petersablass Papst Leo X. erteilte 1515 einen auf acht Jahre festgelegten Ablass, der dem Neubau einer Peterskirche in Rom dienen sollte. Außerdem konnten damit die Schulden von Erzbischof Albrecht bei den Fuggern in Augsburg bezahlt werden. Albrecht beauftragte Tetzel, den Ablass zu vertreiben.

Pfründe, auch Benefizium genannt Im katholischen Kirchenrecht verliehenes Recht auf ein Gut und den Ertrag daraus, z. B. eine Pfarrstelle

Phiole Kleine, bauchige Glasflasche

Planeten Wir wissen heute von neun Planeten in unserem Sonnensystem. Zu Luthers Zeiten kannte man nur die fünf sichtbaren, wie schon in der Antike. Weil man Sonne und Mond dazuzählte, waren es sieben. Die Erde selbst wurde erst durch Nikolaus Kopernikus (1543) unter die Planeten eingeordnet.

Planetensteine Die Astrologie hat von jeher den Planeten bestimmte Edelsteine zugeordnet und mit den entsprechenden Eigenschaften in Verbindung gebracht.

Prior Vorsteher eines Klosters, Stellvertreter des Abtes

Reichstag Auf den Reichstagen trafen sich die drei herrschenden Kollegien: die Kurfürsten, die Reichsfürsten und die Reichsstädte, um mit dem Kaiser Entscheidungen über Steuern, Verfassung, Verträge, Krieg und Frieden zu verhandeln. Mit dem religiösen Streit der sog. Reformationsreichstage 1521–55 endete die einigende Bedeutung der Reichstage.

Rosenkranz Gebetszyklus aus mehreren Vaterunser und vielen Ave-Maria, die nach den Perlen auf einer Kette gebetet werden.

Sackpfeife Dudelsack

Sakramente Heilige Handlungen als sichtbare und wirksame Zeichen von Gottes Gnade. Ursprünglich gab es über dreißig, ab dem 12. Jahrhundert blieben sieben übrig (Taufe, Firmung, Abendmahl, Buße, Krankensalbung, Priesterweihe, Ehe). Der Streit über die Sakramente war in der Reformation ein großes Thema. Am Ende blieben für die Protestanten nur Taufe und Abendmahl übrig, weil sie von Jesus selbst stammen und in der Bibel stehen.

Schmerzensreiche Madonna (Lateinisch: mater dolorosa) meint die Darstellung der Mutter Jesu in den fünf oder sieben schmerzensreichen Szenen ihres Lebens: z. B. der Kindermord von Bethlehem, die Flucht nach Ägypten, Kreuzigung.

Schola Sängerschule, Kirchenchor

Scholar Schüler oder Student

Scholastik Sammelbezeichnung für die Wissenschaften und den Wissenschaftsbetrieb im Mittelalter, der sehr verschult, streng logisch und regelhaft an textlichen und personalen Autoritäten orientiert war.

Schwärmer (Schwarmgeist) Luther verwendet diesen aburteilenden Begriff zuerst gegen Karlstadt und Müntzer, später gegen alle theologischen Gruppen, die sich von der offiziellen wittenbergischen Linie der lutherischen Reformation absetzen, vor allem aber gegen die revolutionäre Glaubenshaltung, die den weltverändernden Inhalt des Evangeliums auch wirklich in der Welt umsetzen will.

Sermon Predigt

Spielhahn Auerhahn

Stäupen Mittelalterliches Wort für mit der Rute schlagen. Staupe, das war der Pfahl, an den man den Verbrecher fesselte, wenn er öffentlich mit Rutenschlägen bestraft wurde.

Tetzel, Johannes (um 1465–1519), dominikanischer Ablassprediger. 1517 übernahm er den Vertrieb des Petersablasses für die Provinz Magdeburg und kam so auch am 10. April 1517 nach Jüterbog, dem Wittenberg am nächsten gelegenen Ort außerhalb von Kursachsen.

Trud Hexe

Unschlitt Talgige, gelbe Fettmasse, die aus den Innereien von Rindern und anderen Wiederkäuern ausgeschmolzen wird. Dient zur Salben- und Kerzenherstellung.

Votivgaben Meistens Bilder oder Gegenstände, die einer Gottheit oder einem Heiligen gespendet werden als Bitte oder Dank für Hilfe in Not.

Werg Grobe Fasern, die bei der Herstellung von Flachs- oder Hanfgarn anfallen und aus denen man Dichtungsmaterial oder Dochte macht.

Wotan Oberster Gott der Germanen, auch Odin genannt. An vielen Orten gab es magische Bäume, die wegen ihres Alters an die versunkenen Mythen des Volkes erinnerten.

Zölibat Leben in Ehelosigkeit und geschlechtlicher Enthaltsamkeit, die verschiedene Kirchen von ihren Geistlichen fordern als Zeichen der vollkommenen Hingabe an den Glauben. Die reformierten Kirchen lehnen den Zölibat ab. Luther hat 1525 die entsprungene Nonne Katharina von Bora geheiratet.

Rudolf Herfurtner, geb. 1947 in Wasserburg am Inn, studierte Germanistik, Anglistik und Theaterwissenschaften in München, wo er auch heute noch lebt und arbeitet. Für seine Kinder- und Jugendbücher, Hörspiele, Drehbücher und Theaterstücke wurde er mit zahlreichen Preisen ausgezeichnet, u. a. mit dem Großen Preis der Volkacher Akademie für Kinderliteratur und 2012 mit dem Goldenen Spatz für das beste Drehbuch (*Tom und Hacke*).

1. Auflage 2013

Umschlag von Constanze Spengler, Hamburg
Die Schrifttype der Titelzeile (The Fell Types) wurde
digital bearbeitet von Ingo Marini, www.ingomarini.com
Satz: psb, Berlin
Druck und Bindung: GGP Media GmbH, Pößneck
Printed in Germany

www.gerstenberg-verlag.de

ISBN 978-3-8369-5707-6